D0039598

Título original: *The Collectors*
Traducción: Mercè Diago y Abel Debritto
1.ª edición: febrero 2009

para el sello Zeta Bolsillo
Bailén, 84 - 08009 Barcelona (España)
www.edicionesb.com

Printed in Spain
ISBN: 978-84-9872-171-3
Depósito legal: B. 228-2009

Impreso por LIBERDÚPLEX, S.L.U.
Ctra. BV 2249 Km 7,4 Polígono Torrentfondo
08791 - Sant Llorenç d'Hortons (Barcelona)

Los coleccionistas

DAVID BALDACCI

A Art y Lynette,
con mi amor y respeto.

Y a la memoria de
Jewell English.

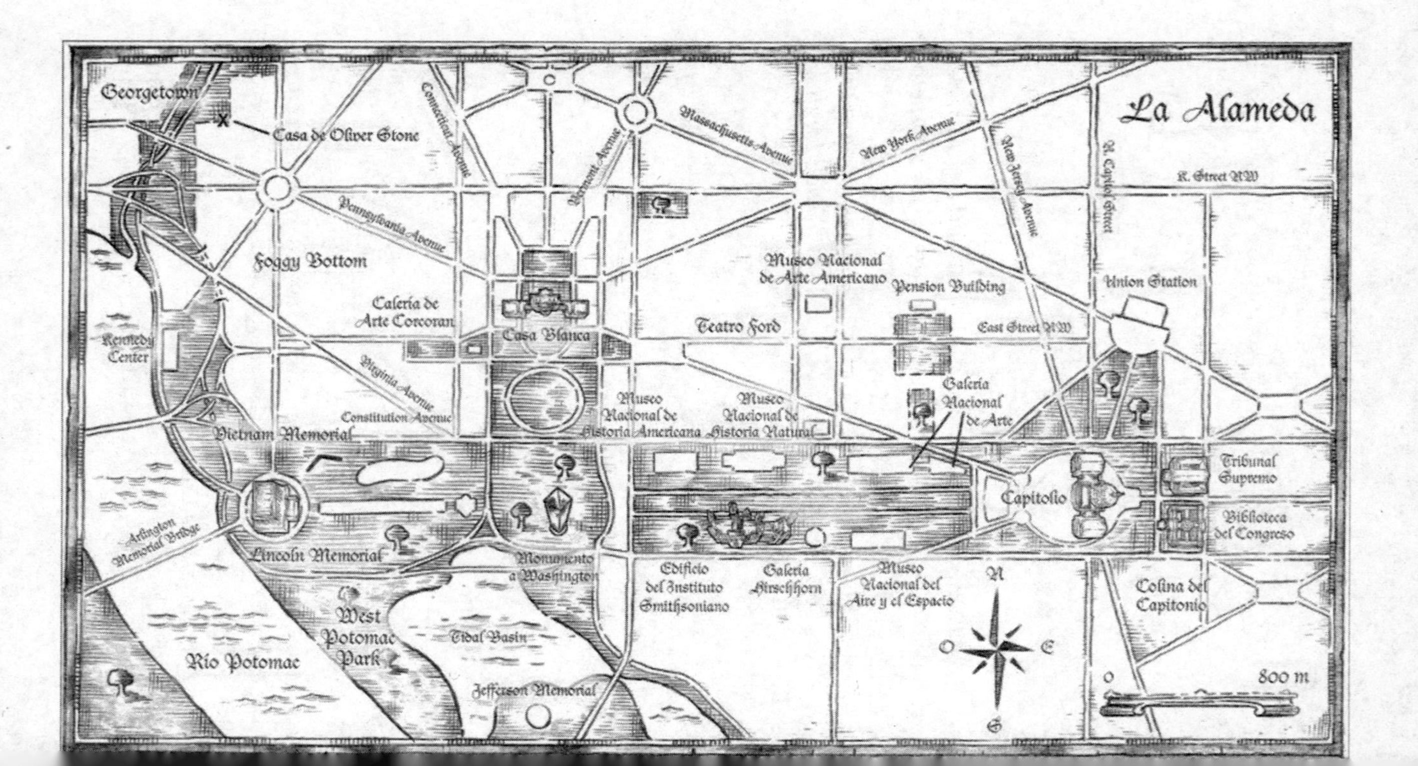

La Alameda
Georgetown
Casa de Oliver Stone
Connecticut Avenue
Massachusetts Avenue
New York Avenue
New Jersey Avenue
N. Capitol Street
K. Street NW
Vermont Avenue
Pennsylvania Avenue
Foggy Bottom
Museo Nacional
de Arte Americano
Pension Building
Union Station
Galería de
Arte Corcoran
Casa Blanca
Teatro Ford
East Street NW
Kennedy
Center
Virginia Avenue
Constitution Avenue
Museo
Nacional de
Historia Americana
Museo
Nacional de
Historia Natural
Galería
Nacional
de Arte
Vietnam Memorial
Tribunal
Supremo
Capitolio
Biblioteca
del Congreso
Arlington
Memorial Bridge
Lincoln Memorial
Monumento
a Washington
Edificio
del Instituto
Smithsoniano
Galería
Hirschhorn
Museo
Nacional del
Aire y el Espacio
Colina del
Capitolio
West
Potomac
Park
Tidal Basin
Río Potomac
Jefferson Memorial
N
O
E
S
0
800 m

1

Roger Seagraves salió del Capitolio tras una interesante reunión que, curiosamente, poco había tenido que ver con la política. Al atardecer, se quedó sentado a solas en el salón de su modesta casa en las afueras tras tomar una importante decisión. Tenía que matar a una persona, y esa persona era un blanco muy relevante. En vez de considerarlo una empresa desalentadora, Seagraves lo veía como un reto que merecía la pena.

A la mañana siguiente, Seagraves fue a su despacho del norte de Virginia en coche. Sentado en su escritorio, en un espacio pequeño y revuelto que era exactamente igual a los demás cubículos de trabajo situados a ambos lados del pasillo, reunió mentalmente las piezas críticas de su misión. Al final Seagraves llegó a la conclusión de que lo haría él mismo, porque no deseaba confiar tal empresa a un tercero. Había matado muchas veces; la única diferencia era que, en esta ocasión, no lo haría por su Gobierno. Este asunto era completamente personal.

Dedicó la jornada laboral de los dos días siguientes a preparar con cuidado la importante misión que tenía entre manos. Todas sus acciones se basaban en tres imperativos: (1) sencillez; (2) tener prevista cualquier eventualidad; (3) no dejarse llevar por el pánico por mucho que se desbaraten los planes, lo cual había ocurrido en alguna ocasión. Ahora bien, si hubiera una cuarta norma sería: aprovecharse de que la mayoría de las personas son idiotas cuando se trata de cosas realmente importantes, como su supervivencia. Error que él nunca había cometido.

Robert Seagraves tenía cuarenta y dos años; soltero y sin hijos. Sin duda, una esposa y descendencia habrían complicado su estilo de vida poco ortodoxo. En su profesión anterior, con el Gobierno federal, había asumido identidades falsas y viajado por todo el mundo. Por suerte, cambiar de identidad era increíblemente fácil en la era de la informática. Unos cuantos clics en el ordenador, se activaba un servidor de algún lugar de la India y en la impresora láser de su casa aparecía un nuevo yo con toda la documentación oficial y con crédito a su disposición.

De hecho, Seagraves podía comprar todo lo que necesitaba en un sitio web que exigía una contraseña bien protegida. Era como una especie de grandes almacenes para los criminales, llamada a veces por su clientela de malhechores «MalBay». Allí se podía comprar desde documentos de identidad de primera categoría hasta números de tarjeta de crédito robados, pasando por los servicios de matones profesionales o armas esterilizadas si lo que uno deseaba era cometer el crimen personalmente. Él solía obtener el material necesario de un distribuidor que tenía un índice de aprobación del 99% por parte de sus clientes y garantía de devolución del dinero si la compra no satisfacía. Incluso a los asesinos les gustaba apostar por la calidad.

Roger Seagraves era alto, fornido y apuesto, con una buena mata de pelo rubio ondulado; a primera vista, parecía despreocupado y poseía una sonrisa contagiosa. Prácticamente todas las mujeres se volvían para mirarlo, igual que algunos hombres envidiosos, y él solía sacarle partido a ese atractivo. Cuando uno tiene que matar o engañar, emplea cualquier herramienta a su alcance de la manera más eficaz posible. Eso también se lo había enseñado su Gobierno. Aunque estrictamente hablando seguía trabajando para Estados Unidos, también trabajaba para sí mismo. Su plan de pensiones «oficial» distaba mucho de ofrecerle el retiro de calidad que creía merecer después de tantos años arriesgando la vida por la bandera roja, blanca y azul. Que, para él, había sido eminentemente «roja».

La tercera tarde después de su esclarecedora visita al Capitolio, Seagraves modificó sutilmente sus rasgos y se enfundó varias capas de ropa. Cuando oscureció, se dirigió en una furgoneta a los barrios ricos del noroeste de la capital, donde las embajadas y mansiones privadas contaban con guardas paranoicos que patrullaban por sus recintos.

Estacionó en un pequeño patio, detrás de un edificio que había frente a un club muy exclusivo ubicado en una imponente mansión georgiana de obra vista que abastecía a gente adinerada y obsesionada por la política, cuya calaña abundaba en Washington más que en cualquier otra ciudad del mundo. A esta gente le encantaba reunirse en torno a comidas pasables y vinos mediocres para charlar de sondeos, políticas y clientelismo hasta la saciedad.

Seagraves llevaba un chándal azul con la palabra «Mantenimiento» serigrafiada en la espalda. La copia que había hecho con anterioridad encajaba en la sencilla cerradura del edificio vacío que estaba a la espera de una renovación completa. Caja de herramientas en mano, subió las escaleras de dos en dos hasta el último piso y entró en una sala que daba a la calle. Iluminó el espacio con una linterna de bolsillo y se fijó en la única ventana existente. La había dejado abierta y bien engrasada la última vez que había estado allí.

Abrió la caja de herramientas y montó rápidamente el rifle de francotirador. A continuación acopló el silenciador a la boca del cañón, introdujo un solo cartucho —tenía una seguridad absoluta—, avanzó sigilosamente y abrió la ventana apenas cinco centímetros, lo suficiente para que el cañón encajara en la abertura. Consultó la hora y recorrió la calle con la mirada desde su atalaya sin preocuparse demasiado por que pudieran verlo, pues el edificio estaba totalmente a oscuras. Además, el rifle no tenía firma óptica y contaba con tecnología Camoflex, por lo que cambiaba de color según el entorno.

«Ah, cuánto ha aprendido la raza humana de la humilde palomilla.» Cuando la limusina y el primer coche de seguridad se detuvieron frente al club, apuntó a la cabeza de uno de los hombres que salió del majestuoso vehículo, pero no disparó. Aún no había llegado el momento. El socio entró en el club con sus guardaespaldas a la zaga, provistos de pinganillos y cuellos gruesos que sobresalían de las camisas almidonadas. Observó cómo la limusina y el vehículo de seguridad se marchaban.

Seagraves volvió a consultar el reloj: faltaban dos horas. Siguió escudriñando la calle mientras berlinas y taxis dejaban a mujeres serias engalanadas no con quilates de De Beers y telas de Versace, sino con trajes de chaqueta elegantes pero de confección y bisutería de buen gusto, las antenas sociales y políticas desplegadas al máximo. Los hombres de expresión seria que las acompañaban llevaban trajes oscuros de raya diplomática, corbatas sosas y lo que parecía mal carácter.

«La situación no mejorará, señores, créanme.»

Transcurrieron ciento veinte lentos minutos, y su mirada no se apartó ni una sola vez de la fachada de obra vista del club. A través de los ventanales intuía el movimiento continuo de gente que sostenía su copa y murmuraba en tono bajo y conspirador.

«Bueno, llegó el momento de ponerse manos a la obra.»

Volvió a escudriñar rápidamente la calle. Ni una sola alma miraba en su dirección. La experiencia le decía que nunca lo hacían. Seagraves esperó pacientemente hasta que el objetivo atravesó su retícula por última vez y entonces apretó el gatillo con el dedo enguantado. No le agradaba especialmente disparar a través del cristal de una ventana, aunque eso no afectaría a la trayectoria del armamento empleado.

¡Zap! Enseguida se oyó el tintineo del cristal y el golpe seco de un hombre rechoncho al ser abatido sobre un suelo de roble bien encerado. El honorable Robert Bradley no había sufrido dolor alguno con el impacto. La bala le había matado el cerebro antes de que enviara la señal a la boca para empezar a gritar. «De hecho, no es una mala forma de morir.»

Seagraves posó el rifle tranquilamente y se quitó el chándal, que dejó al descubierto el uniforme de policía de Washington D.C. que llevaba debajo. Se puso una gorra a juego que se había traído y bajó las escaleras que conducían a la puerta trasera. Al salir del edificio oyó los gritos del otro lado de la calle. Sólo habían transcurrido diecinueve segundos desde el disparo; lo sabía porque los había contado mentalmente. Ahora avanzaba con rapidez por la calle mientras seguía cronometrando el tiempo en su cabeza. A continuación, oyó el potente gemido del motor de un coche que indicaba que la escena se representaba puntualmente. Entonces empezó a correr al tiempo que sacaba la pistola. Tenía cinco segundos para llegar allí. Dobló la esquina y el sedán que circulaba a toda velocidad casi estuvo a punto de atropellarlo. En el último momento saltó a un lado, dio una vuelta y apareció en medio de la carretera.

La gente le gritaba desde el otro lado de la calle, señalando el coche. Se giró, sujetó la pistola con ambas manos y disparó al sedán. Las balas de fogueo sonaban bien, igual que las de verdad. Disparó cinco veces y luego esprintó calle abajo media manzana y se introdujo en lo que parecía un coche de policía camuflado que estaba estacionado allí; persiguió al sedán que huía rápidamente mientras la sirena tronaba y las luces de la parrilla relampagueaban.

El coche al que «perseguía» giró a la izquierda en la siguiente intersección, luego a la derecha y bajó por un callejón, en medio del cual se detuvo. El conductor salió rápidamente, se introdujo en el Volkswagen Escarabajo color verde lima que había estacionado delante de su vehículo y se marchó en él.

En cuanto ya no resultaba visible desde el club, las luces y la sirena del supuesto coche de policía se apagaron mientras éste abandonaba la persecución y se dirigía en sentido opuesto. El hombre que iba al lado de Seagraves no lo miró ni una sola vez cuando subió al asiento trasero y se quitó el uniforme de policía. Bajo la ropa de policía llevaba un traje ajustado de una sola pieza para hacer footing y no se quitó las zapatillas de deporte negras. En el suelo del coche había un labrador negro de seis meses con bozal. El vehículo tomó una calle secundaria, giró a la izquierda en el cruce siguiente y se paró en un parque que estaba desierto porque era muy tarde. La puerta trasera se abrió, Seagraves se apeó y el coche continuó a toda velocidad.

Seagraves sujetaba la correa con fuerza al tiempo que él y su «mascota» iniciaban su paseo «nocturno». Cuando giraron a la derecha en la esquina siguiente, se cruzaron con cuatro coches patrulla de la policía que iban a toda velocidad. Ni una sola cabeza del convoy policial le dedicó una mirada.

Al cabo de un minuto, en otra parte de la ciudad, una bola de fuego surcó el cielo. Era la casa alquilada del difunto que, afortunadamente, estaba vacía. En un principio lo achacaron a una fuga de gas que se había inflamado. Pero, como había coincidido con el asesinato de Bob Bradley, las autoridades federales buscarían otras explicaciones; aunque no iba a ser tarea fácil.

Después de correr a lo largo de tres manzanas Seagraves abandonó al perro, subió a un coche que lo esperaba y, en menos de una hora, estaba en su casa. Mientras tanto, el Gobierno de Estados Unidos. tendría que encontrar a otro presidente de la Cámara de Representantes para sustituir al recientemente fallecido Robert *Bob* Bradley. «No debería ser demasiado complicado», musitó Seagraves mientras conducía camino del trabajo al día siguiente, después de leer un artículo sobre el asesinato de Bradley en el periódico matutino. «Al fin y al cabo, esta dichosa ciudad está llena de putos políticos. ¿Putos políticos? No es una mala descripción.» Detuvo el vehículo junto a la verja de seguridad, mostró su placa de identificación y el guarda armado que lo conocía bien le permitió el paso.

Atravesó la puerta delantera del extenso edificio de Langley, Virginia, pasó por otras garitas de seguridad y luego se dirigió a su despacho de 2,50 por 3 metros idéntico a los demás y atestado de cosas. En la actualidad, era un burócrata de nivel medio cuya principal función consistía en servir de enlace entre su organización y el incompetente estúpido del Capitolio al que habían elegido para el cargo. No era ni mucho menos tan arduo como su anterior trabajo allí y representaba una recompensa por su meritorio servicio. Ahora, a diferencia de hacía unas cuantas décadas, la CIA permitía que sus agentes «especiales» salieran del ostracismo en cuanto alcanzaban cierta edad en la que se perdían reflejos y la ilusión por el trabajo.

Cuando Seagraves repasaba unos aburridos documentos, se dio cuenta de lo mucho que había añorado matar. Imaginaba que las personas que habían matado para ganarse la vida nunca acababan de superar la sed de sangre. Al menos la noche anterior le había devuelto parte de su vieja gloria.

Un problema menos, aunque seguramente enseguida aparecería otro. No obstante, Roger Seagraves era un experto en solucionar problemas. Lo llevaba en la sangre.

2

Una vieja fábrica de ladrillos escupía grandes nubes de humo negro, que probablemente contenía suficientes agentes cancerígenos para arrasar a una o dos generaciones desprevenidas, a un cielo ya ennegrecido por los nubarrones. En un callejón de esta ciudad industrial condenada a muerte por los míseros sueldos que se pagaban en ciudades mucho más contaminadas de China, una pequeña multitud se había arremolinado en torno a un hombre. No se trataba de la escena de un crimen con cadáver incluido, o de alguien que emulaba en la calle el talento de Shakespeare para la interpretación, ni siquiera de un predicador de voz poderosa que vendía a Jesús y la salvación por una modesta contribución a la causa. Era lo que en el mundillo se llamaba «trilero», y estaba haciendo todo lo posible para esquilmar a la multitud mediante un juego de azar con naipes llamado trile.

Los compinches del timador hacían su función apostando y ganando de vez en cuando para que la gente confiara en un golpe de suerte. El «vigía» estaba un poco aletargado. Al menos eso dedujo la mujer que los observaba desde el otro lado de la calle, por sus gestos y expresión apática. No conocía al «musculitos» que también formaba parte de este grupo de timadores; pero tampoco parecía excesivamente duro, sólo blancuzco y lento. Los dos señuelos eran jóvenes y enérgicos y su función era atraer un flujo continuo de inocentes a un juego de cartas en el que nunca ganarían.

La mujer se acercó, contemplando cómo la multitud

entusiasmada aplaudía o gemía dependiendo de si la apuesta se ganaba o se perdía. Había empezado su carrera como compinche de uno de los mejores trileros del país. Ese timador en concreto podía montar una mesa en prácticamente cualquier ciudad y largarse al cabo de una hora con, por lo menos, veinte mil dólares en el bolsillo sin que los jugadores tuvieran ni idea de que habían sido víctimas de algo más que de la mala suerte. Aquel trilero era excelente y por un buen motivo: había tenido el mismo maestro que ella. Según su experta mirada, utilizaba la técnica de carta doble-reina al frente con la que sustituía la carta de atrás por la reina en el momento crítico de la entrega; porque ésa era la clave del juego.

El objetivo bien simple del trile, como el del juego de los cubiletes en que se basa, era adivinar dónde estaba la reina del trío de cartas de la mesa después de que el estafador las mezclara a una velocidad de vértigo. Resultaba imposible si la reina ni siquiera estaba encima de la mesa en el momento de la elección. Luego, un segundo antes de revelar la posición «correcta» de la reina, el trilero sustituía una de las cartas por la reina y mostraba al grupo dónde se suponía que había estado todo el rato. Con este sencillo truco habían timado a marqueses y marines y a todo tipo de gente desde que las cartas se inventaron.

La mujer se escondió detrás de un contenedor de basura, cruzó la mirada con alguien que estaba entre la multitud y se colocó unas grandes gafas de sol oscuras. Al cabo de un momento, una guapa apostante vestida con minifalda distrajo por completo al vigía. Se había agachado delante de él para recoger unas monedas que se le habían caído al suelo y le había permitido disfrutar de una buena vista de su trasero firme y del tanga rojo que hacía poco por cubrirlo. No era de extrañar que el vigía pensara que había tenido una suerte tremenda. Sin embargo, igual que con el trile, la suerte no tenía nada que ver. La mujer había pagado con anterioridad a la chica de la minifalda para que hiciera ese gesto cuando se lo indicara poniéndose las gafas. Esta sencilla técnica de distracción había funcionado con los hombres desde que las mujeres empezaron a usar ropa.

Cuatro rápidas zancadas y la mujer se colocó justo en medio, caminando erguida con aire arrogante y una energía que hizo que la multitud se separara enseguida mientras el vigía aturdido observaba impotente.

—Bueno —dijo con voz severa, mostrando sus credenciales—. Documentación —espetó, señalando con un dedo largo al trilero: un hombre de mediana edad bajito y rechoncho, con una perilla negra, brillantes ojos verdes y unas manos de las más habilidosas del país. La observó desde debajo de la gorra de béisbol, aun cuando introducía la mano lentamente en el abrigo para sacar la cartera.

—Chicos, se acabó la fiesta —anunció la mujer, al tiempo que se abría la chaqueta para que vieran la insignia plateada que llevaba en el cinturón. Muchos de los presentes empezaron a alejarse. La intrusa tenía unos treinta y cinco años, era alta y ancha de espaldas, y contaba con unas buenas caderas y una melena pelirroja. Vestía unos vaqueros negros, un jersey verde de cuello alto y una chaqueta de cuero corta. Cuando hablaba se le flexionaba un músculo largo en el cuello. Tenía una pequeña cicatriz en forma de anzuelo bajo el ojo derecho que quedaba oculta tras las gafas de sol—. He dicho que se acabó la fiesta. Recoged el dinero y desapareced —dijo en tono autoritario.

Ya se había dado cuenta de que las apuestas que había sobre la mesa se habían esfumado en cuanto había empezado a hablar. Y sabía exactamente adónde habían ido a parar. El trilero era bueno, había reaccionado rápidamente controlando lo único que importaba: el dinero. La gente había huido sin preocuparse de reclamar el dinero que había apostado.

El musculitos dio un paso vacilante hacia la intrusa, pero se quedó parado en cuanto ella lo fulminó con la mirada.

—Ni lo pienses, porque en la ciénaga federal les encantan los tipos gordos como tú. —Lo miró de arriba abajo con expresión lasciva—. Consiguen mucha más carne por el mismo precio. —Al musculitos empezó a temblarle el labio incluso mientras retrocedía e intentaba ser engullido por el muro.

Ella se le acercó.

—Venga, grandullón. Cuando he dicho que os largarais también te incluía a ti.

El musculitos miró nervioso al otro hombre, que le dijo:

—Lárgate. Ya nos encontraremos más tarde.

En cuanto el hombre huyó, la mujer examinó la documentación del trilero, sonrió con satisfacción al devolvérsela e hizo que se pusiera contra la pared para cachearlo. Cogió una carta de la mesa y la giró para que él viera la reina negra.

—Me parece que he ganado.

El trilero miró impertérrito la carta.

—¿Desde cuándo se interesan los federales por un inofensivo juego de azar?

Ella volvió a dejar la carta sobre la mesa.

—Menos mal que tus víctimas no sabían lo «azaroso» que en realidad era este juego de azar. Tal vez debería ir a informar a alguno de los grandullones, que quizá quiera volver a darte una buena paliza.

El hombre miró la reina negra.

—Como has dicho, tú ganas. ¿Por qué no me dices cuánto es el soborno? —Cogió un fajo de billetes de la riñonera.

A modo de respuesta, ella sacó sus credenciales, soltó la insignia del cinturón y las dejó encima de la mesa. Él las miró.

—Adelante —dijo ella con toda tranquilidad—. No tengo secretos.

El hombre las tomó. Las supuestas credenciales no la identificaban como agente de la ley. La funda de plástico contenía una tarjeta de socio del Costco Warehouse Club. La insignia era de latón y llevaba grabada una marca de cerveza alemana.

El trilero abrió los ojos como platos cuando la mujer se quitó las gafas de sol.

—¿Annabelle?

—Leo, ¿cómo se te ocurre hacer de trilero con una panda de perdedores en esta mierda de ciudad?

Leo Ritcher se encogió de hombros, aunque con una sonrisa de oreja a oreja.

—Malos tiempos. Y los chicos están bien, un poco verdes, pero van aprendiendo. El trile nunca nos ha fallado, ¿verdad? —Agitó el fajo de billetes antes de guardárselos en la riñonera—. Es un poco arriesgado hacerte pasar por policía —la regañó gentilmente.

—Yo no he dicho que fuera policía, la gente lo ha dado por supuesto. Por eso tenemos una profesión, Leo, porque con agallas suficientes la gente lo da por supuesto. Pero, ahora que lo dices, ¿intentabas sobornar a un policía?

—En mi humilde experiencia, suele funcionar más a menudo de lo que parece —dijo Leo, mientras sacaba un cigarrillo de un paquete que llevaba en el bolsillo de la camisa. Le ofreció uno, pero ella declinó la oferta.

—¿Cuánto ganas por aquí? —preguntó Annabelle fríamente.

Leo la miró con suspicacia mientras encendía el Winston, le daba una calada y exhalaba el humo por la nariz, igualando al menos en miniatura las nubes fétidas que despedían las chimeneas de las industrias circundantes.

—El pastel ya está bastante repartido. Tengo trabajadores a mi cargo.

—¡Trabajadores! ¡No me digas que ahora ofreces contratos de trabajo! —Antes de darle tiempo a responder, añadió—: El trile no entra dentro de mis planes, Leo. Así que ¿cuánto? Tengo un buen motivo para preguntártelo. —Se cruzó de brazos y se apoyó en la pared a esperar.

Él se encogió de hombros.

—Normalmente trabajamos en cinco sitios que vamos rotando, unas seis horas al día; llegamos a sacar tres o cuatro de los grandes. Por aquí hay muchos tíos del gremio. Esta gente siempre tiene ganas de perder dinero. Pero pronto nos marcharemos. Va a haber otra oleada de despidos en las fábricas y no queremos que recuerden demasiado bien nuestras caras. Ya sabes cómo funciona. Yo me llevo el sesenta por ciento, pero hoy en día hay muchos gastos. Tengo ahorrados sesenta mil dólares. Quiero duplicar esta cantidad antes del invierno. Así tendré para mantenerme una temporada.

—Pero, conociéndote, no será demasiado tiempo. —Annabelle Conroy cogió su insignia cervecera y la tarjeta del Costco—. ¿Te interesa ganar dinero de verdad?

—La última vez que me lo preguntaste me pegaron un tiro.

—Nos pegaron un tiro porque te volviste avaricioso.

En esos momentos ninguno de los dos sonreía.

—¿De qué se trata? —preguntó Leo.

—Te lo contaré cuando hayamos dado un par de golpes menores. Necesito un poco de capital para la gran estafa.

—La gran estafa. ¿Queda alguien que todavía se dedique a eso?

Ella ladeó la cabeza y bajó la mirada hacia él. Con las botas de tacón, medía metro noventa.

—Yo. De hecho, nunca he dejado de hacerlo —respondió.

Leo se fijó en que llevaba la melena teñida de rojo.

—¿No eras morena la última vez que te vi?

—Soy lo que haga falta.

Leo esbozó una sonrisa.

—La Annabelle de siempre —dijo.

Ella endureció levemente la expresión.

—No, la de siempre no. Mejor. ¿Te apuntas?

—¿De cuánto riesgo estamos hablando?

—De mucho, igual que la recompensa.

La alarma de un coche saltó a un volumen atronador. Ninguno de los dos parpadeó siquiera. Los estafadores de su nivel que perdían la calma en algún momento se convertían en carne de presidio o, directamente, morían.

Leo por fin parpadeó.

—Vale, me apunto. ¿Y ahora qué?

—Ahora buscamos a dos personas más.

—¿Lo haremos por todo lo alto? —Los ojos le brillaron ante la perspectiva.

—La estafa perfecta no se merece más que lo mejor.

—Annabelle cogió la reina negra—. Esta noche me cobraré con una cena por sacar a la reina de tu baraja «mágica».

—Me temo que por aquí no hay muchos restaurantes que valgan la pena.

—Aquí no. Volamos rumbo a Los Ángeles dentro de tres horas.

—¡A Los Ángeles! ¡Dentro de tres horas! Ni siquiera he hecho la maleta. Y no tengo billete.

—Lo tienes en el bolsillo izquierdo de la chaqueta. Te lo he metido ahí cuando te he cacheado. —Observó su barriga fofa y arqueó una ceja—. Has engordado, Leo.

Annabelle se giró y se marchó, mientras Leo se palpaba el bolsillo y extraía el billete de avión. Recogió las cartas y corrió tras ella sin molestarse en recoger la mesa de juego.

El trile se había acabado durante un tiempo. Ahora le esperaba la estafa perfecta.

3

Aquella misma noche, mientras cenaban en Los Ángeles, Annabelle reveló a Leo detalles del plan, incluso la idea de encontrar a dos cómplices.

—Me parece bien, pero ¿qué me dices de la estafa perfecta? Eso no me lo has contado.

—Vayamos por partes —le respondió ella mientras tocaba la copa de vino y recorría el fastuoso comedor con la mirada en busca de posibles víctimas.

«Respira hondo, encuentra a un zoquete.» Se apartó la melena pelirroja de la cara y estableció contacto visual durante unos instantes con un tipo que se hallaba tres mesas más allá. Aquel capullo llevaba una hora comiéndose con los ojos a Annabelle —enfundada en un minúsculo vestido negro—, y señalándola sin disimulo mientras su humillada acompañante echaba humo en silencio. Entonces el hombre se humedeció los labios y le guiñó un ojo.

«Vaya, vaya, muy logrado, pero no tienes ni idea de con quién te las estás viendo.»

Leo interrumpió sus pensamientos:

—Mira, Annabelle, no voy a timarte. Joder, he venido hasta aquí.

—Sí, has venido hasta aquí pagando yo.

—Somos socios, puedes contármelo. Mantendré la boca cerrada.

Annabelle desvió la mirada hacia él mientras terminaba su cabernet.

—Leo, no te esfuerces. Ni siquiera tú sabes mentir tan bien.

Un camarero se acercó y le tendió una tarjeta.

—De aquel caballero de allí —dijo, señalando al hombre que la había estado mirando con lascivia.

Annabelle tomó la tarjeta. Decía que el hombre era cazatalentos. Resultaba muy útil que en el dorso de la misma hubiera escrito el acto sexual concreto que le gustaría hacer con ella.

«Muy bien, señor cazatalentos. Te lo has buscado.»

Mientras se dirigía a la salida, se detuvo en una mesa en la que había cinco hombres rechonchos ataviados con trajes oscuros de raya diplomática. Les dijo algo y todos se rieron. Le dio una palmadita en la cabeza a uno y un beso en la mejilla a otro de unos cuarenta años con las sienes plateadas y hombros corpulentos. Todos se echaron a reír otra vez por algo que dijo Annabelle. A continuación, se sentó y charló con ellos unos minutos. Leo la miró con curiosidad cuando Annabelle se levantó de la mesa y pasó de largo en dirección a la salida.

A la altura de la mesa del cazatalentos, éste le dijo:

—Oye, nena, llámame. En serio. Estás tan buena que me has puesto cachondo.

Annabelle cogió rápidamente un vaso de agua de la bandeja de un camarero que se cruzó con ella.

—Pues entonces refréscate, semental. —Le lanzó el agua a la entrepierna y él se levantó de un salto.

—¡Joder! ¡Pagarás por esto, puta loca!

Su acompañante se tapó la boca para disimular la risa.

Antes de que el hombre tuviera tiempo de agarrarla, Annabelle estiró el brazo y le sujetó la muñeca.

—¿Ves a esos chicos de ahí? —Asintió hacia los cinco hombres trajeados que miraban al hombre con expresión hostil. Uno de ellos hizo crujir los nudillos. Otro se introdujo la mano en la americana y la dejó allí—. Estoy segura de que me has visto hablando con ellos, porque no me has quitado los ojos de encima en toda la noche. Son la familia

Moscarelli. Y el del extremo es mi ex, Joey Junior. Aunque ahora ya no soy oficialmente de la familia, nunca se deja de pertenecer al clan Moscarelli.

—¿Moscarelli? —dijo el hombre con aire desafiante—. ¿Quiénes coño son?

—Eran la tercera familia de crimen organizado en Las Vegas antes de que el FBI los echara, a ellos y a todos los demás. Ahora han vuelto a dedicarse a lo que mejor se les da: controlar los gremios de escoria de Newark y la Gran Manzana. —Le apretó el brazo—. Así que, si tienes algún problema con los pantalones mojados, estoy segura de que Joey podrá arreglarlo.

—¿Te parece que me voy a tragar esa trola? —espetó el hombre.

—Si no me crees, vete a hablar con él.

El hombre volvió a echar un vistazo a la mesa. Joey Junior sostenía un cuchillo de trinchar con su mano regordeta mientras uno de los otros hombres intentaba retenerlo en el asiento.

Annabelle le apretó el brazo un poco más.

—¿O quieres que le diga a Joey que venga aquí con alguno de sus amigos? No te preocupes, ahora está en libertad condicional, así que no puede darte una buena paliza sin que los federales se cabreen.

—¡No, no! —exclamó el hombre alarmado, apartando la mirada del violento Joey Junior y el cuchillo de trinchar antes de añadir con voz queda—: La verdad es que no es para tanto, sólo un poco de agua. —Se sentó e intentó secarse la entrepierna empapada con una servilleta.

Annabelle se dirigió a la mujer que lo acompañaba, que intentaba, sin conseguirlo, reprimir las carcajadas.

—¿Te parece gracioso, guapa? —preguntó Annabelle—. Resulta que nos estábamos riendo todos de ti, no contigo. ¿Dónde está tu orgullo? A este paso los mierdas como él serán los únicos gusanos con los que compartirás cama hasta que seas tan vieja que nadie moverá un dedo por ti. Ni siquiera tú.

La mujer dejó de reírse.

—Vaya —dijo Leo mientras salían del restaurante—, y yo perdiendo el tiempo leyendo a Dale Carnegie cuando lo único que necesitaba era disfrutar de tu compañía.

—Déjalo, Leo.

—Bueno, vale, pero ¿y la familia Moscarelli? Venga ya. ¿Quiénes eran realmente?

—Cinco contables de Cincinnati con ganas de echar un polvo esta noche.

—Has tenido suerte de que parecieran tipos duros.

—No ha sido suerte. Dije que un amigo y yo ensayábamos en público la escena de una película. Que en Los Ángeles es normal hacer estas cosas. Les pedí que me ayudaran, que tenían que parecer mafiosos; ya sabes, hacer que el ambiente fuera el más propicio para ensayar nuestro diálogo. Les comenté que, si lo hacían bien, incluso podrían tener un papel en la película. Seguramente sea lo más emocionante que han hecho en mucho tiempo.

—Sí, pero ¿cómo sabías que ese capullo intentaría pescarte al salir?

—Oh, no sé, Leo, a lo mejor ha sido por la tienda de campaña en la que se habían convertido sus pantalones. ¿O acaso te crees que le he tirado el agua a la entrepierna por casualidad?

Al día siguiente, Annabelle y Leo iban a velocidad de crucero por Wilshire Bulevard (Beverly Hills) en un Lincoln azul oscuro de alquiler. Leo observaba detenidamente las tiendas por las que pasaban.

—¿Cómo has conseguido seguirle la pista?

—Lo de siempre. Es joven y no tiene demasiada experiencia callejera, pero su especialidad es el motivo por el que estoy aquí.

Annabelle estacionó en una plaza de *parking* y señaló el escaparate de una tienda que tenían delante.

—Bueno, ahí es donde el as de la tecnología esquilma a los clientes.

—¿Cómo es?

—Muy metrosexual.

Leo la miró con socarronería.

—¿Metrosexual? ¿Qué coño es eso? ¿Un nuevo tipo de homosexual?

—Está claro que tienes que salir más, Leo, y mejorar tus conocimientos de informática.

Al cabo de unos minutos, Annabelle entró con Leo en una *boutique* de ropa lujosa. Les recibió un joven esbelto y apuesto vestido de riguroso negro, el pelo rubio engominado hacia atrás, con una moderna barba incipiente de un día.

—¿Hoy estás aquí solo? —le preguntó Annabelle, mirando a la rica clientela de la tienda. Sabía que eran ricos porque los zapatos más baratos costaban mil dólares, lo cual daba derecho al afortunado propietario a ir tropezando por los campos de golf hasta torcerse el talón de Aquiles.

Él asintió:

—Pero me gusta trabajar en la tienda. Soy muy servicial.

—No lo dudo —respondió Annabelle con un susurro.

Esperó a que los otros clientes se marcharan de la tienda y puso el cartel de CERRADO en la entrada. Leo llevó una blusa de mujer a la caja mientras Annabelle se paseaba por detrás del mostrador. Entregó la tarjeta de crédito, pero al dependiente se le escurrió de entre los dedos y el hombre se agachó para recogerla. Cuando se incorporó, se encontró a Annabelle detrás de él.

—Este aparato que tienes aquí es realmente ingenioso —dijo ésta, mirando la maquinita por la que el dependiente acababa de pasar la tarjeta de Leo.

—Señora, no puede ponerse detrás del mostrador —le dijo él frunciendo el ceño.

Annabelle hizo caso omiso del comentario:

—¿Lo has montado tú?

—Es una máquina antifraude —repuso él con firmeza—. Confirma que la tarjeta es válida. Comprueba los códigos de encriptación que incorpora el plástico. Aquí hemos visto muchas tarjetas de crédito robadas, así que el dueño nos dio instrucciones de que la utilizáramos. Lo intento hacer de la forma más discreta posible para que nadie se ofenda. Supongo que lo entiende.

—Oh, lo entiendo perfectamente. —Annabelle pasó la mano por detrás del dependiente y empujó la máquina—. Tony, esto sirve para leer el nombre y el número de cuenta, y el código de verificación que incluye la banda magnética para falsificar la tarjeta.

—O, mejor dicho, para vender los números a una red de falsificadores de tarjetas —añadió Leo—. Así no tienes que ensuciarte tus manos de metrosexual.

Tony los miró a los dos.

—¿Cómo sabéis cómo me llamo? ¿Sois policías?

—Ah, mucho mejor que eso —repuso Annabelle, pasándole el brazo por los esbeltos hombros—. Somos gente como tú.

Dos horas más tarde, Annabelle y Leo caminaban por el muelle de Santa Mónica. Hacía un día espléndido, y la brisa del océano transportaba ráfagas de un aire deliciosamente cálido. Leo se secó la frente con un pañuelo, se quitó la chaqueta y se la colgó del hombro.

—Joder, se me había olvidado el buen tiempo que hace aquí.

—Un clima benigno y las mejores víctimas del mundo —dijo Annabelle—. Por eso estamos aquí. Porque las mejores víctimas están...

—Donde están los mejores estafadores —Leo acabó la frase por ella.

Annabelle asintió:

—Bueno, es él, Freddy Driscoll, el príncipe heredero de los documentos falsos.

Leo miró hacia delante entrecerrando los ojos para protegerse del sol y leyó el pequeño cartel que coronaba el puesto al aire libre.

—¿El paraíso del diseño?

—Eso es. Haz lo que te he dicho.

—¿De qué otra forma pueden hacerse las cosas, si no?

Se acercaron a la mercancía expuesta, compuesta de vaqueros, bolsos de diseño, relojes y accesorios varios. El hombre entrado en años que estaba al lado del puesto los saludó cortésmente. Era bajito y rechoncho, pero tenía un rostro agradable; bajo el sombrero de paja que llevaba le asomaban mechones de pelo blanco.

—Vaya, están bien de precio —comentó Leo, mientras examinaba los artículos.

El hombre sonrió orgulloso.

—Me ahorro los gastos que implica tener una tienda moderna; sólo sol, arena y océano.

Examinaron la mercancía, eligieron unos cuantos artículos y Annabelle tendió al hombre un billete de cien dólares para pagarle.

Éste lo cogió, se enfundó unas gafas de cristal grueso, sostuvo el billete en un ángulo determinado y se lo devolvió enseguida.

—Lo siento, señora, pero este billete es falso.

—Tiene toda la razón —dijo ella, con toda tranquilidad—. Pero me ha parecido justo pagar artículos falsos con dinero falso.

El hombre ni siquiera parpadeó, se limitó a sonreírle con benevolencia.

Annabelle volvió a examinar el billete como había hecho el hombre.

—El problema es que ni siquiera el mejor falsificador es capaz de duplicar el holograma de Franklin si se mira el billete desde este ángulo, porque para eso se necesitaría una imprenta de doscientos millones de dólares. Sólo hay una en Estados Unidos, y ningún falsificador tiene acceso a ella.

—Así que coges un lápiz de cera y haces un bosquejo del viejo Abraham —intervino Leo—. Así, el listo que compruebe el billete ve un pequeño destello y le parece haber visto el holograma.

—Pero tú te has dado cuenta —señaló Annabelle—.

Porque tú también usabas esa táctica para falsificar billetes. —Tomó unos vaqueros—. Pero, a partir de ahora, yo le diría a tu proveedor que se tome la molestia de estampar la marca en la cremallera, como hace el fabricante original. —Dejó los vaqueros y cogió un bolso—. Y que haga una puntada doble en la correa. Es otra señal delatora.

Leo cogió un reloj que estaba a la venta.

—Y las manecillas de los auténticos Rolex se mueven sigilosamente, no hacen tictac.

—No puedo creer que me hayan vendido mercancía falsa —dijo el hombre. Hace unos minutos he visto a un policía en el muelle. Iré a buscarlo. No se marchen, seguro que querrá tomarles declaración.

Annabelle le sujetó el brazo con sus dedos largos y ágiles.

—No desperdicies tu tapadera con nosotros —dijo—. Hablemos.

—¿De qué? —preguntó con desconfianza.

—Dos golpes modestos y una gran estafa —respondió Leo, lo cual hizo que al hombre se le iluminara el semblante.

4

Roger Seagraves miró al otro lado de la mesa de reuniones, al poca cosa de hombre y sus penosos cuatro pelos negros y grasientos que a duras penas le cubrían un cuero cabelludo grande y escamoso. El hombre tenía poca chicha en los hombros y las piernas y mucha grasa en la barriga y el trasero. Aunque no había cumplido los cincuenta, probablemente no fuera capaz de correr más de veinte metros sin caer reventado; y levantar la bolsa de la compra pondría a prueba la resistencia de su torso. «Representa la degradación física de toda la raza masculina en el siglo XXI», pensó Seagraves. Le resultaba desagradable, porque gozar de buena forma física siempre había tenido gran importancia en su vida.

Corría siete kilómetros al día y acababa justo antes de que el sol alcanzara el punto más alto en el cielo. Todavía hacía flexiones con una sola mano y press de banca con el doble de su peso. Era capaz de aguantar la respiración bajo el agua durante cuatro minutos y, a veces, se entrenaba con el equipo de rugby del instituto cercano a su casa, en el oeste del condado de Fairfax. Ningún hombre de más de cuarenta años aguantaba el ritmo de los chicos de diecisiete años, pero él nunca se quedaba muy rezagado. En su profesión anterior, esa excelente forma física le había servido para lograr un único objetivo: mantenerse con vida.

Centró la atención en el hombre que tenía delante, al otro lado de la mesa. Cada vez que lo veía, una parte de él deseaba pegarle un tiro en la frente y acabar con su miserable letargo. Pero ninguna persona en su sano juicio mataría a su gallina de los huevos de oro o, en este caso, su topo de oro. Aunque Seagraves consideraba que su compañero tenía muchas limitaciones físicas, lo necesitaba.

La criatura se llamaba Albert Trent. Seagraves tenía que reconocer que, pese a aquel cuerpo contrahecho el hombre era inteligente. Un elemento importante de su plan, quizás el detalle más importante, había sido idea de Trent. Ése era el motivo principal por el que había aceptado asociarse con él.

Los dos hombres hablaron un rato sobre la inminente declaración de los representantes de la CIA ante el Comité Selecto Permanente de Inteligencia del Congreso, al cual pertenecía Albert Trent. A continuación, trataron información clave recogida por el personal de Langley y algunas de las muchas agencias secretas estatales. Esa gente espiaba a la población desde el espacio exterior, por teléfono, fax, correo electrónico y, a veces, en persona.

Cuando acabaron, los dos hombres se recostaron en el asiento y se tomaron el café tibio. Seagraves aún no conocía a ningún burócrata capaz de preparar una taza de buen café. Quizá fuera el agua.

—Se está levantando viento —dijo Trent con la mirada fija en el informe que tenía delante. Se alisó la corbata roja sobre la barriga prominente y se frotó la nariz.

Seagraves miró por la ventana. Bueno, había llegado el momento de hablar en clave, por si alguien más los escuchaba. En los tiempos que corrían nadie estaba a salvo de oídos indiscretos, y menos en el Capitolio.

—Se acerca un frente, lo he visto en las noticias. A lo mejor llueve un poco, o a lo mejor no.

—He oído que podría caer una tormenta eléctrica.

Seagraves se animó al oír aquello. Las referencias a tormentas eléctricas siempre le llamaban la atención. El presidente de la Cámara de Representantes, Bob Bradley, había sido una de esas tormentas eléctricas. Ahora yacía bajo tierra en su Kansas natal, con un puñado de flores marchitas encima.

Seagraves se echó a reír.

—Ya sabes qué dicen del tiempo: todo el mundo habla de él, pero nadie hace nada al respecto —dijo.

Trent también rió.

—Aquí todo pinta bien. Como siempre, agradecemos la cooperación de la CIA.

—¿No lo sabías? La C significa «cooperación».

—¿Sigue en pie la declaración del SDO para este viernes? —preguntó, refiriéndose al subdirector de operaciones.

—Sí. Y a puerta cerrada podemos ser muy sinceros.

Trent asintió.

—El nuevo presidente del comité sabe cuáles son las reglas del juego. Ya pasaron lista en la votación para cerrar la vista.

—Estamos en guerra contra los terroristas, de manera que el panorama ha cambiado totalmente. Hay enemigos del país en todos los rincones. Tenemos que obrar en consecuencia: matarlos antes de que se nos adelanten.

—Sin duda —convino Trent—. Es una nueva época, una nueva lucha. Y totalmente legal.

—Por supuesto. —Seagraves reprimió un bostezo. Si había alguien escuchando, esperaba que hubiera disfrutado de ese patriotismo barato. Hacía tiempo que había dejado de importarle su país y, ya puestos, cualquier otro. Ahora sólo le importaba él mismo: el Estado Independiente de Roger Seagraves. Y tenía la capacidad, las agallas y el acceso a elementos de gran valor para hacer algo al respecto—. Bueno, si no hay nada más, me marcho. A estas horas seguro que hay un montón de tráfico.

—¿Y cuándo no? —Trent dio un golpecito al informe mientras decía esto.

Seagraves no perdió de vista el libro que había dado al otro hombre, ni siquiera al tomar un archivo que Trent había deslizado hacia su lado. El archivo contenía varias peticiones detalladas de información y aclaración sobre ciertas prácticas de vigilancia de la agencia secreta. El grueso informe que le había dejado a Trent no contenía nada más emocionante que el habitual análisis aburrido y complicado que su agencia proporcionaba al comité de supervisión. Era una obra maestra de cómo no decir absolutamente nada de la forma más confusa posible con un millón de palabras o más.

Sin embargo, si se leía entre líneas proverbiales, como Seagraves sabía que Trent haría esa misma noche, las páginas del libro de informes revelaban algo más: los nombres de cuatro agentes secretos estadounidenses muy activos y su actual ubicación en el extranjero, todo ello en clave. El derecho a hacer públicos esos nombres y direcciones ya se había vendido a una organización terrorista bien financiada que llamaría a la puerta de esas personas en tres países de Oriente Medio y les volaría la cabeza. Ya se habían transferido dos millones de dólares por nombre a una cuenta que ningún organismo regulador estadounidense auditaría jamás. Ahora la misión de Trent consistía en pasar los nombres robados al siguiente eslabón de la cadena.

El negocio de Seagraves iba viento en popa. A medida que aumentaba la cantidad de enemigos globales de Estados Unidos, él vendía secretos a terroristas musulmanes, comunistas de América del Sur, dictadores asiáticos e incluso miembros de la Unión Europea.

—Que disfrutes de la lectura —dijo Trent, refiriéndose al archivo que acababa de entregarle. En él, Seagraves hallaría la identidad encriptada de «tormenta eléctrica» junto con todos los detalles.

Más tarde esa misma noche, ya en casa, Seagraves se quedó mirando el nombre y empezó a preparar la misión metódicamente, como de costumbre. La diferencia era que esta vez necesitaría algo mucho más sutil que un rifle y una mira telescópica. En este caso, Trent le había venido como anillo al dedo, con valiosa información sobre el objetivo que simplificaba las cosas sobremanera. Seagraves sabía perfectamente a quién llamar.

5

A las seis y media en punto de una mañana fría y clara en Washington D.C., Jonathan DeHaven salió por la puerta principal de su casa de tres plantas vestido con una chaqueta de *tweed* gris, corbata azul claro y pantalones negros de *sport*. DeHaven, un hombre alto y enjuto de unos cincuenta y cinco años con el pelo cano bien peinado, inhaló el aire fresco y dedicó unos instantes a observar la hilera de viejas mansiones que flanqueaban su calle.

DeHaven no era ni mucho menos el residente más acaudalado del vecindario, donde el precio medio de una vivienda de obra vista de varias plantas era de varios millones de dólares. Por suerte, él había heredado la casa de sus padres, lo suficientemente listos para ser de los primeros en invertir en la zona más selecta de la capital. Aunque buena parte de su patrimonio había ido a parar a organizaciones benéficas, el hijo único de los DeHaven había heredado una cantidad nada desdeñable para complementar su salario gubernamental y darse ciertos caprichos.

A él estos ingresos extraordinarios le permitían vivir sin tener que preocuparse de ganar dinero, pero otros residentes de Good Fellow Street no eran tan privilegiados. De hecho, uno de sus vecinos era un comerciante de muerte, aunque DeHaven suponía que el apelativo políticamente correcto era «contratista de defensa».

Ese hombre, Cornelius Behan —le gustaba que le llamaran CB— vivía en una especie de palacete que aglutinaba dos residencias originales en una sola mansión de mil cuatrocientos metros cuadrados. DeHaven había oído rumores de que lo había conseguido mediante sobornos oportunos, dado que se trataba de una zona histórica muy controlada. El complejo no sólo contaba con ascensor para cuatro personas, sino también con residencia aparte para el servicio en la que, de hecho, vivían los criados.

Behan también llevaba a su mansión a una gran cantidad de mujeres ridículamente hermosas a horas intempestivas, aunque tenía la decencia de esperar a que su esposa estuviera fuera de la ciudad, normalmente comprando en Europa como una posesa. DeHaven confiaba en que la mujer agraviada disfrutara de sus propias conquistas al otro lado del Atlántico. Esa idea le evocaba una imagen de la dama elegante y atractiva montada por un joven amante francés, desnudos los dos y encaramados a una mesa enorme estilo Luis XVI mientras sonaba de fondo *Bolero*. «Bravo por ti», pensaba DeHaven.

Apartó de su mente las ideas sobre los deslices de sus vecinos y se encaminó al trabajo con paso ligero. Jonathan DeHaven era el director del Departamento de Libros Raros y Colecciones Especiales de la Biblioteca del Congreso; cargo que lo enorgullecía, dado que probablemente se tratara de la mejor colección de libros singulares del mundo. Bueno, quizá los franceses, italianos y británicos no estuvieran de acuerdo en ello; pero, como de DeHaven no era objetivo, consideraba que la versión norteamericana era la mejor.

Recorrió unos cuatrocientos metros de acera de adoquines desiguales con un paso meticuloso aprendido de su madre, que siempre quiso ir andando a todas partes durante su larga vida. El día antes de morir, DeHaven no estaba del todo convencido de que su autoritaria madre no se saltara el funeral y decidiera marcharse directamente al cielo exigiendo que la dejaran entrar para empezar a mangonear. En una esquina se subió a un autobús, donde compartió asiento con un joven cubierto de polvo de pladur que llevaba una neverita maltrecha entre los pies. Al cabo de veinticinco minutos, el autobús dejó a DeHaven en un transitado cruce.

Atravesó la calle en dirección a una pequeña cafetería donde se tomó su té y su cruasán matutinos mientras leía el *New York Times*. Como de costumbre, los titulares le resultaban deprimentes. Guerras, huracanes, una posible epidemia de gripe, terrorismo: bastaba para encerrarse corriendo en casa a cal y canto. Había un artículo sobre la investigación de irregularidades en el ámbito de los contratos de defensa. Los políticos y fabricantes de armas se intercambiaban acusaciones de sobornos y corrupción. «¡Qué sorpresa!» Un escándalo de tráfico de influencias ya había apartado de su cargo al ex presidente de la Cámara de Representantes. Y luego su sucesor, Robert Bradley, había sido víctima de un brutal asesinato en el Club Federalista. El crimen todavía no estaba resuelto; aunque una banda terrorista nacional, desconocida hasta el momento y autodenominada «Norteamericanos contra 1984» en honor a la obra maestra de Orwell sobre el fascismo, había reivindicado la autoría del asesinato. La investigación policial no avanzaba, al menos según los medios de comunicación.

De vez en cuando, DeHaven miraba por la ventana de la cafetería a los funcionarios del Gobierno que caminaban por la calle con paso decidido, dispuestos a comerse el mundo; o, por lo menos, a uno o dos senadores patéticos. La verdad es que era un local de lo más insólito, pensó. Allí dentro había paladines épicos que danzaban en compañía de sórdidos especuladores, todo ello aderezado con una buena dosis de idiotas e intelectuales de los cuales, desgraciadamente, los primeros solían ocupar los cargos más poderosos. Era la única ciudad de Estados Unidos que podía declarar la guerra, aumentar el impuesto sobre la renta federal o reducir las prestaciones de la Seguridad Social. Las decisiones que se tomaban en esos pocos kilómetros cuadrados de monumentos y farsas hacían que legiones de personas se enfurecieran o se alegraran, y los dos bandos iban alternándose dependiendo de quién controlaba el Gobierno en cada momento. Y las luchas, giros y conspiraciones urdidas y luego puestas en práctica para mantener o recuperar el poder consumían cada gramo de energía que personas sumamente brillantes y talentosas eran capaces de dar. El mosaico revuelto y siempre cambiante tenía demasiadas piezas que se movían de forma frenética para cualquier profano como para siquiera hacerse una idea aproximada de lo que realmente pasaba. Era como un jardín de infancia letal que nunca acababa.

Al cabo de unos minutos, DeHaven subió al trote los amplios escalones del edificio Jefferson de la Biblioteca del Congreso, con su impresionante cúpula. Firmó el recibo de las llaves de la puerta con alarma que le dio el policía de la biblioteca y se dirigió a la segunda planta, desde donde rápidamente se encaminó hacia la sala LJ239, donde se hallaban la sala de lectura de Libros Raros y el entramado de cámaras acorazadas que salvaguardaban muchos de los tesoros en papel de la nación. Estas riquezas bibliográficas incluían un ejemplar impreso original de la Declaración de Independencia que los Padres Fundadores redactaron en Filadelfia en su marcha para liberarse del yugo inglés. «¿Qué pensarían ahora de este lugar?»

Abrió con llave las impresionantes puertas exteriores de la sala de lectura y las dejó abiertas contra las paredes interiores. A continuación marcó la complicada sucesión de teclas que le permitía entrar en la sala. DeHaven siempre era la primera persona en llegar. Aunque para cumplir sus responsabilidades habituales no tenía que estar en la sala de lectura, DeHaven mantenía una simbólica relación con los libros antiguos que resultaría inexplicable para un lego en la materia, pero que cualquier bibliófilo, por modesta que fuera su afición, comprendería a la primera.

La sala de lectura no estaba abierta los fines de semana, lo cual permitía a DeHaven salir en bicicleta, buscar libros singulares para su colección personal y tocar el piano. Había aprendido a tocarlo bajo la estricta tutela de su padre, cuya ambición de ser concertista de piano había quedado aplastada por la cruda realidad que suponía su falta de talento. Por desgracia, su hijo se encontraba en la misma situación. No obstante, desde la muerte de su padre, DeHaven disfrutaba tocando. Por mucho que lo exasperara el estricto código de conducta de sus progenitores, casi siempre les había obedecido.

De hecho, sólo había actuado una vez contra su voluntad, aunque se trató de una flagrante trasgresión. Se había casado con una mujer casi veinte años menor que él, una señorita cuya posición social era bastante inferior a la suya, o al menos eso era lo que su madre le había repetido hasta la saciedad hasta llegar a acosarlo para que anulara el matrimonio al cabo de un año. Ninguna madre debería tener potestad para obligar a un hijo a dejar a la mujer que ama, ni siquiera de amenazarlo con desheredarlo. Su madre había caído tan bajo que incluso le había dicho que vendería todos los libros singulares que había prometido dejarle. Pero él tenía que haber sido capaz de hacerle frente, de decirle que no se inmiscuyera en su vida. Eso es lo que pensaba ahora, claro está, cuando ya era demasiado tarde. Ojalá hubiera tenido agallas años atrás.

DeHaven suspiró con nostalgia mientras se desabotonaba la chaqueta y se alisaba la corbata. Era muy posible que hubieran sido los mejores doce meses de su vida. Nunca había conocido a una persona como ella, y seguro que nunca volvería a conocer a otra igual. «Aun así, la dejé marchar porque mi madre me chantajeó.» Había escrito a aquella mujer años después de lo ocurrido, disculpándose de todos los modos posibles. Le mandó dinero, joyas y artículos exóticos de sus viajes por el mundo; pero nunca le pidió que volviera con él. No, nunca se lo había pedido, ¿verdad? Ella le había escrito unas cuantas veces, hasta que un día los paquetes y las cartas que él le enviaba empezaron a serle devueltos sin abrir. Tras la muerte de su madre se planteó intentar encontrarla, pero acabó llegando a la conclusión de que era demasiado tarde. Ya no la merecía.

Respiró hondo, se guardó las llaves de la puerta en el bolsillo y echó un vistazo a la sala de lectura. La estancia, inspirada en el esplendor georgiano del Independence Hall, le producía un efecto calmante. A DeHaven le gustaban especialmente las abombadas lámparas de cobre que había en todas las mesas. Pasó la mano por una con cariño, y la sensación de fracaso por haber perdido a la única mujer que le había proporcionado la felicidad absoluta empezó a desvanecerse.

DeHaven cruzó la sala y extrajo su tarjeta de seguridad. La desplazó por la plataforma informática de acceso, asintió a la cámara de vigilancia empotrada en la pared, por encima de la puerta, y pasó a la cámara acorazada. Entrar allí cada mañana era un ritual diario, le ayudaba a recargar baterías, reafirmaba la idea de que todo giraba en torno a los libros.

Pasó un rato en el terreno sagrado de la sala Jefferson hojeando un ejemplar de la obra de Tácito, un romano que el tercer presidente de Estados Unidos admiraba sobremanera. A continuación utilizó las llaves para entrar en la cámara Lessing J. Rosenwald, donde incunables y códices donados por Rosenwald, ex presidente de Sears Roebuck, se hacían compañía en las estanterías metálicas de una costosa sala cuya temperatura estaba constantemente controlada. Aunque la biblioteca tenía un presupuesto muy limitado, una temperatura constante de 15,5° con una humedad relativa del 68% permitía que un libro antiguo sobreviviera al menos varios siglos más.

Para DeHaven, valía la pena descontar ese gasto adicional de un presupuesto federal que siempre destinaba más a la guerra que a fines pacíficos. Por una mínima parte de lo que costaba un misil, él podía comprar legalmente todas las obras que la biblioteca necesitaba para completar su colección de libros raros. No obstante, los políticos creían que los misiles proporcionaban seguridad; mientras que, en realidad, los libros eran los que la proporcionaban y por un motivo muy sencillo: la ignorancia causaba guerras y los amantes de la lectura raras veces eran ignorantes. Tal vez fuera una filosofía excesivamente simplista, pero DeHaven estaba convencido de ello.

Mientras contemplaba los libros de las estanterías, reflexionaba sobre la colección de libros que él tenía en una cámara especial del sótano de su casa. No era una gran colección, aunque sí considerable. DeHaven opinaba que todas las personas deberían coleccionar algo, porque eso te hacía sentir más vivo y conectado con el mundo.

Tras inspeccionar un par de libros que acababan de llegar del Departamento de Conservación, subió las escaleras conducentes a las cámaras que se extendían hasta la sala de lectura. Allí se guardaba una colección de los primeros libros de medicina norteamericanos. Y el entresuelo, situado justo encima, albergaba gran variedad de libros infantiles. Se detuvo para dar una cariñosa palmada a la cabeza del pequeño busto de un hombre que ocupaba una mesita rinconera desde tiempo inmemorial.

Al cabo de unos instantes, Jonathan DeHaven se desplomó en una silla y empezó a morirse. No fue una muerte agradable o indolora, a juzgar por las convulsiones y los gritos ahogados que emitía mientras se le iba la vida. Para cuando la agonía acabó, en tan sólo treinta segundos, se quedó tendido en el suelo a unos seis metros de donde había empezado. Parecía estar observando una colección de cuentos en cuyas portadas aparecían chicas ataviadas con vestidos veraniegos y pamelas.

Murió sin saber qué lo había matado. Su cuerpo no le había traicionado, pues gozaba de una salud excelente. Nadie lo había golpeado con un objeto contundente y ningún veneno había rozado sus labios; de hecho, estaba totalmente solo.

Sea como fuere, Jonathan DeHaven estaba muerto.

A unos cuarenta kilómetros de distancia, sonó el teléfono en casa de Roger Seagraves. Era el parte meteorológico: soleado y despejado durante los próximos días. Seagraves terminó el desayuno, agarró su maletín y se marchó al trabajo. Le encantaba empezar el día con buen pie.

6

Caleb Shaw entró en la sala de lectura de Libros Raros y se dirigió al escritorio situado contra la pared, al fondo, donde dejó la mochila y el casco de la bicicleta. Se quitó la tira del tobillo que impedía que se manchara los pantalones con la cadena y luego se acomodó en el asiento. Esa mañana tenía mucho trabajo. El día anterior, un importante erudito estadounidense había pedido más de seiscientos libros para preparar una compleja bibliografía y Caleb, como especialista en investigación, debía reunir los volúmenes. Ya había consultado las obras en el directorio de la biblioteca, pero ahora tenía que emprender la laboriosa tarea de sacarlas de las estanterías.

Se atusó el alborotado pelo cano y se aflojó un poco el cinturón. Aunque Caleb era poco corpulento, últimamente se le habían acumulado en la cintura unos incómodos kilos de más. Confiaba en solucionar ese problema yendo al trabajo en bicicleta. Evitaba todo atisbo de dieta sana y disfrutaba enormemente del vino y de la comida suculenta. Caleb también se enorgullecía de no haber pisado un gimnasio desde que acabara el bachillerato.

Se acercó a la entrada de la cámara acorazada, colocó la tarjeta sobre la almohadilla de seguridad y abrió la puerta. A Caleb le había sorprendido levemente no haber visto a Jonathan DeHaven al entrar. El hombre siempre llegaba el primero, y no se había encontrado cerrada con llave la puerta de la sala de lectura. No obstante, Caleb supuso que el director estaba o en su despacho o quizás en las cámaras.

—¿Jonathan? —llamó, sin recibir respuesta. Echó un vistazo a la lista que tenía en la mano. Aquel encargo le llevaría fácilmente todo el día. Cogió un carrito para libros arrimado a la pared y se dispuso a hacer su trabajo, recogiendo en cada cámara los libros que necesitaba. Al cabo de media hora, salió de la cámara para ir a buscar otra lista que necesitaba cuando una compañera de trabajo entraba en la sala de lectura.

Intercambiaron cumplidos y él volvió a entrar en la cámara. Hacía mucho frío en el interior, y recordó que el día anterior se había dejado el jersey en la cuarta planta de la cámara. Se disponía a subir en el ascensor, pero se vio los michelines propios de la mediana edad y decidió ir por las escaleras, e incluso llegó a subir corriendo los últimos peldaños. Pasó junto a la colección de libros médicos, subió otro tramo de escaleras y llegó al entresuelo. Cruzó el pasillo principal en dirección al lugar donde había dejado el suéter.

Cuando vio el cadáver de Jonathan DeHaven tumbado en el suelo, Caleb Shaw lanzó un grito ahogado, se atragantó y se desmayó.

El hombre alto y fibroso salió de la sencilla casita y entró en el pequeño cementerio en el que trabajaba de cuidador. No era fácil asegurarse de que la última morada de los difuntos estaba siempre a punto. Lo irónico del caso es que, «oficialmente», él ocupaba una tumba en el cementerio nacional de Arlington, y muchos de sus antiguos compañeros del Gobierno se sorprenderían si se enteraran de que seguía con vida. De hecho, era algo que ni a él dejaba de sorprenderlo. La organización en la que había trabajado había hecho todo lo posible para eliminarlo, por la sencilla razón de negarse a matar para su Gobierno.

Advirtió el movimiento de la criatura por el rabillo del ojo y comprobó que nadie lo observaba desde el cercano bloque de apartamentos. Entonces, con un movimiento ágil extrajo la navaja de la funda que llevaba en el cinturón y se giró. Se deslizó sigilosamente hacia delante, apuntó y lanzó el cuchillo. Observó cómo la víbora cobriza se retorcía: el cuchillo la había dejado clavada en el suelo por la cabeza. El bicho había estado a punto de morderle dos veces a lo largo de la semana, oculto por la hierba alta. Una vez muerta la serpiente, desclavó el cuchillo, lo limpió y depositó el cadáver en un cubo de basura.

Aunque no solía recurrir a sus viejas habilidades, a veces le resultaban muy útiles. Afortunadamente, hacía mucho que había dejado atrás la época en que se tumbaba a esperar que su objetivo entrara en su punto de mira. Sin embargo, estaba claro que el pasado afectaba a su vida actual, empezando por su nombre.

Hacía más de treinta años que no utilizaba su verdadera identidad, John Carr. Lo conocían como Oliver Stone. Se había cambiado el nombre, en parte, para frustrar los intentos de su vieja organización de encontrarle y, en parte, como acto de desafío contra un Gobierno que consideraba muy poco honrado con los ciudadanos. Hacía décadas que mantenía una tienda de campaña en Lafayette Park, frente a la Casa Blanca, donde había formado parte de un puñado de «manifestantes permanentes». El cartel que había junto a la tienda decía QUIERO LA VERDAD. Para conseguir ese objetivo, lideraba una pequeña organización informal de vigilancia llamada Camel Club, cuyo propósito era hacer que el Gobierno estadounidense rindiera cuentas a la población. Y alguna que otra vez había albergado teorías que sostenían la existencia de una conspiración.

Los demás componentes del grupo, Milton Farb, Reuben Rhodes y Caleb Shaw no ocupaban ningún cargo de poder y tampoco ejercían ningún tipo de influencia; sin embargo, mantenían los ojos y los oídos bien abiertos. Era increíble lo que una persona era capaz de conseguir si era buena observadora y luego actuaba basándose en tales observaciones con valentía e ingenio.

Alzó la vista hacia el cielo que presagiaba lluvia. Una ráfaga de viento del frente que se aproximaba le erizó el pelo cano cortado al rape; antes lo llevaba largo hasta los hombros, junto con una barba espesa y desaliñada que le cubría el pecho, y ahora, como mucho, pasaba dos días sin afeitarse. El cambio de peinado y de barba le habían servido para mantenerse con vida durante la última aventura del Camel Club.

Stone lanzó unos hierbajos a un cubo de basura y luego se pasó un rato apuntalando una vieja lápida que señalaba la última morada de un famoso predicador afroamericano, que había perdido la vida luchando por la libertad. «Qué raro —pensó Stone— que hubiera que luchar por la libertad en la nación más libre de la tierra.» Mientras contemplaba el cementerio Mt. Zion, antigua parada del ferrocarril clandestino que trasportaba a los esclavos hacia la libertad, no hizo sino maravillarse ante las extraordinarias personas que había allí enterradas.

Mientras trabajaba, escuchaba las noticias en una radio portátil que había dejado a su lado en el suelo. El locutor informaba de la muerte en el extranjero de cuatro enlaces del Departamento de Estado en Irak, la India y Pakistán en incidentes separados.

«¿Enlaces del Departamento de Estado?» Stone sabía qué significaba eso. Los agentes secretos habían sido desenmascarados y asesinados. La versión oficial ocultaría ese hecho a la opinión pública; como siempre. No obstante, Stone se preciaba de mantenerse al corriente de la actualidad geopolítica. La iglesia para la que trabajaba le proporcionaba tres periódicos diarios como parte del sueldo. Recortaba muchos artículos y los pegaba en sus libretas, al tiempo que se valía de su experiencia para discernir la verdad oculta tras la versión oficial.

El sonido del teléfono móvil interrumpió sus pensamientos. Respondió, escuchó brevemente y no preguntó nada. Acto seguido, echó a correr. Caleb Shaw, su amigo y compañero del Camel Club, estaba en el hospital, y otro hombre que trabajaba en la Biblioteca del Congreso, muerto. Con las prisas, Stone olvidó cerrar con llave las puertas del recinto.

Seguramente los muertos comprendían que los vivos tenían prioridad.

7

Caleb Shaw yacía en una cama de hospital, negando lentamente con la cabeza. Estaba rodeado de los demás componentes del Camel Club. Reuben Rhodes, de casi sesenta años, medía casi dos metros y tenía la complexión de un jugador de rugby. Llevaba el pelo negro y rizado hasta los hombros, una barba descuidada y una expresión pesarosa en la mirada que, a veces, le hacía parecer un loco; lo cual, en ocasiones era más que cierto. Milton Farb medía metro ochenta, era delgado y tenía el pelo más bien largo y una cara angelical, sin arrugas, que hacía que aparentara mucho menos de los cuarenta y nueve.

Reuben era un veterano de la guerra de Vietnam con muchas condecoraciones y ex empleado de la DIA, Agencia de Inteligencia de la Defensa, que actualmente trabajaba en un muelle de carga después de que su carrera militar se fuera al garete por culpa del alcohol, las pastillas y su indignación por la guerra que criticó con indiscreción. Se desintoxicó con ayuda de Oliver Stone, quien se lo encontró durmiendo la borrachera bajo un arce en el cementerio nacional de Arlington.

Milton había sido un niño prodigio con una capacidad intelectual ilimitada. Sus padres trabajaban en una feria ambulante en la que habían explotado la superioridad mental de su hijo con una especie de espectáculo de bichos raros. Pese a ello, había ido a la universidad y había trabajado para los Institutos Nacionales de Salud. Sin embargo, como padecía un trastorno obsesivo-compulsivo y otros problemas mentales destructivos, el mundo en que vivía se había venido abajo. Acabó en la indigencia y cayó en un estado mental tan debilitado que lo internaron por orden judicial.

Oliver Stone también fue su salvador. Había trabajado de camillero en el hospital psiquiátrico en el que Milton estaba internado. Como advirtió su capacidad excepcional, que incluía una prodigiosa memoria fotográfica, Stone consiguió llevar a Milton sedado a *Jeopardy!*, donde venció a todos los concursantes y ganó una pequeña fortuna. Los años de terapia y de tratamiento farmacológico le habían permitido vivir con bastante normalidad. Ahora tenía un negocio lucrativo de diseño de webs corporativas.

Stone apoyó su cuerpo de metro noventa contra la pared, se cruzó de brazos y miró al amigo encamado.

Caleb Shaw, doctorado en Ciencias Políticas y Literatura del siglo XVIII, llevaba trabajando más de una década en la sala de lectura de Libros Raros de la Biblioteca del Congreso. Soltero y sin hijos, la biblioteca, aparte de sus amigos, constituía la pasión de su vida.

Caleb también había pasado por momentos difíciles. Había perdido a uno de sus hermanos mayores en Vietnam y sus padres habían muerto trágicamente hacía más de quince años. Stone había conocido a Caleb cuando estaba sumido en un pozo de desesperación, cuando parecía que el bibliotecario había perdido el deseo de seguir adelante. Stone entabló amistad con él, le presentó al dueño de una librería que necesitaba ayuda urgentemente y, poco a poco, Caleb fue superando la depresión gracias a su amor por la lectura. «Parece que me rodeo de casos perdidos —pensó Stone—. Aunque yo también lo fui.» De hecho, Stone debía tanto a sus amigos como ellos a él, por no decir más. De no ser por Caleb, Reuben y Milton, Stone tampoco habría sobrevivido. Después de pasar años sumido en un comportamiento destructivo, Stone había dedicado los últimos treinta años de su vida a buscar una forma de redención personal. En su opinión, todavía le quedaba mucho por hacer.

La entrada de Alex Ford, agente veterano del Servicio

Secreto que había ayudado al Camel Club en el pasado y sido nombrado por ello miembro honorario del mismo, interrumpió las cavilaciones de Stone.

Ford pasó media hora con ellos, y le alivió saber que Caleb se recuperaría.

—Cuídate, Caleb —le dijo—. Y llámame si necesitas algo.

—¿Cómo están las cosas en la OCW? —le preguntó Stone, refiriéndose a la Oficina de Campo del Servicio Secreto en Washington.

—Hay muchísimo trabajo. Los maleantes se han puesto las pilas.

—Bueno, espero que te hayas recuperado totalmente de nuestra aventurilla.

—Yo no llamaría «aventurilla» a un posible Apocalipsis global. Y no creo que jamás llegue a recuperarme del todo.

Cuando Alex Ford se hubo marchado, Caleb se dirigió a los demás.

—Fue verdaderamente horrible —confesó—. Me lo encontré tendido en el suelo.

—¿Y te desmayaste? —preguntó Stone, con la vista clavada en su amigo.

—Supongo que sí. Recuerdo haber doblado la esquina en busca del jersey y encontrármelo ahí. Dios mío, casi tropiezo con él. Le vi los ojos y se me quedó la mente en blanco. Noté que se me contraía el pecho. Sentí mucho frío. Pensaba que me estaba dando un ataque al corazón, y entonces me desmayé.

Reuben apoyó una mano en el hombro de Caleb.

—Muchos se habrían desmayado.

—Según la Fundación Nacional de Psiquiatría, encontrar un cadáver es la segunda situación más traumática que puede experimentar una persona —intervino Milton.

Reuben arqueó una ceja al oír el comentario.

—¿Y cuál es la primera situación más traumática? ¿Encontrarte a tu mujer en la cama con un tío que lleve en la mano un yogur caducado?

—¿Conocías bien a DeHaven? —preguntó Stone a Caleb.

—Sí. Es una tragedia, la verdad. Estaba en plena forma.

Acababan de hacerle un chequeo cardiológico completo en el Hopkins. Pero supongo que a cualquiera puede darle un ataque al corazón.

—¿Eso es lo que fue, un ataque al corazón? —preguntó Stone.

Caleb se mostró indeciso:

—¿Qué otra cosa iba a ser? ¿Una embolia?

—En términos estadísticos, probablemente fuera un ataque al corazón —intervino Milton—. Es la primera causa de lo que llaman muerte súbita en este país. De hecho, cualquiera de nosotros podría desplomarse en un momento dado y morir antes de llegar al suelo.

—Joder, Milton —replicó Reuben—, ¿tienes que ser tan asquerosamente optimista?

—Hasta que se conozcan los resultados de la autopsia, lo único que podemos hacer es especular —señaló Stone—. Tú no viste a nadie más en la zona de cámaras, ¿verdad?

Caleb miró a su amigo:

—No.

—Pero te desmayaste muy rápido, por lo que a lo mejor no viste si había alguien en la cuarta planta.

—Oliver, no se puede entrar en la cámara acorazada sin la tarjeta. Y hay una cámara en la puerta.

Stone se quedó pensativo.

—Primero asesinan al presidente de la Cámara de Representantes y, ahora, el director del Departamento de Libros Raros muere en circunstancias un tanto misteriosas.

Reuben lo observó con recelo.

—Dudo que ahora los terroristas vayan a por mercachifles de libros, así que no conviertas esto en otra gran conspiración que va a poner en peligro el equilibrio mundial. A mí me basta con un Apocalipsis al mes, muchas gracias.

Stone parpadeó.

—De momento, pospondremos el tema hasta que sepamos más.

—Puedo llevarte a casa, Caleb —dijo Reuben—. Tengo la moto.

Reuben se enorgullecía de su motocicleta Indian de 1928, cuya particularidad era que llevaba el sidecar a la izquierda.

—Creo que no estoy preparado, Reuben. —Caleb calló un momento antes de añadir—: La verdad es que le tengo pavor a ese artilugio tuyo.

Una enfermera entró en la habitación, tomó las constantes vitales al paciente y le puso el termómetro en la axila izquierda.

—¿Podré irme pronto a casa? —preguntó Caleb.

Cogió el termómetro y observó qué marcaba.

—Te ha subido la temperatura a un valor casi normal. Y sí, creo que el médico está preparando los papeles del alta.

Mientras se ultimaban los preparativos para darle el alta a Caleb, Stone se llevó a Reuben a un lado.

—Tenemos que estar pendientes de Caleb durante un tiempo.

—¿Por qué? ¿Crees que tiene algo grave?

—No, lo que no quiero es que le pase algo grave.

—Ese tipo murió de un ataque al corazón, Oliver. Pasa todos los días.

—Pero no es tan probable en una persona que acaba de salir del Johns Hopkins en perfecto estado de salud.

—Vale, pues se le reventó un vaso sanguíneo o se cayó y se partió la crisma. Ya has oído a Caleb: el hombre estaba solo.

—Según Caleb estaba solo, pero no puede estar seguro al cien por cien.

—¿Y la cámara de seguridad y la tarjeta? —protestó Reuben.

—Todo eso es importante, y quizá confirme que Jonathan DeHaven estaba solo cuando murió. Pero no demuestra que no lo mataran.

—Venga ya, ¿quién iba a querer ajustar cuentas con un bibliotecario? —preguntó Reuben.

—Todo el mundo tiene enemigos; lo que pasa es que, en algunos casos, hay que esforzarse más en encontrarlos.

8

—¿Qué tal se ve? —preguntó Leo Richter por el auricular del teléfono mientras tecleaba unos números. Estaba sentado en el coche, delante de un cajero automático de Beverly Hills. En una furgoneta aparcada al otro lado de la calle, Tony Wallace, dependiente canallesco de una *boutique* hasta hacía poco, examinaba las imágenes de vídeo que recibía en una pantalla.

—Genial. Tengo un primer plano de tus dedos introduciendo el PIN. Y un buen plano de la parte delantera de la tarjeta. Ampliando la imagen congelada, leo toda la información.

La noche anterior habían cambiado la caja metálica que contenía folletos de banco y que estaba atornillada al lateral del cajero automático por una caja fabricada por Tony. Antes, éste había robado una caja de otra máquina y construido una réplica exacta en el garaje de la casa de alquiler en la que Annabelle los tenía alojados. En el interior de la caja de folletos falsa, Tony había colocado una videocámara con batería inalámbrica que enfocaba el teclado y la ranura para tarjetas del cajero automático. La cámara enviaba la imagen hasta los doscientos metros, mucho más allá de donde se hallaba la furgoneta.

Era una réplica tan perfecta que ni siquiera Annabelle fue capaz de encontrarle un fallo. Este dispositivo captaba todos los números de las tarjetas, incluido el código de verificación insertado en la banda magnética, y los enviaba sin cables a un receptor de la furgoneta.

Annabelle estaba sentada junto a Tony. Al otro lado se encontraba Freddy Driscoll, que se había dedicado a vender Gucci y Rolex falsos en el muelle de Santa Mónica hasta toparse con Annabelle y Leo. Freddy se encargaba de otra cámara de vídeo enfocada hacia el exterior de las ventanillas tintadas de la furgoneta.

—Tengo una imagen clara de los coches que pasan y de las matrículas —informó.

—Vale, Leo —dijo Annabelle por el auricular—. Sal de ahí y deja que circule el dinero de verdad.

—¿Sabes qué? —dijo Tony—. En realidad, no necesitamos la cámara en el cajero, porque tenemos el lector de tarjetas. No hace falta.

—A veces falla la transmisión del lector —dijo Annabelle, observando la pantalla de televisión que tenía delante—. Y, si perdemos un número, la tarjeta no nos sirve. Además, la cámara nos proporciona información que el lector no da. Sólo vamos a hacerlo una vez, así que hay que evitar cualquier posible error.

Se pasaron los dos días siguientes en la furgoneta, mientras la cámara del cajero automático y el lector capturaban la información de las tarjetas de crédito y de débito. Annabelle fue emparejando metódicamente esta información con los coches y las matrículas que pasaban por el carril del cajero automático, cargándolo todo en una hoja de cálculo en un portátil. Annabelle también establecía prioridades:

—Los Bugatti Veyron, Saleen, Pagani, Koenigsegg, Maybach, Porsche Carrera GT y Mercedes SLR McLaren tienen cinco estrellas. El Bugatti cuesta un millón y cuarto de dólares y los demás cuestan entre cuatrocientos mil y setecientos mil dólares. Los Rolls-Royce, Bentley y Aston Martin tienen cuatro estrellas. Los Jaguar, BMW y Mercedes normales tienen tres estrellas.

—¿Qué me dices de los Saturn, Kia y Yugo? —preguntó Leo en broma.

Al término de los dos días se reunieron en la casa alquilada.

—Preferimos la calidad a la cantidad —afirmó Annabelle—. Treinta tarjetas. Es todo lo que necesitamos.

Leo repasó la hoja de cálculo:

—Perfecto, porque tenemos veintiún cinco estrellas y nueve cuatro estrellas, todos ellos emparejados con sus respectivos números de tarjeta.

—Los Ángeles es el único sitio en el que se ven pasar dos Bugatti Veyron por el mismo cajero —comentó Tony—. Mil caballos de potencia, velocidad máxima de cuatrocientos kilómetros por hora y gasolina que cuesta una fortuna. ¿De dónde saca la gente tanto dinero?

—Del mismo sitio que nosotros. Se lo roban a otros —respondió Leo—. Sólo que, por algún motivo, la ley determina que lo que ellos hacen es legal.

—Me enfrenté a la ley y la ley ganó —canturreó Tony. Miró a Annabelle y a Leo—. ¿Habéis estado en la cárcel alguna vez?

Leo empezó a barajar unos naipes.

—Es un tío realmente gracioso, ¿verdad?

—Oye, ¿cómo es que también has anotado las matrículas? —inquirió Tony.

—Nunca se sabe cuándo pueden resultar útiles —respondió vagamente Annabelle.

Miró a Freddy, que revisaba el material expuesto en una mesa grande de la sala contigua. Había una pila de tarjetas de crédito en blanco y una impresora de tinta térmica.

—¿Tienes todo lo que necesitas? —preguntó ella.

Él asintió y observó las herramientas satisfecho mientras se pasaba la mano por el pelo algodonoso.

—Annabelle, diriges una operación de primera clase —dijo.

Al cabo de tres días, Freddy había fabricado treinta tarjetas falsas, dotadas de los gráficos de color correspondientes y una banda magnética con el código de verificación del banco, además de grabado el nombre de la víctima y su número de cuenta en el anverso. El toque final había sido el holograma, una medida de seguridad que los bancos utilizaban desde principios de los años ochenta. La única diferencia era que los hologramas de verdad estaban incrustados en la tarjeta, mientras que el falso estaba adherido a la superficie; algo que un cajero automático no distinguía.

—En Internet se pueden comprar todos los números de tarjeta de crédito que quieras —comentó Tony—. Es lo que hacen los profesionales.

—Y yo te garantizo que ninguna de esas tarjetas «rápidas» pertenece al propietario de un Bugatti —replicó Annabelle—. Salvo por pura casualidad.

Leo dejó de barajar las cartas y encendió un pitillo.

—Probablemente te lo dijera un profesional, chico, para que no empezaras a hacerlo de forma inteligente y compitieras con él. El buen estafador intenta disuadir a sus posibles competidores.

—¡Joder, qué estúpido he sido! —exclamó Tony.

—La verdad es que sí —convino Annabelle—. Bueno, el plan es el siguiente —se sentó en el brazo de una silla—: he alquilado coches para todos nosotros con identidades falsas. Vosotros tres cogéis ocho tarjetas cada uno, y yo cogeré seis; lo cual suma un total de treinta. Por separado, iréis a cuarenta cajeros automáticos del área metropolitana y realizaréis dos transacciones en cada una de ellas. Alternaréis las tarjetas en cada cajero, de forma que al final habréis accedido diez veces a cada cuenta.

—Tengo una lista con todos los cajeros automáticos. Y he marcado el recorrido para cada uno de vosotros. En todos se puede entrar con el coche, y están muy cerca los unos de los otros. Nos disfrazaremos para las cámaras de los cajeros; tengo ropa y accesorios para todos.

—Pero sólo se puede sacar una cantidad limitada de dinero al día —apuntó Freddy—. Para protegerse de las tarjetas robadas.

—Teniendo en cuenta las víctimas que nos hemos buscado, seguro que tendrán límites de reintegro generosos. A la gente que lleva coches de setecientos mil dólares no le gusta tener un límite de trescientos dólares en la tarjeta. Según mis contactos en el mundo de la banca, el límite inicial suele ser de dos mil quinientos dólares. Pero, aparte de eso, las tarjetas falsas nos dan acceso a todas las cuentas de la víctima, las de ahorro y las corrientes. Si pasamos dinero de la cuenta de ahorro a la cuenta corriente para cubrir con creces la cantidad que retiramos, entonces la máquina lo contabilizará como un extra y anulará el límite de extracción de la tarjeta, sea cual sea.

—O sea que si traspasamos, por ejemplo, cinco mil de la cuenta de ahorro a la cuenta corriente y retiramos cuatro mil, ni siquiera contará como reintegro neto de la cuenta corriente —añadió Leo.

—Eso es.

—¿Estás seguro? —preguntó Tony.

—El mes pasado hice un ensayo con diez de los bancos más importantes, y funcionó todas las veces. Se trata de un pequeño fallo de *software* en el que todavía no se han centrado. Hasta que se den cuenta, podemos hacer nuestro agosto.

Leo sonrió y se puso otra vez a barajar las cartas:

—Después de este golpe, seguro que se centran en el tema.

—¿Por qué no hacemos ocho transacciones en cada cajero, una para cada tarjeta? —sugirió Tony—. Así no tendríamos que ir a tantos bancos.

—Porque resultaría un poco sospechoso introducir ocho tarjetas en el cajero mientras hay gente esperando —respondió Annabelle, en tono impaciente—. Con dos tarjetas, da la impresión de que ha habido un fallo y de que vuelves a introducir la misma tarjeta.

—Ah, el joven delincuente, tan descontrolado e ignorante —musitó Leo.

Annabelle les pasó unas libretas de tres anillas a todos ellos.

—Aquí tenéis los PIN de cada tarjeta y las cantidades exactas que traspasaréis en cada cajero a la cuenta corriente para luego retirarlas. Cuando acabemos, quemaremos las libretas. —Se levantó, se acercó a un armario y les lanzó unos talegos—. Aquí tenéis vuestros disfraces, y utilizad los talegos para llevar el dinero. —Volvió a sentarse—. Os he adjudicado diez minutos en cada banco. Estaremos en contacto permanente. Si veis algo raro en algún cajero, pasad de largo e id al siguiente.

Freddy observó las cantidades especificadas en su libreta.

—Pero ¿y si no tienen saldo suficiente para cubrir la transferencia? Me refiero a que, a veces, incluso los ricos se quedan sin fondos.

—Tienen el dinero. Ya lo he comprobado —aseguró Annabelle.

—¿Cómo? —preguntó Tony.

—He llamado a su banco, he dicho que era vendedora y he preguntado si había saldo suficiente en la cuenta de ahorro para pagar una factura de cincuenta mil dólares que me debían.

—¿Y te lo han dicho así como así? —preguntó Tony.

—Siempre te lo dicen, chico —respondió Leo—. Sólo hay que saber cómo preguntar.

—Y durante estos dos días he visitado la casa de todas las víctimas —añadió Annabelle—. A primera vista, todas me han parecido costar, por los menos, cinco millones. En una de las mansiones había dos Saleen. Los dólares estarán en la cuenta.

—¿Has visitado las casas? —preguntó Tony.

—Como te ha dicho la señora, las matrículas resultan muy útiles —comentó Leo.

—El botín total será de novecientos mil dólares, una media de treinta mil por tarjeta —prosiguió Annabelle—. Los bancos en los que vamos a operar sacan los extractos de las cuentas de los cajeros automáticos en ciclos de doce horas. Acabaremos mucho antes de que eso ocurra. —Miró a Tony—. Y, por si a alguien le entra la tentación de largarse con la pasta, en la próxima estafa vamos a conseguir el doble que en ésta.

—Oye —dijo Tony en tono ofendido mientras se pasaba la mano por el pelo bien peinado—, esto es divertido.

—Sólo es divertido si no te pillan —puntualizó Annabelle.

—¿Te han pillado alguna vez? —volvió a preguntar Tony.

A modo de respuesta, Annabelle le dijo:

—¿Por qué no te lees lo que pone en tu libreta? Así no cometerás ningún error.

—Sólo hay que operar en el cajero automático. No tendré ningún problema.

—No era una sugerencia —le dijo ella fríamente, antes de abandonar la estancia.

—Ya la has oído, chico —dijo Leo, sin esforzarse demasiado por reprimir una sonrisa.

Tony farfulló algo entre dientes y salió enfadado de la sala.

—Nos oculta algo, ¿verdad? —comentó Freddy.

—¿Te gustaría trabajar con un estafador que no lo hiciera? —replicó Leo.

—¿Quién es?

—Annabelle —respondió Leo.

—Eso ya lo sé, pero ¿cuál es su apellido? Me sorprende que no se haya cruzado en mi camino con anterioridad. El mundo de la estafa de altos vuelos es bastante pequeño.

—Si hubiera querido que lo supieras, te lo habría dicho ella misma.

—Venga ya, Leo —dijo Freddy—. Tú lo sabes todo de nosotros. Y no soy ningún novato. Además, no saldrá de aquí.

Leo se lo pensó, antes de decir en voz baja:

—Bueno, tienes que jurarme que te llevarás el secreto a la tumba. Y, si le cuentas que te lo he dicho, lo negaré y luego te mataré. Lo digo en serio. —Se calló mientras Freddy se lo juraba—. Se llama Annabelle Conroy —dijo Leo.

—¿Paddy Conroy? —dijo Freddy enseguida—. De él sí que he oído hablar. Supongo que son parientes.

Leo asintió y siguió hablando sin levantar la voz:

—Es su hija. Un secreto bien guardado. La mayoría de la gente ni siquiera sabe que Paddy tuvo una hija. A veces, hacía pasar a Annabelle por su esposa. Algo raro, pero Paddy era así.

—Nunca tuve el placer de trabajar con él —añadió Freddy.

—Sí, bueno, yo tuve el placer de trabajar con el gran Paddy Conroy. Fue uno de los mejores estafadores de su generación. Y también un cabrón de armas tomar. —Leo miró en la dirección en que Annabelle y Tony se habían marchado y bajó aún más el tono de voz—. ¿Has visto la cicatriz que tiene bajo el ojo derecho? Se la hizo su viejo. Se llevó eso por echar a perder una reclamación fraudulenta cuando estafaban a los casinos de Las Vegas en la ruleta. Annabelle sólo tenía quince años, pero aparentaba veintiuno. El viejo tuvo que pagar tres mil dólares y ella se llevó una buena paliza. Y no fue la única vez, créeme.

—Joder —dijo Freddy—. ¿Su propia hija?

Leo asintió.

—Annabelle nunca habla de ello. Me enteré por otras fuentes.

—¿O sea que por aquel entonces trabajabas con ellos?

—Oh, sí, Paddy y su mujer, Tammy. En aquellos tiempos daban buenos golpes. Paddy me enseñó el trile. Lo que pasa es que Annabelle es mejor estafadora de lo que su padre jamás llegó a ser.

—¿Y eso por qué? —preguntó Freddy.

—Por una cualidad que Paddy nunca tuvo. Justicia. La heredó de su madre. Tammy Conroy era una mujer honrada, al menos para ser estafadora.

—¿Justicia? Curiosa cualidad para gente como nosotros —comentó Freddy.

—Paddy siempre dirigió a sus equipos con temor. Su hija los dirige con preparación y capacidad. Y nunca nos timaría. Paddy se largó no sé cuántas veces de la ciudad con todo el botín. Por eso acabó trabajando solo. Nadie quería trabajar con él. Dicen que incluso Tammy acabó dejándolo.

Freddy guardó silencio unos instantes, mientras parecía asimilar toda la información.

—¿Sabes algo del gran golpe?

Leo meneó la cabeza.

—Eso es cosa suya. Yo, de momento, a lo mío.

Mientras Freddy y Leo se dirigían a la cocina para tomarse un café, Tony miró hacia la otra puerta. Había dejado la libreta en la habitación y había vuelto a tiempo de escuchar toda la conversación. Sonrió. A Tony le encantaba saber cosas que los demás pensaban que ignoraba.

9

La estafa ascendió a 910.000 dólares porque a Tony le había entrado la avaricia en un cajero.

—¿Qué hará el pobre lelo? ¿Empeñar su Pagani? —dijo maliciosamente.

—No vuelvas a hacerlo —declaró Annabelle con firmeza, mientras desayunaban en otra casa de alquiler situada a ocho kilómetros de la primera, que habían limpiado a conciencia por si la policía la visitaba. Habían devuelto todos los coches Hertz utilizados para robar de las treinta cuentas. Los disfraces que se habían puesto estaban en distintos contenedores de basura, desperdigados por toda la ciudad; el dinero, en cuatro cajas de seguridad que Annabelle había arrendado. Habían borrado las filmaciones de vídeo y los archivos informáticos, y destruido las libretas.

—¿Qué más dan diez mil dólares más? —se quejó Tony—. Joder, podríamos haberles quitado mucho más de lo que les quitamos.

Annabelle le presionó un dedo con fuerza contra el pecho.

—El dinero no es la cuestión. Cuando yo trazo un plan, tú lo cumples. De lo contrario, no podré confiar en ti. Y si no puedo confiar en ti, no puedes estar en mi equipo. No hagas que me arrepienta de haberte escogido, Tony. —Se quedó mirando al joven y luego se dirigió a los demás—: Bueno, vayamos a por la segunda estafa menor. —Miró otra vez a Tony—. Y se trata de un timo cara a cara. Si no sigues las instrucciones al pie de la letra, vas directo a chirona porque el margen de error es nulo.

Tony se sentó con expresión menos entusiasta.

—¿Sabes, Tony? —dijo Annabelle—, no hay nada mejor que ver a la víctima cara a cara y medir sus fuerzas con las tuyas.

—A mí ya me está bien.

—¿Seguro? Porque, si te supone algún problema, quiero saberlo ahora mismo.

Tony miró nervioso a los demás.

—No tengo ningún problema.

—Bien. Nos vamos a San Francisco.

—¿Qué hay allí? —preguntó Freddy.

—El cartero —repuso Annabelle.

Hicieron el viaje de seis horas hasta San Francisco en dos coches, Leo y Annabelle en uno y Tony y Freddy en el otro. Alquilaron un apartamento para ejecutivos durante dos semanas a las afueras de la ciudad, con vistas al Golden Gate. Durante los cuatro días siguientes hicieron turnos para vigilar un complejo de oficinas de un barrio pijo de la ciudad. Observaban las recogidas de los buzones exteriores que estaban a tope la mayoría de los días, con fardos de correo apilados junto al receptáculo rebosante. Cada uno de esos cuatro días, el cartero pasó dentro de una franja de un cuarto de hora, entre las cinco y las cinco y cuarto.

El quinto día, a las cuatro y media en punto, Leo, vestido de cartero, se acercó al buzón en una furgoneta de correos que Annabelle había conseguido de un contacto una hora al sur de San Francisco. El caballero estaba especializado en ofrecer cualquier cosa, desde un coche blindado hasta ambulancias para fines poco honrados. Annabelle, que ocupaba un coche estacionado al otro lado del buzón, observó a Leo mientras éste se acercaba en la furgoneta. Tony y Freddy estaban apostados en la entrada del complejo; avisarían a Leo por el auricular si el verdadero cartero aparecía antes de tiempo. Leo sólo iba a coger el correo apilado fuera del buzón, dado que no tenía la llave que lo abría. Podría haber forzado la cerradura sin problema, pero Annabelle había descartado esa posibilidad por considerarla innecesaria y potencialmente peligrosa si alguien le veía.

—Nos basta con lo que haya en el suelo o sobresalga del buzón —había dicho.

Mientras Leo apilaba el correo en el interior de la furgoneta, oyó la voz de Annabelle por el auricular.

—Parece que viene una secretaria corriendo con unas cartas.

—Recibido —dijo Leo tranquilamente. Se giró y se encontró con la mujer, que pareció llevarse un chasco.

—Oh, ¿dónde está Charlie? —preguntó.

Charlie, el auténtico cartero, era alto y guapo.

—Estoy ayudando a Charlie porque hay demasiado correo—dijo Leo cortésmente—. Por eso he venido un poco antes. —Observó el fajo de cartas que la mujer tenía entre las manos y le tendió el saco de cartero—. Puedes dejarlas aquí.

—Gracias. Las nóminas tienen que salir esta noche. Es lo que son las cartas.

—¿Ah, sí? Pues entonces las llevaré con mucho cuidado. —Sonrió y siguió recogiendo las pilas de cartas mientras la mujer regresaba a la oficina.

Cuando estuvieron de vuelta en el apartamento, examinaron rápidamente el botín para separar lo útil de lo irrelevante. Annabelle le dijo a Tony que llevara las cartas que no servían al buzón de la esquina. Ella y Freddy estudiaron con detenimiento las demás.

—Chicos, habéis descartado un montón de cheques de nómina. ¿Por qué?

—Las nóminas y los cheques de cuentas por cobrar no nos interesan —declaró Freddy con la seguridad del experto que era—. Tienen un sistema de láser que fija la tinta del tóner al papel y fuentes de números seguros para que no se pueda modificar el importe.

—Nunca le he encontrado el sentido —confesó Leo—. Son los cheques que envían a gente que conocen.

Freddy mostró un cheque.

—Esto es lo que queremos: un cheque de reintegro.

—Pero los envían a completos desconocidos —dijo Tony.

—Eso es lo que no tiene sentido, chico —dijo Leo—. Emplean medidas de seguridad para los cheques que envían a la gente que trabaja para ellos o con quienes tienen tratos. Y no hacen nada de nada con los cheques que son para vete a saber quién.

—Escogí ese complejo de oficinas —añadió Annabelle—, porque alberga las sucursales regionales de varias empresas de Fortune 100. Cada día salen miles de cheques de esos sitios, y esas cuentas están repletas de dinero.

Al cabo de cinco horas, Freddy había reunido ochenta cheques.

—Éstos están bastante limpios. Sin marcas de agua artificiales, bandas de alerta o recuadros de detección. —Llevó los cheques al pequeño taller que había montado en una habitación de la casa. Con la ayuda de los demás, puso celo sobre la línea de la firma, por delante y por detrás de cada cheque, los colocó en una fuente para el horno grande y vertió quitaesmalte encima del papel. La acetona del quitaesmalte enseguida disolvió todo lo que no estaba escrito con tinta base. Cuando retiraron el celo de las líneas de la firma, básicamente lo único que quedaba eran ochenta cheques en blanco firmados por el presidente o director general de la empresa.

—Una vez alguien extendió un cheque falso a mi cuenta —dijo Leo.

—¿Y qué hiciste? —preguntó Tony.

—Localizar al cabrón. Era un aficionado; lo hacía más bien para divertirse, pero me molestó. Así que le cambié la dirección, le desvié todas las facturas y el tipo acabó perseguido por los acreedores durante un par de años. Es que hay que dejar este trabajo a los profesionales. —Leo se encogió de hombros—. Joder, podía haberle dejado sin blanca, asumir su identidad, todo el rollo.

—¿Y por qué no lo hiciste? —preguntó Tony.

—¡Porque tengo corazón! —gruñó Leo.

—Cuando sequemos los cheques, reharé los números de enrutamiento de la Reserva Federal.

—¿Qué es eso? —preguntó Tony.

—¿Seguro que eres un estafador? —preguntó Leo desconcertado.

—Mi especialidad son los ordenadores e Internet, no el esmalte de uñas. Soy un estafador del siglo XXI. No necesito papeles.

—¡Bravo por ti! —espetó Leo.

Annabelle tomó uno de los cheques:

—Éste es el número de enrutamiento de la Reserva Federal —dijo, señalando los dos primeros dígitos de una serie de números situados en la parte inferior del cheque—. Es lo que indica al banco que el cheque se depositó en la cámara de compensación a la que se supone que va el cheque. El número de la cámara de compensación de Nueva York es cero-dos. El de San Francisco es doce. Por ejemplo, una empresa con sede en Nueva York que utilice cheques emitidos por un banco neoyorquino suele tener en los cheques el número de enrutamiento de Nueva York. Como cobraremos los cheques aquí, Freddy cambiará los números de enrutamiento de todos los cheques por los de Nueva York. Así, la empresa tardará más en recibir el comprobante y darse cuenta de que el cheque es falso.

—Y lo más importante —continuó Annabelle— es que se trata de empresas grandes que mantienen sus libros mayores de cuentas a pagar con métodos de gestión de efectivo cero. Así que tenemos muchas posibilidades de que ni aun con un cheque falso en la mezcla descubran una transacción relativamente insignificante, hasta que reciban los informes financieros de final de mes. Hoy es día cinco; eso significa que tenemos aproximadamente un mes hasta que descubran la irregularidad. Para entonces, ya nos habremos marchado.

—Pero ¿y si el cajero del banco mira el cheque y ve que el número de enrutamiento es incorrecto? —preguntó Tony.

—Supongo que nunca viste ese programa de la tele, ¿no? —preguntó Leo—. En el que unos periodistas de investigación entran en un banco con un cheque en el que habían escrito: «No me hagas efectivo, soy un cheque falso, maldito imbécil.» Y el maldito imbécil pagó el cheque.

—Nunca he sabido de ningún cajero que se haya dado cuenta de que el número de enrutamiento de un cheque es falso. A no ser que les des motivos para sospechar, no se darán cuenta.

Cuando los cheques estuvieron secos, Freddy los escaneó y los pasó al portátil. Al cabo de seis horas, apiló ochenta cheques encima de la mesa que sumaban un total de 2,1 millones de dólares.

Annabelle pasó el dedo por el borde perforado de uno de los cheques, lo cual indicaba que el cheque era legal, aunque las cantidades y el beneficiario no lo fueran. Annabelle miró a los demás:

—Ahora interviene la parte humana de la estafa. Colocar el cheque falso.

—Mi parte preferida —declaró Leo con impaciencia, mientras se acababa un sándwich de jamón y lo acompañaba de un buen trago de cerveza.

10

Habían decidido que Annabelle y Leo colocarían la primera serie de cheques falsos, mientras que Tony observaría a Leo para ver cómo se hacía. Annabelle, Leo y Tony tenían una serie de documentos de identidad completos que Freddy les había hecho. Los documentos coincidían con el beneficiario de los cheques o contenían credenciales que mostraban que trabajaban para la empresa a nombre de la cual se había extendido el cheque. Annabelle había dado instrucciones a Leo y a Tony de que sólo llevaran la documentación de una persona cada vez. Si los paraban, les resultaría difícil justificar que llevaban ocho documentos de identidad distintos en el bolsillo.

Había varios cheques extendidos a personas concretas, ninguno de más de diez mil dólares, puesto que eso exigía notificación a Hacienda. Debido a ese límite, tendrían que cobrar muchos cheques nominativos para que la cifra de 2,1 millones de dólares fuera factible. Así pues, el resto de los beneficiarios de los cheques eran empresas para las que Annabelle había abierto cuentas en distintos bancos. Los cheques de empresa podían ser de más de diez mil dólares, que no llamarían la atención de Hacienda. Pero el problema es que ningún banco hace efectivo un cheque de empresa. Hay que ingresar en cuenta la cantidad total. Por ese motivo, Annabelle había ido ingresando y retirando dinero de esas cuentas, para que hubiera un historial. Sabía perfectamente que los bancos tendían a ponerse nerviosos cuando las cuentas recién abiertas empezaban a deshacerse de montones de dinero: era un indicio claro de blanqueo de dinero.

Durante dos días Annabelle y Leo habían acribillado a Tony con preguntas sobre todo posible obstáculo con el que pudiera encontrarse al intentar cobrar un cheque falso. Se turnaron para representar el papel de cajero, director de sucursal, guarda de seguridad y clientes del banco. Tony aprendía rápido y, al cabo de dos días, dictaminaron que estaba preparado para hacer sus pinitos como beneficiario de un cheque falso después de ver cómo lo hacía Leo unas cuantas veces.

No hubo contratiempos en los diez primeros cobros. Annabelle fue pelirroja en uno, rubia en otro y morena en el tercero. Habilitaron la parte trasera de la furgoneta como vestuario con un pequeño tocador y espejo.

Tras varios cobros, ella y Leo entraban en la furgoneta y cambiaban de aspecto antes de dirigirse al siguiente banco. En algunos sitios, ella llevaba gafas; en otros, un fular en la cabeza; en otros, pantalones, sudadera y gorra de béisbol. Con ayuda de maquillaje, indumentaria, rellenos y pelo podía cambiar de aspecto y de edad de forma evidente. Siempre iba con zapatos planos, dado que así su altura destacaba menos que con tacones. Y, aunque nunca la miraba, Annabelle siempre era consciente de que la cámara de seguridad del banco la grababa.

A su vez, Leo era un hombre de negocios, el recadero de una empresa, un jubilado o un abogado, entre otros.

La breve conversación ensayada de Annabelle con los cajeros fue fluida, sin atisbo de aprensión. Enseguida hacía que el empleado se sintiera cómodo, hablándole de la ropa o el peinado que llevaba o de cuánto le gustaba la bonita ciudad de San Francisco, aunque el clima no fuera muy benévolo.

Con la undécima empleada incluso se confesó:

—Hace cuatro años que tengo esta consultoría y es el mayor pago que he recibido. Me he partido los cuernos trabajando.

—Felicidades —respondió la empleada, mientras tramitaba la transacción—. Cuarenta mil dólares es una cantidad sustanciosa.—Dio la impresión de que la mujer escudriñaba el cheque y la documentación personal y de empresa perfectamente falsificados con demasiado interés.

Annabelle se percató de que la mujer no llevaba alianza de casada; aunque la debía de haber llevado hasta hacía poco, porque tenía la piel ligeramente más clara en esa zona.

—Mi ex me abandonó por una mujer más joven y me dejó sin blanca —dijo Annabelle con amargura—. He tenido que empezar de cero. No ha sido fácil. Pero no iba a darle ese gustazo, ¿verdad? Acepto la pensión alimenticia porque me la gané. Pero no quiero que me controle la vida.

La actitud de la mujer cambió y le habló en un susurro:

—Sé exactamente cómo se siente —dijo, mientras efectuaba el pago—. Doce años casada y mi ex decide cambiarme por otra.

—Ojalá pudiéramos darles una pastilla que los educara.

—Oh, por supuesto que me gustaría darle una pastilla a mi ex. Una pastilla de cianuro —declaró la empleada.

Annabelle echó un vistazo a los documentos del mostrador y dijo como de pasada:

—Supongo que el importe quedará retenido, ¿no? Es que tengo que pagar a unos cuantos vendedores. Ojalá pudiera quedarme con todo, pero mi margen de beneficio sólo es, con suerte, del diez por ciento.

La empleada vaciló:

—Bueno, normalmente quedaría retenido con este importe tan grande. —Miró a Annabelle, sonrió y lanzó una mirada al ordenador—. Pero la cuenta desde la que se ha emitido el cheque tiene dinero más que suficiente para cubrirlo. Y la cuenta de su empresa no ha tenido problemas, así que haré que el importe esté disponible de inmediato.

—Perfecto, no sabes cuánto te lo agradezco.

—Las mujeres tenemos que ayudarnos.

—Sí, por supuesto —repuso Annabelle, mientras se volvía y se marchaba con el resguardo del depósito que demostraba que su «empresa» era cuarenta mil dólares más rica.

Mientras tanto, Leo cobró rápidamente su fajo de cheques sin pasar más de diez minutos en cada banco. Sabía que, en su caso, la velocidad era la clave. Velocidad sin descuidos, no obstante. Su método solía ser hacer una broma, normalmente a su propia costa para romper el hielo con el empleado.

—Ojalá ese dinero fuera para mi cuenta personal —dijo a un empleado, haciéndose pasar por el recadero de una empresa—. Así podría pagar el alquiler. ¿Hay algún sitio en esta dichosa ciudad en el que no te pidan a tu primogénito como depósito para un apartamento de una habitación?

—No, que yo sepa —respondió el empleado, muy comprensivo.

—Es que yo ni siquiera tengo una habitación. Vivo en un miniestudio y duermo en un sofá.

—Pues es un tipo con suerte. El banco me paga tan poco que tengo que seguir viviendo con mis padres.

—Sí, pero yo te llevo treinta años. Al paso que voy, para cuando tú seas el jefe, yo seré el que viva con sus padres.

El empleado se rio y le tendió a Leo el resguardo del depósito por valor de 38.000 dólares.

—No se lo gaste todo de golpe —bromeó el joven.

—No te preocupes —respondió Leo, al tiempo que se introducía el papel en el bolsillo y se marchaba silbando.

A última hora de la tarde ya habían ingresado setenta y siete de los ochenta cheques; Tony tenía diez a su cargo y cada vez se mostraba más confiado.

—Esto está chupado —declaró Tony en la furgoneta, mientras se cambiaba de ropa junto a Leo. Annabelle estaba detrás de una sábana colgada a lo ancho de la furgoneta, cambiándose también—. Esos idiotas se quedan ahí parados y se tragan todo lo que les dicen. Ni siquiera miran el papel. No sé por qué todavía hay gente que se molesta en robar bancos.

Annabelle asomó la cabeza por encima de la sábana.

—Nos quedan tres cheques. Cada uno se encargará de uno.

—Y cuidado con la cabeza cuando salgas de la furgoneta, Tony —dijo Leo.

—Que tenga cuidado con la cabeza, ¿de qué estás hablando?

—Hablo de que ahora mismo la tienes tan grande, que a lo mejor no pasa por entre las puertas.

—¿Por qué coño te empeñas en meterte conmigo, Leo?

—Se mete contigo, Tony, porque ingresar cheques falsos no está tan chupado —manifestó Annabelle.

—Pues, para mí, sí lo es.

—Eso es porque Annabelle ha tenido la infinita prudencia de adjudicarte los más fáciles.

Tony se giró para mirarla:

—¿Es cierto?

—Sí —afirmó ella sin rodeos, asomando los hombros desnudos por encima de la sábana.

—Ya sé cuidarme yo solito —espetó Tony—. No hace falta que me hagas de niñera.

—No lo hago por ti —replicó Annabelle—. Si fallas, caemos contigo. —Durante unos instantes lo miró echando chispas, pero enseguida se relajó—. Además, no tiene ningún sentido exponer a un estafador con talento. Eso puede hacer más mal que bien.

Se agachó detrás de la sábana. Con la escasa luz que entraba por las ventanillas de cristal tintado de la furgoneta, la sábana transparentaba un poco. Tony observó la silueta de Annabelle mientras ésta se quitaba una ropa para ponerse otra.

Leo le dio un codazo en las costillas.

—Muestra un poco de respeto, chico —le gruñó.

Tony se volvió lentamente para mirarlo.

—Joder —dijo con voz queda.

—¿Qué pasa? ¿Es que nunca has visto a una mujer hermosa desnudándose?

—No. Quiero decir, sí. —Se miró las manos.

—¿Qué te pasa? —preguntó Leo.

Tony alzó la vista.

—Creo que acaba de decir que soy un estafador con talento.

11

Era el último timo. Tony estaba delante de la cajera, una guapa joven asiática con una media melena, cutis perfecto y pómulos color nuez.

Claramente interesado, Tony se inclinó hacia ella y apoyó el brazo en el mostrador.

—¿Vives aquí desde hace tiempo? —le preguntó.

—Varios meses. Antes vivía en Seattle.

—El mismo clima —dijo Tony.

—Sí —convino la mujer, sonriendo mientras trabajaba.

—Yo acabo de venir de Las Vegas —explicó Tony—. Esa ciudad sí que es divertida.

—Nunca he estado allí.

—Oh, es una pasada. Tienes que ir. Y tal como dicen: «Lo que pasa en Las Vegas, no sale de Las Vegas.» —La miró expectante—. Me encantaría enseñarte la ciudad.

Ella lo miró con desaprobación.

—Ni siquiera lo conozco.

—Vale, no hace falta que empecemos por Las Vegas. Podríamos empezar almorzando juntos.

—¿Cómo sabe que no tengo novio? —le preguntó ella, con aire desafiante.

—Con lo guapa que eres seguro que tienes. Eso significa que tendré que currármelo mucho más para hacer que lo olvides.

La mujer se sonrojó y bajó la mirada, pero enseguida volvió a sonreír.

—Está loco. —Pulsó varias teclas del ordenador—. Bueno, ¿me enseña su documentación?

—Sólo si me prometes que no dirás que no cuando te pida oficialmente para salir.

La mujer le cogió el documento de identidad y dejó que sus dedos se rozaran. Él le dedicó otra sonrisa.

Ella miró el documento y se desconcertó.

—Me ha parecido entender que se ha trasladado aquí desde Las Vegas.

—Eso es.

—Pero su documento de identidad dice Arizona. —Le dio la vuelta para enseñárselo—. Y éste no se parece a usted.

«Oh, mierda.» Se había equivocado de documento. Aunque Annabelle le había dicho que sólo llevara encima una documentación cada vez, él se había empeñado en llevarlas todas. En la foto tenía el pelo rubio, perilla y unas gafas de sol Ben Franklin.

—Vivía en Arizona, pero trabajaba en Las Vegas; era más barato —se apresuró a decir—. Y decidí cambiar de estilo, distinto color de pelo, lentillas, ¿sabes?

En cuanto hubo pronunciado ese endeble argumento, se percató de que se había acabado.

La cajera observó el cheque y se mostró todavía más suspicaz.

—Este cheque es de un banco de California y de una empresa de California, pero el número de enrutamiento es de Nueva York. ¿A qué se debe?

—¿Números de enrutamiento? Yo no sé nada de eso —dijo Tony con voz temblorosa. A juzgar por su expresión, Tony sabía que la mujer ya lo había declarado culpable de fraude bancario. Miró en dirección al guardia de seguridad y colocó el cheque y la documentación falsa de Tony delante de ella, en el mostrador.

—Voy a tener que llamar al director —empezó a decir la empleada.

—¿Qué está pasando aquí? —inquirió abruptamente una voz grave—. Perdona. —La mujer apartó a Tony de en medio y se plantó delante de la cajera. Era alta y rechoncha y tenía el pelo rubio con las raíces oscuras. Llevaba unas finas gafas de diseño colgadas de una cadena y vestía una blusa violeta y pantalones de *sport* negros.

Habló en voz baja pero firme a la joven empleada.

—Llevo esperando diez minutos mientras vosotros os dedicáis a ligar. ¿Es éste el servicio que ofrece este banco? ¿Por qué no llamas a tu jefe y se lo contamos?

La empleada dio un paso atrás, sorprendida.

—Señora, lo siento, sólo estaba...

—Ya sé lo que sólo estabas haciendo —la interrumpió la mujer—. Lo he oído, toda la gente del banco os ha oído flirtear y hablar de vuestra vida amorosa.

La empleada se sonrojó.

—Señora, no estábamos haciendo tal cosa.

La mujer apoyó las manos en el mostrador y se inclinó hacia delante.

—¿Ah, no? ¿Entonces, cuando hablabais de novios y Las Vegas y él te decía lo guapa que eres, eso qué era? ¿Asuntos oficiales del banco? ¿Haces eso con todos tus clientes? ¿Te gustaría hablar conmigo sobre con quién me acuesto?

—Señora, por favor...

—Olvídalo. No pienso volver más. —La mujer se giró y se marchó enfadada.

Tony ya se había ido. Leo se lo había llevado al exterior pocos segundos después de que apareciera la mujer.

Annabelle se reunió con ellos en la parte trasera de la furgoneta al cabo de un minuto.

—Larguémonos, Freddy —indicó al conductor. La furgoneta se alejó rápidamente de la acera.

Annabelle se quitó la peluca rubia y se guardó las gafas en el bolsillo. A continuación, se quitó el abrigo y se arrancó el relleno que llevaba a la altura del vientre.

Le lanzó la documentación a Tony, que la cogió al vuelo, avergonzado antes de exclamar:

—Oh, Dios mío, tienen el cheque... —Se interrumpió,

al ver que Annabelle le enseñaba el cheque perfectamente doblado—. Lo siento, Annabelle, lo siento mucho.

Ella se inclinó hacia él.

—Voy a darte un consejo, Tony. No se te ocurra ligar con la víctima, sobre todo cuando finges ser otra persona.

—Menos mal que hemos decidido respaldarte —añadió Leo.

—¿Por qué lo habéis hecho? —preguntó Tony abatido.

—Porque has salido de la furgoneta con demasiada chulería—respondió Annabelle—. La chulería mata a los estafadores. Es otra regla que deberías recordar.

—Puedo ir a otro banco y cobrarlo —se apresuró a decir Tony.

—No —respondió ella—. Ya tenemos suficiente capital para el gran golpe. No vale la pena arriesgarse.

Tony empezó a protestar, pero acabó dejándose caer en el asiento sin decir nada más.

Leo y Annabelle intercambiaron una mirada y exhalaron un suspiro de alivio cada uno.

Al cabo de dos días, en el apartamento alquilado, Leo llamó a la puerta del dormitorio de Annabelle.

—¿Sí? —dijo ella.

—¿Tienes un momento?

Él se sentó en la cama, mientras ella introducía algunas prendas en el equipaje de mano.

—Tres millones —dijo él con reverencia—. Dijiste que eran modestos; pero, para la mayoría de los estafadores, son grandes. Una maravilla, Annabelle.

—Cualquier estafador con un mínimo de habilidad podría haberlo hecho. Yo sólo he subido un poco el listón.

—¿Un poco? Tres millones a repartir entre cuatro no es poco. —Ella lo miró con expresión severa—. Lo sé, lo sé —le dijo rápidamente—. Tú te quedas con un porcentaje mayor porque lo has organizado tú. Pero, de todos modos, mi parte podría durarme unos cuantos años viviendo como un maharajá. Incluso podría tomarme unas auténticas vacaciones.

—Todavía no. Tenemos pendiente el gran golpe, Leo. Ése era el trato.

—Sí, pero piénsalo bien.

Annabelle dejó caer una pila de prendas de vestir en la maleta.

—Ya lo he pensado. Lo siguiente será el gran golpe.

Leo se levantó con un cigarrillo sin encender entre los dedos.

—Vale, pero ¿qué me dices del chico?

—¿Qué pasa con él?

—Dijiste que íbamos a hacerlo a lo grande. Con Freddy no tengo ningún problema, su material es de primera. Pero el chico estuvo a punto de echarlo todo a perder. Si no hubieras estado allí...

—Si no hubiera estado allí se le habría ocurrido algo.

—Tonterías. La cajera lo había calado. Le dio la documentación equivocada. Hay que ser gilipollas.

—¿Nunca te has equivocado en una estafa, Leo? Déjame pensar. Ah, ¿qué me dices de Phoenix? ¿O Jackson Hole?

—Sí, pero no era una estafa multimillonaria, Annabelle. No me pusieron esa oportunidad en bandeja cuando todavía iba en paños menores, como Tony.

—Los celos no te hacen ningún bien, Leo. Y Tony sabe cuidarse solito.

—A lo mejor sí, o a lo mejor no. La cuestión es que estoy totalmente convencido de que no quiero estar delante por si resulta que no.

—De eso ya me encargo yo.

Leo levantó las manos.

—Perfecto, tú te encargas de eso por todos nosotros.

—Bien, me alegro de que zanjemos este asunto. —Leo recorrió la habitación con las manos metidas en los bolsillos—. ¿Algo más?

—Sí, ¿cuál es el gran golpe?

—Te lo diré cuando necesites saberlo. Y ahora mismo no te hace falta.

Leo se sentó en la cama.

—Yo no soy la CIA. Soy un estafador. No me fío ni de mi sombra. —Miró la maleta de Annabelle—. Y si no me lo quieres decir, entonces no voy adonde demonios vayas tú.

—¿Recuerdas el trato que hicimos, Leo? Si lo dejas ahora, te quedas sin blanca. Dos golpes modestos y una gran estafa. Eso fue lo que acordamos.

—Sí, bueno, el trato no incluía hacer de niñera de un desgraciado que a punto ha estado de enviarnos a la cárcel; así que quizá tengamos que renegociar el trato, señora.

Ella lo miró con desdén.

—¿Me estás desafiando, después de tantos años? Te he dado la mejor oportunidad de tu vida.

—No quiero más dinero. Quiero el gran golpe. ¡O no voy!

Annabelle dejó de hacer la maleta mientras se planteaba las palabras de Leo.

—¿Te conformas si te digo adónde vamos? —le preguntó.

—Depende de dónde sea.

—Atlantic City.

Leo palideció.

—¿Te has vuelto loca? ¿Qué pasa? ¿La última vez no fue suficientemente mala?

—De eso hace mucho tiempo, Leo.

—¡Para mí nunca será tiempo suficiente! —espetó él—. ¿Por qué no hacemos algo más fácil como estafar a la mafia?

—At-lan-tic Ci-ty —susurró ella, formando cinco palabras, en vez de dos.

—¿Por qué? ¿Por tu viejo?

Annabelle no respondió.

Leo se levantó y la señaló con el dedo.

—Estás para que te encierren, Annabelle. Si piensas que voy a meterme otra vez en ese infierno contigo porque tienes algo que demostrar, es que no conoces a Leo Richter.

—El avión sale a las siete de la mañana.

Leo se quedó de pie, nervioso, observando cómo hacía la maleta durante un par de minutos más.

—¿Por lo menos tenemos billetes de primera clase? —dijo al final.

—Sí, ¿por qué?

—Porque, si va a ser mi último vuelo, me gustaría viajar con todos los lujos.

—Como quieras, Leo.

Leo salió por la puerta mientras Annabelle continuaba haciendo la maleta.

12

Caleb Shaw estaba trabajando en la sala de lectura de Libros Raros. Había varias solicitudes para ver material de la cámara Rosenwald que exigían la aprobación de un supervisor. Luego pasó un buen rato al teléfono ayudando a un profesor de universidad que escribía un libro sobre la biblioteca privada de Jefferson, que vendió a la nación después de que los británicos quemaran la ciudad durante la guerra de 1812 y que sentaría las bases de la Biblioteca del Congreso actual. Después, Jewell English, una mujer ya mayor asidua de la sala de lectura, pidió ver un ejemplar de las *Dime Novels* de Beadle. Estaba muy interesada en la serie de Beadle y tenía una buena colección, según le había dicho a Caleb. Era una mujer esbelta con el pelo entrecano y sonrisa fácil, y Caleb suponía que se sentía sola. Le había contado que su marido había muerto hacía diez años y que su familia estaba desperdigada por todo el país. Por eso siempre hablaba con ella cuando iba a la biblioteca.

—Tienes mucha suerte, Jewell —dijo Caleb—. Acaba de llegar del Departamento de Conservación. Necesitaba un poco de amor y cariño. —Tomó el libro, charló con ella unos minutos sobre la muerte prematura de Jonathan DeHaven y luego regresó a su mesa. Observó un rato a la mujer mientras ésta se ponía las gafas de cristal grueso y examinaba el viejo volumen, tomando notas en unas cuantas hojas de pa pel que había traído consigo. Sólo se permitía la entrada de lápices y folios sueltos por motivos obvios y la gente tenía que mostrar el contenido del bolso antes de salir de la sala.

Cuando la puerta de la sala de lectura se abrió, Caleb miró a la mujer que entraba. Era del Departamento de Administración, y se levantó para saludarla.

—Hola, Caleb, tengo una nota para ti de Kevin —dijo la mujer.

Kevin Philips era el director en funciones después de la repentina muerte de DeHaven.

—¿Kevin? ¿Por qué no me ha llamado o me ha mandado un mensaje de correo electrónico? —preguntó Caleb.

—Creo que te ha llamado pero, una de dos, o comunicabas o no has respondido al teléfono. Y, por algún motivo, no quería enviarte un mensaje.

—Bueno, la verdad es que hoy he tenido mucho trabajo.

—Creo que es bastante urgente. —Le tendió el sobre y se marchó. Caleb se lo llevó a su escritorio; pero resulta que tropezó con el doblez de la alfombra, tiró las gafas al suelo y luego, sin querer, las pisó e hizo añicos los cristales.

—Oh, Dios mío, mira que soy patoso. —Bajó la mirada hacia el sobre mientras recogía las gafas destrozadas. Ahora no podía leer. Sin gafas, no veía nada. Y la mujer le había dicho que era urgente.

—Has tropezado con esa alfombra varias veces, Caleb —le recordó Jewell, intentando ayudar.

—Gracias por la observación —farfulló él, antes de mirarla—. Jewell, ¿me dejas las gafas un momento para leer esta nota?

—Estoy cegata perdida. No sé si te servirán.

—No te preocupes; yo también estoy cegato, al menos para leer.

—¿Quieres que te lea la nota?

—Pues... no. Es que... a lo mejor es... ya sabes.

Jewell juntó las manos.

—¿Quieres decir que podría ser confidencial? —susurró—. Qué emocionante.

Caleb miró la nota en cuanto Jewell le tendió las gafas.

Se las puso, se sentó en el escritorio y la leyó. Kevin Philips pedía a Caleb que acudiera inmediatamente a las oficinas administrativas del departamento, situadas en una planta del edificio dotada de fuertes medidas de seguridad. Nunca antes lo habían llamado a las oficinas administrativas; al menos, no de ese modo. Dobló la nota lentamente y se la guardó en el bolsillo.

—Gracias, Jewell; creo que tenemos la misma graduación, porque veo bien con ellas. —Le devolvió las gafas, se armó de valor y se marchó.

En las oficinas administrativas encontró a Kevin Philips sentado con un hombre que vestía un traje oscuro, al que presentó como abogado de Jonathan DeHaven.

—De acuerdo con el testamento del señor DeHaven, es usted albacea literario de su colección de libros, señor Shaw —declaró el abogado, al tiempo que extraía un documento y se lo tendía a Caleb. También le dio dos llaves y un papel.

—La llave grande es la del domicilio del señor DeHaven. La pequeña, la de la cámara acorazada donde guarda los libros. El primer número del papel es la combinación del sistema de alarma de la casa del señor DeHaven. El segundo número es la combinación de la cámara. Está protegida por la llave y la combinación.

Caleb miraba perplejo los artículos que le acababa de entregar.

—¿Su albacea literario?

—Sí, Caleb —intervino Philips—. Tengo entendido que le ayudaste a conseguir algunos volúmenes para su colección.

—Sí —reconoció Caleb—. Tenía suficiente dinero y buen gusto para reunir una excelente colección.

—Pues parece ser que valoró mucho su ayuda —declaró el abogado—. De acuerdo con las disposiciones del testamento, usted tendrá acceso completo y sin limitaciones a su colección de libros. Deberá inventariar la colección, hacer que la tasen, dividirla como considere apropiado y venderla, teniendo en cuenta que las ganancias se destinarán a varias organizaciones benéficas especificadas en el testamento.

—¿Quiso que vendiera sus libros? ¿Y su familia?

—Hace años que mi bufete representa a la familia DeHaven. No tiene ningún pariente vivo —respondió el abogado—. Recuerdo que uno de los socios jubilados me contó que hace años estuvo casado. Por lo que parece, no duró mucho. —Hizo una pausa, como queriendo hacer memoria—. De hecho, creo que me dijo que el matrimonio se había anulado. Fue antes de que yo empezara a trabajar en el bufete. De todos modos, no tuvieron hijos; así que nadie puede reclamar. Usted recibirá un porcentaje del precio de venta de la colección.

—Podría ser una considerable suma —intervino Philips.

—Lo haría gratis —se apresuró a decir Caleb.

El abogado se rió.

—Fingiré que no he oído lo que acaba de decir. Puede que sea más laborioso de lo que se piensa. Así pues, ¿acepta el cometido?

Caleb vaciló.

—Sí, lo acepto. Por Jonathan —dijo.

—Bien. Firme aquí para confirmar su aceptación y que recibe las llaves y las combinaciones. —Deslizó un documento de una página hacia Caleb, que éste firmó con cierta dificultad porque no llevaba las gafas—. Pues queda todo a su disposición —terminó diciendo el abogado.

Caleb volvió a su despacho y observó las llaves. Al cabo de unos minutos, tomó una decisión. Llamó a Milton, a Reuben y luego a Stone. No quería ir solo a casa de Jonathan, les dijo. Todos acordaron acompañarlo esa misma noche.

13

Al caer la tarde, Reuben y Stone fueron a casa de DeHaven en la motocicleta Indian, el alto Stone apretujado en el sidecar. Caleb y Milton aparcaron justo detrás de ellos en la vieja cafetera Chevy Nova de Caleb, cuyo tubo de escape iba medio colgando. Caleb llevaba las gafas de repuesto, porque supuso que esa noche tendría mucho que leer.

—Bonita choza —dijo Reuben en cuanto se quitó el casco y las gafas y observó la mansión—. Demasiado lujosa para ser de un funcionario.

—Jonathan provenía de una familia acaudalada —respondió Caleb.

—Eso no debe de estar nada mal —comentó Reuben—. La mía no hacía más que meterse en líos. Y eso es lo que parece que siempre acabo haciendo yo con vosotros, chicos.

Caleb abrió la puerta delantera con la llave, desactivó el sistema de alarma y todos entraron.

—Ya he estado en la cámara. Podemos bajar en el ascensor —dijo Caleb.

—¡Ascensor! —exclamó Milton—. No me gustan los ascensores.

—Pues entonces baja por las escaleras —le aconsejó Caleb, señalando hacia la izquierda—. Están ahí.

Reuben contempló los muebles antiguos, las obras de arte de buen gusto que cubrían las paredes y las esculturas expuestas en hornacinas de estilo clásico. Restregó la puntera de la bota en la bonita alfombra oriental del salón.

—¿No necesitan un cuidador para la casa hasta que se resuelva el tema?

—Va a ser que no —respondió Caleb.

Bajaron en el ascensor y se reunieron con Milton en la pequeña antesala. La puerta de la cámara acorazada era un mamotreto de acero de más de medio metro de grosor, con un teclado informático y una ranura para la llave de seguridad especial.

Caleb les dijo que la llave y la combinación tenían que introducirse a la vez.

—Jonathan me dejó entrar con él en la cámara varias veces.

La puerta se abrió silenciosamente gracias a unas potentes bisagras, y entraron. El lugar hacía unos tres metros de ancho, un poco menos de alto y parecía tener unos diez metros de largo. En cuanto entraron en la cámara, se encendió una luz tenue especial que les permitía ver razonablemente bien.

—Está hecha a prueba de bombas y es ignífuga. Y la temperatura y la humedad están controladas —explicó Caleb—. Es obligatorio en el caso de los libros raros, sobre todo en los sótanos, donde esos niveles pueden fluctuar drásticamente.

La cámara estaba forrada de estanterías que alojaban libros, folletos y otros artículos que, incluso para el ojo poco avezado, parecían singulares y de gran valor.

—¿Podemos tocar algo? —preguntó Milton.

—Mejor que lo haga yo —respondió Caleb—. Algunos de estos artículos son muy frágiles. Muchos no han visto la luz natural desde hace más de cien años.

—¡Joder! —exclamó Reuben, recorriendo con el dedo el lomo de uno de los libros—. Como una pequeña cárcel en la que cumplen cadena perpetua.

—Es una visión muy injusta, Reuben —dijo Caleb, regañándole—. Protege los libros para que las siguientes generaciones puedan disfrutar de ellos. Jonathan no reparó en gastos para albergar su colección con un gusto exquisito.

—¿Qué tipo de colección tenía? —preguntó Stone. Estaba mirando un tomo muy antiguo cuya tapa parecía tallada en roble.

Caleb sacó con sumo cuidado el libro en el que Stone se había fijado.

—Jonathan tenía una buena colección, aunque tampoco era fabulosa; él era el primero en reconocerlo. Todos los grandes coleccionistas tienen una cantidad de dinero prácticamente ilimitada; pero, más que eso, tienen un plan sobre el tipo de colección que quieren y lo siguen con una determinación que no es otra cosa que obsesión. Se llama bibliomanía, la obsesión más «sutil» del mundo. Todos los grandes coleccionistas la han tenido.

Miró a su alrededor.

—Hay algunos volúmenes imprescindibles en las mejores colecciones que Jonathan nunca podría haber tenido.

—¿Como qué? —preguntó Stone.

—Los infolios de Shakespeare. El primer infolio sería un caso obvio, por supuesto. Contiene novecientas páginas con treinta y seis obras de teatro. No se conserva ninguno de los manuscritos originales del Bardo, por eso los infolios tienen tantísimo valor. Hace unos años se vendió un primer infolio en Inglaterra por tres millones y medio de libras.

Milton dejó escapar un silbido y meneó la cabeza.

—A unos seis mil dólares la página.

—Luego están las adquisiciones obvias: William Blake, el *Principia Mathematica* de Newton y algo de Caxton, el primer impresor inglés. Si no recuerdo mal, J. P. Morgan tenía más de sesenta Caxton en su colección. Un *Mainz Psalter* de 1457, *The Book of St. Albans* y, por supuesto, una Biblia de Gutenberg. En el mundo sólo hay tres Gutenberg como nuevas impresas en pergamino. Uno de los ejemplares está en la Biblioteca del Congreso. No tienen precio.

Caleb recorrió un estante con la mirada.

—Jonathan tiene la edición de 1472 de la *Divina Comedia* de Dante, que sería muy apreciada en cualquier colección de primera categoría. También posee el *Tamerlane* de Poe, del que existen poquísimos ejemplares y que es muy difícil de encontrar. Hace tiempo se vendió uno por casi doscientos mil dólares. Últimamente, la fama de Poe ha ido en aumento; así que hoy se cotizaría por un precio mucho mayor. La colección incluye una buena selección de incunables, alemanes en su mayoría, pero también algunos italianos, y una muestra representativa de primeras ediciones de novelas más contemporáneas, muchas de ellas autografiadas. Era especialista en curiosidades estadounidenses y tiene una extensa muestra de escritos personales de Washington, Adams, Jefferson, Franklin, Madison, Hamilton, Lincoln y otros. Como he dicho, es una buena colección; aunque no puede considerarse extraordinaria.

—¿Qué es eso? —preguntó Reuben, señalando una esquina poco iluminada del fondo de la cámara.

Todos se arremolinaron en torno al objeto. Era un pequeño retrato de un hombre de la época medieval.

—No recuerdo haberlo visto anteriormente —reconoció Caleb.

—¿Por qué puso un cuadro en la cámara? —le preguntó Milton.

—Y sólo uno… —comentó Stone—. No es que sea una gran pinacoteca.

Examinó el retrato desde distintos ángulos antes de tocar uno de los extremos del marco y tirar de él.

Se abrió mediante unas bisagras y dejó al descubierto la puerta de una especie de cerradura con combinación empotrada en la pared.

—Una caja fuerte dentro de la cámara acorazada —dijo Stone—. Prueba la combinación que te dio el abogado para la cámara, Caleb.

Caleb la probó, pero no funcionó. Luego probó otros números, sin éxito.

—La gente suele utilizar una combinación que le resulte fácil de recordar para no tener que anotarla —comentó Stone—. Pueden ser números, letras o ambos.

—¿Por qué dio a Caleb la llave y la combinación de la cámara acorazada y no le dio la combinación de la caja fuerte del interior? —preguntó Milton.

—Tal vez imaginó que Caleb la sabría por algún motivo —señaló Reuben.

Stone asintió:

—Estoy de acuerdo con Reuben. Piensa, Caleb. Quizás esté relacionada con la sala de lectura de Libros Raros.

—¿Por qué? —preguntó Milton.

—Porque podríamos decir que ésta es la sala de lectura de Libros Raros de DeHaven.

Caleb se paró a pensar.

—Bueno, Jonathan abría la sala todos los días, más o menos una hora antes de que llegaran los demás. Lo hacía con unas llaves con alarma especiales, y también tenía que introducir un código de seguridad para abrir las puertas. Pero desconozco ese código.

—Quizá sea algo más sencillo. Tan sencillo que lo tienes delante de las narices.

De repente, Caleb chasqueó los dedos.

—Por supuesto. Lo tengo delante de las narices todos los días. —Introdujo un código en el teclado digital de la caja fuerte y la puerta se abrió sin problemas.

—¿Qué clave has utilizado? —preguntó Stone.

—LJ239. Es el código de la sala de lectura de Libros Raros. Lo veo siempre que voy a trabajar.

La caja fuerte contenía un solo artículo. Caleb extrajo la caja con cuidado y la abrió lentamente.

—Esa cosa está un poco hecha polvo —dijo Reuben.

Era un libro, tenía la tapa negra y rasgada y estaba empezando a soltarse. Caleb lo abrió con cuidado y fue a la primera página. Luego pasó otra página, y otra más.

Al final, dejó escapar un fuerte suspiro.

—¡Dios mío!

—Caleb, ¿qué es? —preguntó Stone.

A Caleb le temblaban las manos. Habló lentamente y con voz temblorosa:

—Me parece que… creo que es una primera edición del *Libro de los Salmos.*

—¿Es difícil de encontrar? —inquirió Stone.

Caleb lo miró perplejo.

—Es el artículo impreso más antiguo que ha sobrevivido en lo que es ahora Estados Unidos, Oliver. Sólo existen once libros de salmos como éste en todo el mundo, y sólo quedan cinco íntegros. No están a la venta. La Biblioteca del Congreso posee uno, pero nos lo transfirieron hace décadas. Creo que, de lo contrario, no podríamos haberlo comprado.

—¿Y cómo es que Jonathan DeHaven tenía uno? —inquirió Stone.

Con gran veneración, Caleb volvió a dejar el libro en el interior de la caja y la cerró. La guardó en la caja fuerte y la cerró también.

—No lo sé. El último *Libro de los Salmos* salió al mercado hace más de sesenta años y se compró por una cantidad récord en aquella época, equivalente a millones de dólares actuales. Está en Yale. —Negó con la cabeza—. Para los coleccionistas de libros, esto es como encontrar un Rembrandt o un Goya desaparecidos.

—Si sólo hay once en el mundo, será muy fácil localizarlos —sugirió Milton—. Podría buscarlos en Google.

Caleb lo miró con desdén. Si bien Milton abrazaba todo nuevo avance del mundo de la informática, Caleb era un tecnófobo declarado.

—No puedes buscar un *Libro de los Salmos* en Google así como así, Milton. Además, que yo sepa, todos están en instituciones como Harvard, Yale y la Biblioteca del Congreso.

—¿Estás seguro de que es un original del *Libro de los Salmos*? —preguntó Stone.

—Hubo muchas ediciones subsiguientes, pero estoy prácticamente convencido de que es la versión de 1640. Lo pone en la portada, y tiene otros detalles del original con el que estoy familiarizado —respondió Caleb sin aliento.

—¿Qué es exactamente? —preguntó Reuben—. Apenas he podido leer unas palabras.

—Es un cantoral cuya recopilación los puritanos encargaron a varios ministros para que les proporcionaran explicaciones religiosas a diario. Por aquel entonces, el proceso de impresión era muy primitivo; lo cual, unido a una ortografía y caligrafía antiguas, hace que sea muy complicado de leer.

—Pero si todos los ejemplares están en poder de distintas instituciones... —planteó Stone.

Caleb lo miró con expresión preocupada.

—Supongo que existe la posibilidad, por remota que sea, de que haya algún *Libro de los Salmos* por ahí del que no se tiene constancia. Me refiero, por ejemplo, a que no sé quién se encontró la mitad del manuscrito de *Huckleberry Finn* en el desván. Y otra persona descubrió una copia original de la Declaración de Independencia detrás de un cuadro enmarcado, y otra más encontró varios escritos de Byron en un libro antiguo. Todo es posible en cientos de años.

Aunque hacía fresco en la sala, Caleb se secó una gota de sudor de la frente.

—¿Sois conscientes de la gran responsabilidad que esto entraña? ¡Cielo santo! ¡Estamos hablando de una colección que contiene un *Libro de los Salmos*!

Stone apoyó una mano en el hombro de su amigo para tranquilizarlo:

—Nunca he conocido a nadie mejor preparado para esto que tú, Caleb. Y no dudes que te ayudaremos en lo que podamos.

—Sí —convino Reuben—. De hecho, llevo unos cuantos dólares encima, por si quieres deshacerte de un par de libros antes de que los pesos pesados empiecen a circular. ¿Cuánto pides por ese ejemplar de la *Divina Comedia*? A ver si me río un poco.

—Reuben, ninguno de nosotros podría siquiera comprar el catálogo de la subasta en el que presentarán la colección —aseveró Milton.

—Perfecto —exclamó Reuben fingiendo estar enfadado—. Ahora supongo que lo siguiente que vas a decirme es que no puedo dejar la mierda de trabajo que tengo en el muelle.

—¿Qué coño hacéis aquí? —preguntó una voz a gritos.

Todos se giraron para mirar a los intrusos que estaban justo al otro lado de la puerta de la cámara. Había dos hombres fornidos en uniforme de seguridad que apuntaban con una pistola al Camel Club. El hombre que estaba delante de los dos guardias era bajito y delgado, pelirrojo y llevaba una barba bien cuidada del mismo color. Tenía unos ojos azules muy vivarachos.

—He preguntado que qué estáis haciendo aquí —repitió el pelirrojo.

—A lo mejor deberíamos preguntarte lo mismo, amigo —gruñó Reuben.

Caleb dio un paso al frente.

—Soy Caleb Shaw, de la Biblioteca del Congreso, compañero de trabajo de Jonathan DeHaven. En su testamento me nombró albacea literario. —Mostró las llaves de la casa y de la cámara—. El abogado de Jonathan me ha autorizado para venir aquí y echar un vistazo a la colección. Mis amigos me han acompañado. —Sacó el carné de la biblioteca del bolsillo y se lo enseñó al hombre, que cambió rápidamente de actitud.

—Por supuesto, por supuesto, lo siento —se disculpó el hombre, una vez que hubo examinado el carné de Caleb—. He visto que entraba gente en casa de Jonathan, que la puerta estaba abierta y supongo que me he precipitado. —Hizo una seña a sus hombres para que bajaran las armas.

—No hemos entendido su nombre —dijo Reuben, observándolo con suspicacia.

Stone respondió antes de que el hombre abriera a boca.

—Me parece que quien nos acompaña es Cornelius Behan, director general de Paradigm Technologies, el tercer contratista de Defensa más importante del país.

Behan sonrió.

—Pronto seré el número uno si me salgo con la mía, y suelo hacerlo.

—Bueno, señor Behan —empezó a decir Caleb.

—Llamadme CB, como todo el mundo. —Dio un paso adelante y echó un vistazo a la sala—. Así que ésta es la colección de libros de DeHaven.

—¿Conocías a Jonathan? —preguntó Caleb.

—La verdad es que no puedo decir que fuésemos amigos. Lo invité a una o dos fiestas en mi casa. Sabía que trabajaba en la biblioteca y que coleccionaba libros. A veces nos cruzábamos en la calle y charlábamos. Su muerte me dejó muy sorprendido.

—Como a todos —añadió Caleb taciturno.

—Así que tú eres su albacea literario —señaló Behan—. ¿Y eso qué significa?

—Significa que se me ha encomendado la tarea de catalogar y tasar la colección para luego venderla.

—¿Hay algo bueno? —preguntó Behan.

—¿Eres coleccionista? —inquirió Stone.

—Oh, dicen que colecciono muchas cosas buenas —respondió vagamente.

—Pues es una colección muy buena. Se subastará —explicó Caleb—. Al menos, los volúmenes más prominentes.

—Ya —repuso Behan con aire distraído—. ¿Alguna noticia sobre la muerte de Jonathan?

Caleb meneó la cabeza.

—Por ahora, dicen que fue un ataque al corazón.

—Con lo sano que se le veía. Supongo que es un buen motivo para sacar el máximo provecho del día a día, porque mañana... —Dio media vuelta y se marchó, seguido de sus hombres.

Cuando los pasos se oyeron más amortiguados, Stone se giró hacia Caleb:

—Qué considerado por su parte venir a ver qué pasa en la casa de un hombre con el que «charlaba» de vez en cuando.

—Era su vecino, Oliver —señaló Caleb—. Es natural que se preocupe.

—Me ha dado mala espina —reconoció Milton—. Construye artefactos que matan a gente.

—A mucha gente —añadió Reuben—. En mi opinión, CB es un belicista sospechoso.

Se pasaron horas revisando los libros y otros artículos

hasta que Caleb tuvo una lista bastante exhaustiva. Milton la fue introduciendo en el portátil.

—¿Y ahora, qué? —preguntó Milton, en cuanto cerraron el último libro.

—Lo normal sería llamar a un tasador de Sotheby's o Christie's —respondió Caleb—. Pero tengo en mente a otra persona. Para mí, el mejor especialista de libros raros. Y quiero enterarme de si sabía que Jonathan tenía el *Libro de los Salmos*.

—¿Está en Nueva York? —preguntó Stone.

—No, aquí mismo en Washington. A unos veinte minutos en coche.

—¿Quién es? —preguntó Reuben.

—Vincent Pearl.

Stone consultó su reloj.

—Pues tendremos que ir a verlo mañana. Ya son las once.

Caleb meneó la cabeza.

—Oh, no, ahora es perfecto. La librería de Vincent Pearl sólo abre por la noche.

14

Dos pares de prismáticos enfocaban a los miembros del Camel Club cuando abandonaban la casa de DeHaven. Unos estaban en la ventana alta de una casa situada frente a la de DeHaven; y los otros pertenecían a un hombre que estaba sentado en la parte trasera de una furgoneta, aparcada en la calle, cuyo lateral rezaba: OBRAS PÚBLICAS DE WASHINGTON D.C.

Cuando la motocicleta y el Nova se marcharon, la furgoneta los siguió.

Al desaparecer los vehículos, los prismáticos de la ventana alta de la casa de Good Fellow Street siguieron escudriñando la zona.

Tal como había calculado Caleb, tardaron veinte minutos en llegar a la librería de Vincent Pearl. En la fachada no había ningún nombre, sólo un cartel que decía: HORARIO: 20.00 H - 24.00 H, DE LUNES A SÁBADO. Caleb se acercó a la puerta y llamó al timbre.

Reuben observó la puerta maciza y la ventana enrejada.

—Parece que la publicidad no es lo suyo.

—Cualquier coleccionista serio sabe exactamente dónde encontrar a Vincent Pearl —repuso Caleb con total naturalidad.

—¿Lo conoces bien? —preguntó Stone.

—Oh, no. Yo no me muevo al nivel de Vincent Pearl. De hecho, en los últimos diez años sólo he tratado con él personalmente en dos ocasiones, y las dos aquí, en la librería. De todos modos, he asistido a alguna de sus conferencias. Es un hombre difícil de olvidar.

Hacia el oeste se veía la cúpula iluminada del Capitolio. Estaban en un barrio lleno de adosados de obra vista con la fachada cubierta de musgo y piedra, así como otras viviendas que en el pasado habían sido el centro de la floreciente capital.

—¿Estás seguro que es aquí? —preguntó Milton, justo cuando una voz grave preguntaba con tono exigente: «¿Quién es?»

Milton se sobresaltó, pero Caleb habló por un pequeño altavoz que apenas se veía entre la hiedra que cubría el lateral de la puerta.

—Señor Pearl, soy Caleb Shaw. De la Biblioteca del Congreso.

—¿Quién?

Caleb estaba un poco nervioso y empezó a hablar aceleradamente:

—Caleb Shaw. Trabajo en la sala de lectura de Libros Raros. Nos vimos por última vez hace varios años, cuando un coleccionista de objetos relacionados con Lincoln vino a la biblioteca y yo lo traje aquí.

—No tiene cita para esta noche —dijo, con cierto fastidio. Al parecer, Pearl no agradecía el cliente que Caleb le había llevado.

—No, pero es algo urgente. Si pudiera dedicarme unos minutos...

Al cabo de unos segundos, la puerta se abrió. Cuando los demás entraron, Stone notó un ligero reflejo procedente de arriba. La pequeña cámara de vigilancia los observaba, disimulada ingeniosamente como pajarera. El reflejo procedía de la farola que daba en el objetivo. A la mayoría de la gente le habría pasado desapercibido; pero Oliver Stone no era como los demás, sobre todo en lo referente a dispositivos de espionaje.

Al entrar en la tienda, Stone también se fijó en dos cosas. La puerta parecía de madera vieja, aunque en realidad era de acero reforzado, con un marco también de acero; y la cerradura, a juzgar por la mirada experta de Stone, parecía imposible de manipular. Además, la ventana enrejada tenía un vidrio de policarbonato de unos ocho centímetros de grosor.

El interior de la librería sorprendió a Stone. Se esperaba un local revuelto, con libros polvorientos en estantes arqueados y viejos pergaminos y tomos a la venta por todos los rincones. Sin embargo, era un local limpio, organizado y muy bien ordenado. El edificio tenía dos plantas. Todas las paredes estaban forradas de estanterías altas y ornamentadas, y los libros que albergaban estaban protegidos por unas puertas correderas de cristal. Había una escalera móvil sobre un largo raíl, acoplada a la parte superior de los estantes de casi tres metros. En medio de aquella larga y estrecha estancia, había tres mesas de lectura ovales de madera de cerezo con sillas a juego. Del techo colgaba un trío de arañas de luces de bronce que proporcionaban una luz sorprendentemente tenue. «Deben de tener reguladores de intensidad», pensó Stone. Una escalera de caracol de metro ochenta de ancho conducía al nivel superior, que estaba parcialmente abierto a la planta en la que se hallaban. Allá arriba, Stone veía más estantes, con una barandilla estilo Chippendale que recorría la abertura hacia la primera planta.

Al final de la sala principal, había un mostrador largo de madera con más estantes detrás. Lo que Stone no veía era lo que lo sorprendía. No había ordenadores, ni siquiera una caja registradora.

—En este sitio apetece fumarse un puro y tomarse un par de chupitos de whisky —dijo Reuben.

—Oh, no, Reuben —dijo Caleb, consternado—. El humo es nefasto para los libros antiguos. Y una gota de líquido puede estropear un tesoro antiquísimo.

Reuben se disponía a decir algo cuando se abrió una puerta tallada de detrás del mostrador y apareció un anciano. Todos menos Caleb se quedaron anonadados al ver que la barba plateada del hombre le llegaba hasta el pecho y la melena blanca le caía más allá de los hombros. La indumentaria todavía llamaba más la atención. Era alto y panzudo, y llevaba una túnica color lila hasta los pies con rayas doradas horizontales en las mangas. Las gafas ovaladas sin montura iban apoyadas en una frente larga y arrugada, donde se mezclaban con los mechones de pelo entrecano sin orden ni concierto. Tenía los ojos... sí, negros, decidió Stone, a no ser que la escasa luz le estuviera jugando una mala pasada.

—¿Es monje? —le susurró Reuben a Caleb.

—¡Chitón! —susurró Caleb cuando el hombre se les acercó.

—¿Y bien? —dijo Pearl, mirando a Caleb con aire expectante—. ¿Es usted Shaw?

—Sí.

—¿Cuál es el asunto urgente? —De repente, Pearl miró a los demás—. ¿Y quién es esta gente?

Caleb los presentó rápidamente, dándole sólo los nombres de pila.

Pearl se quedó mirando a Stone.

—A usted lo he visto en Lafayette Park, ¿verdad que sí? ¿En una tienda, señor? —preguntó con excesiva formalidad.

—Sí —repuso Stone.

—Si mal no recuerdo, su cartel reza: QUIERO LA VERDAD. ¿La ha encontrado?

—No puedo decir que la haya encontrado.

—Bueno, si yo quisiera encontrar la verdad, no creo que empezara a buscar delante de la Casa Blanca —declaró Pearl, antes de dirigirse a Caleb—. ¿A qué ha venido, caballero? —preguntó, yendo al grano.

Caleb explicó rápidamente que había sido nombrado albacea literario de DeHaven y que quería hacer una tasación.

—Sí, la verdad es que lo de DeHaven ha sido una tragedia —dijo Pearl con solemnidad—. Y resulta que lo han nombrado a usted albacea literario, ¿no es así? —añadió, sorprendido.

—Ayudé a Jonathan a reunir su colección, y trabajábamos juntos en la biblioteca —respondió él, a la defensiva.

—Entiendo —repuso Pearl con sequedad—. Pero, aun así, es obvio que necesita la opinión de un experto.

Caleb se sonrojó levemente.

—Pues... sí. Tenemos un inventario de la colección en el portátil de Milton.

—Prefiero mil veces trabajar con papel —replicó Pearl con firmeza.

—Si tiene impresora, podemos imprimir la lista —sugirió Milton.

Pearl negó con la cabeza.

—Tengo una imprenta, pero es del siglo XVI y dudo que sea compatible con su artilugio.

—No, no lo es —musitó Milton, sorprendido. Como amante devoto de la tecnología, le asombraba el poco interés de Pearl por ella.

—Bueno, podemos imprimir la lista y traérsela mañana —propuso Caleb. Vaciló, antes de añadir—: Señor Pearl, más vale que no me ande con rodeos. Jonathan tiene una primera edición del *Libro de los Salmos* en su colección. ¿Lo sabía usted?

Pearl se colocó las gafas delante de los ojos.

—Perdone, ¿qué ha dicho?

—Que Jonathan tiene un *Libro de los Salmos* de 1640.

—No es posible.

—Lo he tocado.

—No, no puede ser.

—Sí —insistió Caleb.

Pearl hizo un gesto de desdén con la mano.

—Entonces debe de ser una edición posterior. Poco extraordinario.

—No tiene música. La música empezó a incluirse en la novena edición, en 1698.

Pearl observó a Caleb con severidad.

—No le sorprenderá que eso ya lo sepa. Pero, como bien dice, existen otras siete ediciones sin música.

—Es la edición de 1640. El año está impreso en la portada.

—En ese caso, mi querido señor, o es un facsímil o una falsificación. La gente es muy lista. Un tipo ambicioso recreó el *Juramento de un hombre libre*, que es un año anterior al *Libro de los Salmos*.

—Pues yo pensaba que el *Libro de los Salmos* de 1640 era el primer libro impreso en América —le interrumpió Stone.

—Lo es —respondió Pearl con impaciencia—. El *Juramento* no era un libro; era un documento de una sola página, como un pliego suelto. Tal como indica su nombre, era un juramento, una especie de jura de bandera, que todos los varones puritanos hacían para poder votar y disfrutar de otros privilegios en la colonia de la bahía de Massachusetts.

—¿Y era falso? —inquirió Stone.

—Lo irónico del caso es que el falsificador utilizó un facsímil del *Libro de los Salmos* porque había sido acuñado con la misma imprenta que el *Juramento*, y por el mismo impresor; por eso empleaba el mismo tipo de letra. —Pearl le dio un golpecito en el pecho a Caleb—. El estafador fue muy ingenioso y estuvo a punto de convencer a «su» Biblioteca del Congreso para que lo comprara. La falsificación no se descubrió hasta que un experto en imprentas observó ciertas irregularidades.

—Hace más de diez años que trabajo en el Departamento de Libros Raros —declaró Caleb—. He examinado el *Libro de los Salmos* que tenemos. Y creo que el de Jonathan es auténtico.

Pearl miró a Caleb con suspicacia.

—¿Cómo ha dicho que se llama?

Caleb se había sonrojado, pero entonces se puso rojo como un tomate.

—¡Caleb Shaw! —exclamó.

—Pues bien, Shaw, ¿le ha hecho las pruebas estándares de autentificación al libro?

—No; pero lo he mirado, lo he tocado y lo he olido.

—Por Dios, no puede estar tan convencido con un examen tan rudimentario. DeHaven no tenía una pieza como ésa en su colección. Un *Tamerlane*, unos cuantos incunables, incluso un Dante que, por cierto, le vendí yo, constituían la flor y nata de su colección. Nunca tuvo una primera edición del *Libro de los Salmos.*

—Entonces, ¿de dónde sacó Jonathan el libro? —preguntó Caleb.

Pearl meneó la cabeza.

—¿Y yo qué sé? —Miró a los demás—. Como supongo que les ha contado su amigo, de la tirada original sólo quedan once ejemplares del *Libro de los Salmos* en el mundo. Piénsenlo, caballeros. En comparación, hay 228 primeros infolios de Shakespeare, pero sólo once ejemplares del *Libro de los Salmos* en todo el mundo. Y, de esos once, sólo quedan cinco íntegros. —Levantó los dedos de la mano derecha—. Sólo cinco —añadió con gran solemnidad.

Mientras Stone contemplaba los luminosos ojos negros que parecían sobresalir de las profundas cuencas como petróleo que brota de la tierra, le quedó claro que un diagnóstico espiritual de Vincent Pearl revelaría sin duda alguna que también padecía bibliomanía.

El librero se dirigió de nuevo a Caleb:

—Y, como los once están localizados, no me entra en la cabeza que uno acabara en la colección de Jonathan DeHaven.

—¿Entonces por qué iba a guardar una falsificación en una caja fuerte? —replicó Caleb.

—Quizá pensara que era auténtico.

—¿El director del Departamento de Libros Raros engañado por un libro falso? —dijo Caleb con desprecio—. Lo dudo seriamente.

Pearl seguía impertérrito:

—Como he dicho, estuvieron a punto de estafar a los expertos de la biblioteca con un *Juramento* falso. La gente cree lo que quiere creer, y los coleccionistas de libros no son inmunes a ese impulso. Según mi experiencia, el autoengaño no tiene límites.

—Tal vez sería mejor que pasara por casa de Jonathan para ver con sus propios ojos que el *Libro de los Salmos* es un original —sugirió Caleb con obstinación. Pearl se acarició la barba rebelde con los dedos largos y delicados de la mano derecha, sin dejar de fulminar con la mirada a Caleb—. Y, por supuesto, agradecería su opinión experta sobre el resto de la colección —añadió Caleb en un tono más calmado.

—Creo que mañana por la tarde tengo un rato —repuso Pearl, sin mostrar el menor interés.

—Iría bien —dijo Caleb, tendiéndole una tarjeta—. Éste es mi número de la biblioteca, llame para confirmar. ¿Tiene la dirección de Jonathan?

—Sí, en mis archivos.

—Sería preferible no mencionar la existencia del *Libro de los Salmos* a nadie, señor Pearl, al menos por ahora.

—Apenas menciono nada a nadie —respondió Pearl—. Sobre todo, cosas que no son ciertas.

Caleb volvió a ponerse rojo como un tomate mientras Pearl los acompañaba rápidamente a la salida.

—Bueno —dijo Reuben en el exterior, poniéndose el casco de la motocicleta—, creo que acabamos de conocer al profesor Dumbledore.

—¿A quién? —exclamó Caleb, que seguía enfadado por el último comentario hiriente de Pearl.

—Dumbledore. De Harry Potter, ya sabes.

—No, no lo sé —espetó Caleb.

—Maldito *muggle* —farfulló Reuben mientras se ponía las gafas.

—Bueno, está claro que Pearl no se cree que el *Libro de los Salmos* sea auténtico —declaró Caleb. Guardó silencio unos instantes y luego habló en un tono menos seguro—: Y a lo mejor tiene razón. Quiero decir que sólo he mirado el libro un momento.

—Pues por cómo has contestado a Pearl ahí dentro, más vale que tengas razón —espetó Reuben.

Caleb se ruborizó.

—No sé por qué he actuado así. Me refiero a que él es famoso en el mundillo de los libros. Y yo no soy más que un bibliotecario del Gobierno.

—Un bibliotecario de primera en uno de los mejores organismos del mundo —añadió Stone.

—Será todo lo bueno que quieras en su campo, pero necesita comprarse un ordenador. Y una impresora que no sea del siglo XVI —sentenció Milton.

El Nova se puso en marcha. Cuando Reuben arrancó la Indian accionando el pedal, Stone, fingiendo acomodar su cuerpo alto en el sidecar, miró hacia atrás.

Se pusieron en marcha, con la furgoneta a la zaga.

En cuanto el Chevy Nova y la motocicleta se separaron, la furgoneta siguió a esta última.

15

Pese a la hora intempestiva, Stone dijo a Reuben que lo dejara cerca de la Casa Blanca en vez de en su casita de cuidador del cementerio Mt. Zion.

Se había dado cuenta de que la furgoneta los seguía y quería hacer algo al respecto.

Explicó discretamente la situación a Reuben mientras bajaba del sidecar y le describió la furgoneta.

—Estate al tanto. Si la furgoneta te sigue, te llamaré al móvil.

—¿No deberías llamar a Alex Ford para que nos proteja? Al fin y al cabo, lo nombramos miembro honorario del Camel Club.

—Alex ya no está destinado en la Casa Blanca. Y no quiero llamarle por algo que igual resulta no ser nada. Pero aquí hay otros miembros del Servicio Secreto que me pueden ayudar.

Cuando Reuben se hubo marchado, Stone pasó lentamente junto a su tienda, la del letrero QUIERO LA VERDAD. Esa noche no había ningún otro manifestante, ni siquiera su amiga Adelphia. Se dirigió rápidamente a la estatua de un general polaco que había ayudado a los norteamericanos en la guerra de Independencia. Su recompensa por el buen servicio había sido un enorme monumento en el parque que cada día cagaban cientos de pájaros. Subió al pedestal de la estatua y vio que la furgoneta seguía estacionada en la calle

Quince, en el exterior del bloque número 1600 de Pennsylvania Avenue, cerrada al tráfico.

Stone bajó del pedestal y se acercó a uno de los guardias uniformados que protegían el perímetro de la Casa Blanca.

—¿Qué hay, Stone? —preguntó el hombre. Llevaba vigilando la Casa Blanca desde hacía casi diez años y conocía bien a Stone, quien siempre se mostraba educado y cumplía a rajatabla las normas del permiso de manifestante que llevaba en el bolsillo.

—Hola, Joe, quería informarte de una cosa. A lo mejor no es nada, pero sé que al Servicio Secreto no le gusta correr riesgos.—Le explicó rápidamente lo de la furgoneta, pero sin señalarla—. He pensado que deberías saberlo, por si quieres hacer alguna comprobación.

—Gracias, Oliver. Te debo una.

Tal como Stone había aprendido en los años que llevaba allí, no había ninguna sospecha demasiado nimia para el Servicio Secreto cuando la protección del presidente estaba en juego. Así pues, al cabo de un par de minutos vio que Joe, acompañado de otro guardia armado, se acercaba a la furgoneta de Obras Públicas. Stone se arrepintió de haberse dejado los prismáticos en el escritorio de su casa. Se puso tenso cuando el conductor bajó la ventanilla.

Lo que pasó a continuación le sorprendió. Los dos guardias uniformados dieron media vuelta y se alejaron rápidamente de la furgoneta mientras la ventanilla volvía a subir. Los hombres no se acercaron a Oliver Stone; se marcharon en la dirección opuesta lo más rápidamente posible, sin llegar a correr, mientras que la furgoneta permanecía donde estaba.

—¡Maldita sea! —farfulló Stone.

Entonces cayó en la cuenta. Los ocupantes de la furgoneta pertenecían a una agencia del Gobierno con suficiente poder para hacer que los agentes del Servicio Secreto se escabulleran como niños asustados. Había llegado el momento de correr. Pero ¿cómo? ¿Debía llamar a Reuben? La verdad es que no quería mezclar a su amigo en todo aquello. Entonces, se le ocurrió una idea.

¿Acaso su pasado le salía al encuentro?

Enseguida tomó una decisión y cruzó el parque, llegó a la calle H y giró a la izquierda. La parada de metro de Farragut West estaba a un par de manzanas. Consultó la hora. ¡Mierda! El metro ya estaba cerrado.

Cambió de rumbo, mirando constantemente por encima del hombro por si veía la furgoneta. Decidió ir a pie, quizás estuviera a tiempo de coger algún autobús rezagado.

Al llegar al siguiente cruce, la furgoneta de Obras Públicas dio un frenazo justo delante de él y la puerta corredera empezó a abrirse.

Entonces, Stone oyó una voz que le gritaba:

—¡Oliver!

Miró a la derecha. Reuben había subido la moto a la acera y se acercaba a él a todo trapo. Redujo la velocidad lo justo para que Stone pudiera subir al sidecar. Reuben volvió rápidamente a la calzada y aceleró la moto con las largas piernas de Stone saliéndose por encima del sidecar.

Reuben, cuyo conocimiento de las calles de Washington D.C. casi igualaba el de Stone, giró varias veces a derecha e izquierda antes de reducir la velocidad, entrar en un callejón oscuro y pararse detrás de un contenedor. Para entonces, Stone ya se había sentado bien en el sidecar. Miró a su amigo.

—Has llegado en el momento justo, Reuben. Gracias.

—Como no me llamabas, di media vuelta. La furgoneta había empezado a circular y la seguí.

—Me sorprende que no te vieran. Esta moto no suele pasar desapercibida.

—¿Quién coño son esos tíos?

Stone le contó a su amigo lo del encontronazo con el Servicio Secreto.

—No hay muchas agencias capaces de hacer salir por patas a los del Servicio Secreto —dijo Reuben.

—Se me ocurren dos: la CIA y la ASN. Ninguna de las dos me inspira demasiada confianza.

—¿Qué crees que quieren?

—Me fijé en la furgoneta por primera vez en el exterior de la librería de Pearl. De todos modos, puede que nos siguiera desde antes.

—¿Desde nuestra visita a la casa de DeHaven? —Reuben chasqueó los dedos—. ¿Crees que esto tiene algo que ver con el capullo ese de Cornelius Behan? Probablemente tenga muy buenos contactos entre los espías.

—Tal vez, teniendo en cuenta los hechos —dijo Stone, y pensó: «A lo mejor se equivocaba y nada de aquello guardaba relación con su pasado.»

Reuben parecía nervioso:

—Oliver, si nos seguían, ¿crees que quizá también siguieran a Caleb y a Milton?

Stone ya estaba hablando por teléfono. Localizó a Caleb y le contó parte de lo ocurrido.

—Acaba de dejar a Milton en casa —le dijo en cuanto colgó—. No han visto a nadie, pero es probable que tampoco se hayan dado cuenta.

—Pero ¿qué hemos hecho para que los espías nos sigan? Le dijimos a Behan lo que estábamos haciendo allí. ¿Qué interés puede tener en DeHaven?

—Podría estar interesado si supiera cómo murió. O, para ser más exactos, cómo fue asesinado.

—¿Insinúas que Behan hizo matar a su vecino? ¿Por qué?

—Tú lo has dicho, su vecino. Es posible que DeHaven viera algo que no debía.

Reuben resopló:

—¿En Good Fellow Street? ¿Donde viven los asquerosamente ricos?

—Es pura especulación; pero lo que está claro es que, si no hubieras aparecido, no sé qué me habría pasado.

—¿Y qué hacemos ahora?

—Como parece que nadie se interesaba por nosotros hasta que fuimos a casa de Jonathan DeHaven, empezaremos por ahí. Descubriremos si lo mataron o no.

—Me temía que eso era lo que ibas a decir.

Stone se acomodó en el sidecar, esta vez con las piernas

bien puestas. Reuben puso en marcha la motocicleta y se marcharon.

«Como en los viejos tiempos», pensó Stone. Y estaba claro que eso no era bueno.

Los hombres de la furgoneta informaron a Roger Seagraves, que estaba muy alterado.

—Podríamos habernos llevado al viejo, aunque haya aparecido su amigo; pero pensamos que sería demasiado arriesgado —explicó un hombre por teléfono.

Seagraves observó su teléfono seguro durante unos instantes, pensando en cuál debería ser su siguiente movimiento.

—¿Cuánto tiempo estuvieron en casa de DeHaven?

—Más de cinco horas.

—Después fuisteis a una librería de rarezas y luego los seguisteis a la Casa Blanca.

—Sí. Uno de ellos tiene una tienda en Lafayette Park. Y, según el Servicio Secreto, se llama Oliver Stone. ¡Menudo chiste!

—Se ha dado cuenta de que lo seguíais, así que no le veo la gracia al chiste —espetó Seagraves—. No me gusta que vayáis por ahí enseñando vuestras credenciales, y menos al Servicio Secreto.

—Estábamos en un aprieto y hemos tenido que hacerlo. Además, somos de la Agencia —replicó el otro hombre.

—Pero esta noche no estabais en misión oficial —contraatacó Seagraves.

—¿Qué quieres que hagamos?

—Nada. Quiero averiguar más cosas sobre el señor Stone. Estaremos en contacto. —Seagraves colgó.

«Un hombre que se hace llamar Oliver Stone, que tiene plantada una tienda frente a la Casa Blanca y es capaz de advertir que lo vigilan, aun tratándose de expertos, y que visitó la casa de un hombre al que hice matar.» Seagraves presintió que se avecinaba otra tormenta.

16

Cuando el avión aterrizó en Newark, llovía y hacía frío. Ahora Annabelle llevaba el pelo castaño, los labios color cereza, unas elegantes gafas de sol, ropa moderna y zapatos de plataforma. Sus tres compañeros llevaban traje de dos piezas sin corbata. No salieron juntos del aeropuerto. Se dirigieron al sur y se encontraron en un apartamento de alquiler de Atlantic City.

Al volver a la ciudad después de tantos años, Annabelle notó que estaba más tensa. La última vez, le había faltado demasiado poco para morir. Pero ahora esa misma tensión podía acabar con su vida. Tendría que templar los nervios y capear el temporal. Se había preparado durante casi veinte años para este momento y no pensaba desperdiciarlo.

A lo largo de la semana anterior, había sacado los fondos de los cheques falsificados de las cuentas corporativas. Había transferido esas cantidades más el alijo de la estafa de los cajeros automáticos a una cuenta en el extranjero que no estaba regulada por ninguna entidad bancaria estadounidense. Con tres millones de dólares como capital inicial, los hombres estaban ansiosos por conocer el plan del gran golpe de Annabelle.

No obstante, ella no estaba preparada para contárselo. Pasó buena parte del primer día caminando por la ciudad, observando los casinos y hablando con ciertas personas anónimas.

Los hombres pasaron el rato jugando a las cartas y charlando. Leo y Freddy entretuvieron al joven Tony con historias de viejas estafas, adornadas y pulidas como suele suceder con los recuerdos del pasado.

Al final, Annabelle los convocó.

—Mi plan es convertir nuestros tres millones en mucho más, en relativamente poco tiempo —les informó.

—Me encanta tu estilo, Annabelle —dijo Leo.

—En concreto, quiero convertir nuestros tres millones en, por lo menos, treinta y tres millones. Yo me quedo con trece y medio, y vosotros os repartís el resto entre tres. Seis y medio por barba. ¿Alguien tiene algún inconveniente?

Los hombres se quedaron de piedra unos minutos. Al final, Leo respondió por ellos:

—Joder, vaya mierda.

Annabelle alzó una mano a modo de advertencia.

—Si la estafa fracasa, podríamos perder parte del capital inicial, pero no todo. ¿Estáis todos de acuerdo en tirar los dados? —Todos asintieron—. La cantidad de dinero de la que estamos hablando exigirá correr ciertos riesgos en la etapa final.

—Traducción —dijo Leo—: aquel a quien desplumemos nunca dejará de buscarnos. —Encendió un cigarrillo—. Y ahora creo que ha llegado el momento de que nos digas quién es.

Annabelle se recostó en el asiento e introdujo las manos en los bolsillos. No apartó ni un momento la mirada de Leo, que tampoco le quitaba ojo.

—¿Tan peligroso es? —preguntó al final, nervioso.

—Vamos a desplumar a Jerry Bagger y el Pompeii Casino—anunció.

—¡Virgen santa! —gritó Leo. Se le cayó el cigarrillo de la boca. Fue a pararle en la pierna y le hizo un pequeño agujero en los pantalones. Se sacudió la quemadura, enfadado, y señaló a Annabelle con dedo tembloroso—. ¡Lo sabía! ¡Sabía que nos la ibas a jugar!

Tony los miró uno a uno.

—¿Quién es Jerry Bagger?

—El peor hijo de puta con el que esperas no cruzarte jamás, chico, ése es —sentenció Leo.

—Venga ya, Leo; mi misión es convencerle de dar el golpe—bromeó Annabelle—. No lo olvides, quizá quiera hacerse a la idea de quién es Jerry él solito.

—No pienso enfrentarme al cabrón de Jerry Bagger ni por tres millones, ni por treinta tres ni por trescientos treinta y tres mil millones porque no viviré para disfrutarlos.

—Pero has venido con nosotros. Y, como bien has dicho, sabías que iba a ir a por él. Lo sabías, Leo. —Annabelle se puso en pie, rodeó la mesa y le pasó el brazo por los hombros—. Y lo cierto es que estás esperando la oportunidad de trincar a ese cerdo desde hace veinte años. Reconócelo.

De repente Leo se sintió incómodo, encendió otro Winston y exhaló el humo hacia el techo con nerviosismo.

—Cualquiera que haya tratado con ese cabrón quiere matarlo. ¿Y qué?

—Yo no quiero matarlo, Leo. Sólo quiero robarle tanto dinero que le hiera donde más duele. Podríamos cargarnos a su familia entera y no le dolería tanto como saber que alguien se ha quedado con la fortuna que lleva amasando gracias a los pobres lelos que desfilan constantemente por su casino.

—Suena genial —reconoció Tony, mientras que Freddy seguía dubitativo.

Leo observó enfurecido al joven.

—¿Genial? ¿Te parece genial? Voy a decirte una cosa, ignorante de mierda. La cagas delante de Jerry Bagger como hiciste en el banco, y no quedará ni un solo pedazo de tu cuerpo que poner en un sobre para mandar a tu madre para que te entierre. —Leo se giró y señaló a Annabelle—. Quiero dejar una cosa muy clara aquí y ahora. No pienso ir a por Jerry Bagger. Pero lo que de verdad no pienso hacer es ir a por Jerry Bagger con este inútil.

—Oye, cometí un error. ¿Tú nunca te has equivocado o qué?—protestó Tony.

Leo no respondió. Él y Annabelle se miraron a los ojos durante unos instantes.

—El papel de Tony se limita a lo que mejor se le da —dijo ella con voz queda—. No ha tenido ningún contacto con Jerry. —Miró a Freddy—. Y Freddy permanecerá en la sombra todo el tiempo. Sólo tiene que fabricar un papel que dé el pego. El éxito del golpe depende de ti. Y de mí. Así que, a no ser que pienses que no «somos» suficientemente buenos, no creo que sea una objeción válida.

—Nos conocen, Annabelle. Ya hemos estado aquí antes.

Annabelle rodeó la mesa y abrió una carpeta de papel manila que había en la mesa, delante de su silla. Mostró dos fotografías en papel satinado; una de un hombre y otra de una mujer.

—¿Quién es ése? —preguntó Freddy, sorprendido.

Leo respondió a regañadientes mientras observaba las fotos.

—Annabelle y yo, hace tiempo. En At-lan-tic Ci-ty —soltó.

—¿De dónde has sacado las fotos? —preguntó Tony.

—Los casinos tienen un banco de caras, lo que ellos llaman el libro negro, de las personas que han intentado estafarlos, y comparten esa información con el resto de los casinos —explicó Annabelle—. Tú nunca has intentado desplumar un casino, Tony, y Freddy tampoco; es uno de los motivos por los que os busqué. Todavía tengo algunos contactos en esta ciudad, de ahí he sacado las fotos. En realidad, nunca llegaron a pillarnos y fotografiarnos. Éstas son combinaciones basadas en descripciones nuestras. Si tuvieran fotos auténticas, no sé si estaría aquí.

—Pero ahora ya no os parecéis en nada —dijo Tony—. Por si os sirve de algo saberlo —añadió con una mueca.

Annabelle sacó otras dos fotos de la carpeta, más parecidas a ellos.

—Al igual que hace la policía con los niños desaparecidos, los casinos contratan a expertos que alteren digitalmente las fotografías para tener en cuenta el envejecimiento natural. Las introducen en su libro negro y también en el sistema de vigilancia electrónico, que incorpora un *software* de reconocimiento facial. Por eso no nos pareceremos en nada a éstos cuando desplumemos a Jerry.

—Yo no voy a desplumar a Jerry —gruñó Leo.

—Venga ya, Leo, será divertido —dijo Tony.

—No me toques los huevos, mocoso —espetó Leo—. ¡Como si me hicieran falta excusas para odiarte!

—Vamos a dar un paseo, Leo —dijo Annabelle. Levantó una mano cuando Tony y Freddy se pusieron en pie para seguirlos—. Quedaos aquí. Ahora volvemos —dijo.

En el exterior, el sol asomaba tras unos oscuros nubarrones. Annabelle se puso una capucha y gafas de sol. Leo se encasquetó una gorra de béisbol y también se puso gafas de sol.

Caminaron por el paseo marítimo, que discurría entre los casinos de la calle principal y la ancha playa, y pasaron junto a las parejas que contemplaban el océano sentadas en los bancos.

—Han arreglado la ciudad desde la última vez que estuvimos aquí —dijo Annabelle. Los casinos habían irrumpido en la ciudad a finales de la década de los setenta, dejando caer palacios de juegos multimillonarios cuando este destino turístico estaba en plena decadencia. Durante varios años, la gente no quería alejarse demasiado de la zona de casinos porque el resto de la ciudad no era un lugar seguro. Las autoridades llevaban tiempo prometiendo hacer una limpieza general de la zona y, cuando los casinos empezaron a dar montones de dinero y puestos de trabajo, pareció que por fin se cumplía la promesa. Se pararon a observar una grúa enorme que levantaba vigas de acero sobre una estructura cuyo cartel anunciaba la construcción de apartamentos de lujo. Por todas partes veían edificios nuevos y obras de rehabilitación de los ya existentes.

Leo giró hacia la playa. Se paró para quitarse los zapatos y los calcetines mientras Annabelle hacía lo mismo con sus zapatos planos y se remangaba los pantalones. Caminaron por la orilla. Al final, Leo se agachó, cogió una concha y la lanzó hacia una ola que venía.

—¿Estás preparado para hablar del tema? —preguntó ella, mirándolo fijamente.

—¿Por qué haces esto?

—¿Hacer qué? ¿Planear un golpe? Es lo que he hecho toda la vida. Y tú deberías saberlo mejor que nadie, Leo.

—No, me refiero a por qué viniste a buscarme a mí, a Freddy y al chico. Podías haber elegido a cualquier otro para esto.

—No quería a cualquiera. Hace tiempo que nos conocemos, Leo. Y pensé que querrías intentarlo de nuevo con Jerry. ¿Me equivoco?

Leo lanzó otra concha al agua y observó cómo desaparecía.

—Es la historia de mi vida, Annabelle. Lanzo conchas a las olas y siguen viniendo.

—No te pongas a filosofar conmigo.

La miró de reojo.

—¿Es por tu viejo?

—Tampoco me hagas de psiquiatra. —Se apartó ligeramente de él, se cruzó de brazos y se quedó mirando el mar, en cuyo horizonte un barco avanzaba despacio hacia algún lugar—. Con trece millones de dólares, podría comprarme un barco lo suficientemente grande para cruzar el océano, ¿verdad? —preguntó ella.

Leo se encogió de hombros.

—No lo sé. Supongo. Nunca he tenido motivos para comparar precios. —Se miró los pies descalzos y removió la arena que tenía entre los dedos—. Annabelle, siempre has sido sensata con el dinero, mucho más sensata que yo. Después de todas las estafas que has hecho, sé que no necesitas el dinero.

—¿Quién se conforma con el dinero que tiene? —repuso ella, sin apartar la mirada del barco en movimiento.

Leo cogió otra concha y la lanzó.

—Tienes muchas ganas de hacer esto, ¿verdad?

—Una parte de mí no quiere. La parte de mí a la que escucho sabe que tengo que hacerlo.

—¿El chico no abre la boca?

—El chico no abre la boca.

—Si esto sale mal, no quiero ni pensar qué será de nosotros.

—Entonces no dejes que salga mal.

—¿Tienes un solo nervio en el cuerpo?

—No, que yo sepa. —Annabelle recogió una concha y la lanzó a una ola que rompía, y luego dejó que el océano le bañara los pies y los tobillos—. ¿Seguimos adelante?

—Sí, seguimos adelante —respondió Leo asintiendo lentamente.

—¿Se acabó el ponerte hecho una furia conmigo?

Leo sonrió.

—Eso no puedo prometérselo a ninguna mujer.

—Hace tiempo que no sé nada de tu madre —le dijo él de regreso al apartamento—. ¿Cómo está Tammy?

—No muy bien.

—¿Tu viejo está vivo?

—¡Y yo qué sé! —respondió Annabelle.

17

Tardaron una semana entera en hacer los preparativos. Parte del trabajo consistía en dar una lista de documentos e identificaciones a Freddy. Cuando éste llegó al final de la lista, tuvo que leer la información dos veces.

—¿Cuatro pasaportes norteamericanos?

Tony alzó la vista del ordenador.

—¿Pasaportes? ¿Para qué?

Leo lo miró con desdén.

—¿Qué? ¿Te crees que puedes contrariar al loco de Jerry Bagger y permanecer en el país? ¡Venga ya! Un servidor se va a Mongolia a hacer de monje durante unos años. Prefiero llevar sotana e ir en yak que dejar que Bagger me haga picadillo mientras grita que quiere que le devuelva la pasta. —Siguió trabajando en su disfraz.

—Necesitamos los pasaportes para pasar un tiempo en el extranjero, hasta que la situación se normalice.

—¿En el extranjero? —exclamó Tony, medio levantándose de la silla.

—Jerry no es infalible, pero tampoco hay que ser idiota. Puedes ver mundo, Tony. Aprende italiano —le aconsejó Annabelle.

—¿Y mis padres? —preguntó Tony.

—Mándales postales —gruñó Leo por encima del hombro, mientras se esforzaba por colocarse un peluquín en la cabeza.

—Anda que no es novato, el chaval.

—Los pasaportes norteamericanos son difíciles de hacer, Annabelle —dijo Freddy—. En la calle cuestan diez mil dólares.

Annabelle lo miró con dureza.

—Pues a ti te pagan seis millones y medio por hacerlos, Freddy.

El hombre tragó saliva nervioso.

—Entiendo. Los haré. —Freddy se marchó con la lista.

—Nunca he estado en el extranjero —reconoció Tony.

—El mejor momento para ir es cuando uno es joven —dijo Annabelle, sentada a la mesa frente a él.

—¿Tú has estado en el extranjero? —le preguntó él.

Leo se entrometió:

—¿Estás de broma? ¿Te crees que Estados Unidos es el único lugar del mundo donde se puede estafar? ¡Ja!

—He estado fuera —respondió Annabelle.

Tony la miró nervioso.

—Pues a lo mejor podríamos viajar juntos. Podríais enseñarme sitios. Tú y Leo —añadió rápidamente—. Y seguro que Freddy también se apuntaría.

Annabelle ya había empezado a menear la cabeza.

—Nos separaremos. Cuatro personas separadas son mucho más difíciles de pillar que cuatro juntas.

—Bueno, vale, claro —dijo Tony.

—Tendrás un montón de dinero para vivir —añadió ella.

—Una mansión en algún lugar de Europa con personal propio. —Tony se animó.

—No empieces derrochando. Resulta sospechoso. Empieza con discreción y mantén la cabeza gacha. Yo te sacaré del país y, a partir de ahí, sigues tú solo. —Annabelle se inclinó hacia delante—. Y ahora voy a decirte exactamente lo que necesito de ti. —Annabelle explicó la misión de Tony con todo lujo de detalles—. ¿Te ves capaz?

—Sin problemas —repuso él de inmediato. Ella le lanzó una mirada crítica—. Mira, dejé el MIT después del segundo curso porque me aburría.

—Lo sé. Ése es el otro motivo por el que te elegí.

Tony dirigió la mirada al portátil y empezó a teclear:

—En realidad, ya lo he hecho con anterioridad: engañé al sistema más seguro del mundo.

—¿Dónde fue eso, en el Pentágono? —preguntó Leo.

—No. En la cadena de hipermercados Wal-Mart.

Leo lo miró de hito en hito.

—¿Me estás tomando el pelo? ¿Wal-Mart?

—Oye, los de Wal-Mart no se andan con chiquitas.

—¿Cuánto tiempo necesitas? —preguntó Annabelle.

—Dame un par de días.

—No más de dos. Quiero probarlo.

—No me supondrá ningún problema —afirmó él con seguridad.

Leo entornó los ojos, rezó en silencio, se persignó y siguió con su peluquín.

Mientras Freddy y Tony se dedicaban a lo que les habían encomendado, Leo y Annabelle se disfrazaron y se dirigieron al Pompeii Casino. Era el mayor establecimiento de juego del paseo marítimo y uno de los más nuevos tras resurgir de las cenizas a partir de un viejo local de apuestas. El Pompeii, fiel a su nombre, también contaba con un volcán activo que entraba en «erupción» dos veces al día, a las doce del mediodía y a las seis de la tarde. El volcán no escupía lava, sino vales que podían canjearse por comida y bebida. Dado que los casinos prácticamente regalaban la comida y la bebida para que los clientes siguieran jugando, no suponía demasiado sacrificio por parte de Bagger. Sin embargo, a la gente le encantaba pensar que conseguía algo gratis. Por consiguiente, las dos erupciones del día eran una atracción asegurada; la gente empezaba temprano a hacer cola y luego se dedicaba a tirar mucho más dinero en el casino del que jamás recuperaría, en forma de comida y alcohol, de las entrañas del falso volcán.

—Menudo es Bagger para conseguir que estos idiotas hagan cola para esa mierda y luego se dejen el sueldo en sus casinos mientras engordan y se emborrachan —gruñó Leo.

—Jerry chupa la sangre a los zoquetes, en eso se basa el negocio de los casinos.

—Aún me acuerdo de cuando se inauguró el primer casino en el 78 —dijo Leo.

Annabelle asintió.

—Resorts International, mayor que cualquier casino de Las Vegas en aquella época, aparte del MGM. Al principio, Paddy pasó por aquí con alguna banda.

—¡Pues tu viejo nunca debería haber vuelto con nosotros! —Leo encendió un cigarrillo y señaló la hilera de casinos—. Yo empecé aquí. Entonces, las plantillas de los casinos estaban formadas, sobre todo, por lugareños. Había enfermeras, conductores del camión de la basura y empleados de gasolinera que, de repente, se encontraron barajando cartas y controlando las apuestas de los dados y las mesas de la ruleta. Eran tan malos que podías estafarlos como quisieras. ¡Joder!, ni siquiera había que hacer trampa. Ganabas dinero con sólo aprovecharte de sus meteduras de pata. Eso duró unos cuatro años. Pagué la carrera universitaria de mis dos hijos con el dinero que gané en aquella época.

Ella lo miró.

—Nunca me habías hablado de tu familia.

—Ya, como si tú te explayaras con el tema.

—Conociste a mis padres. ¿Qué puedo añadir al respecto?

—Tuve hijos de muy joven. Se hicieron mayores y pasaron de mí, igual que mi señora.

—¿Ella sabía a qué te dedicabas?

—Al cabo de un tiempo, resultaba difícil ocultarlo. Le gustaba el dinero, pero no mi forma de ganarlo. Nunca se lo contamos a los niños. No quería que se interesaran por el negocio.

—Bien hecho.

—Sí. Aun así, me abandonaron.

—No vuelvas la vista atrás, Leo; aparecen demasiados remordimientos.

Él se encogió de hombros antes de sonreír.

—Aquí teníamos una ruleta cojonuda, ¿verdad? Cualquier timador es capaz de apostar con información privilegiada a los dados o el blackjack, pero sólo los verdaderos profesionales pueden hacerlo en la ruleta durante un buen rato. Es lo más parecido a un gran golpe en la mesa de un casino. —La miró con admiración—. Eras la mejor reclamadora que he visto en mi vida, Annabelle. Fría y apasionada. Los jefes de mesa picaban una y otra vez. Y tú veías si echaban humo antes que cualquiera de nosotros —añadió, refiriéndose a los desconfiados trabajadores del casino.

—Y tú eras el mejor mecánico con el que he trabajado, Leo. Incluso cuando algún problema se interponía en tu trabajo, tú seguías adelante antes de que el crupier se percatara.

—Sí, era bueno; pero tú eras igual de buena que yo con las cartas o los dados. A veces pienso que tu viejo seguía contando conmigo porque tú se lo pedías.

—Me apuntas demasiados méritos. Paddy Conroy sólo hacía lo que Paddy Conroy quería hacer. Y lo que acabó haciendo fue jodernos a los dos.

—Sí, y dejar que Bagger se cebara en nosotros. ¿Y si no hubieras sido rápida como el rayo y lo hubieras esquivado por cinco centímetros? —Miró al océano—. Quizás estaríamos en el fondo del mar.

Annabelle le quitó el cigarrillo de entre los labios.

—Y ahora que nos hemos enjabonado mutuamente con nuestros recuerdos, pongámonos manos a la obra.

Iban de camino a la entrada del casino, cuando se pararon de forma abrupta.

—Que pase el furgón de ganado —advirtió Leo.

Todos los casinos tenían autobuses fletados que empezaban a hacer cola a las once de la mañana. Desembarcaban a los pasajeros, que solían ser jubilados, para que se pasaran el día en el casino despilfarrando la pensión e ingiriendo comida basura. Luego se subían al autobús y se marchaban a casa con poco dinero para pasar el mes, pero convencidos de volver cuando recibieran el siguiente cheque de la pensión.

Leo y Annabelle observaron a las brigadas de jubilados que entraban en tropel en el Pompeii a tiempo para la primera erupción del día, y luego se colocaron detrás de ellos. Se pasaron varias horas caminando por el local e incluso jugaron a varios juegos de azar. Leo tuvo suerte con los dados; Annabelle no se separó del blackjack y ganó más de lo que apostó.

Se reunieron un poco más tarde y se tomaron una copa en uno de los bares. Mientras Leo observaba a una escultural camarera en tanga que llevaba una bandeja con bebidas a una mesa de dados en la que los apostadores iban muy fuertes, Annabelle dijo en voz baja:

—¿Y bien?

Leo masticó unas pacanas y dio un sorbo al whisky con cola.

—Mesa de blackjack número cinco. Parece que hay gato encerrado —dijo, refiriéndose al dispositivo que contenía las barajas de naipes.

—¿El crupier está en el ajo?

—Ah, sí. ¿Y tú qué me dices?

Annabelle tomó un trago de vino antes de responder:

—La mesa de ruleta, junto al coche que da vueltas: tenemos a un equipo de cuatro apostadores informados que no lo hace del todo mal.

—Pensaba que ahora decían a los crupieres que se fijaran bien en las apuestas. ¿Y qué me dices del ojo que todo lo ve y las microcámaras que tienen hoy en día?

—Ya sabes que la mesa de la ruleta es una locura, por eso es la Meca de las apuestas informadas. Y, si eres bueno, todo es posible a pesar de los adelantos de la técnica.

Leo hizo chocar su copa con la de ella.

—Eso ya lo sabíamos, ¿no?

—¿Qué me dices de los sistemas de seguridad?

—Nada del otro mundo. Supongo que la cámara acorazada está bajo toneladas de hormigón, rodeada de un millón de tíos armados hasta los dientes.

—Menos mal que no vamos a tirar por ahí —repuso ella lacónicamente.

—Sí, supongo que no quieres estropearte la manicura. —Posó la copa—. ¿Cuántos años debe de tener Jerry?

—Sesenta y seis —respondió ella de inmediato.

—Supongo que no se habrá ablandado con la edad —dijo Leo de mal humor.

—Pues no.

Hablaba con tanta seguridad que Leo la miró con suspicacia.

—Tú investigas a la víctima, ¿recuerdas? Estafador 101.

—¡Joder, ahí está el cabrón! —susurró Leo, y al momento desvió la mirada.

Annabelle vio a seis hombres jóvenes, altos y corpulentos, pasar por su lado. Flanqueaban a otro hombre, más bajo pero en plena forma, ancho de espaldas y con una buena mata de pelo blanco. Vestía un caro traje azul y una corbata amarilla. Jerry Bagger tenía el rostro muy bronceado y una cicatriz en una mejilla, y parecía que le habían partido la nariz un par de veces. Bajo las pobladas cejas blancas se ocultaban unos ojos astutos. Recorría el casino con la mirada, asimilando todo tipo de datos relevantes de su imperio de tragaperras, cartas y esperanzas frustradas.

En cuanto hubieron pasado de largo, Leo volvió a girarse casi sin aliento.

—El hecho de que te pongas como un flan mientras ese tipo recorre el casino no entraba en mis planes, Leo —declaró Annabelle enfadada.

Leo alzó una mano.

—No te preocupes, ya lo he superado. —Exhaló un fuerte suspiro.

—Nunca llegamos a tratar con el tipo cara a cara. Sus gorilas fueron quienes intentaron matarnos. No te puede reconocer.

—Lo sé, lo sé. —Apuró su copa—. ¿Y ahora, qué?

—Cuando llegue el momento de marcharnos, nos marchamos. Hasta entonces, seguimos el guión, ensayamos nuestras entradas y buscamos cualquier ventaja que podamos obtener, porque el cabrón de Jerry es tan impredecible que a lo mejor no basta con hacerlo todo perfecto.

—¿Sabes? Se me había olvidado que estás hecha una buena animadora.

—Decir lo obvio no tiene nada de malo. Si nos pone en un aprieto, tenemos que estar preparados para salir airosos; o nos vamos a enterar.

—Sí, sabemos perfectamente de qué nos vamos a enterar, ¿verdad?

Él y Annabelle observaron en silencio cómo Jerry Bagger y su ejército salían del casino, se montaban en una minicaravana de coches y se marchaban, quizás a romperle las rótulas a alguien por haber estafado al rey de los casinos treinta miserables dólares, mucho menos que treinta millones.

18

Al cabo de una semana estaban preparados. Annabelle vestía una falda negra y tacones, y lucía joyas discretas. Ahora era una rubia de pelo encrespado. No se parecía en nada a la fotografía actualizada del casino. El cambio de aspecto de Leo resultaba incluso más radical. Se había puesto un peluquín de cabello fino y canoso y un pico de pelo en la frente. Llevaba una pequeña perilla, gafas finas y un traje de tres piezas.

—Lo único que me fastidia de todo esto es delatar a otros estafadores.

—Como si ellos no fueran a delatarnos a nosotros si eso les permitiera largarse con varios millones. Además, los que hemos elegido no son demasiado buenos. Tarde o temprano, los pillarán. Y ya no es como en los viejos tiempos. Ya no hay cadáveres enterrados en el desierto ni arrojados al Atlántico. Apostar cuando ya se sabe el resultado se considera conspiración para cometer un robo mediante engaño, algo así como una falta de tercer grado. Pagarán la multa o pasarán un tiempo en chirona; luego irán a por los casinos flotantes del Medio Oeste o a incordiar a los indios de Nueva Inglaterra hasta que pase el tiempo suficiente, cambien de aspecto y vuelvan aquí para empezar de nuevo.

—Sí, pero no deja de ser un mal trago.

Annabelle se encogió de hombros.

—Si te hace sentir mejor, anotaré sus nombres y les mandaré veinte mil dólares a cada uno por las molestias.

Leo se animó, pero entonces dijo:

—Vale, pero no lo descuentes de mi parte.

Habían dejado a Freddy y a Tony y se habían registrado en uno de los mejores hoteles del paseo marítimo. A partir de ese momento, no volverían a tener más contacto directo con los demás hombres. Antes de dejarlos, Annabelle les había advertido, sobre todo a Tony, que tuvieran en cuenta que en esa ciudad había espías por todas partes.

—No hagáis alarde de dinero, no hagáis bromas, no digáis nada que pueda hacer pensar a alguien que va a producirse una estafa; porque irán corriendo a avisar a quien haga falta para recoger una propina. Un desliz, y podría ser el fin para todos nosotros.

Había mirado directamente a Tony antes de añadir:

—Esto va en serio, Tony. No la cagues.

—He escarmentado, lo juro —declaró.

Leo y Annabelle fueron en taxi al Pompeii e inmediatamente tomaron posiciones. Annabelle observaba a un grupo al que ya había visto haciendo apuestas informadas en las mesas de ruleta de varios locales del paseo marítimo. Las apuestas informadas tenían distintas variaciones, que tomaban su nombre de un timo propio de las carreras de caballos en el que el apostante sabía los resultados de la carrera de antemano. En el caso de la ruleta, se deslizaban fichas caras de forma subrepticia en los números ganadores después de que la bola hubiera caído y luego se recogían. Algunos equipos empleaban una técnica distinta. El apostante escondía las fichas caras bajo las baratas antes de que la bola cayera. Entonces, el apostante «arrastraba» o sacaba las fichas caras de la mesa si el número perdía o se limitaba a gritar de alegría si el número había ganado, todo ello delante de las narices del crupier. Esta última técnica tenía la clara ventaja de que el poderoso ojo que todo lo ve no entraba en la ecuación, porque sólo se recurría a él si se trataba de una apuesta ganadora. La cinta mostraba que el apostante no había manipulado las fichas, dado que sólo las retiraba si perdía la apuesta. Para realizar este tipo de timos en las mesas de ruleta se necesitaba muchísima práctica, oportunidad, labor de equipo, paciencia, talento natural y, lo más importante, agallas.

Annabelle y Leo habían sido expertos en este timo. Sin embargo, la tecnología de vigilancia que los casinos utilizaban actualmente reducía de forma drástica las posibilidades de quienes no fueran realmente expertos. Y, por naturaleza, un estafador sólo podía actuar unas cuantas veces en un casino antes de ser descubierto; así pues, era mejor que las apuestas y las probabilidades fueran suficientemente elevadas para justificar el riesgo.

Leo no quitaba el ojo a la mesa de blackjack y a un señor que llevaba un buen rato jugando y ganando. No demasiado como para levantar sospechas, pero Leo se figuró que había acumulado mucho más que el sueldo mínimo por estar apoltronado y bebiendo gratis. Llamó a Annabelle por el móvil.

—¿Estás preparada para pasar a la acción? —le preguntó.

—Parece que mis apostantes están a punto de dar el golpe, así que vamos allá.

Annabelle se acercó a un hombre corpulento que enseguida había identificado como jefe de zona y le susurró algo al oído, inclinando la cabeza hacia la mesa de la ruleta donde había chanchullo.

—En la mesa número seis hay una retirada de ficha directa, tercera sección. Las dos mujeres sentadas a la derecha son el cebo. El mecánico está en la silla del fondo de la mesa. El reclamante es el tipo delgado y con gafas que está detrás del hombro izquierdo del crupier. Llama al ojo del cielo y ordena que la cámara panorámica haga zoom en la acción y permanezca fija hasta que se haya ejecutado el arrastre.

Las mesas de ruleta eran tan grandes que lo normal era que estuvieran controladas por dos cámaras de techo, una dirigida a la rueda y otra a la mesa. El problema era que el técnico de supervisión sólo podía mirar una cámara a la vez. Durante unos segundos, el jefe de zona miró fijamente a

Annabelle, pero la experta descripción de ésta no podía pasarse por alto. Habló rápidamente por el micro y dio la orden.

Mientras tanto, Leo se acercó con sigilo al jefe de su zona y le susurró:

—En la mesa número cinco del blackjack hay un mal crupier que hace la baraja cero. El jugador del asiento número tres lleva un analizador del contador de cartas sujeto al muslo derecho. Si te acercas lo suficiente, verás la marca en la pernera del pantalón. También lleva un intracraneal en el oído derecho, a través del que recibe la llamada del ordenador. El ojo que todo lo ve no captará el corte de la baraja, porque los movimientos del crupier impiden la visión; pero lo podrás grabar fácilmente con una cámara de mano.

Al igual que con la advertencia de Annabelle, el jefe de zona no tardó más de unos segundos en llamar arriba para que un cámara bajara enseguida a hacer fotos.

Al cabo de cinco minutos, se llevaron a los sorprendidos timadores y llamaron a la policía.

Diez minutos después, Annabelle y Leo estaban en una parte del casino a la que jamás invitarían a una abuela con el cheque de la pensión por gastar.

Jerry Bagger se levantó de detrás del enorme escritorio del lujoso despacho con las manos en los bolsillos. Llevaba unas pulseras ostentosas en las muñecas y cadenas alrededor del cuello musculoso y bronceado.

—Disculpadme por no haberos agradecido que me hayáis ahorrado unos cuantos de los grandes —dijo, con una especie de ladrido que delataba su origen de Brooklyn—. Lo cierto es que no estoy acostumbrado a que la gente me haga favores. Me pone los pelos de punta. Y no me gusta que se me pongan los pelos de punta. Lo único que me gusta erecto en mi cuerpo es lo que hay en la bragueta.

Los otros seis hombres de la estancia, todos ataviados con trajes caros, de espaldas anchas y no precisamente por las hombreras, observaban a Leo y Annabelle de manos cruzadas.

—No lo hemos hecho como un favor. —Annabelle dio un paso al frente—. Lo hemos hecho para poder verlo.

Bagger abrió las manos.

—Pues aquí estáis. Ya me habéis visto. ¿Y ahora, qué?

—Una propuesta.

Bagger entornó los ojos.

—Oh, ya estamos. —Se sentó en un sofá de cuero, cogió una nuez de un cuenco situado en la mesa de al lado y la abrió, sirviéndose únicamente de la mano derecha—. ¿Ahora viene la parte en la que me decís que vais a hacerme ganar un montón de dinero, aunque ya tenga un montón de dinero? —Se comió los trocitos de nuez.

—Sí. Y, de paso, podrá servir a su país.

Bagger soltó un gruñido:

—¿Mi país? ¿El mismo país que no para de intentar bloquear mi negocio por hacer algo totalmente legal?

—Podemos ayudarlo al respecto —dijo Annabelle.

—Oh, ¿ahora resulta que sois del FBI? —Miró a sus hombres—. Eh, chicos, tenemos a los del FBI en el casino. Llamad al fumigador.

Los matones rieron todos a la vez.

Annabelle se sentó en el sofá junto a Bagger y le tendió una tarjeta. Él la miró.

—Pamela Young, International Management, Inc. —leyó—. Me quedo igual. —Se la arrojó—. Mis hombres dicen que sois expertos en timos de casinos. ¿Ahora lo enseñan en la escuela de federales? Tampoco es que me crea que sois del FBI.

Leo habló en tono áspero:

—¿Cuánto maneja en un día? ¿Treinta, cuarenta millones? Tiene que mantener cierto nivel de reservas para cumplir los reglamentos de los establecimientos de juego estatales, pero eso deja mucho dinero en el aire. Así pues, ¿qué hace con el excedente? Venga, díganoslo.

El propietario del casino lo miró asombrado.

—Me empapelo la puta casa, gilipollas. —Miró a sus matones—. Apartad de mi vista a este mamón.

Los hombres dieron un paso adelante y dos de ellos incluso levantaron a Leo del suelo antes de que Annabelle hablara:

—¿Qué diría si ese dinero le proporcionara un rendimiento del diez por ciento?

—Diría que es una mierda. —Bagger se puso en pie y se acercó al escritorio.

—Me refiero a un diez por ciento cada dos días. —Entonces él se paró, se dio la vuelta y la miró—. ¿Qué le parece eso? —inquirió ella.

—Demasiado bonito para ser cierto, eso es lo que me parece.—Cogió una ficha gris acerado, por valor de cinco mil dólares, y se la lanzó—. Diviértete un rato. No hace falta que me des las gracias. Considéralo un regalo caído del cielo. Y vete con cuidado para que la puerta no te golpee ese bonito culo al salir. —Hizo un gesto a sus hombres para que soltaran a Leo.

—Piénseselo, señor Bagger —dijo ella—. Mañana volveremos a preguntárselo otra vez. He recibido órdenes de preguntar dos veces. Si no le interesa, el tío Sam irá a cualquier otro casino de la competencia del paseo marítimo.

—Pues buena suerte.

—Si ha funcionado en Las Vegas, aquí también funcionará —dijo Annabelle, convencida.

—Sí, ya. Ojalá tomara las mismas drogas que tú.

—Los ingresos por el juego tocaron techo hace cinco años, señor Bagger. ¿Cómo es que la gente de Las Vegas sigue levantando edificios multimillonarios? Es como si fabricaran dinero. —Hizo una pausa—. Y es lo que hacen, al tiempo que ayudan a este país.

Bagger se sentó tras el escritorio y la observó fijamente, con un atisbo de interés por primera vez en toda la conversación. Entonces, aquello era todo lo que ella necesitaba.

—¿Y no se ha planteado nunca por qué el FBI no ha investigado ningún casino de Las Vegas en los últimos cinco años? —prosiguió Annabelle—. No hablo de juicios contra la mafia, eso es agua pasada. Usted y yo sabemos lo que se cuece ahí. Pero, como bien ha dicho, el Ministerio de Justicia no deja de buscarle las cosquillas.—Guardó silencio unos instantes antes de añadir—: Y sé que un hombre tan listo como Jerry Bagger no cree que sólo sea cuestión de suerte. —Dejó la tarjeta encima de la mesa—. Puede llamar a cualquier hora. —Echó un vistazo a los hombretones que seguían pendientes de Leo—. Ya encontraremos la salida solitos, chicos, gracias.

Ella y Leo se marcharon.

—Seguidlos —ordenó Bagger cuando la puerta se cerró tras ellos.

19

Annabelle y Leo iban en un taxi, y ella no había dejado de mirar por la ventanilla trasera.

—¿Siguen ahí? —preguntó Leo en un susurro.

—Por supuesto. ¿Dónde, si no?

—Cuando estábamos allí dentro, por un momento pensé que esos matones iban a arrojarme por la ventana. ¿Cómo es que yo siempre hago de policía malo, y tú, de policía bueno?

—Porque hacer de malo te sale súper bien.

Leo sintió un escalofrío.

—Ese tipo sigue siendo tan hijo de puta como lo recordaba. ¿Has visto cómo cascaba la nuez con una sola mano?

—Venga ya, es un estereotipo andante de una mala película de mafiosos.

El taxi paró delante de su hotel y se apearon. Annabelle fue calle abajo y luego cruzó. Dio un golpecito en la ventanilla del Hummer que estaba aparcado. El cristal bajó lentamente y apareció uno de los matones de Bagger.

—Puedes decirle al señor Bagger que me alojo en la habitación 1412 —dijo amablemente—. Ah, toma otra tarjeta por si ha tirado la que le di antes. —Se giró, se reunió con Leo y entraron juntos en el hotel. El teléfono de Annabelle sonó. Era Tony, que llamaba para confirmar la ocupación de su puesto. Le había comprado unos prismáticos de vigilancia muy caros y había hecho que se registrase en la habitación de un hotel situado frente al Pompeii, desde la que se disfrutaba de una buena vista al ventanal del despacho de Bagger.

Recibió la esperada llamada al cabo de diez minutos. Entonces hizo una seña a Leo, que estaba junto a la ventana, y éste le mandó a Tony un rápido SMS con su Blackberry.

Annabelle colocó una mano encima del teléfono y, con la otra, hizo una seña a Leo.

—Vamos, vamos. —El teléfono sonó cinco, seis, siete veces.

Al noveno ring, Leo recibió una respuesta de confirmación y asintió. Annabelle contestó al teléfono:

—¿Diga?

—¿Cómo has reconocido a mis hombres tan rápido? —gritó Bagger.

—En temas de vigilancia, mi... jefe es el mejor, señor Bagger —le informó ella—. No es más que una cuestión de miles de activos sobre el terreno y fondos ilimitados. —Lo cierto es que sabía que les ordenaría que la siguieran y había estado mirando por la ventanilla trasera del taxi. En la anterior ronda de reconocimiento del casino había visto que el personal de seguridad de Bagger se desplazaba en Hummer amarillos. Tampoco eran tan difíciles de distinguir.

—¿Eso significa que me están vigilando? —espetó él.

—Todos estamos vigilados, señor Bagger. No se sienta tan especial.

—Deja de llamarme «señor Bagger» de una puta vez. ¿Cómo es que sabéis tanto de timos de casino que detectasteis dos a la vez? Me hace pensar que estáis demasiado cerca del mundo de los estafadores.

—Yo no los detecté. Hoy teníamos tres equipos en el casino que buscaban algo que yo pudiera utilizar como anzuelo para llegar a usted. Los miembros de esos equipos son expertos en estafas de casino. Nos han transmitido la información, y nosotros se lo hemos dicho a sus jefes de zona. Así de simple.

—Bueno, vamos a dejar eso por ahora. ¿Qué quieres, exactamente?

—Creo que he dejado claras mis intenciones en su despacho...

—¡Sí! ¡Sí! Ya sé lo que has dicho. Quiero saber a qué te refieres con ello.

—No se trata de un tema del que quiera hablar por teléfono. La AS... —empezó a decir, antes de añadir rápidamente—: Las líneas de teléfono fijo no son muy seguras.

—Ibas a decir la ASN, ¿verdad? —replicó él—. Los espías, lo sé todo de ellos.

—Con el debido respeto, nadie lo sabe todo sobre la ASN, ni siquiera el POTUS —dijo ella, refiriéndose al presidente de Estados Unidos con esas siglas cuidadosamente ensayadas.

Se hizo un largo silencio al otro lado de la línea.

—¿Sigue ahí? —preguntó ella.

—¡Sigo aquí! —gritó él.

—¿Quiere que nos reunamos en su despacho?

—No, no puede ser. He... Estoy saliendo de la ciudad.

—No, no es cierto. Ahora mismo está sentado en su despacho. —Esta información era la que Tony le había enviado a Leo por correo electrónico.

La línea enmudeció.

Annabelle colgó el teléfono, miró a Leo y le dedicó un guiño tranquilizador.

Él exhaló un fuerte suspiro.

—Nos estamos metiendo en camisa de once varas, Annie.

Ella parecía divertida.

—Sólo me llamabas Annie cuando estabas muy, pero que muy nervioso, Leo.

Se secó un reguero de sudor de la frente y encendió un Winston.

—Sí, bueno, hay cosas que nunca cambian, ¿no?

El teléfono volvió a sonar. Annabelle contestó.

—Ésta es mi ciudad —dijo Bagger con tono amenazador—. Nadie me espía en mi ciudad.

—Señor Bagger —respondió ella con toda tranquilidad—, dado que todo esto parece disgustarlo, se lo pondré fácil. Informaré de que rechazó nuestra segunda y última oferta. Así no tendrá que preocuparse más del tema. Y, como he dicho, me iré a otro sitio.

—No hay ningún casino de la zona que vaya a creerse el rollo que me has metido.

—No es un rollo. No podíamos pretender que los propietarios de casinos listos tuvieran una fe ciega en esto. Así que les dejamos probar. Dejamos que ganen dinero muy rápido y que luego decidan. O participan o no. Y, en todo caso, se quedan siempre con los beneficios.

Annabelle oía la respiración de Bagger al otro lado de la línea.

—¿Cuánto? —preguntó.

—¿Cuánto quiere?

—¿Por qué iba el Gobierno a ofrecerme este trato?

—Hay muchas formas de «Gobierno». Sólo porque una parte no lo aprecie especialmente no significa que otros elementos no le vean ventajas. A nosotros nos interesa porque la Justicia va a por usted.

—¿Y qué tiene eso de ventajoso?

—Pues ¿quién iba a creer que el Gobierno de Estados Unidos se asociaría a usted? —se limitó a decir.

—¿Eres de la ASN?

—No.

—¿CIA?

—Voy a responder a todas las preguntas así, con un no rotundo. Y, en situaciones como ésta, no llevo encima la placa ni las credenciales.

—Tengo a políticos de Washington metidos en el bolsillo. Me basta una llamada para enterarme.

—Una llamada y no se enterará de nada, porque los políticos no tienen ni puñetera idea del campo en el que trabajo. Pero llame. Llame a la CIA. Está en Langley, que es McLean, Virginia, por si no lo sabía. Mucha gente piensa que la central está en Washington. Aunque parezca mentira, incluso figura en el listín de teléfonos. Tiene que ponerse en contacto con el Servicio Clandestino Nacional, que antes se llamaba Dirección de Operaciones. Pero, si quiere ahorrarse la llamada, le dirán que nunca han oído hablar de Pamela Young ni de International Management, Inc.

—¿Cómo sé que esto no es una especie de operación policial del FBI?

—No soy abogada, pero diría que sería un caso claro de incitación al delito. Y, si quiere comprobar que no llevamos micrófonos ocultos, adelante.

—¿Con qué clase de pruebas? —preguntó Bagger.

—Unos cuantos clics en el ordenador.

—Explícate.

—Por teléfono, no. Cara a cara.

Lo oyó suspirar.

—¿Habéis cenado? —preguntó Bagger.

—No.

—Dentro de diez minutos en el Pompeii. Os recogerán en la entrada principal.

La línea quedó en silencio.

Annabelle colgó y miró a Leo.

—Estamos dentro.

—Se acerca la hora de la verdad —dijo él.

—Se acerca la hora de la verdad —convino Annabelle.

20

Al cabo de una hora estaban terminando la excelente cena que había preparado el chef personal de Bagger. Él tomó el vaso de *bourbon*, y Annabelle y Leo, el vino; después, se aposentaron en unos cómodos sillones de cuero junto a una parpadeante chimenea de gas.

Bagger le había tomado la palabra a Annabelle e hizo que los cachearan para ver si llevaban micrófonos ocultos.

—Muy bien, ya tenemos la barriga llena y el hígado bien empapado de alcohol. Contadme —ordenó Bagger. Levantó un dedo—. Primero, qué os habéis propuesto; luego me habláis del dinero.

Annabelle se recostó en el asiento con la bebida en la mano y miró a Leo.

—¿Recuerda el Irán-Contra?

—Vagamente.

—En algunas ocasiones se vela mejor por los intereses de Estados Unidos ofreciendo ayuda a países y ciertas organizaciones que no gozan del apoyo popular en el país.

—¿Cómo? ¿Dando armas a Osama para que ataque a los rusos? —se burló.

—Es elegir un mal menor. Pasa continuamente.

—¿Y eso qué tiene que ver conmigo?

—Tenemos dinero de fuentes muy discretas, algunas privadas; pero hay que valerse de ciertos artificios antes de poder utilizarlo —explicó Annabelle, dando un sorbo al vino.

—Quieres decir blanquear —dijo Bagger.

Ella sonrió de forma evasiva.

—No, quiero decir valerse de artificios.

—Sigo sin pillar la conexión.

—El Banco del Caribe. ¿Lo conoce?

—¿Debería?

—¿No es ahí donde deposita parte del dinero del casino? —intervino Leo—. Están especializados en hacer desaparecer el dinero, pero sale caro. Sin impuestos.

Bagger se había levantado a medias del asiento.

—Saber cosas de éstas forma parte de nuestro trabajo —dijo Annabelle—. No se lo tome como un asunto personal. No es la única persona de quien tenemos un archivo.

Bagger volvió a sentarse y observó el pelo de punta de Annabelle.

—No tienes pinta de espía.

—Pues precisamente de eso se trata, ¿no? —respondió ella amablemente. Se levantó y se sirvió otra copa de vino.

—A ver, ¿cómo sé que sois legales? Llame a quien llame, nadie ha oído hablar de vosotros. ¿En qué situación me coloca eso?

—El dinero mueve montañas, y las gilipolleces, no —sentenció ella mientras volvía a sentarse.

—¿Y eso qué significa exactamente?

—Significa que llame a su asesor financiero.

Bagger la miró con suspicacia durante unos instantes, antes de coger el teléfono.

El hombre apareció al cabo de un minuto.

—¿Sí, señor?

Annabelle extrajo un trozo de papel del bolsillo y se lo tendió.

—Entra en esta cuenta con el ordenador. Está en El Banco del Caribe. Es una contraseña de un solo uso junto con el número de cuenta. Luego vuelve aquí y dile al señor Bagger cuál es el saldo.

El hombre miró a Bagger y éste asintió. Se marchó y volvió al cabo de unos minutos.

—¿Y bien? —preguntó Bagger con impaciencia.

—Tres millones doce mil dólares y dieciséis centavos, señor.

Bagger observó a Annabelle, por fin con respeto. Hizo señas a su asesor para que se marchara.

—Vale, ahora soy todo oídos —dijo, en cuanto se hubo cerrado la puerta.

—Para despejar las dudas de la gente, solemos hacer una o varias pruebas, según el caso.

—Eso ya me lo has dicho. ¿En qué consisten?

—Ingresa dinero en El Banco durante dos días en la cuenta que designemos; recibe los intereses y luego el dinero vuelve a su cuenta normal del banco.

—¿De cuánto dinero estamos hablando?

—Lo normal es un millón. El dinero que transfiere se «mezcla» con otros fondos. Al cabo de dos días, usted se va con doscientos mil dólares de beneficio. Si quiere, puede hacerlo cada dos días.

—¿Mezclado? ¿No te estarás refiriendo a los «artificios»? —dijo Bagger.

Annabelle alzó la copa.

—Aprende rápido.

Pero Bagger la miraba con mala cara.

—¿Pretendes que ingrese un millón de pavos en una cuenta que tú designes y que espere dos días a que mi dinero más los intereses vuelvan a mí volando? ¿Me has visto cara de imbécil?

Annabelle se sentó a su lado y le tocó el brazo con suavidad.

—¿Sabes qué, Jerry? Puedo llamarte Jerry, ¿verdad?

—Por ahora, te lo consiento.

—Durante los dos días en los que tu dinero está flotando por ahí, mi socio y yo permaneceremos en tu hotel bajo la estrecha vigilancia de tus hombres noche y día. Si el dinero no vuelve a tu cuenta con los intereses acordados como te estoy diciendo, podrás hacer con nosotros lo que quieras. Y no sé tú; pero yo, independientemente de que sea funcionaria o no, aprecio mi vida demasiado para renunciar a ella por un puñado de dólares que ni siquiera veré.

Él la miró de arriba abajo, meneó la cabeza, se levantó y se acercó a la ventana para mirar por el cristal blindado.

—Ésta debe de ser la mayor locura que he oído en mi vida. Y yo estoy mal de la cabeza por escucharla siquiera.

—No es una locura, teniendo en cuenta cómo está el mundo. Hay que hacer cosas para proteger el país, con actos que no siempre son totalmente legales ni están bien vistos. ¿Qué ocurriría si el pueblo estadounidense supiera lo que pasó realmente? —Se encogió de hombros—. Pero mi trabajo no consiste en preguntar. Mi misión es asegurarme de que el dinero llega adonde tiene que llegar. A cambio de tu ayuda, recibes una prima extraordinaria, así de simple.

—Pero las transacciones se hacen por medios electrónicos. ¿Por qué hay que blanquear el dinero?

—Los dólares digitales también se pueden rastrear, Jerry. De hecho, es más fácil que con el dinero contante y sonante. Hay que mezclar los fondos con otras fuentes de dinero que no son del Gobierno. Todo se blanquea de forma electrónica, más o menos como limpiar las huellas dactilares de una pistola. Así, los fondos pueden ir adonde se necesitan.

—¿Y dices que en Las Vegas ya están haciendo esto? O sea que, si llamo y pregunto...

Lo interrumpió:

—No te dirán nada porque han recibido órdenes de no hablar. —Se levantó y se colocó a su lado—. Esto supone un beneficio increíble para ti, Jerry, pero también tiene un inconveniente. Y voy a dejártelo claro, porque debes saberlo. —Annabelle lo llevó otra vez al sofá—. Si alguna vez ciertas personas se enteran de que le has contado a alguien este trato...

Bagger se echó a reír.

—No me amenaces, niña. El arte de la intimidación lo inventé yo.

—Esto no es intimidación, Jerry —repuso ella con voz queda y mirándolo de hito en hito—. Si le cuentas a alguien lo de este trato, irán a por ti. Unos hombres que no temerán a nadie que pudieras contratar para que te proteja. No se rigen por las leyes de este país, y matarán a cualquier persona que tenga relación contigo por remota que sea: hombres, mujeres o niños. Luego irán a por ti. —Se calló para que asimilara sus palabras—. Llevo mucho tiempo metida en esto y he hecho ciertas cosas que incluso a ti te sorprenderían; pero se trata de hombres con los que jamás querría encontrarme, aunque estuviera rodeada de un escuadrón de la unidad de militares de élite. No son la *crème de la crème*, Jerry. Son la escoria de la escoria. Y tu último pensamiento será sobre cómo es posible llegar a sentir tanto dolor.

—¡Esos matones están a sueldo de nuestro Gobierno! No me extraña que estemos tan jodidos —explotó Bagger. Cuando tomó un sorbo del *bourbon*, tanto Annabelle como Leo se dieron cuenta de que la mano le temblaba un poco—. Así que por qué coño iba yo a... —empezó a decir Bagger.

Adelantándose a lo que iba a decir, Annabelle lo interrumpió:

—Pero ya he informado a mis superiores de que Jerry Bagger no hablará. Se limitará a recoger sus pingües beneficios y mantendrá la boca cerrada. No tiro dardos a nombres en la pared, Jerry. Los tipos como tú son perfectos para nuestros propósitos. Tienes cerebro, agallas, dinero, y no te importa jugar con armas de doble filo. —Miró a Bagger fijamente y añadió—: Odiaría tener que presentar la propuesta a otro casino, Jerry, pero mi misión está clara.

Al cabo de un minuto, Bagger sonrió y le dio una palmadita en la pierna.

—Yo soy tan patriota como el que más. Así que, qué coño, adelante.

21

El Camel Club convocó una reunión de urgencia en la casita de Stone, en el cementerio, la mañana después de la visita a la casa de DeHaven. Stone explicó a Milton y a Caleb lo sucedido la noche anterior con todo lujo de detalles.

—Ahora mismo podrían estar observándonos —dijo Caleb, asustado, mientras miraba por la ventana.

—Lo que me sorprendería es que no estuvieran espiándonos —repuso Stone con toda tranquilidad.

La casa era pequeña y tenía pocos muebles: una cama vieja; un escritorio grande y desvencijado lleno de papeles y periódicos; estanterías con libros en distintos idiomas, todos los que Stone hablaba; una pequeña cocina con una mesa destartalada; un cuarto de baño diminuto y varias sillas desparejadas dispuestas alrededor de la gran chimenea que era la principal fuente de calor de la vivienda.

—¿Y eso no te preocupa? —preguntó Milton.

—Me habría preocupado mucho más que hubieran intentado matarme, lo cual no les habría costado nada pese a la heroicidad de Reuben.

—¿Y ahora, qué? —preguntó Reuben. Estaba de pie ante la chimenea, intentando quitarse el frío de encima. Consultó la hora—. Tengo que ir al trabajo.

—Yo también —añadió Caleb.

—Caleb, necesito entrar en la cámara acorazada de la biblioteca. ¿Es posible?

Caleb vaciló:

—Pues, en condiciones normales, sí sería posible. Me refiero a que tengo autoridad suficiente para permitir la entrada a las cámaras, pero me pedirán razones. No les gusta que la gente lleve a la familia y amigos sin previo aviso. Y, tras la muerte de Jonathan, hay más restricciones.

—¿Y si el visitante fuera un investigador extranjero? —planteó Stone.

—Eso es distinto, por supuesto. —Miró a Stone—. ¿A qué investigador extranjero conoces tú?

—Creo que está hablando de sí mismo —intervino Reuben.

Caleb miró a su amigo con expresión severa.

—¡Oliver! ¡Habrase visto! No pretenderás que colabore en perpetrar un fraude contra la Biblioteca del Congreso.

—En momentos de desesperación, hay que tomar medidas desesperadas. Creo que estamos en el punto de mira de personas muy peligrosas por nuestra relación con Jonathan DeHaven. Así que tenemos que descubrir si murió por causas naturales o no. Y examinar el lugar de su muerte podría servir para determinarlo.

—Bueno, ya sabemos cómo murió —replicó Caleb. Los demás lo miraron sorprendido—. Me he enterado esta mañana —dijo rápidamente—. Un amigo de la biblioteca me ha llamado a casa. Jonathan murió a consecuencia de un paro cardiorrespiratorio, eso es lo que se ha descubierto con la autopsia.

—De eso es de lo que se muere todo el mundo —apuntó Milton—. Sólo significa que el corazón le dejó de funcionar.

Stone se paró a pensar.

—Milton tiene razón. Y eso también significa que, en realidad, el forense no sabe de qué murió DeHaven. —Se levantó y miró a Caleb—. Quiero entrar en la cámara hoy por la mañana.

—Oliver, no puedes presentarte de repente diciendo que eres investigador.

—¿Por qué no?

—Porque esto no funciona así. Hay protocolos, debe seguirse un proceso.

—Diré que he venido a la ciudad de visita con la familia y que tengo muchas ganas de ver la mejor colección de libros del mundo; algo improvisado.

—Bueno, podría funcionar —reconoció Caleb, a su pesar—. Pero ¿y si te hacen alguna pregunta cuya respuesta desconoces?

—No hay nada más fácil que hacerse pasar por erudito, Caleb —le aseguró Stone. Dio la impresión de que a Caleb le ofendía el comentario, pero Stone no hizo caso del enfado de su amigo y añadió—: Iré a la biblioteca a las once. —Anotó una cosa en un trozo de papel y se lo dio a Caleb—. Seré éste.

Caleb leyó lo que ponía en el papel y luego alzó la mirada sorprendido.

Después se levantó la sesión, aunque Stone se llevó a Milton a un lado para hablarle en voz baja.

Al cabo de unas horas, Caleb entró en la biblioteca y tendió un libro a Norman Janklow, un hombre ya mayor y asiduo de la sala de lectura.

—Toma, Norman. —Le tendió un ejemplar de *Adiós a las armas*, de Ernest Hemingway, autor que el anciano veneraba. La novela que le entregaba era una primera edición firmada por el escritor.

—Me encantaría ser dueño de este libro, Caleb —afirmó Janklow.

—Lo sé, Norman, a mí también. —Caleb sabía que una primera edición firmada por Hemingway se vendería por 35.000 dólares, como mínimo. Fuera del alcance de su economía y, probablemente, también de la de Janklow—. Pero, al menos, lo puedes tocar.

—He empezado a escribir la biografía de Ernest.

—Qué bien. —En realidad, Janklow llevaba los dos últimos años «empezando» a escribir la biografía de Hemingway. De todos modos, la idea parecía hacerle feliz y Caleb no tenía ningún inconveniente en seguirle el juego.

Janklow palpó el volumen con cuidado.

—Han restaurado la tapa —dijo, enfadado.

—Sí. Muchas de nuestras primeras ediciones de obras maestras estadounidenses estaban guardadas en malas condiciones antes de que el Departamento de Libros Raros se modernizara. Hace años que tenemos trabajo atrasado. Hace tiempo que este ejemplar tenía que haberse restaurado; fue un error administrativo, supongo. Eso es lo que pasa cuando se tiene casi un millón de volúmenes bajo un mismo techo.

—Ojalá los mantuvieran en su estado original.

—Nuestro principal objetivo es la conservación. Por eso puedes disfrutar de este libro, porque lo hemos conservado.

—Llegué a conocer a Hemingway.

—Sí, ya me lo habías dicho. —«Más de cien veces.»

—Menudo elemento. Nos emborrachamos juntos en un bar de Cuba.

—Ya. Me acuerdo muy bien de la historia. Te dejo que sigas con tu investigación.

Janklow se puso las gafas de leer, extrajo unos folios y un lápiz y se quedó absorto en el mundo surgido de la imaginación prodigiosa y prosa sobria de Ernest Hemingway.

A las once en punto, Oliver Stone apareció en la sala de lectura de Libros Raros vestido con un traje de *tweed* de tres piezas arrugado y con bastón. Llevaba el pelo cano bien peinado y una barba muy cuidada junto con unas grandes gafas negras que hacía que se le vieran los ojos saltones. Todo ello, combinado con la cojera que fingía, le hacía aparentar veinte años más. Caleb se levantó de su escritorio del fondo de la sala y apenas reconoció a su amigo.

Cuando una de las recepcionistas se acercó a Stone, Caleb salió rápidamente a su encuentro.

—Yo me ocuparé de él, Dorothy. Co... conozco a este caballero.

Stone hizo una floritura para sacar una tarjeta de visita de color blanco.

—Tal como prometí, *Herr* Shaw, estoy aquí para ver los libros. —Habló con un marcado acento alemán, muy conseguido.

Cuando Dorothy, la recepcionista, lo miró con curiosidad, Caleb dijo:

—Es el doctor Aust. Nos conocimos hace años en un congreso bibliográfico en... Francfort, ¿no?

—No, Maguncia —corrigió Stone—. Lo recuerdo perfectamente porque era la temporada de *Spargel*, del espárrago blanco, y siempre voy al congreso de Maguncia y como espárragos blancos. —Dedicó una amplia sonrisa a Dorothy, quien le sonrió también y siguió con lo que estaba haciendo.

Entonces entró otro hombre en la sala de lectura.

—Caleb, quiero hablar contigo un momento.

Caleb empalideció ligeramente.

—Oh, hola, Kevin. Kevin, te presento al doctor Aust, de Alemania. Doctor Aust, Kevin Philips. Es el director en funciones del Departamento de Libros Raros. Después de que Jonathan...

—Ah, sí, la muerte tan prematura de *Herr* DeHaven —dijo Stone—. Triste, muy triste.

—¿Conocía a Jonathan? —preguntó Philips.

—Sólo de nombre. Considero que su artículo sobre la traducción métrica que James Logan hizo de los *Dísticos morales* de Catón fue la última palabra sobre el tema, ¿no cree?

Philips se sintió un tanto abochornado.

—Tengo que confesar que no lo he leído.

—Es un análisis de la primera traducción que Logan hizo de los clásicos hecha en Norteamérica, vale la pena leerlo —aconsejó Stone amablemente.

—Me aseguraré de añadirlo a mi lista —dijo Philips—. Por irónico que resulte, a veces los bibliotecarios no tenemos mucho tiempo para leer.

—Entonces no lo agobiaré con ejemplares de mis libros —dijo Stone con una sonrisa—. De todos modos, están en alemán —añadió, riendo entre dientes.

—Invité al doctor Aust a visitar las cámaras acorazadas mientras está de visita en la ciudad —explicó Caleb—. Fue una propuesta improvisada.

—Por supuesto —dijo Philips—. Será un honor para nosotros. —Bajó la voz—. Caleb, ¿estás al corriente del informe sobre Jonathan?

—Sí.

—¿Entonces eso significa que tuvo un ataque al corazón?

Caleb miró a Stone, quien le dedicó un ligero asentimiento de cabeza cuando Philips no lo veía.

—Sí, creo que eso es exactamente lo que significa.

Philips negó con la cabeza.

—Cielos, era más joven que yo. Da que pensar, ¿verdad? —Miró a Stone—. Doctor Aust, ¿quiere que lo acompañe en la visita?

Stone sonrió y se apoyó con fuerza en el bastón.

—No, *Herr* Philips, preferiría que dedicara ese tiempo a empezar la lectura del artículo de su amigo sobre *Dísticos morales*.

Philips rió por lo bajo.

—Está bien ver que los hombres eruditos conservan su sentido del humor.

—Lo intento, señor, lo intento —repuso Stone con una ligera inclinación de cabeza.

Cuando Philips los dejó, Caleb y Stone entraron en la cámara.

—¿Cómo te has enterado de lo del artículo de Jonathan? —preguntó Caleb en cuanto estuvieron solos.

—Le pedí a Milton que investigara. Lo localizó en Internet y me trajo una copia. Lo escaneé por si aparecía alguien como Philips, para demostrar mi categoría como investigador. —Caleb estaba contrariado—. ¿Qué ocurre? —preguntó Stone.

—Pues que resulta un poco decepcionante ver lo fácil que es fingir ser un erudito.

—Estoy seguro de que la validación que has hecho de mi maestría ha sido determinante para tu jefe.

Caleb se animó.

—Bueno, supongo que, en parte, ha contribuido al éxito —reconoció con modestia.

—Muy bien, repitamos con exactitud los movimientos de ese día.

Caleb hizo lo que su amigo le dijo, y ambos acabaron en la última planta. Señaló un lugar.

—Ahí estaba el cadáver. —Caleb se estremeció—. ¡Cielos, fue horrible!

Stone miró a su alrededor, se paró y señaló una cosa en la pared.

—¿Qué es eso?

Caleb miró lo que le señalaba.

—Oh, es la boquilla del sistema antiincendios.

—¿Usáis agua con todos estos libros?

—Oh, no. Es un sistema de halón 1301.

—¿Halón 1301? —preguntó Stone.

—Es un gas, aunque líquido; pero, cuando sale disparado de la boquilla, se convierte en gas. Ahoga el fuego sin dañar los libros.

Stone se emocionó.

—¡Ahoga! ¡Dios mío! —Su amigo lo miró con curiosidad—. Caleb, ¿no te das cuenta?

De repente, Caleb comprendió la insinuación de Stone.

—¿Ahogar? Oh, no, Oliver, no. Es imposible que eso fuera la causa de la muerte de Jonathan.

—¿Por qué?

—Porque cualquier persona tendría varios minutos para abandonar la zona antes de empezar a notar los efectos. Por eso utilizan halón en lugares donde hay gente. Y, antes de descargar el gas, se oye una sirena de advertencia. De hecho, ahora estamos cambiando el sistema; pero no porque sea peligroso.

—¿Entonces, por qué?

—El halón reduce de forma significativa la capa de ozono. Aunque todavía puede usarse en nuestro país y reciclarse para nuevas aplicaciones, la fabricación de halón 1301 está prohibida en Estados Unidos desde mediados de los años noventa. No obstante, el Gobierno federal sigue siendo su mayor usuario.

—Pues sí que sabes cosas sobre el halón.

—Es que a todos los trabajadores nos impartieron un cursillo sobre el sistema cuando lo instalaron. Y, además, yo me informé por mi cuenta.

—¿Por qué?

—¡Porque vengo mucho a esta cámara y no quería morir de forma horrible! —espetó—. Ya sabes que soy un miedica.

Stone observó la boquilla.

—¿Dónde se almacena el gas?

—En algún lugar del sótano del edificio, y llega aquí mediante tuberías.

—¿Dices que se almacena como líquido y que sale en forma de gas?

—Sí. La velocidad con la que es expulsado por la boquilla lo convierte en gas.

—Debe de estar muy frío.

—De hecho, si te quedas en pie delante de la boquilla, te congelas.

—¿Algo más?

—Bueno, si permaneces en la sala el tiempo suficiente, supongo que podrías morir asfixiado. Por regla general, si no hay suficiente oxígeno para un incendio, no hay oxígeno suficiente para mantenerse con vida.

—¿El gas podría provocar un ataque al corazón?

—No lo sé. Pero no importa. El sistema no se puso en marcha. La sirena se oye en todo el edificio. La única posibilidad de que Jonathan no la oyera es que ya estuviera muerto.

—¿Y si desconectaron la sirena?

—¿Quién iba a hacerlo? —preguntó Caleb con escepticismo.

—No lo sé.

Mientras hablaba, Stone observaba un gran conducto

empotrado en una de las columnas que sostenía una estantería.

—¿Eso es un respiradero para el sistema de ventilación? —preguntó. Caleb asintió—. Se le debe de haber caído algo —dijo Stone, señalando dos rejillas que estaban torcidas.

—Suele pasar cuando la gente entra y saca libros en el carro.

—Le diré a Milton que investigue lo del sistema de halón para ver si hay que saber algo más —dijo Stone—. Y Reuben tiene amigos en el Departamento de Homicidios y en el FBI de su época, los servicios de inteligencia militar. Le diré que los llame para ver si descubre algo sobre la investigación.

—Esta noche hemos quedado con Vincent Pearl en casa de Jonathan. En vista de los últimos acontecimientos, ¿no crees que sería mejor cancelar la visita?

Stone negó con la cabeza.

—No. Esos hombres saben cómo encontrarnos estemos donde estemos, Caleb. Si corremos peligro, prefiero intentar descubrir la verdad yo mismo en vez de quedarme esperando el golpe de brazos cruzados.

—¿Por qué no me haría socio de un aburrido club de lectores, por ejemplo? —se preguntó Caleb, cuando se marchaban de la cámara.

22

Al caer la tarde, fueron todos a casa de DeHaven en el Nova de Caleb. Durante la jornada, Milton había descubierto muchas cosas sobre los sistemas antiincendios. Les informó de que el «halón 1301 es inodoro e incoloro y que extingue fuegos invirtiendo el proceso de combustión, lo cual implica la disminución de los niveles de oxígeno. Se evapora con rapidez, sin dejar residuos. Al activarse el sistema, se descarga en unos diez segundos».

—¿Puede ser letal? —preguntó Stone.

—Si permaneces en el lugar el tiempo suficiente, dependiendo de los niveles de concentración del agente inundante, se puede padecer asfixia. También puede producir un ataque al corazón.

Stone miró a Caleb con expresión triunfante.

—Pero, según el resultado de la autopsia, DeHaven murió de un paro cardiorrespiratorio —le recordó Milton—. Si hubiera sufrido un ataque al corazón, la causa de la muerte habría sido infarto de miocardio. Un ataque al corazón o ictus deja señales fisiológicas claras. Al forense no se le habrían pasado por alto.

Stone asintió:

—De acuerdo. Pero has dicho que puede producir asfixia.

—Creo que no —dijo Milton—. No, después de haber hablado con Caleb.

—Busqué más información sobre el sistema de halón de la biblioteca —explicó Caleb—. Se considera un sistema sin efectos adversos observados, un protocolo estándar que se utiliza en la extinción de incendios. Está relacionado con los niveles de cardio-sensibilización presentes en un lugar concreto con relación a la cantidad de agente inundante necesario para extinguir el fuego. Resumiendo, con un sistema catalogado de este modo, hay muchísimo tiempo para salir del lugar sin que afecte a las personas. Y, aunque por algún motivo la sirena estuviera desconectada, si el gas hubiera salido de esa boquilla, Jonathan lo habría oído. Es imposible que el halón lo incapacitara tan rápido que no tuviera tiempo de escapar.

—Bueno, parece que mi teoría sobre la muerte de Jonathan DeHaven era incorrecta —reconoció Stone. Miró hacia delante. Acababan de parar en Good Fellow Street.

—¿Ése es Vincent Pearl? —preguntó.

Caleb asintió.

—Ha llegado antes de tiempo —dijo Caleb molesto—. Debe de estar muriéndose de ganas de demostrar a un servidor que se equivoca con lo del *Libro de los Salmos*.

Reuben sonrió con satisfacción.

—Veo que ha dejado la túnica en casa.

—Mantened los ojos bien abiertos —les advirtió Stone al salir del coche—. No me cabe la menor duda de que nos están observando.

Tal como pensaba Stone, los prismáticos de la ventana al otro lado de la calle enfocaban al grupo cuando se reunieron con Pearl y entraron en la casa. Esa persona también tenía una cámara y les hizo varias fotos.

Una vez en el interior, Stone sugirió que el librero acompañara a Caleb a la cámara solo.

—Es un espacio bastante reducido y vosotros dos sois los expertos en la materia —justificó—. Os esperamos arriba.

Caleb miró a Stone descontento, sin duda por dejarlo a solas con Pearl. Por su parte, Pearl miró a Stone con suspicacia unos segundos antes de encogerse de hombros.

—Dudo que tarde mucho en demostrar que no se trata de una primera edición del *Libro de los Salmos*.

—Tomaos el tiempo necesario —les dijo Stone, mientras los dos hombres entraban en el ascensor.

—Espero que no os muerdan los gusanos de los libros —añadió Reuben.

—Venga, rápido. Registremos la casa —dijo Stone, en cuanto la puerta se cerró.

—¿Por qué no esperamos a que Pearl se marche? —sugirió Milton—. Así podemos tomarnos todo el tiempo del mundo y Caleb puede ayudarnos a mirar.

—Pearl no es quien me preocupa. No quiero que Caleb se entere, porque seguro que le parece mal.

Se separaron y, durante los treinta minutos siguientes, inspeccionaron todo lo que pudieron.

—Nada, ni un diario ni cartas —dijo Stone, decepcionado.

—He encontrado esto en un estante del armario del dormitorio —dijo Reuben, mostrando la fotografía de un hombre y una mujer en un pequeño marco—. Y el hombre es DeHaven. Lo he reconocido por la foto que salió en el periódico.

Stone observó la foto y luego le dio la vuelta.

—No lleva nombre ni fecha. Pero, a juzgar por el aspecto de DeHaven, es de hace muchos años.

—Caleb nos dijo que el abogado le había mencionado que DeHaven estuvo casado. A lo mejor ésta fue su mujer.

—Si así es, fue un tipo con suerte —comentó Reuben—. Y se los ve felices, lo cual significa que hacía poco tiempo que se habían casado. Todo eso cambia con el tiempo, creedme.

Stone se guardó la foto en el bolsillo.

—Por ahora nos la quedaremos. —Se paró y miró hacia arriba—. El tejado de esta casa tiene mucha pendiente.

—¿Y? —preguntó Reuben.

—Pues que las casas de esta época con el tejado inclinado suelen tener un desván.

—Yo no he visto nada parecido en la planta de arriba —dijo Milton.

—Normal, si el acceso está escondido —repuso Stone.

Reuben consultó la hora.

—¿Por qué tardan tanto esos monstruos de los libros? ¿Crees que se están peleando?

—No me imagino a esos dos lanzándose primeras ediciones el uno al otro —dijo Milton.

—Hagan lo que hagan, esperemos que se queden ahí abajo un rato más —dijo Stone—. Milton, quédate aquí abajo y vigila. Si oyes el ascensor, avísanos.

Aunque tardó unos minutos, Stone acabó encontrando el acceso al desván detrás de un perchero en el vestidor de DeHaven. Estaba cerrado con llave, pero Stone había traído una ganzúa y una barra de tensión, y la cerradura enseguida sucumbió a sus esfuerzos.

—Debieron de añadir este vestidor posteriormente —dijo Reuben.

Stone asintió.

—Los vestidores no eran muy habituales en el siglo XIX.

Subieron por las escaleras. Por el camino, Stone encontró un interruptor de la luz, lo accionó y así se iluminó un poco el tramo. Llegaron al final de las escaleras y contemplaron el espacio. Parecía no haber cambiado desde el día en que habían estrenado la casa. Había unas cuantas cajas y maletas viejas; cuando las examinaron vieron que o estaban vacías o llenas de trastos viejos.

Reuben fue quien primero lo vio, plantado delante de un espejo de media luna de cristal emplomado.

—¿Para qué querría un telescopio aquí? —preguntó Reuben.

—Pues no lo iba a montar en el sótano, ¿no?

Reuben miró por la mirilla.

—¡Joder!

—¿Qué? —exclamó Stone.

—Está enfocado a la casa de al lado.

—¿De quién es la casa?

—¿Y yo qué...? —Reuben se calló y ajustó el ocular—. ¡Cielo santo!

—¿Qué es? Déjame ver.

—Espera un momento, Oliver —dijo Reuben—. Déjame hacer un buen reconocimiento.

Stone esperó unos momentos antes de apartar a su amigo. Limpió el ocular y miró a través de una ventana de una casa vecina a la de DeHaven. Las cortinas estaban corridas, pero aquella ventana estaba provista de una media esfera de cristal en la parte superior que las cortinas no cubrían. Sólo era posible ver lo que ocurría en esa habitación desde esa privilegiada posición. Y entonces Stone vio lo que había llamado la atención de Reuben. La habitación era un dormitorio. Y Cornelius Behan estaba desnudo sentado en una enorme cama con dosel mientras una morena alta y guapa se iba desnudando lentamente para él. El vestido ya había caído al suelo encerado, igual que la combinación negra. Ahora se desabrochaba el sujetador. Cuando lo dejó caer, se quedó únicamente con unos tacones de diez centímetros y un tanga.

—Vamos, Oliver, me toca a mí —reclamó Reuben, apoyando la manaza en el hombro de Stone. Stone ni se inmutó—. Oye, no es justo, yo he visto el puto telescopio —protestó Reuben.

Mientras Stone continuaba mirando, la joven dejó que el tanga se le deslizara por las esculturales piernas. Dio un paso para librarse de él y se lo lanzó a Behan, quien enseguida se lo puso en cierta parte de su anatomía. Ella se echó a reír, se agarró a uno de los postes de la cama y se dispuso a bailar en él como una profesional. Cuando se quitó los zapatos y se acercó descalza y desnuda hacia el anhelante Behan, Stone cedió el telescopio a su amigo.

—He visto una foto de la señora Behan en el periódico y no es esta mujer.

Reuben ajustó el ocular.

—Joder, lo has desenfocado —se quejó.

—Pues tú has empañado el cristal.

Reuben se acomodó para mirar.

—Un hombre bajito y feúcho con esa belleza: ¿cómo pasan estas cosas?

—Oh, podría darte un billón de razones —añadió Stone, pensativo—. Así que DeHaven era un *voyeur*.

—¿Acaso te extraña? —exclamó Reuben—. ¡Ay, eso parece que ha dolido! Oh, no ha pasado nada. Parecía peor de lo que... Vaya, la chica es flexible. Ya no sé dónde está la cabeza y dónde están los pies.

Stone aguzó el oído.

—¿Qué ha sido eso?

Reuben estaba demasiado ocupado comentando la jugada para responder.

—Bueno, están en el suelo. ¡Oh, toma ya! Ahora ella lo ha levantado en el aire.

—Reuben, Milton nos está llamando. Caleb y Pearl deben de estar subiendo.

Reuben ni se inmutó.

—¿Qué coño? Pensaba que estas acrobacias sólo las hacían los monos. Esa araña de luces debe de estar bien sujeta al puto techo.

—¡Reuben! ¡Venga ya!

—¿Cómo hace eso sin manos?

Stone agarró a su amigo y tiró de él hacia la puerta.

—¡Vamos!

Se las apañó para empujarlo escaleras abajo, a pesar de las quejas continuas de Reuben. Llegaron a la primera planta justo cuando Caleb y Pearl salían del ascensor.

Mientras Milton fulminaba con la mirada a Stone y a Reuben por haber apurado tanto, el librero estaba estupefacto frente a un triunfante Caleb.

—Sé que ha sido un golpe duro —dijo, dándole una palmadita a Pearl en el hombro—. Pero ya le dije que era un original.

—¿Entonces, es una edición de 1640? —preguntó Stone.

Pearl asintió sin decir palabra.

—Y lo he tocado, con estas dos manos, lo he tocado. —Se sentó en una silla—. He estado a punto de desmayarme. Shaw ha tenido que ir a buscarme un poco de agua.

—Todos cometemos errores —dijo Caleb en un tono

comprensivo que no se correspondía con su sonrisa de satisfacción.

—Esta mañana he llamado a todas las instituciones que tienen un *Libro de los Salmos* —reconoció Pearl—. Yale, la Biblioteca del Congreso, la Old South Church de Boston, a todos. Me han confirmado que todo estaba en su sitio. —Se secó la cara con un pañuelo.

Caleb retomó la historia:

—Hemos repasado todos los puntos de autenticidad aceptados con respecto al libro. Por eso hemos tardado tanto.

—He venido convencido de que se trataba de una falsificación —reconoció Pearl—. Pero, aunque hemos examinado el libro entero, desde las primeras páginas he sabido que era auténtico. Sobre todo, por la impresión irregular. A veces, el impresor diluía la tinta, o quizás hubiera manchones en las piezas de la imprenta. En las primeras ediciones siempre se aprecian restos de tinta seca entre las letras, lo cual dificulta la lectura. Por aquel entonces, no era normal limpiar las cajas de las letras. Las demás características que se dan en una primera edición están ahí. Están ahí —repitió.

—Por supuesto la autenticidad tendrá que ser confirmada por un equipo de expertos que realizará un análisis estilístico, histórico y científico —puntualizó Caleb.

—Exacto —convino Pearl—. De todos modos, estoy convencido de cuál será su respuesta.

—¿Que existe un duodécimo ejemplar del *Libro de los Salmos*? —preguntó Stone.

—Eso es —confirmó Pearl con voz queda—. Y que estaba en posesión de Jonathan DeHaven. —Negó con la cabeza—. Me cuesta creer que nunca me lo dijera. Tener uno de los libros más especiales del mundo, uno que nunca poseyeron los mayores coleccionistas de la época. Y guardarlo en secreto. ¿Por qué? —Miró a Caleb preso de la impotencia—. ¿Por qué, Shaw?

—No lo sé —reconoció Caleb.

—¿Cuánto vale un libro de ésos? —preguntó Reuben.

—¿Que cuánto vale? —exclamó Pearl—. ¿Cuánto vale? ¡No tiene precio!

—Bueno, si piensas venderlo, alguien tendrá que ponerle precio.

Pearl se levantó y empezó a recorrer la habitación de un lado a otro.

—El precio será el de la mayor oferta. Y será de muchos, muchos millones de dólares. Ahora mismo, hay varias instituciones y coleccionistas forrados y generará un interés extraordinario. Hace más de sesenta años que no ha salido un *Libro de los Salmos* al mercado. Para muchos, ésta será la última oportunidad de sumarlo a su colección. —Dejó de ir de un lado a otro y miró a Caleb—. Y sería un honor para mí organizar la subasta. Lo podría hacer en colaboración con Sotheby's o Christie's.

Caleb respiró hondo.

—Necesito asimilar todo esto, señor Pearl. Deje que me lo piense durante un par de días y ya lo llamaré.

Pearl se llevó un pequeño chasco, pero se esforzó por sonreír.

—Esperaré ansioso su llamada.

—Caleb, mientras estabais en la cámara hemos registrado la casa —informó Stone, en cuanto Pearl se hubo marchado.

—¿Que habéis hecho qué? —exclamó Caleb—. Oliver, es una vergüenza. Se me permite la entrada a esta casa como albacea literario de Jonathan. No tengo ningún derecho a registrar sus pertenencias, y vosotros, tampoco.

—Cuéntale lo del telescopio —propuso Reuben, con expresión petulante.

Stone se lo contó y Caleb sustituyó la indignación por la sorpresa.

—Jonathan mirando a otros mientras mantienen relaciones sexuales. Es repulsivo —dijo.

—No, no lo es —repuso Reuben con sinceridad—. En

cierto modo, resulta muy edificante. ¿Quieres venir a comprobarlo conmigo?

—¡No, Reuben! —exclamó Stone con firmeza. Entonces le enseñó a Caleb la foto de la mujer y DeHaven en su juventud.

—Si estuvo casada con Jonathan, fue antes de que yo lo conociera —dijo Caleb.

—Si guardó la foto, quizá siguiera en contacto con ella —sugirió Milton.

—De ser así, quizá debamos buscarla —dijo Stone. Miró el libro que Caleb tenía en la mano—. ¿Qué es eso?

—Es un libro de la colección de Jonathan que necesita ser restaurado. No sé cómo, pero está dañado por el agua. No me di cuenta la última vez que estuvimos aquí. Voy a llevarlo al Departamento de Conservación de la biblioteca. Tenemos el mejor personal del mundo. Uno de los empleados también trabaja por su cuenta. Seguro que podrá restaurarlo.

Stone asintió.

—Inexplicablemente, Jonathan DeHaven tenía uno de los libros más valiosos del mundo. Espiaba a un contratista de Defensa adúltero y quizá viera algo más que sexo. Y nadie sabe cómo murió en realidad. —Miró a sus amigos—. Creo que lo tenemos realmente crudo.

—¿Por qué tenemos que hacer algo? —planteó Reuben.

Stone lo miró.

—Es posible que Jonathan DeHaven fuera asesinado. Alguien nos siguió. Caleb trabaja en la biblioteca y ha sido nombrado albacea literario de DeHaven. Si Cornelius Behan tuvo algo que ver con la muerte de DeHaven, podría sospechar que Caleb sabe algo. Eso supondría un riesgo para él. Así que, cuanto antes descubramos la verdad, mejor.

—Perfecto —dijo Caleb con sarcasmo—. Sólo espero sobrevivir el tiempo suficiente.

23

—Recibiréis un correo electrónico de los nuestros —dijo Annabelle. Estaba en el centro de operaciones del Pompeii con algunos hombres de Bagger—. Cuando lo abráis, encontraréis todos los detalles.

—Preferimos no abrir los correos si desconocemos su procedencia —intervino uno de los hombres.

Annabelle asintió.

—Pasadle los antivirus. Supongo que los tendréis actualizados.

—Así es —afirmó el mismo hombre con seguridad.

—Entonces, haced lo que os ha dicho y pasadle los antivirus—dijo Bagger con impaciencia.

Leo estaba en un rincón de la sala, observando a los otros hombres. Su trabajo consistía en detectar cualquier atisbo de suspicacia o preocupación mientras Annabelle largaba el rollo. El que llevara una falda corta y ceñida, sin medias y una blusa desabotonada facilitaba las cosas, en parte. Los hombres no dejaban de mirarle los muslos y el escote, lo cual les impedía concentrarse en su trabajo. Hacía ya mucho tiempo que Leo había descubierto que Annabelle Conroy se valía de todas las armas que tuviera a su alcance.

—La única forma de comunicación aceptable será mediante la página web que aparece en el correo electrónico. Es un portal seguro. Bajo ningún concepto usaréis teléfono o fax, ya que pueden rastrearse. Rectifico —añadió, mirando a Bagger—: sin lugar a dudas, los rastrean.

Bagger arqueó las cejas al oír aquel comentario.

—Ya la habéis oído —dijo—. Sólo usaremos Internet. —Bagger estaba muy seguro de sí mismo porque tenía un as, o en este caso, dos ases en la manga. Retendría a Annabelle y a Leo hasta recuperar el dinero.

—El correo electrónico os indicará dónde y cómo debéis enviar los fondos. Al cabo de dos días, los fondos serán devueltos a la cuenta, junto con los intereses.

—Y un millón de dólares se convierte en un millón cien mil dólares en un par de días, ¿no? —dijo Bagger.

Annabelle asintió.

—Tal y como te lo hemos explicado, Jerry. Así vale la pena que llegue el día de cobrar, ¿no?

—Más vale —repuso en tono amenazador—. ¿Cuándo empezamos?

Annabelle consultó la hora.

—Deberías recibir el correo de un momento a otro.

Bagger chasqueó los dedos y uno de sus hombres se dirigió al ordenador.

—Ya ha llegado —dijo el hombre. Pulsó varias teclas—. Lo voy a escanear varias veces para asegurarme de que no hay virus. —Al cabo de dos minutos, alzó la vista—. Bien, todo en orden.

—Ábrelo —le ordenó Bagger.

—Supongo que puedes transferir el dinero tú mismo, ¿no?—preguntó Annabelle; aunque, gracias a la minuciosa investigación previa que había efectuado, ya sabía la respuesta.

—Nuestro sistema está conectado directamente con el banco—respondió Bagger—. No me gusta que haya terceros controlándome el dinero ni sabiendo qué hago con él. Los fondos nos llegan del banco y luego nosotros los transferimos. Así es como me gusta hacer las cosas.

«A mí también», pensó Annabelle.

Diez minutos después, el millón de dólares de Jerry Bagger iba de camino a una cuenta muy especial.

—Bien, serás mi «invitada» durante las próximas cuarenta y ocho horas —le dijo Bagger a Annabelle, mientras abandonaban el despacho—. Así tendremos tiempo de conocernos mejor. —Sonrió, y recorrió con la mirada aquel cuerpo largo y esbelto.

—Perfecto —repuso Annabelle.

—Sí, perfecto —añadió Leo.

Bagger miró a Leo como si hubiera olvidado que formaba parte del trato.

—Claro —farfulló.

Durante los dos días siguientes, desayunaron, almorzaron y cenaron con Bagger. El resto del día, los hombres de Bagger vigilaban constantemente las habitaciones del hotel del casino y los acompañaban a todas partes. Annabelle se quedaba hasta bien entrada la madrugada bebiendo con el rey de los casinos y, con mucha diplomacia, se desentendía de sus insinuaciones sin que por ello él perdiera la esperanza. Le contaba algunos detalles de su «pasado»; pero otros los ocultaba para que Bagger siguiera interesado. Él hablaba mucho de sí mismo, con el engreimiento y bravuconería que cabría esperar de un personaje de su calaña.

—Creo que habrías sido un buen espía, Jerry —le dijo en tono adulador, mientras se relajaban en el sofá con un par de martinis—. Eres listo y valiente, una combinación bastante inusual.

—Mira quién fue a hablar. —Bagger se le acercó y le dio una palmadita en el muslo. Luego intentó besarla, pero ella se apartó.

—Jerry, eso no me causaría más que problemas.

—¿Quién se va a enterar? Estamos solos. Sé que ya no soy un jovencito, pero me entreno todos los días y creo que te sorprendería debajo de las sábanas, nena.

—Necesito tiempo. No es que no me atraigas, pero están pasando muchas cosas a la vez. ¿Vale? —Le dio un besito en la mejilla y Bagger cedió.

Al cabo de dos días, Bagger era cien mil dólares más rico.

—¿Quieres probar con cinco millones, Jerry? Ganarías medio millón en intereses en cuarenta y ocho horas. —Annabelle estaba sentada con toda naturalidad en el borde del escritorio de Bagger, con las piernas cruzadas; Leo estaba en el sofá.

—Sólo si estás presente hasta que recupere el dinero —repuso Bagger.

Ella hizo una mueca.

—Es parte del trato, Jerry. Soy toda tuya.

—Eso dices. Por cierto, ¿adónde fue el dinero?

—Ya te lo he dicho, a El Banco del Caribe.

—No, me refiero a qué operación extranjera financió.

—Ella podría decírtelo, pero entonces os tendría que matar a los dos —intervino Leo. Se produjo un incómodo silencio hasta que Annabelle soltó una carcajada. Luego, Leo y Bagger hicieron lo propio; aunque, el último, de mala gana.

Al cabo de dos días, la transferencia de cinco millones de dólares regresó con medio millón de dólares más.

—¡Joder! —dijo Bagger—, esto es mejor que emitir dinero.—Estaba otra vez en el despacho, con Annabelle y Leo—. Sé que el Tío Sam tiene mucho dinero, pero ¿cómo puede el Gobierno permitirse algo así?

Annabelle se encogió de hombros.

—No puede; por eso tenemos un déficit que supera el billón de dólares. Si necesitamos más dinero, vendemos más letras del Tesoro a los saudíes y a los chinos. No funcionará toda la vida; sin embargo, de momento, nos vale. —Miró a Bagger y le tocó el brazo con la mano—. Pero si el Tío Sam te da pena, Jerry, podrías dejarnos tu dinero sin cobrar intereses.

Bagger se rio.

—Mi lema no ha cambiado en cuarenta años: cada gilipollas mira por sus intereses.

«Y ese lema te viene como anillo al dedo», pensó Annabelle mientras le sonreía con una admiración teñida de burla.

Bagger se inclinó hacia delante, mirando a Leo:

—¿Alguna vez das esquinazo a tu sombra? —le preguntó en voz baja.

—Depende —respondió Annabelle.

—¿De qué?

—De lo amigos que acabemos siendo.

—Sé cómo podemos ser excelentes amigos.

—Cuéntame.

—Hacemos una transferencia de diez millones y me llevo un millón por las molestias. ¿Puede permitírselo el Tío Sam?

—Transfiere el dinero, Jerry, así de fácil.

—¿Y te quedarás aquí hasta que me lo devuelvan?

—Nos quedaremos los dos —respondió Leo.

Bagger hizo una mueca y bajó aún más la voz para que Leo no lo oyera.

—Supongo que, si me lo cargo, tendré un problema gordo, ¿no?

—¿Recuerdas la escoria de la escoria de la que te hablé? Si le haces daño, te harían una visita. No te lo recomiendo.

—¡Joder! —se quejó Bagger.

—No hay para tanto, Jerry. En dos días ganarás un millón de pavos por no hacer nada, salvo comer y beber conmigo.

—Pero quiero algo más que eso, y tú lo sabes, ¿no?

—Jerry, lo supe desde que intentaste meterme mano la primera vez.

Bagger soltó una carcajada.

—Me gustas, jovencita. Eres demasiado buena para el Gobierno. Deberías trabajar para mí. Cambiaríamos la ciudad.

—Siempre estoy abierta a nuevas propuestas. Pero, de momento, ¿por qué no nos limitamos a que ganes ese millón de dólares? Quiero que puedas permitirte el lujo de costear el tren de vida al que estoy acostumbrada. —Le dio una palmadita en la mano y le hundió ligeramente una uña en la palma. Sintió que Bagger se estremecía.

—Vas a acabar conmigo, nena —gimoteó de forma patética.

«Oh, eso vendrá luego.»

24

Al cabo de dos días, Bagger había ganado 1,6 millones de dólares desde que había conocido a Annabelle y a Leo sin saber, por supuesto, que el dinero procedía de los tres millones de dólares que habían acumulado gracias a las dos estafas anteriores. Tony había autorizado la transferencia de esos «intereses» de su cuenta a la de Bagger. El concepto era parecido al método de Ponzi, que casi siempre se autodestruía. Esta vez, Annabelle no iba a permitir que eso ocurriera.

Saltaba a la vista que Bagger estaba contento, sobre todo porque creía que su temido enemigo, el Gobierno, corría con los gastos. Sentada en la lujosa habitación del hotel que Bagger había transformado en la *suite* presidencial tras el último cobro, rodeada de las flores que le había enviado el rey de los casinos, Annabelle hojeaba los periódicos en busca de la noticia que necesitaba y al final encontró. Leo y ella no podían hablar entre sí en el casino. Debían tener presente que todo lo que dijeran podría ser escuchado mediante dispositivos electrónicos o por uno de los espías de Bagger. Su único método para comunicarse eran gestos y miradas sutiles que los dos habían perfeccionado con el paso de los años y que nadie más comprendería.

Al cruzarse en el pasillo, Annabelle le había dado los buenos días y luego se había ajustado el anillo que llevaba en el dedo índice de la mano derecha. Leo le había devuelto el saludo y luego se había tocado el nudo de la corbata y sonado la nariz, dando a entender que había entendido el mensaje y que actuaría en consecuencia.

Antes de entrar en el ascensor que la llevaría al despacho de Bagger, Annabelle respiró hondo. Pese a lo que Leo había dicho, estaba nerviosa. El último paso que estaba a punto de dar era la clave de todo. Si no lo hacía a la perfección, el trabajo realizado durante las últimas semanas no habría servido de nada. No sólo perdería el dinero que le había dado a Bagger, sino que no sobreviviría para disfrutar de la parte que le correspondía de los 1,4 millones de dólares restantes.

Llegó a la oficina y la hicieron pasar de inmediato; los tipos cachas que custodiaban la entrada ya se habían acostumbrado a verla. Bagger la saludó con un abrazo que ella permitió que descendiese más de lo debido. Bagger bajó la mano hasta el trasero y se lo apretó con suavidad, antes de que ella se la apartase. Annabelle dejaba que se propasara cada vez un poco más, puesto que sabía que era lo único que Bagger quería de momento. Bagger sonrió y retrocedió.

—¿En qué puedo ayudar a mi duendecilla de oro?

Ella frunció el ceño.

—Malas noticias. Acaban de llamarme de la sede de campo, Jerry.

—¿Qué? ¿Qué coño quiere decir eso?

—Significa que me han reasignado.

—¿Adónde? —La miró de hito en hito—. Lo sé, no puedes decírmelo.

Annabelle sostuvo en alto el periódico que había traído consigo.

—Esto podría darte una idea.

Bagger comenzó a leer el artículo que Annabelle había señalado. Era una noticia sobre un escándalo de corrupción gubernamental en el que estaba implicado un contratista extranjero en Rusia.

Bagger la miró, estupefacto.

—¿Pasas de los casinos a los contratistas corruptos en Moscú?

Annabelle cogió el periódico.

—No se trata de cualquier contratista extranjero.

—¿Lo conoces?

—Lo único que puedo decirte es que a Estados Unidos no le interesa que el caso llegue a los tribunales, y ahí es donde entro yo.

—¿Cuánto tiempo te marcharás?

—Nunca se sabe, y después de Rusia me enviarán a otro destino. —Se frotó la sien—. ¿Tienes un Advil?

Bagger abrió un cajón del escritorio y le dio un frasco. Annabelle se tomó tres pastillas con un vaso de agua que Bagger le había servido.

Bagger se sentó.

—No tienes buen aspecto.

Annabelle se sentó en el borde del escritorio.

—Jerry, he estado en tantos sitios durante el último año que he perdido la cuenta —dijo con aire de cansancio—. Si usara un pasaporte auténtico, ya habría pasado por más de veinte. A veces es agotador. No te preocupes, me recuperaré.

—¿Y por qué no lo dejas? —le sugirió.

Ella rio con amargura.

—¿Dejarlo? ¿Y a la mierda la pensión? He invertido demasiados años. Los funcionarios también comemos.

—Ven a trabajar para mí. En un año ganarás más de lo que ganarías en veinte con esos payasos.

—Sí, claro.

—Lo digo en serio. Me gustas. Eres buena.

—Te gusta el que te haya hecho ganar más de un millón y medio de pavos.

—Vale, no lo negaré; pero quiero conocerte. Y me gusta lo que veo, Pam.

—Ni siquiera me llamo Pam, así de bien me conoces.

—Más divertido aún. Piénsatelo, ¿vale?

Annabelle titubeó.

—Últimamente, he estado pensando en mi futuro —le dijo—. No estoy casada; mi vida es mi trabajo y viceversa. Y ya no soy una jovencita.

Bagger se levantó y le rodeó los hombros con el brazo.

—¿Bromeas? Eres preciosa. Cualquier hombre se sentiría afortunado de estar contigo.

Ella le dio una palmadita en el brazo.

—No me has visto por la mañana antes de tomarme el café y maquillarme.

—Oh, nena, no tienes más que pedírmelo. —Bajó la mano hasta la zona lumbar y se la acarició con suavidad. Alargó la mano, oprimió un botón de la consola del escritorio y las persianas automáticas comenzaron a cerrarse.

—¿Y eso? —preguntó Annabelle con el ceño fruncido.

—Me gusta la intimidad. —Bajó la mano un poco más.

Sonó el móvil de Annabelle, justo a tiempo. Ella miró el número.

—¡Vaya, joder! —Se levantó y se apartó de Bagger, sin dejar de mirar la pantalla del móvil.

—¿Quién es? —preguntó Bagger.

—El jefe de sección. Su número es todo ceros. —Se recompuso y respondió—. ¿Sí, señor?

No dijo nada durante varios minutos y luego colgó.

—¡Maldito hijo de puta! —chilló.

—¿Qué pasa, nena?

Ella caminó en círculos y luego se detuvo, todavía furiosa.

—A mi querido jefe de sección le ha parecido oportuno cambiar las órdenes de campo. En lugar de ir a Rusia, me enviarán a, no te lo pierdas, Portland, Oregón.

—¿Oregón? ¿En Oregón necesitan espías?

—Es mi tumba, Jerry. Es adonde te envían cuando no les caes bien a los de arriba.

—¿Cómo se puede pasar de Rusia a Oregón en la misma mañana?

—Lo de Rusia era cosa de mi supervisor de campo; lo de Oregón, de mi jefe de sección, que es el siguiente nivel. Su destino tiene prioridad.

—¿Qué tiene contra ti el jefe de sección?

—No lo sé. Quizás hago el trabajo demasiado bien. —Iba a decir algo, pero se interrumpió.

Bagger se percató de ello.

—Lárgalo. Venga, quizá pueda ayudarte.

Ella suspiró.

—Bueno, lo creas o no, el tipo quiere acostarse conmigo. Pero está casado y le dije que se olvidara del tema.

Bagger asintió.

—¡Qué cabrón! Siempre la misma mierda. A las mujeres que dicen que no, se las quitan de encima.

Annabelle se miraba las manos.

—Es el final de mi carrera, Jerry. ¡Portland! ¡Joder! —Arrojó el móvil contra la pared y se partió por la mitad. Luego, Annabelle se desplomó en una silla—. Tal vez debería haberme acostado con él.

Bagger comenzó a masajearle los hombros.

—¡Ni hablar! Con tipos así, si lo haces una vez luego quieren más. Después se cansan de ti o encuentran otra amante. Al final, te acabaría enviando a Portland de todas maneras.

—Ojalá pudiese pillar al muy hijo de puta.

Bagger parecía pensativo.

—Bueno, tal vez sea posible.

Annabelle lo miró con expresión cauta.

—Jerry, no puedes cargártelo, ¿vale?

—No estaba pensando en eso, nena. Has dicho que tal vez estaba cabreado porque haces tu trabajo demasiado bien. ¿Y eso?

—Consigo mucho dinero y, de repente, los demás me ven ascender. Empiezo a ascender y, de repente, soy una amenaza para su trabajo. Lo creas o no, Jerry, pocas mujeres hacen lo que yo hago. A más de uno le gustaría que alguna mujer ocupara el cargo de jefa de sección. Si sigo tratando con gente como tú e inundo las operaciones extranjeras de dinero «con artificios», me beneficia y lo perjudica.

—¡Joder!, estas cosas sólo pasan en el Gobierno. —Pensó durante unos instantes—. Vale, ya sé cómo volverle las tornas a ese tarugo.

—¿A qué te refieres?

—A la siguiente operación en El Banco.

—Jerry, me cambian de destino. Mi socio y yo tomaremos el avión esta noche.

—Vale, vale, pero se me ha ocurrido algo. Puedes hacer una última operación antes de marcharte, ¿no?

Annabelle pareció cavilar al respecto.

—Bueno, sí, tengo autorización para ello. Pero a ese tipo no me lo ganaré ni con un millón de dólares en intereses.

—No me refiero a un milloncete de nada. —La miró—. ¿Cuál es la mayor cantidad que has conseguido con tus «artificios»?

Annabelle pensó durante unos instantes.

—La mayoría de las transferencias van de uno a cinco millones, pero una vez transferimos quince millones en Las Vegas. Y veinte millones desde Nueva York, pero hace ya dos años.

—Gallina.

—¿Gallina? ¡Lo que tú digas!

—Dime, ¿qué le dolería de verdad a ese tipo?

—Ni idea, Jerry. Treinta millones.

—Pues que sean cuarenta, y que los tengan cuatro días en lugar de dos. —Hizo unos cálculos mentales—. Eso nos da un interés del veinte por ciento en lugar del diez por ciento. Y, con eso, ganaríamos ocho millones. Un buen artificio.

—¿Tienes cuarenta millones en metálico?

—¡Eh!, ¿con quién crees que estás hablando? La semana pasada tuvimos dos peleas aquí de campeonato. El dinero me sale por las orejas.

—Pero ¿por qué quieres hacerlo?

—Ganar ocho millones de dólares en cuatro días no es moco de pavo, ni siquiera para alguien como yo. —Le masajeó la nuca—. Además, como ya te he dicho, me gustas.

—Pero yo tengo que irme a Oregón, no puedo desobedecer las órdenes.

—Bien, vete a Oregón; luego podrías plantearte dejarlo y venir aquí. Te daré un diez por ciento de los ocho millones para que empieces con buen pie.

—No quiero vivir a tu costa, Jerry. Tengo cerebro.

—Me consta, y le daremos uso. Junto con todo lo demás. —Le deslizó la mano por la espalda—. Llamaré a los chicos.

—Pero esta noche me iré a Oregón en un avión privado.

—Lo entiendo.

—Lo que quiero decirte, Jerry, es que es imposible que recuperes el dinero antes de que me marche.

Bagger rio.

—¡Oh!, ¿lo de los rehenes? Creo que ya lo hemos superado, cariño. Me has hecho ganar un millón seiscientos mil dólares; y suma y sigue, así que ya has demostrado tu valía.

—Sólo si estás seguro. Cuarenta millones es mucho dinero.

—¡Eh!, ha sido idea mía, no tuya. Déjalo en mis manos.

Annabelle se levantó.

—Me he encargado de muchas operaciones, Jerry, y para mí sólo es un trabajo. —Se calló—. Todos los demás sólo querían saber cuánto ganarían. Panda de cabrones avariciosos. —Volvió a callarse, como buscando las palabras adecuadas; aunque sabía perfectamente qué diría—. Eres el primero que hace algo por mí. Te lo agradezco, mucho más de lo que te imaginas. —Seguramente, era la primera verdad que pronunciaba en presencia de Bagger.

Se miraron, y luego Annabelle extendió los brazos y se preparó para lo peor. Bagger se abalanzó sobre ella. Annabelle estuvo a punto de vomitar al oler su intensa colonia. Sus manos poderosas se deslizaron rápidamente por debajo de la falda y dejó que le metiera mano en silencio. Se moría de ganas de hundirle la rodilla en la entrepierna. «Aguanta, Annabelle, puedes hacerlo. Tienes que hacerlo», se dijo.

—¡Oh, nena! —le gimió Bagger al oído—. Venga, hagámoslo una vez antes de que te marches. Aquí mismo, en el sofá. Me muero de ganas. Me muero.

—Créeme, lo noto en mi pierna, Jerry —dijo, mientras se zafaba de él. Annabelle se recolocó la ropa interior y se bajó la falda—. Vale, semental, ya veo que no podré contenerte mucho tiempo. ¿Has estado en Roma?

Bagger parecía desconcertado.

—No. ¿Por qué?

—El poco tiempo que tengo de vacaciones lo paso en un chalé que alquilo allí. Te llamaré para darte todos los detalles. Dentro de dos semanas nos reuniremos allí.

—¿Por qué dentro de dos semanas, por qué no ahora?

—Así tendré tiempo para quejarme de mi nueva misión y tal vez usar los cuarenta millones para que me envíen a un destino algo mejor que Portland.

—Pero mi oferta para que vengas aquí sigue en pie, y puedo llegar a ser muy convincente.

Annabelle le recorrió lentamente la boca con un dedo.

—Demuéstrame lo convincente que eres en Roma, «cariño».

Al cabo de dos horas, los cuarenta millones de dólares salieron del Pompeii Casino. El primer correo electrónico que Tony había enviado al centro de operaciones del casino contaba con un componente especial: un programa espía de última generación que le había permitido, desde una ubicación remota, adueñarse de los ordenadores. Gracias a esa entrada secreta, había escrito un código nuevo en el programa para transferir dinero.

Las tres transferencias anteriores habían ido a El Banco, pero al enviar los cuarenta millones, la transferencia se había desviado de forma automática a otro banco extranjero a una cuenta a nombre de Annabelle Conroy. Si bien los hombres de Bagger creerían que el dinero había llegado a El Banco —un recibo electrónico falso se enviaría automáticamente al casino—, no recuperaría ni un dólar.

El plan de Annabelle había tenido un único objetivo: introducir el programa espía en los ordenadores de Bagger. Una vez logrado, se haría de oro. Luego había interpretado su papel y había dejado que la codicia y lascivia de Bagger fueran su tumba, porque el mejor método para estafar a una víctima era dejar que la víctima sugiriese la estafa.

Transcurridos cuatro días, Bagger se pondría nervioso al ver que el dinero no aparecía en su cuenta. Poco después, empezaría a sentirse mal y acabaría queriendo matar a alguien. Annabelle y los suyos habrían desaparecido con más de cuarenta y un millones de dólares libres de impuestos.

Annabelle Conroy podría comprarse un barco y pasar el resto de su vida navegando, dejando bien atrás el mundo de las estafas. Sin embargo, aquel castigo no bastaba, pensó mientras salía de la oficina de Bagger para preparar la maleta. De todos modos, antes se ducharía para eliminar cualquier vestigio de la mugre de aquel hombre.

Mientras se duchaba, Annabelle volvió a pensar que perder cuarenta millones de dólares no era castigo suficiente para el hombre que había asesinado a su madre por los diez mil dólares que Paddy Conroy le había estafado. Ningún castigo bastaría. No obstante, incluso Annabelle reconocía que el timo de los cuarenta millones era un buen comienzo.

25

Roger Seagraves había averiguado dónde vivía Stone y había enviado allí a sus hombres cuando la casita estaba vacía. La habían registrado por completo sin dejar indicio alguno de su visita. Lo más importante era que se habían marchado con las huellas dactilares de Stone, encontradas en un vaso y en la encimera de la cocina.

Seagraves las había introducido en la base de datos general de la CIA, pero no había encontrado nada. Con la contraseña que le había robado a un compañero de trabajo, lo intentó en una base de datos de acceso restringido. Introdujo la huella y, al cabo de un minuto, la búsqueda lo llevó al Subdirectorio 666, el cual conocía de sobra; aunque, al tratar de encontrar información sobre las huellas de Stone, apareció un mensaje que decía «acceso denegado». Seagraves conocía el Subdirectorio 666 porque era donde se almacenaba su historial como empleado, al menos la clase de «empleado» que había sido. En más de una ocasión se había reído del nombre «666» ya que le parecía muy descarado, aunque bastante acertado.

Seagraves apagó el ordenador y caviló sobre lo que había averiguado. A juzgar por su edad, Stone había trabajado para la CIA hacía ya mucho. Seguramente había sido un «eliminador», porque la clasificación Triple Seis nunca se aplicaba a quienes se ocupaban de labores administrativas en la Agencia. Seagraves todavía no sabía cómo asimilar la información. Había averiguado que al amigo bibliotecario de

Stone se le había encomendado la venta de la colección de libros de DeHaven. Por desgracia, sus hombres habían seguido a Stone de forma tan descarada que habían levantado sospechas. Y los agentes Triple Seis eran paranoicos por naturaleza, uno de los muchos requisitos del trabajo.

«¿Debería matarlo ahora? ¿O complicaría eso más aún las cosas?» Finalmente, Seagraves decidió renunciar al paso mortal. Siempre le quedaría esa opción. «Joder, lo haré yo mismo. De un Triple Seis a otro. Los jóvenes contra los viejos, y los jóvenes siempre han ganado. Seguirás con vida, Oliver Stone. De momento.»

Pero debía hacer algo al respecto y no tenía ni un segundo que perder.

Dos días después de la última visita a la casa de DeHaven, Stone y Reuben iban en la motocicleta camino de una librería de libros raros ubicada en Old Town Alexandria. El nombre de la tienda estaba en latín y, traducido, significaba «Cuatro Libros de Sentencias». Caleb era copropietario del local, que anteriormente se había llamado Doug's Books, hasta que Caleb tuvo la brillante idea de orientar la librería hacia los clientes selectos de aquella zona acomodada. Stone no iba a buscar libros antiguos; necesitaba consultar algunos objetos que guardaba en la librería.

El propietario del local, el susodicho Doug, permitió que Stone se dirigiese a su escondite. Douglas le tenía pavor a Oliver Stone, a quien Caleb había descrito (a instancias de Stone) como un maníaco homicida que estaba libre gracias a un defecto de forma legal.

La habitación secreta de Stone estaba en el sótano, detrás de una pared falsa que se abría al tirar de un alambre que colgaba dentro de la chimenea contigua. Aunque en el pasado había sido la celda de un sacerdote, ahora albergaba muchos objetos de la vida pasada de Stone, además de una colección de sus diarios repletos de recortes de periódicos y revistas.

Con la ayuda de Reuben, encontró y sacó varios de los

diarios y se los llevó consigo. Reuben lo dejó en la casita del cementerio.

—Mantente alerta, Oliver —le advirtió Reuben—. Si el soplagaitas de Behan está metido en esto, tiene matones y contactos de todo tipo.

Stone le aseguró que tendría cuidado, se despidió y entró en la casita. Preparó un café bien cargado, se acomodó junto al escritorio y comenzó a repasar los diarios. Las noticias que había elegido eran sobre el asesinato del presidente de la Cámara, Robert *Bob* Bradley, y la destrucción casi simultánea de su casa, algo que sólo alguien muy ingenuo habría considerado mera coincidencia. Sin embargo, no parecía existir relación alguna entre el asesinato de Bradley, supuestamente obra de una banda terrorista nacional que se hacía llamar «Norteamericanos contra 1984» y la muerte, en teoría natural, de Jonathan DeHaven. El FBI había recibido un mensaje del grupo en el que se afirmaba que Bradley había sido asesinado como primer paso en la guerra contra el Gobierno federal. Los terroristas prometieron más atentados y las medidas de seguridad se habían intensificado en Washington.

Mientras pasaba las páginas del diario, había algo que lo inquietaba, pero no sabía qué. Bradley había sido presidente durante un breve período de tiempo; tras una reorganización política, puesto que el entonces presidente y el líder de la formación mayoritaria se habían visto implicados en una trama de venta de influencias y blanqueo de los fondos de la campaña política. Normalmente, el cargo del presidente lo habría ocupado el líder de la formación mayoritaria; pero, dado que los dos hombres estaban encarcelados, hubo que tomar medidas extraordinarias. Bob Bradley, un poderoso presidente de comité con una reputación intachable, a diferencia de los líderes de su partido, había sido elegido como Moisés político para sacar a los suyos de aquel lodazal.

Había comenzado prometiendo una limpieza ética en la Cámara de los Representantes que, además, acabaría con las políticas partidistas. Muchos habían prometido lo mismo, y pocos, por no decir ninguno, habían cumplido sus promesas; sin embargo, se creía que, si alguien era capaz de hacerlo, ese alguien era Bob Bradley.

Stone abrió otro diario y leyó una noticia sobre Cornelius Behan en la que se contaba que había llegado al país sin dinero y que había construido un conglomerado internacional con su sudor y esfuerzo personales. Los contratistas del Ministerio de Defensa tenían fama, normalmente merecida, de saltarse a la torera las normas éticas. Sobornar a los congresistas a cambio de favores políticos era uno de los juegos más viejos de Washington, y los constructores de aviones y tanques eran los mejores jugadores.

Stone acabó de leer la noticia sobre Behan, en la que se detallaban dos recientes e importantes adjudicaciones para su empresa. Una era del Pentágono, para crear un sistema convencional de misiles de nueva generación; y la otra, para construir un nuevo búnker gigantesco para el Congreso fuera de Washington, que se utilizaría en caso de producirse un ataque catastrófico. Si bien algunos cínicos argüirían que lo mejor que le podría pasar al país, si esa catástrofe se materializaba, era que eliminaría ese augusto organismo, Stone supuso que el país necesitaba la existencia de un Gobierno.

Cada contrato valía miles de millones de dólares, y Behan se había ganado ambos. Tal y como explicaba el artículo, había superado a sus oponentes en todos los aspectos cruciales. «Era como si pudiera leerles el pensamiento», había escrito el periodista. Stone no creía en los adivinos; pero, como había sido espía en su juventud, sabía que los secretos se robaban.

Stone se recostó en el asiento y sorbió el café. Si Behan se había metido en el bolsillo al predecesor de Bradley y Bradley había prometido medidas severas contra la corrupción, tal vez valdría la pena eliminar al nuevo paladín de la justicia. No existía garantía alguna de que el sucesor de Bradley fuera a mostrarse más cooperativo con personas como Behan, pero no había que olvidar la intimidación. ¿Se atrevería un nuevo presidente a cumplir la promesa de Bradley de recuperar el sentido de la ética, a pesar de que esa misma promesa era la que podía haber causado la muerte de su antecesor en el cargo? La banda terrorista podría ser una mera, e indemostrable, cortina de humo.

Stone había comenzado a pensar en la muerte de Bradley porque sólo veía un vínculo entre su asesinato y el de DeHaven, y ese vínculo era Cornelius Behan, un hombre que había ganado miles de millones de dólares vendiendo infinidad de cosas que mataban a mucha gente; y todo ello en nombre de la paz.

¿Acaso estaban los hombres de Behan en la furgoneta de Obras Públicas de Washington? ¿Eran quienes habían hecho que los agentes del Servicio Secreto pusieran pies en polvorosa? ¿O se trataba de otra agencia, colaboradora de Behan, que había asumido el papel de realizar las injerencias oportunas? Durante décadas se había debatido la existencia del complejo militar-industrial. Stone nunca se lo había planteado. Había trabajado en el complejo durante años. Si se parecía a lo que había sido hacía treinta años, era una fuerza de lo más poderosa; una fuerza que no dudaría en eliminar a quien se interpusiera en su camino. Stone lo sabía por experiencia propia. Al fin y al cabo, había sido uno de los «eliminadores».

Le pediría a Milton que averiguase cuanto pudiese sobre Bradley y Behan. Milton accedía a bases de datos a las que, en teoría, no se le permitía el acceso; sin embargo, siempre eran las más interesantes. Stone iría a la casa derribada de Bradley para ver si encontraba algo. También tendría que volver a la casa de Jonathan DeHaven para mirar de nuevo por el telescopio, y no porque tuviese ganas de excitarse viendo otro espectáculo sexual de Behan. No, se trataba de algo tan obvio que lo había pasado por alto.

Sintió un escalofrío y se levantó para encender el fuego, pero luego se detuvo y se frotó la piel. Estaba helado. ¿Qué le había dicho la mujer? Trató de recordar las palabras exactas: «Te ha subido la temperatura a un valor casi normal.» Sí, eso era lo que le había dicho la enfermera. Le había parecido extraño, porque en un hospital lo normal es que te digan que te estás recuperando cuando te baja la fiebre. Pero estaba seguro de que la enfermera le había dicho que le había subido la temperatura.

Comenzó a entusiasmarse. Aquello empezaba a cobrar sentido. Se dispuso a llamar a los demás por el móvil, pero se detuvo al mirar por la ventana. Desde allí veía perfectamente la calle que bordeaba el cementerio. Una furgoneta blanca de Obras Públicas estaba allí aparcada. La veía con claridad bajo la farola.

Se apartó de la ventana de inmediato. Llamó a Reuben, pero no había señal. Miró el móvil. Parecía no tener cobertura, aunque siempre la había tenido en esa zona. Miró por la ventana. Le habían interceptado la señal. Probó con el fijo. Tampoco tenía línea.

Cogió el abrigo y corrió hacia la puerta trasera. Treparía por la valla de atrás y se abriría camino por un laberinto de callejuelas conducente a una vivienda abandonada que, en ocasiones, utilizaba de piso franco. Abrió la puerta con cautela y salió. Vio la valla.

El disparo en el pecho lo detuvo en seco y cayó de rodillas. Medio inconsciente, miró al hombre que estaba allí, con una capucha negra y empuñando la pistola a dos manos. Tuvo la impresión de que su verdugo sonreía mientras se desplomaba y se quedaba inmóvil.

26

Era la oscuridad propia de los interrogatorios. Stone lo advirtió en cuanto se despertó. Estaba tan oscuro que no sólo no se veía el cuerpo, sino que parecía como si no lo tuviera. Estaba descalzo, dolorosamente de puntillas, y tenía las manos atadas encima de la cabeza. En aquel lugar hacía mucho frío. En esos sitios siempre hacía frío, porque el frío desgastaba más rápido que el calor. Se percató de que lo habían desnudado de pies a cabeza.

—¿Despierto? —oyó que le preguntaba una voz desde la oscuridad.

Stone asintió.

—Dilo —ordenó la voz.

—Despierto —repuso Stone. Les daría lo imprescindible, nada más. Ya había pasado por eso en una ocasión, aunque hacía tres décadas, cuando una misión había salido mal y había acabado prisionero en un lugar en el que ningún norteamericano habría querido serlo.

—¿Nombre?

Eso era exactamente lo que había estado temiendo.

—Oliver Stone.

Recibió un fuerte golpe en la nuca que lo dejó aturdido durante unos instantes.

—¿Nombre?

—Oliver Stone —respondió lentamente, mientras se preguntaba si el golpe le habría destrozado el cráneo.

—Lo dejaremos así por el momento, Oliver. ¿DeHaven? —preguntó la voz.

—¿Quién?

Stone sintió algo en la pierna. Trató de apartarlo de una patada, pero se dio cuenta de que tenía las piernas inmovilizadas. Aquella cosa se le deslizaba como una serpiente por la pierna derecha. Respiró hondo y trató de no sucumbir al pánico. No podía ser una serpiente; se trataba de una simulación, pensó. Entonces, fuera lo que fuera aquello, comenzó a presionarle la carne, no a morder, pero la presión iba en aumento. «Joder, parece una puta serpiente. ¿Tal vez una boa?» En aquella oscuridad, incluso alguien tan curtido como Stone comenzó a flaquear.

—¿DeHaven? —preguntó la voz de nuevo.

—¿Qué quieres saber?

La presión disminuyó un poco, pero seguía estando presente a modo de intimidación nada sutil.

—¿Cómo murió?

—No lo sé.

La presión se intensificó de inmediato. Le había rodeado el estómago. Le costaba respirar hondo. Le dolían los brazos y las piernas y parecía que el tendón de Aquiles le estallaría por llevar tanto rato de puntillas.

—Creo que lo asesinaron —jadeó Stone.

La presión disminuyó de nuevo. Aprovechó para respirar hondo y los pulmones se le expandieron, no sin dolor.

—¿Cómo?

Stone trató de pensar qué debía decir. No tenía ni idea de quiénes eran esas personas y no quería hablar más de la cuenta. No respondió, y la presión desapareció por completo. Perplejo, se relajó. Debería haber sido más cauto.

Cayó al suelo en cuanto soltaron las ligaduras. Sintió que le levantaban unas manos fuertes y enguantadas. Extendió el brazo de forma instintiva y lo golpeó contra algo duro; era metálico y de cristal, cerca de donde estaría la cara de su captor. «Llevan un equipo de visión nocturna», pensó.

Lo trasladaron a otro lugar. Al cabo de unos instantes, lo

colocaron sobre un objeto duro, una especie de tablón largo, y lo ataron. Luego le inclinaron la cabeza hacia atrás y se la cubrieron de celofán. El agua le golpeó con fuerza y le hundió el celofán en ojos, boca y nariz. Le entraron arcadas. Se trataba de una técnica de tortura muy eficaz. Había pocas cosas más terribles que morir ahogado; sobre todo boca abajo atado a un tablón en la más completa oscuridad.

De repente, el chorro paró y le arrancaron el celofán. En cuanto hubo respirado, le hundieron la cabeza en el agua fría. Tuvo arcadas de nuevo y trató de soltarse. El corazón le palpitaba de tal manera que sabía que moriría de un ataque al corazón antes de ahogarse.

Le sacaron la cabeza del agua. Vomitó, y el vómito le cubrió la cara.

—¿Cómo? —preguntó la voz en tono sereno.

«Claro, el tipo que hace las preguntas siempre está tranquilo—pensó Stone mientras intentaba sacudirse el vómito de los ojos—. Seguramente está en un sala cómoda y cálida con una taza de café mientras me sacan la mierda a hostias.»

—Asfixiado —espetó—, ¡igual que acabaré yo, gilipollas!

Eso le costó otro chapuzón. Lo había hecho a propósito, para que el agua le quitase el vómito de la cara. Stone había respirado hondo antes de que le hundieran la cabeza, por lo que cuando se la sacaron se había recuperado un poco.

—¿Cómo? —preguntó la voz.

—No con halón 1301, con otra sustancia.

—¿Cuál?

—Todavía no lo sé. —Stone sintió que le iban a sumergir la cabeza de nuevo—. Pero puedo averiguarlo —gritó desesperado.

La voz no replicó de inmediato. Stone lo interpretó como una buena señal. Los interrogadores detestaban titubear.

—Hemos leído tus diarios —dijo la voz—. Estabas informándote sobre Bradley. ¿Por qué?

—Parecía demasiado casual, su muerte y luego la de DeHaven.

—No tienen nada en común.

—¿Eso crees?

Stone respiró hondo, pero le mantuvieron la cabeza sumergida tanto tiempo que estuvo a punto de ahogarse. Cuando le levantaron la cabeza, parecía que el cerebro le iba a estallar por falta de oxígeno, y las extremidades le temblaban; el cuerpo comenzaba a no responderle.

—¿Qué crees que tienen en común? —preguntó la voz.

—Te falta un chapuzón para matarme; así que, si ése es tu plan, ¿por qué no acabas de una vez? —dijo con voz débil. Se preparó para lo peor, pero no ocurrió nada.

—¿Qué crees que tienen en común? —repitió la voz.

Stone respiró a duras penas y se planteó si debía responder o no. Si no era lo que querían oír, era hombre muerto. Pero ya estaba casi muerto.

Se armó de valor.

—Cornelius Behan —respondió.

Se preparó para el chapuzón final, pero la voz le preguntó:

—¿Por qué Behan?

—Bradley era de anticorrupción. Behan había ganado dos contratos importantes durante el viejo régimen. Tal vez Bradley averiguó algo que Behan no quería que se supiera. Así que lo mató, quemó su casa y culpó a una banda terrorista ficticia.

Se produjo un largo silencio. Lo único que Stone oía era los angustiados latidos de su corazón cansado. Resultaba aterrador, pero al menos estaba vivo.

—¿DeHaven?

—Es el vecino de Behan.

—¿Eso es todo? —repuso la voz, claramente decepcionada.

Stone sintió que le inclinaban la cabeza de nuevo.

—¡No, no es todo! Encontramos un telescopio en el desván de DeHaven que apuntaba hacia la casa de Behan. DeHaven tal vez vio algo que no debería. Así que también tenía que morir, pero no como Bradley.

—¿Por qué no?

—Que alguien quisiera cargarse al presidente no sería extraño, pero DeHaven era bibliotecario, y Behan, su vecino. Tenía que parecer un accidente lejos de sus casas. De lo contrario, más de uno acusaría a Behan.

Stone esperó en silencio, preguntándose si la respuesta habría sido la correcta o no.

Dio un respingo al sentir un tirón en el brazo. Cerró los ojos, exhaló lentamente y permaneció inmóvil.

Desde un rincón de la sala, Roger Seagraves observó cómo sus hombres se llevaban a Stone. Era un tipo duro para su edad. Seagraves supuso que hace treinta años Stone habría sido tan bueno como lo era él. Al menos, ahora sabía que Stone sospechaba que Cornelius Behan era el culpable de todo. Precisamente por eso, Oliver Stone seguiría con vida.

27

La habitación del hotel de Annabelle tenía vistas a Central Park y, por puro impulso, decidió salir a pasear por el parque. Se había vuelto a cambiar el peinado y el color de pelo. Ahora era una morena con el pelo corto y la raya a un lado, imagen que concordaba con la fotografía que Freddy le había preparado para el pasaporte. Llevaba la típica ropa de Nueva York, negra y elegante. Vagó por los senderos del parque, oculta tras un sombrero y unas gafas de sol. Varias personas la miraron con descaro, tal vez creyendo que era una famosa. Irónicamente, a Annabelle nunca le había interesado la fama. Siempre se había aferrado a la reconfortante sombra del anonimato, donde un estafador con talento encontraría una excelente salida profesional.

Compró una pieza de bollería salada a un vendedor ambulante y se la llevó a la habitación del hotel, donde se sentó en la cama y repasó los documentos de viaje. Leo y ella se habían separado en el aeropuerto de Newark. Freddy ya había salido del país. No les había preguntado adónde irían. No quería saberlo.

Tras llegar a Nueva York, se puso en contacto con Tony. Como le había prometido, lo dispuso todo para que volara a París. A partir de ese momento, estaría solo, pero con una documentación excelente, aunque falsa, documentos de viaje y millones de dólares a su disposición en una cuenta. Le había lanzado una advertencia final: «No te habrá visto, pero Bagger sabe que necesitaba a un estafador experto en informática, y tú tienes fama de eso. Pasa desapercibido durante un año o más fuera del país. Y no vayas por ahí alardeando de dinero. Busca un lugar sencillo, atrinchérate, aprende el idioma y déjate llevar.»

Tony le prometió que seguiría sus consejos.

—Te llamaré para decirte dónde acabo.

—No, no me llames —lo había prevenido.

Todavía le quedaban tres días para devolver el dinero de Bagger y darse cuenta de que lo habían timado. Annabelle daría la mitad de su dinero sólo por ver su reacción. Seguramente, lo primero que haría sería matar a sus informáticos y contables. Luego recorrería el casino, pistola en mano, cargándose a las personas mayores que estuvieran jugando a las tragaperras. Quizás interviniera un equipo del SWAT de Nueva Jersey y le hiciera un gran favor al mundo matando a aquel cabrón. Probablemente, no pasaría nada de todo eso; pero soñar era gratis.

La ruta de huida pasaría por Europa del Este y luego Asia. Tardaría un año, más o menos. El siguiente destino sería el Pacífico Sur, una islita que había descubierto hacía años y a la que no había vuelto por temor a que no le pareciese tan perfecta como la primera vez. En esos momentos, se contentaría con algo que fuese casi perfecto.

Su parte del botín estaba en varias cuentas de paraísos fiscales. Viviría de los intereses e inversiones durante el resto de la vida, aunque seguramente recurriría a la cuenta principal en alguna que otra ocasión. Tal vez se comprase un barco pequeño y lo gobernara ella misma. No daría la vuelta al mundo; le bastarían unas breves salidas por las calas tropicales.

Se había planteado si enviar a Bagger un mensaje triunfal, pero al final decidió que una bravuconada así no era digna de ella y de la estafa que había consumado. Que Bagger se pasase el resto de sus días especulando qué había pasado. La hijita de Paddy Conroy no figuraría entre los principales sospechosos, porque estaba segura de que Bagger ni siquiera sabía que Paddy hubiera tenido una hija. La relación de

Annabelle con su padre había sido especial y, de joven, él nunca la había presentado como su hija en el mundo de la estafa. Leo y otros con quienes había trabajado habían acabado sabiendo la verdad, pero eso era todo.

Sin embargo, en esta ocasión su imagen había quedado grabada en numerosas cámaras del Pompeii Casino. Sabía que Bagger enseñaría esas fotos a todos los estafadores conocidos y les pagaría o incluso torturaría para que le revelaran su identidad. Todos los estafadores a los que conocía aplaudirían lo que le había hecho a Bagger, pero era posible que alguno dijera su nombre si Bagger lo amenazaba lo suficiente. «Bueno —pensó Annabelle—, que venga a por mí. Matarme le costará más de lo que cree.» En la lucha, no era el tamaño del perro lo que importaba, sino lo dispuesto que el perro estuviese a luchar. Irónicamente, no había sido su padre, sino su madre, quien le había dicho eso.

Pese a su vida delictiva, Tammy Conroy había sido una buena mujer, y la sufrida esposa de Paddy. Había sido camarera de bar antes de unirse al encantador irlandés, que se sabía infinidad de batallitas divertidas y cantaba cualquier canción con una voz que siempre apetecía escuchar. Paddy Conroy siempre era el protagonista de cualquier encuentro. Tal vez por eso nunca había llegado a ser un gran estafador. Los mejores timadores siempre pasaban desapercibidos. Eso a Paddy no le importaba, porque creía que la suerte, fuerza y sonrisa de irlandés siempre le salvarían. Y así había sido en la mayoría de los casos; aunque no habían salvado a Tammy Conroy.

Jerry Bagger le había disparado a bocajarro en la cabeza después de que se hubiese negado a delatar a su esposo. Paddy no le había sido tan leal a ella y había huido en cuanto Bagger había comenzado a cercarlo. Annabelle ni siquiera pudo acudir al funeral de su madre porque Bagger y sus hombres los esperaban en el cementerio. Eso había sido hacía muchos años, y Bagger seguramente todavía buscaba a su padre. Por diez mil dólares de mierda, cuando el tío se gastaba más en uno de sus trajes. Sin embargo, Annabelle sabía que en el fondo no era una cuestión de dinero, sino de respeto. La única manera de ganarse el respeto en el mundo de Bagger era dando cinco palizas por cada una que recibías. Y si alguien le robaba diez mil dólares o diez millones, Bagger le haría daño si le ponía las manos encima. Por eso, cuando Annabelle había delatado a los timadores del casino, también había llamado a la policía. Bagger no le rompería las rodillas a nadie si la policía estaba en el local. Si los timadores eran listos, se largarían rápidamente en cuanto hubieran cumplido condena o pagado la multa.

Bagger tal vez fuera una caricatura andante de un director de casino en una película mala sobre la mafia, pero lo que no resultaba tan divertido era el modo en que empleaba la violencia. Si estafabas en otros casinos, ibas a la cárcel. Bagger no funcionaba así. Sus métodos se remontaban a la época de Las Vegas, cuando a los estafadores insistentes se les destrozaban las rodillas y luego la cabeza. El que no hubiera sido capaz de aplicar esos métodos en los tiempos modernos había supuesto su destierro de la Ciudad del Pecado. Aunque no había cambiado por completo en Atlantic City, al menos había sido mucho más discreto.

En el caso de Tammy Conroy, un timo de diez mil dólares normalmente no habría supuesto la muerte; pero no se trataba de un caso sencillo, porque su padre y Bagger llevaban muchos años enfrentados. Paddy se mantenía bien alejado de los casinos de Bagger; sin embargo, enviaba a muchos equipos para que realizaran los timos por él, incluyendo incluso a su hija adolescente y a un Leo mucho más joven. Eso había supuesto estar a punto de acabar en el fondo del océano como pasto de los peces la última vez que habían ido a Atlantic City. No obstante, con el paso de los años Bagger había descubierto que Paddy era el origen de sus problemas en el casino. Finalmente, una noche se había presentado en casa de éste, bien lejos de Jersey. Pero Paddy no estaba. Dijeron que lo habían avisado y que se había largado. En cualquier caso, olvidó decírselo a su esposa.

No había pruebas que inculpasen a Bagger del asesinato, por supuesto, y tenía un millón de coartadas, por lo que en el caso no figuró ninguna acusación. Sin embargo, algunos timadores veteranos con información secreta con quienes Annabelle había hablado estaban convencidos de lo sucedido. Aunque hubieran presenciado los hechos, jamás testificarían contra Bagger.

Habiendo estado tan cerca de él durante la última semana, Annabelle se había planteado la posibilidad de matarlo de un disparo. Eso habría saldado una vieja deuda, pero también habría supuesto el final de su vida en libertad. No, así era mucho mejor. A su padre nunca le habían gustado los grandes golpes, ya que se necesitaba mucho tiempo y se corrían demasiados riesgos. Sin embargo, Tammy Conroy se habría dado cuenta del arte y de la perfecta ejecución de aquel golpe; y, si su madre estaba en el cielo, esperaba que viera desde las alturas a Jerry Bagger, en cuanto éste descubriera que lo habían estafado para que realizara un viaje delirante por cuyo pasaje había pagado cuarenta millones de dólares.

Cogió el mando de la tele y cambió de canal mientras se comía el bollo salado. Las noticias siempre eran iguales, todas malas. Más soldados muertos, más gente muriéndose de hambre, más personas suicidándose y matando a otros en nombre de Dios. Cansada de la tele, pasó al periódico. Era un animal de costumbres y se dio cuenta de que leía las noticias preguntándose cómo podría hilvanar los detalles para transformarlos en un golpe creativo y perfecto. Pero eso se había acabado, se dijo. Estafar a Bagger era la cumbre de su carrera; a partir de ahí todo sería cuesta abajo.

El último artículo que había leído la hizo erguirse tan rápido que el bollo y la mostaza se le cayeron encima de la cama. Observó con los ojos como platos la pequeña fotografía con grano que acompañaba la noticia de la contraportada. Era un breve homenaje a un destacado erudito y hombre de letras. No se mencionaba la causa de la muerte de Jonathan DeHaven, sólo que había fallecido de manera repentina mientras trabajaba en la Biblioteca del Congreso. Aunque había muerto hacía días, acababan de terminarse los preparativos para el funeral y el entierro sería al día siguiente en Washington. Annabelle no podía saber que el retraso se había debido a que el forense había sido incapaz de determinar la causa de la muerte. Sin embargo, dado que no había circunstancias sospechosas, se había dictaminado que había muerto por causas naturales y el cadáver se había entregado a la funeraria.

Annabelle cogió la maleta y comenzó a meter la ropa. Sus planes acababan de cambiar. Volaría a Washington para despedirse de su ex marido, Jonathan DeHaven, el único hombre que le había robado el corazón.

28

—¡Oliver, Oliver!

Stone volvió en sí y se irguió con dificultad.

Estaba tumbado vestido en el suelo de su casita, con el pelo todavía húmedo.

—¡Oliver! —Alguien aporreaba la puerta de la entrada.

Stone se levantó, se tambaleó hasta la puerta y la abrió.

Reuben lo miró con expresión divertida.

—¿Qué coño pasa? ¿Le estás dando al tequila de nuevo? —Sin embargo, al percatarse de que Stone no se encontraba bien, adoptó un tono más serio—. Oliver, ¿estás bien?

—No estoy muerto. Algo es algo.

Le hizo una seña a Reuben para que entrara y se pasó los siguientes diez minutos explicándole lo ocurrido.

—¡Joder! ¿Y no tienes ni idea de quiénes eran?

—Fueran quienes fueran, conocen bien las técnicas de tortura —respondió Stone lacónicamente, mientras se frotaba el chichón de la cabeza—. No creo que vuelva a beber agua.

—Entonces, ¿saben lo de Behan?

Stone asintió.

—Aunque no sé si eso les sorprendió, pero creo que lo que les conté sobre Bradley y DeHaven era información nueva.

—Hablando de DeHaven, hoy es el funeral. Por eso te llamábamos. Caleb irá, junto con la mayor parte del personal de la Biblioteca del Congreso. Milton también irá y yo he cambiado el turno en el muelle para poder asistir. Nos parecía importante.

Stone se levantó, pero se tambaleó enseguida.

Reuben le sujetó del brazo.

—Oliver, tal vez deberías quedarte sentado.

—Otra sesión de tortura e iréis a mi funeral. Pero el de hoy puede ser importante, aunque sólo sea por la gente que acuda.

Al oficio celebrado en la iglesia de St. John, junto al parque Lafayette, asistieron muchas personalidades del Gobierno y de la biblioteca. También estaban presentes Cornelius Behan y su esposa, una mujer muy atractiva, alta y esbelta, de unos cincuenta años con el pelo teñido de rubio. El aire altanero contrastaba con su porte frágil y precavido. Cornelius Behan era muy conocido en Washington, por lo que muchas personas se le acercaban para estrecharle la mano y rendir homenaje. Behan lo aceptaba todo con buenos modales, pero Stone se percató de que se apoyaba constantemente en el brazo de su mujer, como si fuera a caerse sin ese soporte.

A instancias de Stone, los miembros del Camel Club se habían dispersado por la iglesia para observar a los distintos grupos de personas. Aunque resultaba obvio que quienquiera que lo hubiera secuestrado sabía de su relación con los demás, Stone no quería recordarle —si es que había venido— que tenía tres amigos que serían unos blancos excelentes.

Stone se sentó al fondo e inspeccionó esa zona con la mirada hasta fijarse en una mujer que estaba sentada a un lado. La mujer se volvió y se apartó el pelo de la cara, y Stone la observó con atención. La formación que había recibido en el pasado hacía que fuera muy buen fisonomista, y había visto ese perfil con anterioridad; aunque la mujer a la que miraba ahora era mayor.

Una vez acabado el oficio, los miembros del Camel Club salieron juntos de la iglesia, detrás de Behan y su esposa.

Behan le susurró algo a su mujer antes de volverse para dirigirse a Caleb.

—Un día triste —le dijo.

—Sí, lo es —repuso Caleb forzadamente. Miró a la señora Behan.

—Oh —le dijo Behan—. Mi esposa Marilyn. Te presento a...

—Caleb Shaw. Trabajaba en la biblioteca con Jonathan.

Behan le presentó a los otros miembros del Camel Club y luego miró hacia la iglesia, donde los portadores llevaban el féretro hacia el exterior.

—¿Quién lo habría dicho? Se le veía tan bien...

—Les pasa a muchas personas antes de morir —repuso Stone con aire distraído. Miraba a la mujer que había visto antes. Se había puesto un sombrero negro y gafas de sol y llevaba una falda negra larga y botas. Alta y esbelta, destacaba entre tanto dolor.

Behan lanzó una mirada escrutadora a Stone y trató de seguirle la mirada, pero Stone la apartó antes de que lo hiciera.

—Supongo que están seguros de cuál fue la causa de la muerte —dijo Behan y se apresuró a añadir—: Ya se sabe que a veces se equivocan.

—Si se han equivocado, acabaremos sabiéndolo —intervino Stone—. Los medios suelen averiguarlo todo.

—Sí, a los periodistas eso se les da bien —comentó Behan con evidente desagrado.

—Mi marido sabe mucho sobre muertes súbitas —espetó Marilyn Behan. Al ver que todos la miraban de hito en hito, añadió—: Bueno, a eso se dedica su empresa.

Behan sonrió a Caleb y a los otros.

—Perdonadnos —dijo. Tomó a su esposa del brazo con firmeza y se alejaron. ¿Acaso había percibido Stone un atisbo de regodeo en la expresión de Marilyn?

Reuben los siguió con la mirada.

—No puedo dejar de imaginármelo con unas bragas ondeando a media asta en su pajarito. Tuve que llevarme el puño a la boca para no soltar una carcajada durante el oficio.

—Ha sido un detalle que viniera —dijo Stone—, sobre todo teniendo en cuenta que apenas eran conocidos.

—La mujer parece de armas tomar —comentó Caleb.

—Bueno, diría que es lo bastante astuta para estar al corriente de las indiscreciones de su marido —dijo Stone—. No creo que los una el amor.

—Sin embargo, siguen juntos —añadió Milton.

—Por amor al dinero, el poder y la popularidad —repuso Caleb con desagrado.

—¡Eh!, no me habría importado tener alguna de esas cosas en mis matrimonios —dijo Reuben—. Amor sí hubo, al menos durante una época, pero nada de todo lo demás.

Stone miraba a la mujer de negro.

—¿Os suena esa mujer de allí?

—¿Cómo vamos a saberlo? —dijo Caleb—. Lleva sombrero y gafas.

Stone sacó la fotografía.

—Creo que es esta mujer.

Se apiñaron alrededor de la imagen y luego Caleb y Milton miraron a la mujer sin disimulo y la señalaron por turnos.

—¿No podríais ser un poco más descarados? —farfulló Stone.

El cortejo fúnebre se dirigió hacia el cementerio. Una vez acabado el oficio junto a la tumba, los asistentes comenzaron a encaminarse hacia sus coches. La mujer de negro se quedó junto al féretro, mientras dos trabajadores con vaqueros y camisas azules esperaban en las inmediaciones. Stone miró en derredor y vio que Behan y su mujer ya habían regresado a la limusina. Observó con atención a las otras personas en busca de alguien cuya actividad diaria incluyera la aplicación de torturas acuáticas. Era fácil dar con esas personas si se sabía mirar, y Stone sabía mirar. Sin embargo, su búsqueda no dio frutos.

Hizo un gesto a los demás para que lo siguieran mientras se acercaba a la mujer de negro. Había colocado una mano sobre el féretro de palisandro y parecía mascullar algo, tal vez una plegaria.

Esperaron a que acabara. Cuando se volvió hacia ellos, Stone le dijo:

—Jonathan estaba en la flor de la vida. ¡Qué pena!

—¿De qué lo conocía? —preguntó la mujer desde detrás de las gafas.

—Trabajaba con él en la biblioteca —intervino Caleb—. Era mi jefe. Lo echaremos de menos.

La mujer asintió:

—Sí.

—¿Y de qué lo conocía usted? —preguntó Stone con naturalidad.

—Fue hace mucho tiempo —respondió, de forma imprecisa.

—Las amistades duraderas cada vez escasean más.

—Sí, es cierto. Perdón. —Se abrió paso entre ellos y comenzó a alejarse.

—Es raro que el forense no pudiera determinar la causa de la muerte —dijo Stone en voz alta para que lo oyera. El comentario tuvo el efecto deseado. La mujer se detuvo y se volvió.

—El periódico decía que murió de un ataque al corazón —dijo.

Caleb negó con la cabeza.

—Se murió porque el corazón se le paró, pero no de un ataque al corazón. Supongo que los periódicos dieron eso por sentado.

La mujer dio varios pasos hacia ellos.

—Me parece que no sé cómo se llaman.

—Caleb Shaw. Trabajo en la sala de lectura de Libros Raros de la Biblioteca del Congreso. Éste es mi amigo...

Stone le tendió la mano.

—Sam Billings, encantado de conocerla. —Señaló a los otros dos miembros del Camel Club—. El tipo grande es Reuben y el otro Milton. ¿Y usted se llama...?

La mujer hizo caso omiso de la pregunta y se dirigió a Caleb:

—Si trabaja en la biblioteca, los libros le gustarán tanto como a Jonathan.

A Caleb se le iluminó el semblante al ver que la conversación versaba sobre su especialidad.

—Oh, desde luego. De hecho, Jonathan me nombró albacea literario en su testamento. Ahora mismo estoy haciendo un inventario de su colección; luego la tasarán y la venderé, y todo lo recaudado se destinará a obras benéficas.

Enmudeció al ver que Stone le hacía señas para que dejara de hablar.

—Muy propio de Jonathan —dijo ella—. Supongo que sus padres están muertos, ¿no?

—Oh, sí, su padre murió hace mucho, y su madre, hace dos años. Jonathan heredó su casa.

Stone tuvo la impresión de que la mujer se esforzaba por no sonreír al oír aquellas palabras. «¿Qué le había dicho el abogado a Caleb? ¿Que el matrimonio se había anulado? ¿Y no por la mujer, sino por el marido, a instancia de los padres?»

—Me gustaría ver la casa y su colección —le dijo ella a Caleb—. Estoy segura de que ahora es impresionante.

—¿Conocía su colección? —le preguntó Caleb.

—Jonathan y yo compartimos muchas cosas. No me quedaré mucho tiempo en la ciudad, así que ¿le va bien esta noche?

—Pues resulta que pensábamos ir allí esta misma tarde —respondió Stone—. Si se aloja en algún hotel, podríamos pasar a recogerla.

La mujer meneó la cabeza.

—Nos reuniremos en Good Fellow Street. —Se marchó rápidamente hacia un taxi que la esperaba.

—¿Te parece sensato llevarla a la casa de Jonathan? —preguntó Milton—. No la conocemos de nada.

Stone sacó la fotografía del bolsillo y la sostuvo en alto.

—Creo que sí la conocemos o, al menos, la conoceremos en breve. En Good Fellow Street —añadió, pensativo.

29

Después de que finalizara el testimonio a puerta cerrada ante el Comité de Inteligencia de la Cámara, Seagraves y Trent se tomaron un café en el bar y luego salieron para pasear por los jardines del Capitolio.

Dado que por sus obligaciones laborales debían pasar mucho tiempo juntos, aquello no despertaría sospecha alguna.

Seagraves se detuvo para desenvolver un chicle cuando Trent se agachaba para atarse el zapato.

—Entonces ¿crees que ese tipo ha trabajado en la Agencia? —le preguntó Trent.

Seagraves asintió:

—Triple Seis, te suena de algo, ¿Albert?

—Vagamente. Mi información era limitada. Me contrataron por mis dotes analíticas, no por mi talento para el trabajo de campo. Y, después de diez años de gilipolleces, me harté.

Seagraves sonrió.

—¿Pasarse a la política ha sido mejor?

—Lo ha sido para nosotros.

Seagraves vio que su compañero se peinaba la docena de pequeños mechones y los recolocaba alineados el uno junto al otro sin ayuda de espejo alguno.

—¿Por qué no te lo rapas bien cortito? —preguntó Seagraves—. A muchas mujeres les va esa pinta de machito. Y aprovecha para ponerte en forma.

—Cuando dejemos de trabajar, tendré tanto dinero que, vaya al país que vaya, las mujeres me aceptarán tal y como soy.

—Tú mismo.

—Ese tipo, el Triple Seis, podría darnos problemas. Tal vez se avecine una tormenta.

Seagraves meneó la cabeza.

—Si le hacemos algo, las cosas podrían ponerse feas. Creo que todavía tiene contactos. Y, si me lo cargo, también tendría que cargarme a sus amigos. Podríamos cometer un error y despertar sospechas innecesarias. De momento, cree que Behan es el responsable de todo. Si eso cambia, el pronóstico meteorológico podría ser distinto.

—¿Estás seguro de que es una buena estrategia?

Seagraves adoptó una expresión más seria.

—Veamos cuál es la verdad, Trent. Mientras tú estabas cómodamente sentado a tu escritorio, en Washington, yo pringaba en lugares que ni siquiera te atreverías a mirar en la tele. Tú sigue con lo tuyo, y deja que me ocupe de la planificación estratégica... Salvo que creas que puedes hacerlo mejor que yo, claro.

Trent trató de sonreír, pero el miedo se lo impidió.

—No te cuestionaba.

—Pues lo parecía, ¡joder! —De repente, sonrió y le rodeó los hombros con el brazo—. Ahora no es momento de enfrentarse, Albert. Todo va sobre ruedas, ¿no es así? —Lo apretó con fuerza y sólo aflojó la presión cuando sintió el dolor en el cuerpo de Trent. Resultaba agradable sentir tan de cerca el sufrimiento de otra persona—. He dicho: ¿no es así?

—Sin duda. —Trent se frotó los hombros y parecía a punto de echarse a llorar.

«Debieron de darte de hostias todos los días en el patio de recreo», pensó Seagraves.

Seagraves cambió de tema:

—Cuatro enlaces del Departamento de Estado muertos. Eso sí que fue original. —Había conocido a uno de los hombres asesinados; de hecho, había trabajado con él. Un buen agente, pero los millones de dólares siempre habían puesto fin a todas sus amistades.

—¿Esperas que el Gobierno sea creativo? Entonces, ¿qué es lo siguiente?

Seagraves tiró el cigarrillo y miró a su compañero.

—Lo sabrás cuando llegue el momento, Albert. —Comenzaba a hartarse de su subalterno. Pero, en parte, ése era el objetivo de aquel encuentro, dejarle bien claro a Trent que era y sería un subordinado. Si las cosas se pusieran feas y pareciera que todo se iba al traste, al primero que tendría que matar sería a Trent por un motivo bien sencillo: los cobardes siempre se venían abajo si se los presionaba.

Se despidió del miembro del gabinete y se dirigió hacia su coche, aparcado en la zona de acceso restringido. Saludó al guardia de seguridad, que lo conocía de vista.

—¿Has vigilado bien las ruedas? —le preguntó, sonriendo.

—Las tuyas y las de los demás —respondió el guardia mientras mordía un palillo de dientes—. ¿Has vigilado bien el país?

—Se hace lo que se puede. —De hecho, lo siguiente que Seagraves le comunicaría a Trent serían los elementos clave del nuevo plan estratégico de vigilancia de la ASN contra los terroristas extranjeros. Los medios siempre suponían que la ASN hacía cosas ilegales; pero no sabían de la misa la mitad, al igual que los miopes del Capitolio. Sin embargo, algunos acaudalados enemigos de América que vivían a diez mil kilómetros de distancia y, al menos ocho siglos atrasados, estaban dispuestos a pagar millones de dólares para saberlo todo. El dinero era lo que mandaba; a la mierda el patriotismo. Según Seagraves, lo único que los patriotas conseguían por su ayuda era una bandera doblada en tres; y la cuestión era que tenías que estar muerto para que te dieran una.

Seagraves condujo de vuelta a la oficina, trabajó un rato y regresó a su casa, un edificio de treinta años y dos plantas con tres dormitorios y dos baños ubicado en un terreno de unos mil metros cuadrados con mal drenaje, que le costaba casi la mitad del salario en concepto de hipoteca e impuestos sobre la propiedad. Hizo una breve pero intensa sesión de ejercicios y luego abrió la puerta de un pequeño armario situado en el sótano, cerrado con llave y dotado de alarma.

En el interior, había recuerdos de su trabajo pasado colgados de las paredes u ordenados en los estantes. Entre los objetos había un guante marrón ribeteado con piel en una vitrina de cristal, el botón de un abrigo en una pequeña funda circular, un par de gafas en un recipiente de plástico, un zapato colgando de una percha de la pared, un reloj de pulsera, dos brazaletes de mujer, una libreta con el monograma AFW, un turbante en un estante, un desgastado ejemplar del Corán, una gorra de piel y un babero. Se arrepentía un poco del babero. Sin embargo, cuando uno mataba a los padres, el hijo también solía sacrificarse. Una bomba colocada en un coche no tenía ningún miramiento con los ocupantes. Todos los objetos estaban numerados del uno al cincuenta y formaban parte de una historia que sólo él y otros agentes de la CIA conocían.

Seagraves se había esforzado mucho, y corrido un gran riesgo, para coleccionar esos objetos; porque aquello era ni más ni menos que su colección. Sean conscientes de ello o no, todas las personas coleccionan algo. Muchas acaban teniendo objetos normales, ya sean sellos, monedas o libros. Otras acumulan corazones rotos o conquistas sexuales. También las hay a quienes satisface acumular almas perdidas. Roger Seagraves, por el contrario, coleccionaba objetos personales de aquellos a quienes había matado o, más bien, asesinado, ya que lo había hecho como servicio al país. Tampoco es que a las víctimas les importase esa distinción; al fin y al cabo, seguían estando muertas.

Había ido allí para colocar dos nuevos objetos: un bolígrafo que había pertenecido a Robert Bradley y un punto de libro de piel de Jonathan DeHaven. Les otorgó un lugar de honor en un estante y en una cajita de cristal, respectivamente, y luego los numeró. Le faltaba poco para llegar a los sesenta. Hacía muchos años se había planteado llegar a los cien, y había empezado con ilusión porque, por aquel entonces, su país necesitaba deshacerse de muchas personas en todo el mundo. Sin embargo, durante los últimos años el ritmo había disminuido de forma considerable; la culpa la tenía un Gobierno pusilánime y la débil burocracia de la CIA. Desde entonces, había renunciado a su cómputo global original. Había decidido primar la calidad sobre la cantidad.

A cualquiera que se le contase la historia de esos objetos, seguramente diría que Seagraves era un psicópata que coleccionaba objetos personales de víctimas de asesinato. Pero él sabía que se equivocarían. Se trataba de una muestra de respeto concedida a alguien a quien se le había arrebatado su bien más preciado. Si alguien lograba matarlo, Seagraves confiaba en que fuese un enemigo de su misma talla y le rindiese idéntico honor. Cerró el armario con llave y subió para planear la siguiente jugada. Necesitaba ir a buscar algo, y con DeHaven muerto y enterrado, había llegado el momento de ir a recogerlo.

Annabelle Conroy esperaba sentada en un coche de alquiler en la esquina de Good Fellow Street. Hacía muchos años que no estaba allí, pero la zona apenas había cambiado. Todavía se notaba el tufillo a moho del dinero viejo, aunque ahora estaba mezclado con el aroma también fétido de la nueva moneda. Por supuesto, Annabelle no había tenido ninguna de las dos, hecho sobre el que la madre de Jonathan DeHaven, Elizabeth, se había abalanzado enseguida. Seguramente había repetido a su hijo una y otra vez que se mantuviera alejado de alguien sin dinero ni buena educación, hasta que aquello se le quedó grabado en el cerebro y su madre logró convencerlo de que anulara el matrimonio. Annabelle no había impugnado esa decisión, porque ¿de qué habría servido?

De todos modos, Annabelle no guardaba rencor a su ex. Era un hijo varón en muchos sentidos, erudito, amable, generoso y cariñoso. Sin embargo, no tenía agallas y huía de los enfrentamientos como el típico niño con gafas del abusón de turno. No había podido con su madre omnipotente y de lengua viperina; pero ¿cuántos hijos pueden con sus madres? Tras la anulación del matrimonio, él le había escrito cartas conmovedoras, la había colmado de regalos y le había dicho que pensaba en ella a todas horas, algo que Annabelle jamás puso en duda. El engaño no formaba parte de su naturaleza; eso había sido algo totalmente novedoso para ella. Al parecer, los polos opuestos sí que se atraen.

No obstante, él nunca le había pedido que volviera. De todos modos, comparado con los otros hombres que había conocido, todos ellos tan pecaminosos como ella, era el reflejo de la inocencia pura. Le sostenía la mano y se apresuraba a abrirle puertas. Le hablaba de temas importantes en el mundo de la gente normal, un lugar que a ella le resultaba tan extraño como una estrella lejana. Sin embargo, en el poco tiempo que habían compartido, Jonathan había logrado que le pareciera menos extraño y lejano.

Annabelle admitía que había cambiado el tiempo que había vivido con él. Aunque siempre estaría apoltronado en el lado conservador de la vida, Jonathan DeHaven había dado un paso en dirección a Annabelle, quizá porque disfrutaba de una vida que nunca habría imaginado posible. Era un buen hombre, y Annabelle sentía que estuviera muerto.

Se secó con furia una lágrima que se le había deslizado por la mejilla. Se trataba de una emoción inusual e incómoda. Ya no lloraba. No se sentía lo bastante unida a nadie para llorar su muerte. Ni siquiera la de su madre. Era cierto que había vengado a Tammy Conroy, pero la hija se había hecho rica durante el proceso de la venganza. ¿La habría vengado si no hubiera habido dinero de por medio? Annabelle no lo sabía a ciencia cierta. ¿Y acaso importaba? Lo único cierto era que tenía casi diecisiete millones de razones en una cuenta bancaria extranjera que decían que no importaba.

Vio que un Nova gris se acercaba petardeando hasta el bordillo, justo delante de la casa de DeHaven. De su interior salieron cuatro hombres: los tipos raros del cementerio que habían dicho que la muerte de Jonathan no tenía una causa oficial. Bueno, ya se había despedido de Jonathan y ahora pasearía por la casa; por una vez, el ojo malvado de Mamá DeHaven no seguiría el contoneo de las caderas de su nuera. Y luego se marcharía de allí en avión. Annabelle no quería estar en el mismo continente cuando Jerry Bagger averiguara que era cuarenta millones de dólares más pobre y entrara en erupción con mayor violencia que su volcán de mentira.

Las ardientes salpicaduras de lava podrían llegar fácilmente hasta Washington.

Salió del coche y se dirigió a la casa y a una vida que podría haber sido la suya si las cosas hubieran salido de otra manera.

30

Se acercaron a la cámara, después de enseñarle a Annabelle la planta principal de la casa. Caleb no abrió la pequeña caja fuerte oculta tras el cuadro. No quería que nadie más viese el *Libro de los Salmos*. En cuanto Annabelle hubo visto la colección de libros, regresaron a la planta principal, donde ella recorrió las elegantes salas con más interés del que parecía.

—Entonces ¿ya había estado aquí? —preguntó Stone.

Annabelle lo miró, inexpresiva.

—No recuerdo haber dicho ni que sí ni que no.

—Bueno, usted sabía que Jonathan vivía en Good Fellow Street, así que lo supuse.

—Si la gente no supusiera tanto, las cosas les irían mejor. —Continuó mirando a su alrededor—. La casa no ha cambiado mucho—dijo, respondiendo así a la pregunta de forma indirecta—; pero, al menos, se deshizo de algunos de los muebles más feos, seguramente tras la muerte de su madre. No creo que eso hubiera sido posible hasta que «Elizabeth» dejara de respirar.

—¿Dónde conoció a Jonathan? —le preguntó Caleb. Ella hizo como si no lo hubiera oído—. Tal vez mencionara su nombre, pero no lo recuerdo —insistió, ante la mirada de advertencia de Stone.

—Susan Farmer. Nos conocimos en el Oeste.

—¿También se casaron allí? —intervino Stone.

A Stone le impresionó que ella ni siquiera se inmutase, pero tampoco respondió a la pregunta.

Stone decidió apostar fuerte. Sacó la fotografía del bolsillo.

—Nos informaron de que el matrimonio de Jonathan fue anulado. Puesto que no le gusta que la gente suponga nada, deduzco por el tono con el que se ha referido a Elizabeth DeHaven que ella fue la instigadora de esa decisión. Jonathan conservó la fotografía. La mujer guarda un gran parecido con usted. Los hombres no suelen guardar fotos de mujeres porque sí. Creo que su caso era especial.

Stone le entregó la fotografía. En esa ocasión, se produjo una reacción. Mientras Annabelle tomaba la fotografía, su mano, siempre firme, le tembló un poco y los ojos parecieron humedecérsele.

—Jonathan era muy atractivo —dijo con nostalgia—. Alto, pelo castaño y abundante y una mirada que te hacía sentir bien.

—Pues usted tampoco se conserva mal —añadió Reuben con magnanimidad, mientras se le acercaba.

Annabelle pareció no haberlo oído, pero hizo algo que no había hecho desde hacía mucho tiempo: sonrió de verdad.

—Esa foto la hicieron el día de la boda. Fue mi primer, y único, matrimonio.

—¿Dónde se casaron? —preguntó Caleb.

—En Las Vegas… ¿dónde, si no? —respondió, sin dejar de mirar la fotografía—. Jonathan estaba allí por un congreso. Nos conocimos, nos caímos bien y acabamos casándonos. Todo eso en una semana. Una locura, lo sé. Al menos, eso le pareció a su madre.—Recorrió la sonrisa de Jonathan con el dedo—. Pero fuimos felices, una temporada. Incluso vivimos aquí con sus padres, después de casarnos, hasta que encontramos una casa para nosotros dos.

—Pues es una casa grande, la verdad —comentó Caleb.

—¡Qué curioso!, entonces parecía demasiado pequeña —repuso lacónicamente.

—¿También estaba usted en Las Vegas por el congreso? —le preguntó Stone en tono cortés.

Ella le devolvió la fotografía y Stone se la volvió a guardar en el bolsillo de la chaqueta.

—¿De verdad necesita saber la respuesta a esa pregunta?

—Vale. ¿Ha estado en contacto con Jonathan durante los últimos años?

—¿Y por qué iba a decírselo?

—No hace falta que lo diga —intervino Reuben, mientras miraba a Stone enfadado—. De hecho, es algo personal.

A Stone le molestó el comentario traicionero de su amigo.

—Tratamos de averiguar qué le sucedió a Jonathan —dijo— y toda ayuda es poca.

—El corazón dejó de latirle y murió. ¿Tan raro es?

—El forense no supo determinar la causa de la muerte —explicó Milton—. Y Jonathan acababa de hacerse una revisión cardiológica en el Johns Hopkins. Al parecer, no sufrió un ataque al corazón.

—Entonces, ¿cree que lo mataron? ¿Quién iba a tener algo contra él? Por Dios, era bibliotecario.

—No se puede decir que los bibliotecarios no tengan enemigos —dijo Caleb a la defensiva—. Es más, algunos de mis compañeros de trabajo se ponen bastante desagradables cuando se toman un par de copas de vino.

Annabelle lo miró con expresión incrédula.

—Sí, claro. Pero uno no se carga a un bibliotecario porque lo haya multado por haber rebasado el plazo de préstamo de un libro.

—Quiero enseñarle una cosa —dijo Stone—. Está en el desván. —Una vez arriba, Stone explicó—: El telescopio apunta a la casa del vecino.

—Sí, al dormitorio del propietario… —añadió Reuben.

—Si no te importa, se lo explicaré yo, Reuben —lo interrumpió Stone. —Arqueó las cejas y miró a Annabelle.

—Oh, vale —repuso Reuben—. Adelante, explícaselo, Oliv… es decir, Frank, ¿no? ¿O era Steve?

—¡Gracias, Reuben! —le espetó Stone—. Como he dicho, el telescopio apunta a la casa del vecino, que es el director de Paradigm Technologies, uno de los principales contratistas de Defensa del país. El hombre en cuestión se llama Cornelius Behan.

—Se hace llamar CB —añadió Caleb.

—Bien —dijo Annabelle lentamente.

Stone miró por el telescopio y observó el lateral de la casa de Behan, frente al jardín de la casa de DeHaven.

—Ahí está. —Le hizo una seña a Annabelle para que ocupara su lugar y ella ajustó el ocular.

—Una oficina o estudio —dijo.

—Exacto.

—¿Cree que Jonathan espiaba a este tipo?

—Tal vez, o puede que viera algo sin querer que lo llevó a la muerte.

—Entonces ¿Cornelius Behan mató a Jonathan?

—No tenemos pruebas de ello, pero han pasado cosas muy raras.

—¿Por ejemplo?

Stone titubeó. No pensaba contarle que lo habían secuestrado.

—Digamos que aquí hay bastantes interrogantes para seguir investigando. Y creo que Jonathan DeHaven se lo merece.

Annabelle lo observó durante unos instantes y luego volvió a mirar por el telescopio.

—Hábleme de ese tal CB.

Stone le hizo un breve resumen sobre Behan y su empresa. A continuación, le mencionó el asesinato del presidente de la Cámara, Bob Bradley.

Annabelle parecía escéptica:

—¿No pensará que eso tiene que ver con Jonathan? Creía que los terroristas se habían atribuido el asesinato.

Stone le explicó lo de los contratos militares que Behan había ganado durante el régimen anterior.

—El predecesor de Bradley como presidente había sido acusado de prácticas poco éticas, por lo que no es descabellado conjeturar que Behan lo tenía metido en el bolsillo. Entonces llega Bradley con el propósito de hacer una limpieza a fondo y es posible que Behan no quisiera que se investigasen ciertas cosas. Así que Bradley tiene que morir.

—¿Y le parece que Jonathan se topó con esa conspiración y tuvieron que matarle antes de que hablara? —Todavía no parecía convencida del todo.

—Tenemos a dos funcionarios gubernamentales muertos y Cornelius Behan es el común denominador y vecino de uno de ellos.

—Behan acudió al funeral de hoy —añadió Caleb.

—¿Quién era? —preguntó Annabelle rápidamente.

—El tipo pelirrojo...

—Que se da demasiada importancia y tiene una mujer alta y rubia teñida que lo desprecia —acabó Annabelle.

Stone parecía impresionado.

—Eso sí que es una valoración rápida.

—Siempre me ha sido útil. Bien, ¿cuál es nuestro siguiente paso?

Stone la miró perplejo.

—¿«Nuestro» siguiente paso?

—Sí, en cuanto me pongan al día y me cuenten todo lo que se guardan, tal vez podamos avanzar en serio.

—Señorita Farmer... —comenzó a decir Stone.

—Llámame Susan.

—Creía que habías dicho que no te quedarías mucho por aquí.

—Cambio de planes.

—¿Puedo preguntar por qué?

—Puedes preguntarlo. ¿Quedamos mañana por la mañana?

—Desde luego —dijo Reuben—. Y, si necesitas un lugar donde...

—No lo necesito —replicó ella.

—Podríamos reunirnos en mi casa —sugirió Stone.

—¿Dónde está? —preguntó Annabelle.

—En el cementerio —explicó Milton.

Annabelle ni siquiera pestañeó.

Stone anotó la dirección y las indicaciones para llegar a la casita. Cuando Annabelle se dispuso a recoger la información, tropezó y se desplomó sobre Stone, y se agarró de su chaqueta para no caer al suelo.

—Lo siento —dijo, mientras cogía la fotografía que Stone se había guardado en el bolsillo. Instantes después, mientras la sacaba de allí, ocurrió lo que nunca había ocurrido. La mano de Stone le rodeó la muñeca.

—No tenías más que pedirla —le dijo en voz baja, de modo que sólo ella le oyó. Le soltó la muñeca y Annabelle se guardó la fotografía con disimulo mientras observaba, perpleja, la expresión adusta de Stone. Recobró la compostura y miró a los demás.

—Hasta mañana.

Reuben le tomó la mano y se la besó como los antiguos caballeros franceses.

—Ha sido un verdadero placer conocerte, «Susan».

Annabelle sonrió complacida.

—Gracias, «Reuben». ¡Oh!, desde aquí se ve perfectamente lo que supongo que es el dormitorio de Behan. Ahora mismo se lo está montando con una tía buena. Igual os apetece echar un vistazo.

Reuben giró sobre los talones.

—Oliver, eso no me lo habías dicho.

Annabelle observó a un Stone exasperado.

—No pasa nada, «Oliver», yo tampoco me llamo «Susan». Qué sorpresa, ¿no?

Al cabo de unos instantes, oyeron que la puerta de la entrada se abría y se cerraba. Reuben se dirigió rápidamente hacia el telescopio.

—Mierda, ya deben de haber acabado —se lamentó. Se volvió hacia Stone y dijo con reverencia—: ¡Joder, qué pedazo de mujer!

«Sí —pensó Stone—, qué pedazo de mujer.»

Annabelle subió al coche, arrancó, sacó la fotografía y se frotó la muñeca en el lugar donde Stone la había sujetado. Aquel tipo la había pillado robándole en el bolsillo. Ni siquiera de niña, cuando su padre le había enseñado a desplumar turistas en Los Ángeles, la habían pillado *in fraganti*. Mañana sería un día muy interesante.

Se concentró en la fotografía. Parecía mentira, los muchos recuerdos que traía una imagen. Ese año había sido el único normal de su vida. Seguramente aburrido para algunas personas, pero a ella le había parecido maravilloso. Se había topado con un hombre que se había enamorado de ella sin motivos encubiertos, ni planes ocultos, ni para aprovecharse de ella para dar un golpe importante. Se había enamorado de ella, eso era todo. Un bibliotecario y una estafadora. Todo apuntaba a que saldría mal y había que ser tonto para no darse cuenta de ello.

Sin embargo, aquel coleccionista de libros le había robado el corazón. Al principio de la relación, Jonathan le había preguntado si coleccionaba algo. Annabelle le había dicho que no, aunque tal vez no fuera cierto, pensó ahora. Tal vez coleccionara algo. Tal vez coleccionaba oportunidades perdidas.

Observó aquella casa grande y vieja. En otra vida, tal vez habrían vivido allí con un montón de niños, ¿quién sabe? Quizás era mejor que eso no hubiera ocurrido. Seguramente habría sido una madre espantosa.

Pensó en lo más obvio. Jerry Bagger entraría en erupción dentro de dos días. Lo más sensato sería marcharse del país de inmediato, aunque había dicho que se reuniría con aquellos hombres al día siguiente. No tardó mucho en decidirse. Se quedaría hasta el final. Tal vez se lo debiera a Jonathan o a sí misma. Sin duda, le parecía el momento idóneo para poner fin a la colección de oportunidades perdidas.

31

Annabelle y el Camel Club se reunieron en la casita de Stone a las siete de la mañana.

—Bonito lugar —dijo ella mientras observaba el interior—. Y tienes unos vecinos muy silenciosos —añadió, señalando las lápidas que había al otro lado de la ventana.

—Hay algunos muertos cuya compañía es preferible a la de ciertos conocidos vivos —repuso Stone con sequedad.

—Lo entiendo perfectamente —dijo Annabelle en tono alegre mientras se sentaba frente a la chimenea apagada—. Manos a la obra, chicos.

Reuben se sentó junto a ella; parecía un cachorro enorme esperando que le rascaran las orejas. Caleb, Milton y Stone se sentaron frente a ellos.

—Éste es el plan —explicó Stone—. Milton averiguará lo que pueda sobre Bob Bradley, tal vez nos sirva de algo. Iré a casa de Bradley, o a lo que queda de ella, para ver si encuentro algo. Reuben solía estar destinado en el Pentágono. Usará sus contactos allí para averiguar todo lo que pueda sobre los contratos militares de Behan que el predecesor de Bradley tal vez ayudó a aprobar.

Annabelle miró a Reuben.

—El Pentágono, ¿eh?

Reuben trató de fingir modestia:

—Y también tres incursiones en Vietnam. Medallas de sobra para decorar un puto árbol de Navidad. Al fin y al cabo, de lo que se trata es de servir al país, ¿no?

—Ni idea —repuso Annabelle y se volvió hacia Stone—. ¿Qué hay de la muerte de Jonathan? ¿Cómo averiguamos si lo asesinaron?

—Tengo una teoría al respecto, pero habría que ir a la Biblioteca del Congreso y comprobar el sistema antiincendios. El problema es que no sabemos en qué lugar del edificio se encuentra. Al parecer, se trata de información confidencial y por eso Caleb no lo encuentra. Supongo que es para evitar que las personas no autorizadas lo saboteen, aunque eso fue precisamente lo que ocurrió. El edificio es tan grande que, aunque fuéramos sala por sala, tardaríamos una eternidad. También necesitamos ver la configuración del sistema de ventilación de la sala en la que se halló el cadáver de Jonathan.

—¿Qué tiene que ver el sistema antiincendios con todo esto? —preguntó Annabelle.

—Tengo una teoría —se limitó a decir Stone.

—¿No tendrá el arquitecto que diseñó el edificio los planos que indican el sistema antiincendios y los conductos de ventilación? —preguntó Annabelle.

—Sí —respondió Stone—. Aunque el edificio se construyó a finales del siglo XIX, se reformó en gran parte hará cosa de quince años. El arquitecto del Capitolio tiene los planos, pero no están a nuestra disposición.

—¿Contrataron a una empresa privada para las reformas? —quiso saber Annabelle.

Caleb chasqueó los dedos.

—Pues sí, una de aquí, de Washington. Ahora lo recuerdo, porque el Gobierno fomentaba las sociedades público-privadas para estimular la economía de la zona.

—Pues ahí tienes la respuesta —dijo Annabelle.

—No te sigo —repuso Stone—. Los planos siguen sin estar a nuestro alcance.

Annabelle miró a Caleb.

—¿Podrías conseguir el nombre de la empresa?

—Creo que sí.

—El único posible problema es si nos dejarán fotografiar los planos o no. Lo dudo mucho, y fotocopiarlos es impensable. —Mientras Annabelle reflexionaba en voz alta, los miembros del Camel Club la observaban estupefactos. Ella se percató de ello—. Lograré entrar en la empresa, pero necesitamos copias de los diseños si queremos localizar la sala antiincendios y los conductos de ventilación en el edificio.

—Yo tengo memoria fotográfica —dijo Milton—. Me bastará ver los planos una vez para memorizarlos.

Ella lo miró con escepticismo.

—He oído a muchas personas asegurar lo mismo y nunca funciona del todo.

—Te aseguro que en mi caso «funciona» —repuso Milton en tono indignado.

Annabelle cogió un libro del estante, lo abrió por la mitad y lo sostuvo frente a Milton.

—Vale, lee la página para tus adentros.

Milton la leyó y asintió. Annabelle le dio la vuelta al libro y observó la página.

—De acuerdo, Don Foto, empieza a largar.

Milton recitó la página de memoria, incluyendo los signos de puntuación, sin cometer ni un solo error.

Por primera vez desde que se habían conocido, Annabelle parecía impresionada.

—¿Has estado en Las Vegas? —le preguntó. Milton negó con la cabeza—. Pues deberías probarlo algún día.

—¿No es ilegal numerar las cartas? —preguntó Stone tras deducir rápidamente a qué se refería Annabelle.

—No, mientras no se emplee un medio mecánico o informático —respondió ella.

—¡Vaya —exclamó Milton—, podría ser millonario!

—Pero antes de que te ilusiones demasiado, aunque no es ilegal si sólo usas el cerebro, si te pillan te darán una buena tunda.

—¡Oh! —exclamó Milton, horrorizado—. Olvídalo.

Annabelle se volvió hacia Stone:

—Entonces ¿cómo crees que mataron a Jonathan? Y no me vengas con rollos o me largo.

Stone la observó en silencio y se decidió.

—Caleb encontró el cadáver de Jonathan. Y justo después se desmayó. En el hospital, la enfermera le dijo que se estaba poniendo mejor y que la temperatura le estaba subiendo, y no bajando.

—¿Y? —dijo Annabelle.

—El sistema antiincendios de la biblioteca utiliza una sustancia llamada halón 1301 —explicó Caleb—. En las tuberías se encuentra en estado líquido, pero se convierte en un gas al salir por las boquillas. Extingue el fuego porque elimina el oxígeno del ambiente.

—Es decir, ¡Jonathan murió asfixiado! Por Dios, ¿me estás diciendo que la policía no se planteó esa posibilidad y comprobó si la bombona de gas estaba vacía o no? —preguntó Annabelle, enfadada.

—No había pruebas de que el sistema hubiera entrado en funcionamiento —repuso Stone—. No sonó la alarma y Caleb comprobó que funcionaba, aunque pudieron haberla desconectado y conectado de nuevo. Y el gas no deja rastro alguno.

—Además, el halón no pudo matar a Jonathan, al menos no con los niveles que se emplean para apagar incendios en la biblioteca.—Caleb añadió—: Lo comprobé. Por eso se utiliza en lugares en los que hay personas.

—¿Adónde nos lleva todo esto? —preguntó Annabelle—. Parece como si dijerais cosas distintas. Fue el gas, pero no fue el gas. ¿Cuál es la correcta?

—Uno de los elementos que activa el sistema antiincendios es el descenso de temperatura en la sala —explicó Stone—. Caleb dijo que vio el cuerpo de Jonathan, sintió que se helaba y se desmayó. Creo que se heló por el gas, de ahí el comentario de la enfermera sobre que la temperatura le estaba subiendo a Caleb. Caleb seguramente se desmayó porque el nivel de oxígeno en la sala era muy bajo, aunque no lo bastante como para matarle ya que había entrado en la sala media hora después que Jonathan.

—Entonces resulta obvio que no fue el halón 1301 —dijo Annabelle—, sino otra cosa.

—Exacto, pero tenemos que averiguar el qué.

Annabelle se levantó.

—De acuerdo, tengo que empezar con los preparativos.

Stone se puso en pie y la miró.

—Susan, antes de que te impliques, quiero que sepas que hay personas muy peligrosas metidas en esto. Lo he vivido en mis propias carnes. Podría ser muy arriesgado para ti.

—Oliver, te seré sincera: me quedaría patidifusa si fuera más peligroso de lo que viví la semana pasada.

Aquel comentario lo dejó perplejo y se hizo a un lado.

Annabelle tomó a Milton del brazo.

—Vamos, Milton, pasaremos juntos un buen rato.

Reuben parecía desolado:

—¿Y por qué Milton?

—Porque es mi pequeña fotocopiadora. —Le pellizcó la mejilla y Milton se sonrojó de inmediato—. Pero primero te buscaremos la ropa adecuada, el estilo adecuado.

—¿Qué tiene de malo mi ropa? —preguntó Milton mientras se miraba el suéter rojo y los vaqueros, inmaculados y planchados.

—Nada —repuso ella—, salvo que no sirven para lo que necesitamos. —Señaló a Caleb—: Llama a Milton para darle el nombre de la empresa en cuanto lo averigües. —Chasqueó los dedos—. Vamos, Miltie.

Annabelle salió por la puerta a grandes zancadas. Milton, estupefacto, miró a los demás con expresión de impotencia.

—¿Miltie? —farfulló.

—¡Milton! —le gritó Annabelle desde fuera de la casita—. ¡Ya!

Milton salió corriendo.

—¿Vas a dejar que se lo lleve? —le preguntó Reuben a Stone.

—¿Y qué sugieres que haga, Reuben? —respondió Stone de forma cortante—. Esta mujer es un huracán y un terremoto a la vez.

—No lo sé, podrías... es decir... —Se desplomó en una

silla—. ¡Maldita sea, ya podía tener yo una memoria fotográfica!

—Gracias a Dios que no la tienes —exclamó Caleb, indignado.

—¿Y eso? —le preguntó Reuben acaloradamente.

—Porque entonces te llamaría «Ruby» y eso me pondría enfermo.

32

Esa misma tarde, en la biblioteca, Caleb envió un correo electrónico a las oficinas administrativas. Al cabo de una hora, sabía el nombre de la firma de arquitectos privada que había ayudado a reformar el edificio. Llamó a Milton para proporcionarle la información.

—¿Qué tal con esa mujer? —le preguntó en voz baja.

—Acaba de comprarme un traje negro y una corbata llamativa y quiere cambiarme el peinado —le susurró Milton— para «darme vida».

—¿Te ha dicho por qué?

—Todavía no. —Se calló y luego añadió—: Caleb, está tan, tan segura de sí misma que me asusta. —Milton no podía saberlo, pero había dicho una de las mayores verdades de su vida.

—Bueno, aguanta el tipo, «Miltie». —Caleb colgó, riéndose entre dientes.

A continuación, llamó a Vincent Pearl sabiendo que le saldría el contestador automático porque la librería no abría hasta última hora de la tarde. Lo cierto era que no quería hablar con Vincent, porque todavía no había decidido qué haría con la venta de la colección de Jonathan; pero, sobre todo, no sabía qué hacer con el *Libro de los Salmos*. Cuando se supiera de su existencia, se armaría un gran revuelo en el mundo de los libros raros. Caleb estaría en el centro de la vorágine, idea que lo aterraba e intrigaba por igual. Ser el centro de atención durante unos días no le haría daño, especialmente al ser una persona que trabajaba en el anonimato de una biblioteca.

Lo único que le impedía hacerlo público era algo que lo inquietaba. ¿Y si Jonathan había obtenido el *Libro de los Salmos* de forma ilegal? Tal vez eso explicara que lo guardara en secreto. Caleb no quería nada que mancillase el recuerdo de su amigo.

Caleb dejó de pensar en ello y se encaminó hacia Jewell English, quien, al igual que el fanático de Hemingway, Norman Janklow, había sido asidua de la sala de lectura durante los últimos años.

Mientras se dirigía hacia ella, Jewell se quitó las gafas, guardó las páginas con sus minuciosas anotaciones en una carpeta de papel manila y le hizo una seña para que se sentara a su lado. Nada más sentarse, ella lo sujetó del brazo y le dijo con entusiasmo:

—Caleb, he encontrado un Beadle como nuevo. *Maleska, the Indian Wife of the White Hunter*. Es una joya única.

—Creo que tenemos un ejemplar de ese volumen —repuso Caleb, pensativo—. Asegúrate de que está como nuevo. Los Beadle no se caracterizan por su calidad.

Jewell English aplaudió de alegría.

—Oh, pero, Caleb, ¿no te parece emocionante? Una joya única.

—Sí, es muy emocionante. Y, si te parece bien, me encantaría ser el primero en echarle un vistazo.

—Oh, eres un sol. ¿Por qué no vienes a casa un día a tomar algo? Tenemos mucho en común. —Le dio una palmadita en el brazo y arqueó las cejas perfiladas de forma insinuante.

—Sí, bueno, no estaría mal —repuso Caleb, desprevenido—. Algún día. Quizás. En el futuro. Puede que en algún momento.—Trató de no volver corriendo al mostrador. Que una septuagenaria le tirase los tejos no era lo mejor para su amor propio. Enseguida recuperó el buen humor y recorrió la sala con la mirada. Resultaba reconfortante ver a bibliófilos como Jewell y Norman Janklow leyendo con detenimiento aquellos tomos antiguos. Hacía que el mundo pareciese un lugar más cuerdo de lo que en realidad era. A Caleb le gustaba deleitarse con esa ilusión al menos unas horas al día. «Oh, regresar al mundo de los pliegos y las plumas, aunque sólo sea temporalmente», pensaba.

Llevaba veinte minutos trabajando cuando oyó que se abría la puerta de la sala de lectura. Alzó la vista y se quedó helado. Cornelius Behan se dirigía al mostrador de consultas, cuando vio a Caleb. Le dijo algo a la mujer que estaba junto al mostrador y ella señaló a Caleb. Se levantó en cuanto Behan se le acercó, con la mano tendida. Caleb se percató de que no lo acompañaban los guardaespaldas. Tal vez los de seguridad no los dejaran pasar si iban armados.

—¿Señor Behan? —dijo. De repente, Caleb se lo imaginó con unas bragas ondeando en sus partes pudendas. Tuvo que contener la risa—. Lo siento —dijo—, me he atragantado.

—Llámame CB, por favor. —Se estrecharon la mano. Behan miró a su alrededor—. Ni siquiera sabía que este lugar existía. Deberíais anunciarlo mejor.

—Podríamos concienciar más a la gente —admitió Caleb—, pero con presupuestos cada vez más reducidos no hay dinero para nada.

—Créeme, estoy al tanto del déficit presupuestario del Gobierno.

—Bueno, los tratos con Washington te han salido muy bien—comentó Caleb, y enseguida se arrepintió de haber dicho eso mientras Behan lo miraba de hito en hito.

—Fue un funeral agradable —dijo Behan, cambiando de tema—. En la medida en la que los funerales pueden ser agradables, claro.

—Sí, lo fue... y un placer conocer a tu esposa.

—Ya. Pues bien, estaba en el centro reunido con algunos tipos del Capitolio y decidí pasar por aquí. Fui vecino de Jonathan durante bastante tiempo y nunca había visto dónde trabajaba.

—Bueno, más vale tarde que nunca.

—Supongo que a Jonathan le gustaba trabajar aquí.

—Sí. Siempre llegaba el primero.

—Tenía muchos amigos aquí. Seguro que le caía bien a todos. —Miró a Caleb inquisitivamente.

—Diría que Jonathan se llevaba bien con todos.

—Anoche estabas en casa de Jonathan con una mujer, ¿no?

Caleb se desenvolvió bien ante aquel segundo cambio de tema tan descarado:

—Deberías habernos saludado si nos viste.

—Estaba ocupado.

«Y que lo jures», pensó Caleb.

—Os vieron mis hombres, siempre están vigilando. ¿Y esa mujer?

—Es una experta en libros raros. Le pedí que viniera para echar un vistazo a algunos tomos de Jonathan como parte del proceso de tasación. —Caleb se sintió orgulloso de sí mismo por haber inventado esa mentira tan rápido.

—¿Y qué será de la casa de Jonathan?

—Supongo que se venderá, aunque yo no tengo nada que ver con ello.

—Había pensado en comprarla para usarla como casa de invitados.

—¿No te parece grande, la tuya? —soltó Caleb, sin pensárselo dos veces.

Por suerte, Behan se rio.

—Sí, ya, es normal pensar eso; pero es que tenemos muchos invitados. Creía que igual sabías qué van a hacer con la casa. Tal vez ya la has inspeccionado al completo —añadió, como si no le diera importancia.

—No, me he limitado a la cámara.

Behan observó a Caleb con atención durante lo que pareció una eternidad.

—Entonces llamaré a los abogados, que se ganen el sueldo. —Titubeó, y añadió—: Ya que estoy aquí, ¿me enseñarías la biblioteca? Por lo que tengo entendido, aquí guardáis los libros raros.

—Por eso se llama sala de lectura de Libros Raros. —De

repente, se le ocurrió algo. Iba contra ciertos protocolos de la biblioteca, pero qué más daba, tal vez contribuyera a averiguar quién mató a Jonathan—. ¿Te gustaría entrar en la cámara?

—Sí —respondió Behan, casi sin dejarle terminar la pregunta.

Caleb le mostró los lugares emblemáticos y acabó cerca del sitio en el que habían asesinado a Jonathan DeHaven. ¿Se lo había imaginado o Behan había observado más de lo normal la boquilla del sistema antiincendios que sobresalía de la pared? Sus sospechas se vieron confirmadas cuando Behan la señaló.

—¿Qué es eso?

Caleb le explicó el funcionamiento del sistema.

—Cambiaremos el gas por otro más ecológico.

Behan asintió.

—Bueno, gracias por la visita.

Cuando Behan se hubo marchado, Caleb llamó a Stone y le contó lo sucedido.

—El modo indirecto de preguntarte si Jonathan tenía enemigos resulta muy curioso, salvo que se esté planteando la posibilidad de endilgarle el asesinato a otra persona —comentó Stone—. El hecho de que quisiera saber si habías inspeccionado toda la casa es muy revelador. Me pregunto si sabía que su vecino era un *voyeur*.

Tras hablar con Stone, Caleb recogió el libro que había sacado de la cámara de DeHaven y recorrió varios túneles hasta el edificio Madison, donde se hallaba el Departamento de Restauración. El departamento se dividía en dos salas grandes, una para libros y otra para todo lo demás. Allí, casi cien restauradores habían trabajado para recuperar objetos raros y no tan raros. Caleb entró en la sala de libros y se dirigió hacia una mesa donde un hombre con un delantal verde pasaba cuidadosamente las páginas de un incunable alemán. A su alrededor había un amplio surtido de herramientas, desde soldadores ultrasónicos y espátulas de teflón hasta prensas de tornillo manuales y cuchillas de toda la vida.

—Hola, Monty —saludó Caleb.

Monty Chambers lo miró desde detrás de las gruesas gafas negras y se frotó la calva con una mano enguantada. Iba bien afeitado y tenía un mentón poco marcado que parecía confundirse con la cara. No dijo nada, se limitó a asentir a Caleb. Monty tenía más de sesenta años y hacía décadas que era el restaurador jefe de la biblioteca. Siempre le encomendaban los trabajos más difíciles y nunca lo hacía mal. Se decía que incluso el libro más estropeado y maltratado renacía en sus manos. Se lo valoraba por la destreza y sensibilidad de sus manos, su inteligencia y creatividad para restaurar obrar antiguas y sus infinitos conocimientos en técnicas de conservación de libros.

—Tengo un trabajo para ti, Monty; si tienes tiempo, claro. —Caleb sostuvo el libro en alto—. *El sonido y la furia*. El agua ha estropeado las tapas. Perteneció a Jonathan DeHaven. Me encargo de la venta de su colección.

Monty examinó la novela.

—¿Te corre prisa? —preguntó con voz aguda.

—Oh, no, tienes tiempo de sobra. Todavía estamos en las primeras etapas.

Los restauradores de la talla de Monty solían trabajar en varios proyectos importantes y menos importantes a la vez. Trabajaban hasta tarde y venían algunos fines de semana para que no los interrumpieran tanto. Caleb sabía que Monty tenía un taller completamente equipado en su casa de Washington, donde realizaba algún que otro encargo externo.

—¿Reversible? —preguntó Monty.

El protocolo estándar actual exigía que los arreglos fueran «reversibles». A finales del siglo XIX y comienzo del XX, los restauradores de libros pasaron por una etapa de «embellecimiento». Por desgracia, eso significó que muchos libros antiguos se reconstruyeran por completo; la portada original se eliminaba y las páginas se encuadernaban de nuevo en cuero labrado y brillante y, en ocasiones, con lujosos pestillos de época. Era un buen trabajo, pero destruía la integridad histórica del libro sin posibilidad de recuperarla.

—Sí —respondió Caleb—, ¿y podrías anotar cómo piensas restaurarlo? Ofreceremos esa documentación con el libro cuando lo vendamos.

Monty asintió y prosiguió con el proyecto que tenía entre manos.

Caleb se encaminó hacia la sala de lectura. Mientras iba por los túneles se echó a reír. «Miltie —dijo entre dientes— y el nuevo peinado.» Sería la última vez que se reiría en mucho tiempo.

33

—Regina Collins —dijo Annabelle con tono resuelto mientras entregaba la tarjeta a la mujer—. Tengo una cita con el señor Keller. —Milton y ella estaban en la recepción de Keller & Mahoney, firma de arquitectos situada en un enorme edificio de piedra arenisca rojiza cerca de la Casa Blanca. Annabelle llevaba un elegante traje pantalón negro que contrastaba con el cabello pelirrojo. Milton estaba detrás de ella, ajustándose la corbata naranja o tocándose el pelo largo que Annabelle le había recogido en una coleta.

Al cabo de unos instantes, un hombre alto de unos cincuenta años con el pelo cano y ondulado vino a su encuentro. Llevaba una camisa a rayas con monograma y las mangas subidas, y unos tirantes verdes le sujetaban los pantalones.

—¿Señorita Collins? —preguntó. Se estrecharon la mano y ella le dio una de sus tarjetas de visita.

—Señor Keller, un placer. Gracias por recibirnos, pese a haberlo avisado con tan poca antelación. Se suponía que mi ayudante debía llamarlo antes de viajar a Francia. Baste decir que ya tengo nuevo ayudante. —Señaló a Milton—. Mi socio, Leslie Haynes.

Milton logró saludar y estrecharle la mano a Keller, aunque no se sintió muy cómodo.

—Todavía no nos hemos recuperado del desfase horario —se apresuró a decir Annabelle al percatarse de los torpes movimientos de Milton—. Solemos tomar el vuelo de la tarde, pero estaba lleno. Tuvimos que levantarnos antes del amanecer. Estamos muertos.

—No se preocupe, lo entiendo. Síganme, por favor —les dijo en tono afable.

Ya en su oficina, se sentaron junto a una mesa de reuniones.

—Sé que es un hombre ocupado, así que iré al grano. Como le indiqué cuando le llamé, soy la directora de una nueva revista arquitectónica en Europa.

Keller observó la tarjeta que Annabelle había impreso esa misma mañana.

—*La Balustrade*. Un nombre ingenioso.

—Gracias. La empresa de publicidad empleó mucho tiempo y dinero nuestro trabajando en el concepto. Estoy segura de que lo entiende.

Keller se rió.

—Oh, sí. Al principio nosotros seguimos ese camino, pero luego decidimos poner nuestros nombres a la empresa.

—Ojalá hubiésemos podido hacer lo mismo.

—Pero ¿no es francesa?

—Es una larga historia. Soy una americana desplazada que se enamoró de París mientras estudiaba en la universidad en el marco de un programa de intercambio. Me defiendo en francés, lo justo para pedir la cena, una buena botella de vino y meterme en algún que otro lío. —Dijo algunas palabras en francés.

Keller se rió.

—Me temo que yo no —dijo.

Annabelle abrió un maletín de piel que había traído consigo y extrajo una libreta.

—Bien, para el primer número queríamos publicar un artículo sobre la reforma del edificio Jefferson, realizada por su empresa en colaboración con el arquitecto del Capitolio.

Keller asintió.

—Fue un honor para nosotros.

—Y un trabajo largo. Desde 1984 hasta 1995, ¿no?

—Ha hecho los deberes. También reformamos el edificio Adams, al otro lado de la calle, y limpiamos y restauramos los murales del edificio Jefferson. Fue mi obra principal durante diez años, se lo aseguro.

—Un trabajo excepcional. Por lo que tengo entendido, reformar la sala de lectura principal supuso un esfuerzo titánico. Había que tener en cuenta los aspectos de integridad estructural, los problemas de las vigas maestras, sobre todo por el peso de la cúpula, y he oído decir que el apuntalamiento original dejaba mucho que desear, ¿no? —Eran detalles que Milton había encontrado en Internet esa misma mañana. Annabelle había condensado cientos de páginas de información y luego estiraba esa información con tanta labia que Milton la miraba asombrado.

—Hubo retos, sí, aunque debe recordarse que el edificio se construyó hace más de cien años. Si tenemos eso en cuenta, no hicieron nada mal su trabajo.

—Admito que el redorado de la llama de la Antorcha del Conocimiento en lo más alto de la bóveda con pan de oro de veintitrés quilates y medio fue un detalle de lo más inspirado.

—Bueno, no puedo atribuirme ese mérito; pero contrasta a la perfección con la pátina del tejado.

—En cambio, sí puede atribuirse el mérito de emplear técnicas de construcción y tecnología modernas para mejorar el edificio —dijo Annabelle.

—Cierto. Durará otros cien años o más. Y, con un coste de más de ochenta millones de dólares, debería.

—Supongo que no se nos permitirá tomar fotografías de los planos, ¿no?

—Me temo que no. Medidas de seguridad y todo eso.

—Lo entiendo, pero tenía que preguntárselo. ¿Nos dejará verlos al menos? Cuando redactemos el artículo quiero transmitir todo el ingenio que su empresa aplicó al proyecto, y tener los planos delante nos ayudaría sobremanera. Nuestra revista se distribuirá en ocho países. No es que su empresa necesite publicidad, pero tampoco le hará ningún daño.

Keller sonrió.

—Me parece que el artículo nos vendrá bien. De hecho, habíamos pensado ampliar horizontes y establecernos en el extranjero.

—Entonces estamos hechos el uno para el otro —repuso Annabelle.

—¿Les interesa alguna etapa en particular?

—En realidad, todas; pero quizá nos concentraremos en el sótano y la segunda planta, que tengo entendido que también fueron auténticos retos.

—Todo fue un reto, señorita Collins.

—Por favor, llámeme Regina. ¿Y la reconfiguración del sistema de ventilación?

—Eso fue un suplicio.

—Tengo la impresión de que el artículo será fabuloso —susurró Annabelle.

Keller descolgó el teléfono y, al cabo de unos minutos, estaban observando los planos arquitectónicos. Milton se colocó de modo que pudiera ver hasta el último milímetro de los dibujos y almacenó mentalmente todos y cada uno de los detalles en algún lugar remoto del cerebro que la mayoría de los humanos no usaba. Keller repasó varios detalles de los planos mientras Annabelle los analizaba rápidamente, tras lo cual dirigió los comentarios del arquitecto hacia la sala antiincendios del sótano, el sistema de ventilación y las cámaras de la sala de lectura de Libros Raros.

—Entonces, ¿el sistema antiincendios está centralizado y distribuido mediante tuberías por el hormigón? —preguntó Annabelle, recorriendo con el dedo esa parte del plano.

—Exacto. Lo pudimos centralizar gracias a nuestro sistema de descarga, pero ahora están cambiando el agente inhibidor.

—Halón 1301 —dijo Milton y Annabelle le sonrió—. Degrada la capa de ozono. Tenemos el mismo problema al otro lado del charco.

—Exacto —convino Keller.

—Y el conducto de ventilación discurre hasta la cámara situada alrededor de la sala de lectura —indicó Annabelle.

—Sí, fue un poco complicado por la falta de espacio, pero desviamos parte de la red de conductos hasta las columnas para las estanterías.

—Y sin perder la capacidad de carga. Muy inteligente —comentó Annabelle.

Repasaron los planos durante otra media hora hasta que Annabelle se dio por satisfecha.

—Leslie —le dijo a Milton—, ¿necesitas ver algo más?

Milton negó con la cabeza y, sonriendo, se llevó un dedo a la sien.

—Está todo aquí.

Annabelle se rio y Keller hizo lo propio.

Tomó una fotografía de Keller y su socio, Mahoney, para el artículo y les prometió que les enviaría un ejemplar de la revista en cuanto se publicara. «¡Ya podéis esperar sentados!», pensó.

—Si tienen más preguntas —les dijo Keller mientras se marchaban—, no duden en llamarnos.

—Nos ha ayudado más de lo que se imagina —repuso Annabelle sin faltar a la verdad.

Mientras subían al Ford alquilado de Annabelle, Milton comentó:

—Menos mal que se ha acabado. Me sudaban tanto las palmas de las manos que casi no he podido abrir la puerta del coche.

—Milton, lo has hecho muy bien. El comentario sobre el halón llegó en el momento oportuno para que Keller no sospechase nada.

—Me he sentido bien al decirlo, aunque me han entrado arcadas un par de veces.

—Ni caso; es normal. Y lo de «Está todo aquí» ha sido genial.

A Milton se le iluminó el semblante.

—¿Te ha gustado? Me ha salido de forma natural.

—Veo que esto se te da bien.

Milton la miró.

—Pues tú no te quedas corta, la verdad.

Annabelle puso la marcha.

—Suerte de principiante, eso es todo.

34

Mientras Annabelle y Milton se reunían con los arquitectos, Stone se había aventurado en el barrio de Bob Bradley. Se había puesto un sombrero flexible, un abrigo enorme y pantalones anchos y se había llevado a *Goff*, el perro cruzado de Caleb, que se llamaba así en honor al primer director del Departamento de Libros Raros. Se trataba de una treta a la que había recurrido con anterioridad, cuyo origen se remontaba a la época en la que trabajaba para el Gobierno. La gente no solía sospechar de alguien que paseaba a un perro. Por supuesto, Stone no sabía que Roger Seagraves había empleado la misma técnica para huir tras asesinar a Bradley.

Mientras paseaba por la calle, vio que lo único que quedaba de la casa era una ennegrecida masa de escombros derruidos y una chimenea de ladrillo. Las casas adosadas a ambos lados de la residencia de Bradley también habían sufrido daños importantes. Stone miró a su alrededor. No era una zona opulenta. Los congresistas no ganaban tanto como la gente pensaba. Los miembros tenían dos casas, una en su estado natal y otra en la capital, y el coste de la vivienda en Washington estaba por las nubes. Algunos congresistas, sobre todo los de menos antigüedad, solían compartir casa en Washington o incluso dormían en las oficinas por ese motivo. Pero Bradley vivía solo.

Milton había obtenido información sobre el pasado de Bradley y Stone había consultado los diarios que guardaba en su escondite, por lo que contaba con una imagen bastante completa de Bradley. Nacido en Kansas, había seguido la típica trayectoria de un político, si es que existía; durante sus doce mandatos en la Cámara había ascendido hasta dirigir el Comité de Inteligencia de la Cámara durante una década antes de asumir el cargo de presidente. Al morir a los cincuenta y nueve años, había dejado tras de sí a su esposa y a dos hijos adultos. Al parecer, Bradley había sido honesto y no había protagonizado escándalos en su carrera. El objetivo de hacer limpieza en el Congreso le habría ganado muchos enemigos poderosos y la muerte. Más de uno diría que asesinar a un hombre que sería el tercero en suceder al presidente era una decisión demasiado osada. Sin embargo, Stone sabía que era un sueño imposible: si era posible asesinar a los presidentes, entonces nadie estaba a salvo.

Oficialmente, la investigación sobre el asesinato de Bradley seguía abierta; pero los medios, tras un torbellino de noticias, habían guardado más silencio de lo habitual. Tal vez la policía comenzaba a sospechar que la banda terrorista no existía y que la muerte de Bradley respondía a algo mucho más complejo que a la obra de unos lunáticos violentos y fanáticos.

Se detuvo junto a un árbol para que *Goff* orinase. Stone se sentía rodeado de autoridades. Había pertenecido al mundo de los espías el tiempo suficiente para saber que la camioneta aparcada al final de la calle era un vehículo de reconocimiento y que los dos ocupantes tenían la misión de vigilar la casa del hombre muerto. Seguramente el FBI habría ocupado una de las casas contiguas con un equipo de investigación que trabajaba las veinticuatro horas del día. Estaba convencido de que, ahora mismo, lo observaban con cámaras y prismáticos. Se caló el sombrero un poco más, como para protegerse de la brisa.

Mientras observaba a su alrededor, vio algo, se dio la vuelta de inmediato y comenzó a caminar en la dirección opuesta, arrastrando a *Goff* a toda prisa. Una camioneta blanca de Obras Públicas había doblado la esquina e iba a su encuentro. No tenía intención de averiguar si era una camioneta de Obras Públicas de verdad o si estaba llena de torturadores.

Giró a la derecha en la siguiente esquina y rezó para que la camioneta no lo siguiera. Aunque la zona estaba repleta de agentes del FBI, no podía dar por supuesto que lo ayudarían. Era posible que lo arrojaran dentro de la furgoneta con los torturadores y se despidieran de él. Recorrió otras dos manzanas antes de aflojar el paso y dejar que *Goff* olisqueara un arbusto mientras él miraba hacia atrás. Ni rastro de la camioneta, aunque podría ser una artimaña para atacar a Stone desde otra dirección. Sin dejar de pensar en ello, llamó a Reuben desde el móvil. El hombretón acababa de terminar la jornada en el muelle.

—Estaré ahí en cinco minutos, Oliver —le dijo—. Hay una comisaría de policía a dos manzanas de donde te encuentras. Ve hacia allí. Si los cabrones van a por ti, ponte a chillar como si te estuvieran degollando vivo.

Stone se encaminó hacia la comisaría. Pese a sus defectos, Reuben era el más leal y valiente de los amigos.

Fiel a su palabra, Reuben llegó a toda velocidad en su furgoneta, y Stone y *Goff* se subieron a ella.

—¿Dónde está la moto? —le preguntó Stone.

—Los muy cabrones la han visto y supuse que era mejor esconderla.

Cuando se hubieron alejado de aquella zona, Reuben aminoró la marcha y paró.

—He estado mirando por el retrovisor, Oliver —dijo—, y no he visto nada.

Stone no parecía convencido.

—Seguro que me han visto en la calle.

—El disfraz les ha engañado.

Stone meneó la cabeza.

—A esa gente no se la engaña tan fácilmente.

—Bueno, a lo mejor no van a por ti porque esperan que los lleves hasta el tesoro.

—Pues me temo que tendrán que esperar, y mucho.

—Ah, quería decirte que me ha llamado un colega mío

del Pentágono. No sabía mucho sobre Behan y ese contrato militar, pero me ha contado algo interesante. Sé que los medios han comunicado que ha habido robos de secretos y filtraciones, pero es mucho peor de lo que cuentan. Según mi amigo, hay unos cuantos topos traicionando al país y vendiendo información a nuestros enemigos en Oriente Medio y Asia, entre otros.

Stone jugueteó con la correa de *Goff*.

—Reuben, ¿te han llamado tus amigos del FBI o de Homicidios?

—Pues no me han llamado, y eso sí que es raro. No lo entiendo.

«Oh, yo sí que lo entiendo —pensó Stone—. Lo entiendo a la perfección.»

35

Se reunieron en la casita de Stone aquella misma noche, y Annabelle y Milton les detallaron los pormenores del encuentro con los arquitectos. Confiando en su increíble memoria, Milton había dibujado un plano detallado de las ubicaciones de la sala antiincendios y del conducto de ventilación.

Caleb observó los dibujos con atención.

—Sé dónde está exactamente. Creía que era un trastero.

—¿Está cerrado con llave? —preguntó Stone.

—Supongo que sí.

—Estoy seguro de que tengo llaves que servirán —repuso Stone.

Caleb parecía estupefacto:

—¿Llaves? ¿A qué te refieres?

—Creo que se refiere a que piensa forzar la cerradura del trastero —dijo Annabelle.

—Oliver, no lo dirás en serio. Pese a no estar del todo convencido, dejé que te hicieras pasar por un investigador alemán para acceder a la cámara; pero no pienso robar en la Biblioteca del Congreso.

Annabelle miró a Stone con expresión de respeto.

—¿Fingiste ser un investigador alemán? Impresionante.

—Por favor, no lo alientes —espetó Caleb—. Oliver, soy un empleado federal.

—¿Y te lo hemos reprochado? —bromeó Reuben.

—Caleb, si no entramos en esa sala, no habrá servido de

nada arriesgarse para conseguir los planos. —Stone señaló los dibujos—. Se ve claramente que el conducto de ventilación que va a la cámara también se encuentra en la sala antiincendios. Podemos comprobar ambas cosas a la vez.

Caleb negó con la cabeza.

—Esa sala da al pasillo principal del sótano. Suele haber mucha gente. Nos pillarán.

—Si nos comportamos como si tuviéramos motivos para estar allí, nadie se fijará en nosotros.

—Tiene razón, Caleb —dijo Annabelle.

—Yo también iré —añadió Reuben—. Estoy cansado de perderme lo más emocionante.

—¿Y nosotros? —preguntó Milton.

—No puedo entrar rodeado de un ejército de personas —se lamentó Caleb.

—Seremos el equipo de apoyo, Milton. Todo plan necesita tener en cuenta las contingencias —dijo Annabelle.

Stone la miró con expresión extraña.

—De acuerdo, seréis el equipo de apoyo. Iremos esta noche.

—¡Esta noche! —exclamó Caleb—. Por lo menos necesitaría una semana para armarme de valor. Soy un gallina. Empecé de bibliotecario en una escuela primaria, pero no aguantaba la presión.

—Puedes hacerlo, Caleb —le alentó Milton—. Hoy me sentía como tú, pero no es tan difícil engañar a la gente. Si soy capaz de enredar a unos arquitectos, seguro que tú puedes hacerlo en el trabajo. ¿Acaso te preguntarán algo que no sepas responder?

—Oh, no lo sé, ¿cómo puede ser que acepte hacer eso? —repuso Caleb—. Además, el edificio ya estará cerrando para cuando lleguemos.

—¿Podríamos entrar con tu carné?

—No lo sé. Puede que sí, puede que no —respondió con evasivas.

—Caleb —dijo Stone con calma—. Tenemos que hacerlo.

Caleb suspiró.

—Lo sé. Lo sé. —Añadió con brusquedad—: Al menos, permitidme que me dé el gusto de fingir que me opongo.

Annabelle le puso la mano en el hombro y sonrió.

—Caleb, me recuerdas a alguien que conozco. Se llama Leo. Le gusta quejarse y lamentarse y se comporta como un cobardica, pero al final siempre se sale con la suya.

—Supongo que eso es un cumplido —dijo Caleb forzadamente.

Stone se aclaró la garganta y abrió uno de los diarios que había traído consigo.

—Creo que he averiguado, en parte, a qué nos enfrentamos.

Todos lo escucharon con atención. Antes de empezar a dar explicaciones, Stone encendió la radio portátil y sintonizó una emisora de música clásica.

—Por si han puesto micrófonos en la casa —dijo. Se aclaró la garganta de nuevo y les contó lo de la visita a la casa destruida de Bradley—. Se lo cargaron y luego volaron la casa por los aires. Al principio pensé que era para seguir recurriendo al subterfugio del grupo terrorista. Ahora creo que podría existir otro motivo: pese a su reputación de hombre honrado, Bob Bradley era un político corrupto. Y las pruebas de esa corrupción desaparecieron con la explosión.

—Imposible —dijo Caleb—. El criminal no era Bradley, sino su predecesor. A Bradley lo ascendieron a lo más alto para que hiciera una buena limpieza.

Stone meneó la cabeza.

—Por lo que he visto en Washington, el cargo de presidente no se consigue gracias a un programa basado en la anticorrupción, sino ganándose el respaldo de poderosos y cultivando alianzas con el paso de los años. De todos modos, el ascenso de Bradley fue inusual. Si el dirigente de la mayoría no hubiera sido acusado junto con el ex presidente, el cargo habría sido suyo. Pero la reputación de la dirección estaba tan manchada que Bradley tuvo que desempeñar el papel del sheriff recién llegado que viene a limpiar la ciudad. Y no me refiero a esa clase de corrupción.

»El cargo de presidente de Bradley —prosiguió— dejaba en un segundo plano su otro puesto importante, el de presidente del Comité de Inteligencia de la Cámara. A Bradley se le habría informado de cualquier operación secreta llevada a cabo por las agencias de inteligencia estadounidenses, incluidas la CIA, la ASN y el Pentágono. Su gabinete y él habrían estado al tanto de secretos y documentos clasificados por los que nuestros enemigos matarían. —Stone pasó las páginas del diario—. Durante los últimos años ha habido numerosos casos de espionaje contra las agencias de inteligencia estadounidenses, algunos de los cuales han supuesto la muerte de agentes secretos, cuatro en el ejemplo más reciente, que la prensa identificó como enlaces del Departamento de Estado. Según las fuentes de Reuben, la realidad es mucho peor de lo que informan los medios.

—¿Estás diciendo que Bradley era un espía? —preguntó Milton.

—Es una posibilidad.

—Pero, si Bradley cooperaba con los enemigos de Norteamérica, ¿por qué iban a querer matarlo? —preguntó Caleb.

—Hay dos posibilidades —respondió Stone—. Tal vez pidió más dinero a cambio de la información que proporcionaba y decidieron matarlo. O...

—O lo matamos nosotros.

Stone la miró y asintió. Los demás parecían perplejos.

—¿Nosotros? ¡¿Nuestro Gobierno?! —exclamó Caleb.

—¿Por qué matarlo? ¿Por qué no llevarlo a los tribunales?—quiso saber Milton.

—Porque habría que revelar todos los secretos —respondió Stone.

—Y tal vez la CIA y el Pentágono no quieran que la gente sepa que los malos les ganaron —añadió Reuben.

—La CIA no es famosa por su compasión —dijo Stone lacónicamente—. Ni siquiera el presidente de la Cámara se salvaría de su lista de objetivos.

—Pero, si nuestro Gobierno es responsable, ¿quiénes te secuestraron y torturaron, Oliver? —preguntó Milton.

Annabelle lo miró de hito en hito.

—¿Te torturaron?

—Varias personas muy curtidas me interrogaron a fondo.

—¿Te interrogaron a fondo? Trataron de ahogarte —le espetó Caleb— echándote agua.

Reuben le dio una fuerte palmada en la pierna.

—¡Echándole agua! Por Dios, Caleb, eso es lo que hacen a los payasos en el circo. A Oliver lo sumergieron inmovilizado en el agua, y te aseguro que no es lo mismo.

—Respecto a tu pregunta, Milton, no sé cuál es el papel de mis secuestradores en todo esto. Si nuestro Gobierno asesinó a Bradley, no tiene sentido que les interesara saber qué habíamos averiguado. Ya lo sabían.

—Tendría sentido si la agencia que mató a Bradley lo hubiera hecho por su cuenta, y otra agencia tratara de estar al día —sugirió Annabelle—. Tal vez haya dos agencias enfrentadas.

Stone la miró con respeto.

—Interesante teoría; aunque, ahora mismo, no sabemos cómo nos afecta.

—¿Todavía crees que tiene que ver con la muerte de Jonathan? —preguntó Annabelle.

—Cornelius Behan ha sido el denominador común desde el principio —dijo Stone—. La visita a la biblioteca y el interés en el sistema antiincendios consolida nuestras sospechas. Ése es el vínculo con Jonathan. Cornelius Behan. Y, para llegar al fondo del asunto, tenemos que averiguar cómo murió Jonathan.

—O sea, que tenemos que entrar de forma subrepticia en la Biblioteca del Congreso —se lamentó Caleb.

Stone le puso la mano en el hombro.

—Por si te sirve de consuelo, no sería la primera vez que allano un edificio gubernamental.

36

Caleb logró que Reuben y Stone pasaran el control de seguridad gracias a sus credenciales y a la mentira de que eran unos visitantes importantes que venían a ver una exposición más tarde de lo normal; aunque Caleb mintió de mala gana y, por lo tanto, con poco arte.

Cuando bajaban al sótano en el ascensor, Caleb se quejó:

—¡Pues no me siento distinto después de haber cometido un delito!

—Oh, falta poco para el delito, Caleb —le dijo, mostrándole las llaves especiales—. Lo que acabas de hacer no es más que una mera falta. —Caleb lo fulminó con la mirada.

Encontraron la sala, que contaba con unas enormes puertas dobles. Stone dio rápidamente con la llave que encajaba en la cerradura. Al cabo de unos instantes, estaban dentro de la sala espaciosa. El equipo antiincendios se hallaba en una de las paredes.

—Ahora entiendo lo de las puertas grandes —comentó Stone.

Las bombonas eran gigantescas, seguramente pesaban cerca de una tonelada, y no habrían pasado por una puerta de tamaño normal. Había varias bombonas conectadas a las tuberías que discurrían hasta el techo y seguían más allá.

En la etiqueta de las bombonas ponía HALÓN 1301.

—Fire Control, Inc. —dijo Stone, leyendo el nombre de la empresa instaladora del equipo, que también estaba impreso en las bombonas. A continuación, observó la disposición de las tuberías—. Hay un interruptor para accionar el gas manualmente. Las tuberías deben de llegar a varias salas aparte de la cámara, pero no queda claro cuál de las bombonas va hasta tu sala, Caleb.

Reuben miró por encima de los hombros de Stone.

—Y no puede saberse si se han usado o no.

Stone se dirigió al conducto de ventilación y sacó el dibujo de Milton. Observó un tramo del conducto que ascendía hasta el techo.

—¿Por qué te interesa tanto la ventilación, Oliver? —preguntó Reuben.

—Si usaron gas para matar a Jonathan, el asesino tendría que haber sabido que Jonathan estaría en un lugar exacto antes de saber cuándo abrirle al gas aquí abajo.

—Exacto, no se me había ocurrido —dijo Caleb—. Puesto que el gas no lo activó ningún incendio, tuvo que ser descargado manualmente. Pero habría que estar aquí para hacer eso. ¿Y cómo sabía el asesino que Jonathan estaría en esa parte de la cámara?

—Creo que conocía la rutina diaria de Jonathan. Siempre era el primero en llegar a la cámara y solía repasar varias zonas una vez dentro, incluyendo el lugar donde murió.

Reuben negó con la cabeza.

—Vale, pero según lo que Caleb nos contó, encontró el cadáver de DeHaven a unos seis metros de las boquillas, lo cual significa que estaba en el lugar idóneo para que el gas lo matara. ¿Cómo lo iba a saber el asesino si estaba aquí abajo?

Stone observó el dibujo de Milton y luego señaló el conducto de ventilación.

—La línea troncal va directa a la cámara y pasa por todos los niveles de la misma.

—¿Y?

Stone estudiaba con atención el sistema de ventilación. En un lateral que no era visible desde la zona principal, Stone señaló algo. Reuben y Caleb lo miraron.

—¿Para qué querrían un panel de acceso en el conducto? —quiso saber Reuben.

Stone abrió el pequeño panel y observó el interior.

—Caleb, ¿recuerdas el conducto de ventilación situado cerca de donde encontraste a Jonathan? La rejilla estaba torcida, ¿no?

—Sí, recuerdo que me lo indicaste. ¿Y qué?

—Si alguien colocó una videocámara conectada a un cable largo dentro del conducto de ventilación de la cámara y dobló ligeramente la rejilla, la videocámara habría podido captar sin problemas la zona en la que Jonathan estuvo esa mañana. Y si había alguien aquí abajo con un receptor conectado al cable de la cámara, creo que vio todo lo que pasaba arriba, incluidos los movimientos de Jonathan.

—¡Joder! —dijo Reuben—, y usaron el conducto de ventilación...

—Porque era el único lugar para pasar el cable. Una señal inalámbrica seguramente no atravesaría tanto hormigón y otros obstáculos —dijo Stone—. Creo que si inspeccionamos el tramo del conducto de ventilación situado detrás de la rejilla doblada, encontraremos alguna prueba de cómo colocaron la videocámara. La persona espera aquí abajo, ve a Jonathan por la cámara, acciona el interruptor manual tras haber desconectado la alarma y, en diez segundos, el gas se dispersa y Jonathan muere.

—Pero quienquiera que lo hiciera, tuvo que ir a recoger la videocámara; ¿por qué no volvió a doblar la rejilla para dejarla recta?—preguntó Reuben.

—Tal vez lo intentó, pero cuando doblas una de esas rejillas cuesta mucho enderezarlas. —Miró a Caleb—. ¿Estás bien?

Caleb estaba lívido.

—Si lo que dices es cierto, entonces el asesino de Jonathan trabaja en la biblioteca. Nadie más podría haber entrado solo a la cámara.

—¿Qué coño es eso? —farfulló Reuben.

Alarmado, Stone miró hacia la puerta.

—Alguien viene. Rápido, aquí detrás.

Se apiñaron detrás del sistema de ventilación; Reuben casi había tenido que arrastrar a un aterrorizado Caleb.

Apenas se habían ocultado allí cuando las puertas dobles se abrieron. Entraron cuatro hombres, todos ataviados con monos azules. A continuación, entró una carretilla elevadora guiada por un quinto hombre. Otro, obviamente el jefe, sostenía una carpeta con sujetapapeles mientras los trabajadores lo rodeaban.

—Bien, nos llevaremos ésa, ésa y ésa —dijo señalando tres bombonas, dos de ellas conectadas a las tuberías— y las sustituiremos por las tres que hay en la carretilla elevadora.

Los hombres desconectaron con sumo cuidado las bombonas presurizadas de las tuberías mientras Stone, Caleb y Milton los observaban desde su escondite.

Reuben miró a Stone, quien negó con la cabeza y se llevó un dedo a los labios. Caleb temblaba tanto que Stone le sujetó un brazo, y Reuben el otro, para tratar de calmarlo.

Al cabo de media hora, ya habían colocado y sujetado las tres bombonas en la carretilla elevadora. Acto seguido, conectaron las tres bombonas nuevas a las tuberías. Luego la carretilla salió de la habitación, seguida de los hombres. En cuanto las puertas se hubieron cerrado, Stone se acercó a las bombonas recién instaladas y leyó las etiquetas.

—FM-200. Caleb, dijiste que la biblioteca dejaría de usar halón. Deben de haberlo sustituido por esta clase de inhibidor.

—Supongo —replicó Caleb.

—Bien, tenemos que seguirlos —anunció Stone.

—Por favor, Oliver, no —gimoteó Caleb.

—Caleb, tenemos que hacerlo.

—¡No... quiero... morir!

Stone le sacudió con fuerza.

—¡Vuelve en ti, Caleb! ¡Ahora mismo!

Caleb miró a Stone asombrado.

—Te agradecería que no me agredieras —barbotó.

Stone no le hizo caso.

—¿Por dónde se va al muelle de carga?

Caleb se lo explicó y, mientras salían, sonó el móvil de Stone. Era Milton. Stone le resumió lo sucedido.

—Vamos a seguir las bombonas —dijo—. Os mantendremos informados.

Milton colgó y miró a Annabelle. Estaban en la habitación de hotel donde se alojaba Annabelle. Le contó lo que Stone le había dicho.

—Podría ser peligroso —advirtió Annabelle—. No saben dónde se están metiendo.

—Pero ¿qué podemos hacer?

—Somos el equipo de apoyo, ¿lo recuerdas?

Annabelle corrió hasta el armario, arrastró una maleta y sacó una cajita del interior.

Milton se sintió incómodo porque era una caja de tampones. Annabelle se percató de ello.

—No te hagas el tímido conmigo, Milton. Las mujeres siempre esconden cosas en las cajas de tampones. —Abrió la caja, sacó algo y se lo guardó en el bolsillo—. Han dicho que la empresa se llama Fire Control. Supongo que ahora irán al almacén de la empresa. ¿Podrías localizarla?

—En el hotel hay conexión inalámbrica, así que puedo buscarla en Internet —dijo Milton, mientras tecleaba rápidamente.

—Bien. ¿Hay alguna tienda de bromas por aquí cerca? —le preguntó Annabelle.

Milton caviló al respecto unos instantes.

—Sí, y también tiene cosas de magia. Abre hasta tarde.

—Perfecto.

37

El Nova siguió a la camioneta de Fire Control, Inc., a una distancia prudencial. Caleb conducía, Stone iba a su lado, y Reuben, en la parte de atrás.

—¿Por qué no llamamos a la policía y lo dejamos en sus manos? —preguntó Caleb.

—¿Y qué les decimos? —repuso Stone—. Dijiste que la biblioteca sustituiría el viejo sistema antiincendios. En apariencia, eso es precisamente lo que están haciendo esos hombres, y podría poner sobre aviso a la gente equivocada. Necesitamos sigilo, no a los polis.

—¡Maravilloso! —exclamó Caleb—. O sea, ¿que tengo que arriesgar mi vida en lugar de que lo haga la policía? La verdad es que no sé para qué coño pago impuestos.

La camioneta giró a la izquierda y luego a la derecha. Habían dejado atrás la zona del Capitolio y habían llegado a una parte más decadente de la ciudad.

—Aminora —dijo Stone—. La camioneta está parando.

Caleb aparcó junto al bordillo. La camioneta se había detenido frente a una puerta eslabonada que otro hombre abría desde dentro del complejo.

—Es un almacén —dijo Stone.

La camioneta entró y la puerta volvió a cerrarse.

—Bueno, aquí se acaba nuestra aventura —dijo Caleb, aliviado—. Por Dios, después de esta pesadilla necesito urgentemente un *cappuccino* descafeinado.

—Tenemos que pasar al otro lado —dijo Stone.

—Exacto —convino Reuben.

—¡Estáis locos! —exclamó Caleb.

—Quédate en el coche si quieres, Caleb —le dijo Stone—, pero tengo que averiguar qué pasa ahí dentro.

—¿Y si os pillan?

—Pues nos pillaron, pero creo que vale la pena intentarlo —respondió Stone.

—¿Me quedo en el coche? —dijo Caleb lentamente—. Aunque no me parece justo si los dos os arriesgáis…

—Si tenemos que largarnos a toda prisa, es mejor que estés en el coche —le dijo Stone— listo para salir pitando.

—Desde luego, Caleb —afirmó Reuben.

—Bueno, si eso creéis... —Caleb sujetó el volante con fuerza y adoptó una expresión resuelta—. He salido derrapando a toda velocidad en más de una ocasión.

Stone y Reuben salieron del coche y se acercaron a la valla. Ocultos tras una pila de tablones viejos amontonados fuera del almacén, observaron la camioneta detenerse en un extremo del aparcamiento. Los hombres salieron del vehículo y entraron en el edificio principal. Al cabo de unos minutos, esos mismos hombres, con ropa de calle, se marcharon en sus coches. Un guardia de seguridad cerró la puerta con llave y regresó al edificio principal.

—Lo mejor será que escalemos la valla por el otro lado, donde han aparcado la camioneta —dijo Reuben—. Así la camioneta nos tapará si el guardia vuelve a salir.

—Buen plan —dijo Stone.

Corrieron hasta el otro extremo de la valla. Antes de comenzar a trepar, Stone arrojó un palo.

—Sólo quería asegurarme de que no estuviera electrificada.

—Claro.

Escalaron la valla lentamente y saltaron en silencio al otro lado, se agacharon y se dirigieron hacia la camioneta. A medio camino, Stone se detuvo y le hizo una seña a Reuben para que se tirara al suelo. Rastrearon la zona con la mirada, pero no vieron a nadie. Esperaron otro minuto y luego reemprendieron la marcha. Stone se apartó repentinamente de la camioneta y corrió hacia un pequeño edificio de hormigón situado cerca del final de la valla.

Había una cerradura en la puerta, pero una de las llaves de Stone encajaba.

El almacén estaba repleto de bombonas enormes. Stone sacó una pequeña linterna que había traído y alumbró a su alrededor. Había un banco de trabajo con herramientas y una pequeña máquina para pintar en un rincón, junto a varios botes de pintura y disolvente. En la pared había un depósito de oxígeno portátil y una máscara. Stone enfocó las bombonas y leyó las etiquetas: FM-200. INERGEN. HALÓN 1301, CO2, FE-25. Volvió a iluminar la de CO_2 y observó la etiqueta con atención.

Reuben le dio un empujón.

—Mira —le dijo, señalando un letrero que colgaba de la pared.

—Fire Control, Inc. Eso ya lo sabemos —comentó Stone, impaciente.

—Lee lo que pone debajo.

Stone respiró hondo.

—Fire Control es una filial de Paradigm Technologies, Inc.

—La empresa de Cornelius Behan —farfulló Reuben.

Caleb seguía sentado en el Nova, con la vista clavada en la valla.

—Venga —dijo—. ¿Por qué tardarán tanto?

De repente, se hundió en el asiento. Un coche pasó a su lado de camino al almacén. En cuanto se hubo alejado, Caleb se irguió mientras el corazón le palpitaba a toda velocidad. Era un coche patrulla de seguridad privada, con un pastor alemán enorme en el asiento trasero.

Caleb sacó el móvil para llamar a Stone, pero no le quedaba batería. Siempre se olvidaba de cargarla porque, para empezar, no le gustaba usar el móvil.

—¡Santo Dios! —gimió Caleb. Respiró hondo—. Puedes hacerlo, Caleb Shaw. Puedes hacerlo. —Exhaló, se concentró y luego citó uno de sus poemas favoritos para armarse de valor: «La mitad de una comunidad /La mitad de una comunidad hacia delante / Todos en el valle de la Muerte / Cabalgaron los seiscientos: / Adelante la Brigada Ligera / Cargad contra los cañones, dijo / Al interior del valle de la Muerte / Cabalgaron los seiscientos.» Se calló y observó el exterior, donde se desarrollaba el verdadero drama con perros y hombres armados, y comenzó a flaquear. Lo poco que le quedaba de valor se esfumó en cuanto recordó que la maldita Brigada Ligera había sido aniquilada.

—¡Tennyson no sabía una mierda sobre los peligros reales! —exclamó.

Salió del coche y se dirigió hacia la valla con paso inseguro.

Ya fuera del almacén, Stone y Reuben regresaban hacia la camioneta.

—Vigila mientras echo un vistazo —indicó Stone.

Subió de un salto a la parte trasera de la camioneta; estaba descubierta y había listones por todas partes para evitar que la carga se cayera. Iluminó las etiquetas de las bombonas. En todas, menos en una, ponía HALÓN 1301. En la otra rezaba FM-200. Stone sacó de la chaqueta un bote pequeño de trementina y un trapo que había encontrado en el almacén, y comenzó a aplicar la trementina en el cilindro con la etiqueta que ponía FM-200.

—Vamos, vamos —dijo Reuben mientras miraba en todas direcciones.

Cuando la capa de pintura comenzó a disolverse, Stone dejó de frotar e iluminó la etiqueta original, la que estaba debajo de la pintada. Frotó un poco más hasta que fue capaz de leerla.

—CO_2 —leyó—. Cinco mil ppm.

—¡Oh, mierda! —susurró Reuben—. ¡Corre, Oliver!

Stone miró por el lateral de la camioneta. El perro acababa de salir del coche patrulla, junto a la puerta principal.

Stone bajó de un salto y, manteniendo la camioneta entre ellos y el coche patrulla, salieron disparados hacia la valla. Sin embargo, la camioneta no impedía que el perro los oliera. Stone y Reuben lo oyeron aullar, y luego, correr en su dirección, seguido de los dos guardias.

Stone y Reuben comenzaron a trepar la valla. El perro llegó a su altura y hundió los dientes en la pernera del pantalón de Reuben.

Al otro lado de la puerta, Caleb observaba impotente, sin saber qué hacer, pero tratando de armarse de valor para actuar.

—¡Alto! —gritó una voz. Reuben trataba de zafarse del perro, sin éxito. Stone miró hacia abajo y vio que los dos guardias les apuntaban con las pistolas.

—Baja, o el perro te arrancará la pierna —gritó un guardia—. ¡Ya!

Stone y Reuben comenzaron a bajar lentamente. El mismo guardia llamó al perro, que se apartó sin dejar de enseñar los dientes.

—Creo que se trata de un malentendido —comenzó a decir Stone.

—Claro, cuéntaselo a la poli —gruñó el otro guardia.

—Nosotros nos ocupamos, chicos —dijo una voz de mujer.

Todos se volvieron. Annabelle estaba al otro lado de la puerta, junto al sedán negro. Milton estaba a su lado, ataviado con una cazadora azul y una gorra que ponía FBI.

—¿Quién coño sois? —preguntó uno de los guardias.

—McCallister y Dupree, agentes del FBI. —Annabelle sostuvo en alto las credenciales y abrió la chaqueta para que vieran la insignia y el arma que llevaba en la pistolera—. Abrid la puerta y sujetad bien el maldito perro —espetó.

—¿Qué coño hace el FBI aquí? —inquirió el mismo guardia, corriendo hacia la puerta para abrirla.

Annabelle y Milton entraron.

—Léeles sus derechos y espósales —le dijo a Milton, quien sacó dos pares de esposas y se dirigió hacia Stone y Reuben.

—Un momento —dijo el otro guardia—. Si pillamos a alguien entrando sin autorización, tenemos órdenes de llamar a la policía.

Annabelle se colocó frente al joven regordete y lo miró de arriba abajo.

—¿Cuánto tiempo llevas en... esto... seguridad, jovencito?

—Trece meses. Estoy cualificado para llevar armas —respondió, con aire desafiante.

—Por supuesto, pero baja el arma antes de que dispares a alguien sin querer. —El guardia enfundó el arma de mala gana mientras Annabelle volvía a enseñarle las credenciales—. Esto manda más que los polis locales, ¿vale? —Las credenciales, que parecían de verdad, formaban parte de un paquete que Freddy le había preparado y que era lo que Annabelle guardaba en la caja de tampones.

El guardia tragó saliva, nervioso.

—Pero tenemos unas normas. —Señaló a Reuben y a Stone, a quienes Milton estaba esposando. En la parte de atrás de la cazadora también rezaba FBI. La habían comprado en la tienda de bromas, junto con las armas, insignias y esposas falsas—. Habían entrado sin autorización.

Annabelle rio:

—¡Habían entrado sin autorización! —Puso los brazos en jarras—. A ver, ¿te has fijado en las personas que has detenido? ¿Sabes quiénes son?

Los guardias se miraron.

—¿Dos viejos vagabundos? —respondió uno de ellos.

—¡Eh, tú, gilipollas de tres al cuarto! —bramó Reuben, esposado, y saltó enfurecido hacia el guardia. Milton desenfundó el arma de inmediato y apretó el cañón contra la sien de Reuben.

—Cierra el pico, gordo seboso, antes de que te vuele la cabeza.

Reuben se quedó helado.

—El tipo grande y «agradable» es Randall Weathers, se le busca en cuatro condados por tráfico de drogas, blanqueo de dinero, dos acusaciones de asesinato en primer grado y atentado con bomba en la casa de un juez federal en Georgia. El otro tipo es Paul Mason, alias Peter Dawson, entre otros dieciséis nombres falsos. Ese capullo está en contacto con una célula terrorista de Oriente Medio y trabaja al amparo del Capitolio. Le hemos pinchado el móvil y el correo electrónico. Dimos con su rastro anoche y lo hemos seguido hasta aquí. Parece que estaban haciendo un reconocimiento para robar un gas explosivo. Creemos que esta vez querían atentar contra el Tribunal Supremo. Bastaría con aparcar una camioneta delante del edificio con ese gas y un temporizador para hacer saltar a los nueve jueces por los aires. —Miró a Reuben y Stone con desagrado—. Esta vez lo pagaréis bien caro —añadió en tono amenazador.

—¡Joder, Earl! —dijo uno de los guardias a su compañero—. ¡Son terroristas!

Annabelle sacó una libreta.

—Dadme vuestros nombres. El FBI os agradecerá de forma muy especial que hayáis participado en la redada. —Sonrió—. Creo que lo notaréis a partir del próximo sueldo.

Los dos guardias se miraron, sonriendo.

—¡Qué pasada! —exclamó Earl.

Le dijeron sus nombres y luego Annabelle se volvió hacia Milton.

—Mételos en el coche patrulla, Dupree. Cuanto antes nos llevemos a estos babosos a la oficina de Washington, mejor. —Miró a los guardias—. Avisaremos a la policía local, pero primero «interrogaremos» a estos chicos al estilo del FBI. —Les guiñó un ojo—. Pero yo no os he dicho nada, ¿vale?

Los dos le dedicaron una cómplice sonrisa.

—Dadles su merecido —dijo Earl.

—¡Recibido! Estaremos en contacto.

Llevaron a Stone y a Reuben hasta el asiento trasero del sedán y se alejaron del almacén.

Caleb esperó a que los guardias se marcharan, regresó corriendo al Nova y siguió el coche de Annabelle.

—Milton, antes te has lucido —le dijo Reuben con arrogancia.

A Milton se le iluminó el semblante. Se quitó la gorra y se soltó la melena.

—Veo que, cuando hacéis de equipo de apoyo, os lo tomáis en serio. Gracias —le dijo Stone a Annabelle.

—De perdidos, al río —repuso ella—. ¿Adónde vamos?

—A mi casa —respondió Stone—. Tenemos que hablar de muchas cosas.

38

Roger Seagraves condujo el coche de alquiler por las tranquilas calles del barrio opulento de Washington y giró a la izquierda hacia Good Fellow Street. A esa hora, la mayoría de las casas estaba a oscuras. Mientras pasaba junto a la casa del difunto Jonathan DeHaven, dio la impresión de que ni siquiera miraba hacia allí. Se avecinaba otra tormenta. Empezaba a cansarse de los partes meteorológicos. Pero era una trampa perfecta que no podía dejarla pasar, se dijo. Continuó conduciendo lentamente, como si se tratara de un recorrido para observar con tranquilidad las viejas mansiones. Luego dio la vuelta a la manzana y avanzó por la calle paralela observando con atención la configuración del terreno.

Sin embargo, todavía no se le había ocurrido un plan. Necesitaba tiempo para pensar. Se había fijado en algo: la casa que estaba frente a la de Behan. En el interior había una persona mirando por unos prismáticos. ¿Mirando qué? Daba igual, pero tendría que contar con ese detalle cuando preparase el ataque. Cuando alguien vigilaba, sólo existía una forma de matar y luego huir.

Tras acabar el reconocimiento, Seagraves aparcó el coche de alquiler en el hotel. Cogió el maletín, se dirigió al bar, tomó una copa y luego subió en el ascensor como si fuera a su habitación. Esperó una hora y a continuación bajó por las escaleras. Abandonó el edificio por otra puerta y entró en otro coche que había dejado en el aparcamiento contiguo. Esa noche tenía que hacer algo más aparte de planear otro asesinato.

Condujo hasta el motel y sacó una llave del bolsillo mientras salía del coche. Le bastaron diez rápidas zancadas para llegar a la puerta de una habitación de la segunda planta que daba al aparcamiento. Abrió la puerta, pero no encendió la luz. Se dirigió rápidamente hacia la puerta que daba a la otra habitación, la abrió y entró. Mientras lo hacía, Seagraves percibió la presencia de otra persona en la habitación, aunque no dijo nada. Se desvistió y se acostó en la cama junto a ella. Su cuerpo era suave, con curvas, cálido y, lo más importante de todo, era de una supervisora de turnos de la ASN.

Al cabo de una hora, los dos satisfechos, Seagraves se vistió y se fumó un cigarrillo mientras ella se duchaba. Sabía que había tomado las mismas precauciones que él para evitar que la siguieran, y la ASN tenía tantos empleados que era imposible vigilarlos a todos. Ella nunca había llamado la atención, y Seagraves la había contratado por ese motivo para su operación. Los dos estaban solteros; por lo que, si la cita llegaba a descubrirse, se atribuiría al deseo expreso de mantener relaciones sexuales entre dos adultos que eran empleados federales... lo cual, de momento, no era ilegal en Estados Unidos.

Seagraves oyó que terminaba de ducharse. Llamó a la puerta y la abrió. La ayudó a salir de la ducha, le pellizcó el culo desnudo y la besó.

—Te quiero —le susurró ella al oído.

—Es decir, quieres mi dinero —replicó él.

—También —admitió ella, y bajó la mano hasta la entrepierna de Seagraves.

—Uno por noche —dijo—. Ya no tengo dieciocho años.

Ella le acarició los hombros musculosos.

—A mí no me engañas, cielo.

—La próxima vez —dijo Seagraves y le dio una palmada en el trasero.

—Sé duro conmigo —le susurró al oído—, que me duela.

—No sé hacerlo de otra manera.

Ella lo empujó contra la pared, con los pechos húmedos le mojó la camiseta, y le tiró del pelo mientras trataba de meterle la lengua hasta la garganta.

—¡Joder, estás como un tren!

—Eso dicen.

Seagraves intentó zafarse, pero no pudo.

—¿La transferencia se hará según lo previsto? —le preguntó entre lametón y lametón.

—En cuanto reciba mi parte, recibirás la tuya, cariño. —Esta vez, ella lo soltó después de que él le hubiera dado otra palmada en el trasero y le hubiera dejado una marca roja en la otra nalga.

«Sí, lo único que importa es el dinero.»

Mientras ella acababa en el baño, Seagraves regresó a la habitación, encendió la luz, cogió el bolso de ella de la mesita de noche y sacó la cámara digital de uno de los bolsillos interiores. Extrajo de la ranura el disco duro de veinte gigas y raspó con la uña una lámina negra que había en la parte posterior del disco de dos centímetros y medio de largo. Observó aquel minúsculo objeto durante unos instantes. Pese a lo reducido de su tamaño, tenía un valor de diez millones de dólares, puede que más, para un ávido comprador de Oriente Medio que no quería que Estados Unidos estuviese al tanto de sus planes de muerte y destrucción para quienes se oponían a él.

La información contenida en aquella joya negra equilibraría la contienda, al menos durante una temporada, hasta que la ASN averiguara que su nuevo sistema de vigilancia se había visto comprometido. Entonces lo cambiarían, Seagraves recibiría otra llamada y él, a su vez, también realizaría otra llamada. Al cabo de varios días iría a otro motel, se tiraría de nuevo a esa mujer, despegaría otra lámina negra e ingresaría otra cifra de ocho dígitos. Repetir los negocios era lo que mejor se le daba. Continuarían haciéndolo hasta que la ASN comenzara a sospechar que el topo estaba cerca. Entonces Seagraves pondría fin a la operación en la ASN, al menos durante una temporada, ya que los burócratas solían ser olvidadizos. Mientras tanto, buscaría otro blanco… y había tantos para escoger.

Pegó en un chicle la lámina que contenía los detalles digitales del programa de vigilancia de la ASN y se lo metió tras los dientes. Luego volvió a la primera habitación a la que había entrado, donde tenía una muda de ropa limpia en el armario. Se duchó, se cambió y se marchó; primero recorrió varias manzanas a pie, luego tomó un autobús y se bajó en un establecimiento de alquiler de coches, se subió a otro coche alquilado y condujo hasta casa.

Necesitó una hora para extraer la información del minúsculo dispositivo y otra hora para transferirla al medio adecuado para su entrega. De espía, Seagraves había sido un entusiasta aprendiz de los códigos secretos y de la historia de la criptografía. En la actualidad, los ordenadores cifraban y descifraban los mensajes de manera automática. Los sistemas más seguros con claves que tenían cientos o incluso miles de dígitos... muchos más de los que contenía el propio mensaje cifrado. Para descifrar esas claves se necesitaban, como mínimo, ordenadores potentes y miles o millones de años. Eso ocurría porque los criptógrafos modernos suponían que los mensajes cifrados serían interceptados y, por lo tanto, habían diseñado sistemas de cifrado que tuvieran en cuenta esa eventualidad. Su mantra bien podía ser: «Lo interceptarás, pero casi seguro que no podrás leerlo.»

Seagraves había optado por un método de cifrado más antiguo, uno que, tal y como se comunicaban los mensajes, sería más difícil de descifrar que los creados por los ordenadores de última generación por un motivo bien simple: si el mensaje no se interceptaba, las posibilidades de leerlo eran nulas. Los métodos antiguos siempre tienen cierta valía, musitó. Incluso la ASN, con todo su poderío tecnológico, debería tenerlo en cuenta.

Una vez transferida la información, se desplomó en la cama.

No obstante, en lugar de dormir sólo podía pensar en su siguiente asesinato. Así, su querida «colección» aumentaría otro número.

De regreso en su casa, Stone puso a los demás al corriente de lo sucedido. Cuando mencionó que en la etiqueta oculta de la bombona ponía CO_2, 5.000 PPM, Milton encendió el portátil, donde había almacenado varios archivos descargados de Internet. En cuanto Stone acabó de hablar, Milton intervino:

—El CO_2 casi nunca se emplea en espacios ocupados, porque podría asfixiar a las personas al eliminar el oxígeno del aire para apagar los fuegos. Cinco mil partes por millón serían letales para todo aquel que estuviese cerca; se quedaría demasiado débil para escapar. Y no es la manera más agradable de morir.

Annabelle tosió, se levantó y se acercó a la ventana.

—Y supongo que enfriará aquello con lo que entre en contacto —se apresuró a decir Stone, mirando a Annabelle con preocupación.

Milton asintió mientras observaba la pantalla.

—En los sistemas de alta presión se produce una descarga de partículas de hielo seco. Se le llama «efecto nieve», porque absorbe el calor rápidamente, reduce la temperatura ambiente y ayuda a evitar que el fuego se reavive. La nieve se convierte en vapor a temperatura normal y no deja rastro alguno.

—Para cuando encontraron a Caleb y a DeHaven en la cámara —añadió Stone— el nivel de CO_2 ya había vuelto a la normalidad y cualquier atisbo de frío habría quedado anulado por la intensa refrigeración que se usa en la cámara.

—Pero, si DeHaven murió asfixiado por efecto del CO_2, ¿no debería verse reflejado en la autopsia? —le preguntó Reuben.

Mientras hablaban, Milton no había dejado de teclear a toda velocidad.

—No necesariamente. Esta información la descargué antes de una página patrocinada por una asociación nacional de médicos forenses. Si bien el envenenamiento por monóxido de carbono se detecta en la autopsia por el enrojecimiento de la piel, la exposición al dióxido de carbono no deja indicios tan claros. —Milton leyó lo que ponía en la pantalla y añadió—: El único método para detectar un nivel bajo de oxígeno en una persona es mediante un análisis de gas en la sangre, que mide la proporción de oxígeno-dióxido de carbono en la sangre de la persona. Pero ese análisis sólo se realiza a los vivos para comprobar si es necesario aumentar el nivel de oxígeno. Nunca se realiza durante la autopsia por la sencilla razón de que la persona está muerta.

—Por lo que me comentaron a posteriori, Jonathan fue declarado muerto en la cámara —añadió Caleb—. Ni siquiera lo llevaron a la sala de urgencias.

—Por motivos obvios, la bombona en la que me fijé fue la que se llevaron con la etiqueta FM-200.

—No sé a qué te refieres —repuso Reuben.

—La biblioteca planea retirar el sistema basado en halón. Si estoy en lo cierto y trajeron una bombona repleta de CO_2 mortal con una etiqueta falsa para ocultar esa información, entonces no trajeron el halón de vuelta a la biblioteca; eso habría despertado sospechas.

—Exacto, tenían que traer el gas con el que sustituirían el halón. El FM-200 —añadió Caleb—. Y se lo han llevado esta noche con varias bombonas de halón. Si no hubiéramos estado allí, nadie se habría dado cuenta.

Stone asintió.

—Y estoy seguro de que la bombona que estaba conectada a la tubería estaba llena de halón. La bombona vacía que había tenido CO_2 seguramente se desconectó de la tubería en cuanto se hubo vaciado. Así, en caso de que la policía hiciera una comprobación, no encontraría nada raro. Desde luego, no comprobarían todas las bombonas. Y, aunque lo hicieran, tendrían que haber enviado las bombonas a Fire Control, Inc. Dudo mucho que hubiesen obtenido una respuesta veraz, porque quienquiera que orquestara todo esto trabaja para esa empresa.

—El crimen perfecto —comentó Annabelle con expresión sombría mientras volvía a sentarse—. La cuestión es por qué. ¿Por qué esa necesidad imperiosa de matar a Jonathan?

—Eso nos lleva a Cornelius Behan —respondió Stone—. Ahora sabemos que la bombona de CO_2 letal que mató a DeHaven se cambió por la de halón. También sabemos que Fire Control es propiedad de Behan. Está claro que ordenó que mataran a DeHaven. Behan se presentó en la sala de lectura para ver a Caleb el mismo día que las bombonas desaparecieron de la biblioteca. Estoy seguro de que quería saber si se había investigado la boquilla. Y tiene que existir alguna relación entre Behan y Bob Bradley.

—Quizá Bradley y Behan formaran parte de la red de espionaje que creemos que actúa aquí —conjeturó Reuben—. Bradley fue a ver a Behan a su casa y Jonathan vio u oyó algo que no debería haber visto u oído. O tal vez viera algo que inculpara a Behan del asesinato de Bradley. Behan lo averiguó y ordenó que lo matasen antes de que DeHaven lo contase y se abriese una investigación.

—Es posible —repuso Stone—. Tenemos que ocuparnos de muchas cosas, así que nos dividiremos. Caleb, mañana a primera hora baja a la cámara y busca pruebas de que alguien colocara una cámara detrás de la rejilla del conducto de ventilación. Luego observa con atención las cintas de vigilancia para ver quién ha entrado en la cámara.

—¿Qué? —exclamó Caleb—. ¿Por qué?

—Dijiste que quienquiera que matara a Jonathan debía tener acceso a la biblioteca y a la cámara. Quiero saber quién entró en la cámara los días previos y posteriores al asesinato de DeHaven.

—Pero no puedo ir al Departamento de Seguridad y pedirles que me dejen ver las cintas. ¿Qué motivo les doy? —preguntó Caleb.

—Te ayudaré a encontrar uno, Caleb —dijo Annabelle.

—Oh, perfecto —farfulló Reuben—. Primero Milton se va con la chica, y ahora, Caleb. ¿Y *moi*? Noooo.

—Reuben, quiero que hagas una llamada anónima a la policía de Washington y les cuentes lo de la bombona de CO_2 —prosiguió Stone—. Hazla desde una cabina para que no puedan rastrearla. No sé si se lo tomarán en serio o no, y para cuando lleguen al almacén seguramente ya será demasiado tarde, pero vale la pena intentarlo.

—Pero entonces algunas personas sospecharán que las estamos investigando, ¿no? —dijo Caleb.

—Es posible —repuso Stone—; pero, ahora mismo, ésa es la única prueba que tenemos de que DeHaven fue asesinado. Reuben, después de la llamada, quiero que esta misma noche empieces a vigilar Good Fellow Street.

—No es el mejor lugar del mundo para vigilar, Oliver. ¿Dónde me escondo?

—Caleb te dará la llave y la combinación para entrar en casa de DeHaven. Si entras por la puerta trasera, no te verá nadie.

—¿Qué quieres que haga yo? —preguntó Milton.

—Averigua cuanto puedas sobre la posible relación entre Bob Bradley y Cornelius Behan. Investiga hasta el más mínimo detalle.

—¿Y tú qué harás, Oliver? —quiso saber Annabelle.

—Pensar.

Mientras los demás se marchaban, Annabelle se dirigió a Caleb.

—¿Cuánto confías en tu colega, Oliver?

Caleb empalideció.

—Pondría mi vida en sus manos. De hecho, he puesto mi vida en sus manos.

—Admito que parece que sabe lo que hace.

—Sin duda —dijo Caleb—. Has dicho que me ayudarías a conseguir las cintas de vídeo. ¿Cómo?

—Serás el primero en saberlo en cuanto se me ocurra algo.

39

A las diez y cuarto de la mañana, hora local, en el estado de Nueva Jersey se produjo el primer terremoto de la historia reciente. El epicentro tuvo lugar en Atlantic City, justo donde se elevaba el Pompeii Casino. Al principio, Jerry Bagger había entrado en erupción lentamente. El ambiente comenzó a caldearse cuando los cuarenta y ocho millones de dólares no aparecieron en su cuenta a las diez en punto. A las diez y diez, cuando le comunicaron que había cierta confusión sobre el paradero del dinero, incluso sus gorilas comenzaron a retirarse. Al cabo de cinco minutos, el rey de los casinos supo de boca de su asesor financiero, tras ponerse en contacto con El Banco, que no sólo no recibiría los ocho millones de intereses, sino que los cuarenta millones no regresarían a su cuenta porque El Banco no los había recibido.

Lo primero que hizo Bagger fue tratar de matar al asesor. Tal era su furia, que lo habría matado a golpes si los de seguridad no se lo hubieran impedido diciéndole que no sería fácil encubrir esa muerte. A continuación, Bagger llamó a El Banco y amenazó con ir en avión hasta allí para arrancarles el corazón uno a uno. El presidente del banco le retó a que lo hiciese ya que, según le dijo, un ejército con tanques y artillería custodiaba el edificio.

Le enviaron una copia de la contabilidad que indicaba que sí habían recibido las tres primeras transferencias, y que desde otra cuenta se había ordenado la transferencia de fondos que supusiesen un diez por ciento del total en un plazo de dos días. Luego esas sumas se habían enviado a la cuenta de Bagger, pero El Banco nunca había recibido una cuarta transferencia. Al examinar con atención el recibo electrónico que había recibido el Departamento de Transferencias de Bagger, se percataron de que no figuraba el código de autorización completo del banco, aunque era necesario realizar un análisis minucioso para hallar tan sutil discrepancia.

Nada más oír eso, Bagger atacó al desafortunado director del Departamento de Transferencias con una de las sillas de la oficina. Al cabo de dos horas, tras una meticulosa inspección, averiguaron que alguien había instalado un sofisticado programa espía en el sistema informático del casino, permitiendo así que un tercero controlase las transferencias del Pompeii. Al saber eso, Bagger pidió una pistola esterilizada y ordenó al director del Departamento de Informática que se presentase en su oficina. Sin embargo, el pobre hombre tuvo la brillante idea de huir de allí. Los hombres de Bagger le dieron alcance en Trenton. Tras un interrogatorio del que la CIA se habría enorgullecido, averiguaron que aquel hombre no había tenido nada que ver con la estafa y que lo habían engañado. Lo único que consiguió a cambio fue una bala en la cabeza, cortesía del mismísimo rey de los casinos. Esa misma noche, el cadáver acabó en un vertedero. Sin embargo, pese a aquel asesinato, el terremoto seguía rugiendo con furia.

—¡Mataré a esa puta! —Bagger estaba junto a la ventana de la oficina, gritando esa amenaza una y otra vez a los transeúntes. Regresó al escritorio a toda prisa y sacó su tarjeta de visita. Pamela Young, International Management, Inc. Hizo trizas la tarjeta y, como un poseso, miró al jefe de seguridad.

—Quiero matar a alguien. Necesito matar a alguien ahora mismo, ¡joder!

—Jefe, por favor, tenemos que controlar la situación. El de contabilidad está en el hospital junto con el de transferencias, y te has cepillado al informático. Demasiado en un día. Los abogados dicen que será difícil que la policía no intervenga.

—La encontraré —dijo Bagger, mirando por la ventana—. La encontraré y la mataré lentamente.

—Así se hará, jefe —dijo el gorila para alentarlo.

—Cuarenta millones de dólares. ¡Cuarenta millones! —Bagger lo dijo como un poseso, y el fornido jefe de seguridad retrocedió hasta la puerta.

—La pillaremos, se lo juro, jefe.

Finalmente, Bagger pareció calmarse un poco:

—Quiero que averigües todo lo que puedas sobre esa puta y el cabrón que la acompañaba. Coge las cintas de las cámaras y consigue identificarlos. No es una estafadora de tres al cuarto. Y que los polis que tenemos en nómina vayan a su habitación para lo de las huellas. Llama a todos los timadores que conozco.

—Hecho. —El hombre se dispuso a marcharse.

—¡Un momento! —dijo Bagger. El jefe de seguridad se volvió con indecisión—. Nadie sabrá que me han estafado, ¿queda claro? Jerry Bagger no ha sido víctima de una estafa. ¿Queda claro?

—Bien claro, jefe. Bien claro.

—¡Pues en marcha!

El gorila salió de allí a toda velocidad.

Bagger se sentó junto al escritorio y observó la tarjeta de visita de Annabelle hecha trizas en la alfombra. «Así es como quedará—pensó— cuando haya acabado con ella.»

40

—Hoy te veo más contento de lo normal, Albert —dijo Seagraves mientras tomaban un café en la oficina de Trent en el Capitolio.

—Ayer hubo un gran repunte en la bolsa; mi plan de pensiones ha salido bien parado.

Seagraves deslizó un manojo de papeles sobre la mesa.

—Me alegro por ti. Ahí están los últimos datos de Inteligencia Central. Dos altos cargos se ocuparán de las sesiones informativas. Los tuyos pueden tomarse una semana para asimilar el informe, y luego programaremos un cara a cara.

Trent observó las páginas y asintió:

—Comprobaré la agenda de los miembros y te daré algunas fechas. ¿Alguna sorpresa? —añadió, mientras daba un golpecito a las páginas.

—Léelas tú mismo.

—No te preocupes, siempre lo hago.

Trent se llevaría las páginas a casa y, poco después, tendría todo lo que necesitaba para que los secretos robados de la ASN pasasen a la siguiente etapa.

Ya en el exterior, Seagraves bajó corriendo las escaleras del Capitolio. Y pensar que los espías solían dejar el material en el parque y recoger el dinero en metálico en el lugar de entrega o en el apartado de Correos, que era donde normalmente se producían las detenciones. Seagraves negó con la cabeza. No pensaba acabar en la CIA con personajes como Aldrich Ames y otros títeres que jugaban a ser espías. Como asesino gubernamental, se había obsesionado hasta por el más mínimo detalle. Como espía, no veía motivo alguno para cambiar de *modus operandi*.

En esos momentos, le preocupaba otro detalle. El topo de Fire Control, Inc., lo había llamado para comunicarle una desagradable noticia. La noche anterior habían pillado a dos tipos saliendo a hurtadillas del almacén, pero los de seguridad habían tenido que entregarlos al FBI. Seagraves había llamado a sus contactos del FBI y, al parecer, esa detención no había tenido lugar. El topo también le había dicho que los de seguridad habían visto a un tercer tipo alejándose a toda prisa de las inmediaciones de Fire Control y que luego se había subido a una cafetera, un Nova. La descripción del coche y del hombre encajaba con alguien que le sonaba mucho, aunque no lo conocía personalmente. Decidió que había llegado el momento de poner remedio a esa situación. En un mundo en el que los detalles lo eran todo, nunca se sabía lo útil que podría llegar a resultar un cara a cara.

Caleb llegó al trabajo temprano y se topó con Kevin Philips, el director en funciones, abriendo las puertas de la sala de lectura. Charlaron un rato sobre Jonathan y los proyectos en marcha de la biblioteca. Caleb le preguntó si estaba al tanto del nuevo sistema antiincendios y Philips respondió que no.

—No creo que informaran de ello a Jonathan —le dijo Philips—. Dudo mucho que supiera qué gas se usaba.

Cuando Philips se hubo marchado, y antes de que llegaran los demás, Caleb rebuscó en el escritorio y sacó un pequeño destornillador y un bolígrafo linterna. Se colocó de espaldas a la cámara de vigilancia, se guardó los objetos en el bolsillo y entró en la cámara. Se encaminó rápidamente hacia la planta superior y se detuvo junto al conducto de ventilación, sin mirar hacia el lugar donde había muerto su amigo. Abrió la tapa con el destornillador y comprobó que era fácil sacar los tornillos, como si alguien hubiera hecho lo mismo recientemente. Dejó la tapa junto a la columna de las estanterías e iluminó el interior. Al principio no vio nada extraño; pero, al alumbrar por doquier por tercera vez, lo vio: un pequeño agujero de tornillo en la pared del fondo del conducto. Eso habría servido para colgar la cámara. Sostuvo la tapa en alto y la observó con atención. A juzgar por la ubicación del tornillo y la rejilla doblada, la cámara habría tenido una visión completa de la sala.

Caleb atornilló la tapa de nuevo y salió de la cámara. Llamó a Stone y le comunicó lo que había descubierto. Se disponía a empezar a trabajar cuando entró alguien.

—Hola, Monty. ¿Qué llevas ahí?

Monty Chambers, el restaurador jefe de la biblioteca, estaba de pie junto al escritorio de Caleb y llevaba varios tomos. Todavía llevaba el delantal verde puesto y la camisa remangada.

—*Doctrina* y el *Constable's Pocket-Book* —respondió de forma escueta.

—Has estado trabajando duro. Ni siquiera sabía que estuvieras restaurando *Doctrina*. —Juan de Zumárraga, primer obispo de México, había escrito *La Doctrina breve*. Databa de 1544 y tenía el honor de ser el libro completo más antiguo del hemisferio occidental que había sobrevivido el paso de los siglos. El *Constable* databa de 1710.

—Me lo pidió Kevin Philips —repuso Chambers— hace tres meses. También el *Constable*. Detalles nimios, pero tenía trabajo acumulado. ¿Los llevas a la cámara? ¿O los llevo yo?

—¿Qué? Ah, ya los llevo yo. Gracias. —Caleb cogió con cuidado los libros envueltos y los colocó en la mesa. Trató de pensar en el hecho de que, entre *Doctrina* y el *Constable*, tenía en sus manos un valioso fragmento de la historia.

—Pronto comenzaré con el de Faulkner —farfulló Chambers—. Me llevará tiempo. El deterioro por culpa del agua es peliagudo.

—Vale, perfecto, me parece bien. Gracias. —Mientras Chambers se volvía para marcharse, Caleb añadió—: Esto... Monty.

Chambers se dio la vuelta con expresión impaciente.

—¿Sí?

—¿Has echado un vistazo al *Libro de los Salmos* últimamente? —A Caleb se le había ocurrido algo terrible mientras estaba en la cámara y, al coger los libros de Chambers, esa teoría de pesadilla se había materializado en forma de pregunta.

Chambers lo miró con recelo.

—¿El *Libro de los Salmos*? ¿Para qué? ¿Le pasa algo?

—Oh, no, no. Sólo que hace tiempo que no lo veo. Años, de hecho.

—Yo tampoco. No es un libro que se compruebe así como así. Por Dios, está en la sección de tesoros nacionales.

Caleb asintió. Tenía autorización para ver cualquier libro de la cámara, pero el *Libro de los Salmos* y otros tomos eran considerados «tesoros nacionales», la categoría más importante de la biblioteca. Esas obras estaban numeradas y alojadas en una sección especial de la cámara. En caso de desencadenarse una guerra o catástrofe natural, se trasladarían a un emplazamiento seguro. Con un poco de suerte, algún superviviente disfrutaría de esos libros.

—Hace mucho tiempo, les dije que deberíamos restaurar la tapa y rehacer las puntadas de refuerzo y reforzar el lomo, todo ello reversible, por supuesto —dijo Chambers con inusual locuacidad—, pero no lo tuvieron en cuenta. No sé por qué. Ahora que, si no hacen algo, el *Libro de los Salmos* no aguantará mucho más. ¿Por qué no se lo dices?

—Lo haré. Gracias, Monty.

Cuando Chambers se hubo marchado, Caleb se preguntó qué haría. ¿Y si el ejemplar del *Libro de los Salmos* de la biblioteca había desaparecido? Por Dios, eso era imposible. Hacía por lo menos tres años que no veía el libro. No cabía duda de que se parecía al que Jonathan tenía en su colección. Seis de las once copias existentes del *Libro de los Salmos* estaban incompletas y en distintos estadios de deterioro. La edición de Jonathan estaba completa, aunque en malas condiciones, similar a la de la biblioteca. El único modo de saberlo a ciencia cierta era echar un vistazo al ejemplar de la biblioteca. Kevin Philips le permitiría verlo. Se inventaría alguna excusa, tal vez argüiría lo que Chambers acababa de decirle. Sí, eso sería lo mejor.

Después de firmar en el registro la devolución de los libros que le había traído Chambers, llamó a Philips. Aunque parecía un tanto perplejo, Philips le permitió comprobar el *Libro de los Salmos*. Por motivos de seguridad, y para impedir que luego lo acusasen de haber estropeado el libro, Caleb fue con otro bibliotecario. Tras examinar el libro, confirmó que Chambers estaba en lo cierto y había que restaurarlo. Sin embargo, no sabía si era el mismo libro que había visto hacía tres años. Se parecía, pero también se parecía al de la biblioteca de Jonathan. Si Jonathan había robado el de la biblioteca y lo había sustituido por una falsificación, entonces el libro que Caleb había visto hacía tres años tampoco habría sido el verdadero.

«Un momento. ¡Qué estúpido!», pensó. La biblioteca empleaba, para los libros raros, un código secreto en la misma página para verificar su propiedad. Abrió el libro en una página determinada y la hojeó. ¡Allí estaba el símbolo! Respiró aliviado, aunque el alivio le duró poco. El símbolo podría haber sido falsificado, sobre todo por alguien como Jonathan. ¿Tenía el ejemplar de Jonathan ese símbolo? Lo comprobaría. Si lo tenía, significaría que Jonathan había robado el libro de la biblioteca. ¿Qué haría entonces? Maldijo el día en que lo nombraron albacea literario de DeHaven. «Creía que te caía bien, Jonathan», se dijo.

Se pasó el resto de la tarde ocupándose de varias peticiones de investigadores, la consulta de un coleccionista importante, un par de llamadas internacionales de universidades de Inglaterra y Suiza y de los socios de la sala de lectura.

Jewell English y Norman Janklow estaban allí. Aunque tenían la misma edad y los dos eran coleccionistas empedernidos, nunca se hablaban; es más, se evitaban. Caleb sabía cómo había comenzado el enfrentamiento; fue uno de los momentos más dolorosos de su vida laboral. Un día, English le había expresado a Janklow su entusiasmo por las *Dime Novels* de Beadle. La respuesta del hombre había sido un tanto inesperada, por no decir algo peor. «Los Beadle son bazofia, envoltorios para las masas frívolas y, encima, envoltorios de poca calidad.»

Como era de esperar, Jewell English no se había tomado muy bien ese comentario hiriente sobre su pasión literaria, y no pensaba quedarse de brazos cruzados. Sabedora de cuál era el autor favorito de Janklow, le había dicho que Hemingway era, como mucho, un escritorzuelo de segunda que usaba un lenguaje sencillo porque era el único que conocía. El hecho de que le hubieran dado el Nobel por producir sin parar esa porquería desprestigiaba para siempre ese premio. Por si eso fuera poco, English le dijo que Hemingway no le llegaba ni a la suela de los zapatos a F. Scott Fitzgerald y —Caleb se abochornó al recordarlo— le había insinuado que el gran cazador y pescador prefería los hombres a las mujeres y, cuanto más jóvenes, mejor.

Janklow se había puesto tan rojo que Caleb había estado seguro de que al pobre le iba a dar un infarto. Ésa fue la primera y única vez que Caleb se vio obligado a separar a dos socios de la sala de lectura de Libros Raros, ambos con setenta años bien entrados. Habían estado a punto de acabar a tortas y Caleb les había arrebatado los libros que tenían en la mesa para impedir que los empleasen como armas. Los había reprendido por aquel comportamiento, e incluso había amenazado con retirarles sus privilegios de la sala de lectura si no se tranquilizaban. Janklow parecía querer atizarle, pero Caleb se mantuvo firme. No le costaría nada reducir a aquel arrugado viejecito.

De vez en cuando, Caleb alzaba la vista para asegurarse de que no volviera a repetirse un altercado como aquél. Janklow leía un libro mientras jugueteaba con el lápiz sobre el papel y, de tanto en tanto, se limpiaba las gafas gruesas. Jewell English estaba absorta en su libro. De repente, levantó la vista y vio que Caleb la miraba, cerró el libro y le hizo un gesto para que se acercara.

—¿Recuerdas el Beadle que te mencioné? —le susurró English en cuanto Caleb se sentó a su lado.

—Sí, la joya de la corona.

—Lo tengo, lo tengo. —Aplaudió en silencio.

—Felicidades, maravilloso. ¿Está en buen estado?

—Oh, sí, de lo contrario te habría llamado. Tú eres el experto.

—Bueno —dijo Caleb con modestia. Le tomó la mano entre las suyas nudosas. Tenía más fuerza de la que aparentaba.

—¿Te gustaría venir a verlo algún día?

Caleb trató de zafarse de aquella garra, pero ella no cedía.

—Oh, esto... tendré que comprobar el calendario. O mejor, la próxima vez que vengas, dime algunas fechas y veré si puedo.

—Oh, Caleb, yo siempre estoy disponible —le dijo en tono coqueto.

—Qué suerte, ¿no? —Trató de zafarse de nuevo, pero ella se mantenía firme.

—Pues elijamos una fecha ahora —le dijo con dulzura.

Desesperado, Caleb miró a Janklow, que los observaba con recelo. Janklow y Jewell solían pelearse por disponer del tiempo de Caleb como dos lobos por un trozo de carne. Tendría que pasar unos minutos con Janklow antes de marcharse para equilibrar la situación o el viejecito se quejaría durante semanas. Sin embargo, mientras Caleb lo miraba, se le ocurrió algo.

—Jewell, creo que si se lo pides, a Norman le encantaría ver tu nuevo Beadle. Estoy seguro de que se arrepiente sobremanera de su último arrebato.

English le soltó la mano de inmediato.

—No hablo del trabajo con neandertales —repuso irritada. Abrió el bolso para que Caleb lo inspeccionara y salió a toda prisa de la sala.

Caleb se frotó la mano sonriendo y estuvo un rato con Janklow, dándole las gracias en silencio por ayudarle a deshacerse de English. Luego retomó su trabajo.

Sin embargo, no dejaba de pensar en el *Libro de los Sal-*

mos, el difunto Jonathan DeHaven y el también difunto presidente de la Cámara, Bob Bradley, y, finalmente, Cornelius Behan, un contratista de Defensa rico y adúltero que, al parecer, había asesinado a su vecino.

Y pensar que había elegido la profesión de bibliotecario porque detestaba la presión. Tal vez debería solicitar un puesto en la CIA para ponerse al día.

41

Annabelle cenó en la habitación del hotel, se duchó, se envolvió con una toalla y comenzó a peinarse. Se sentó frente al espejo de cortesía y comenzó a cavilar sobre la situación. Habían pasado cuatro días y Jerry Bagger ya sabría que le habían estafado cuarenta millones de dólares. Debería estar a diez mil kilómetros de distancia de aquel hombre, pero apenas los separaba un breve viaje en avión. Era la primera vez que no seguía un plan de huida; aunque, todo sea dicho, era la primera vez que asesinaban a un ex marido suyo.

Oliver y Milton la intrigaban, Caleb era un tanto «especial» y Reuben resultaba divertido con su embelesamiento. Annabelle admitía que se lo pasaba bien en compañía de aquel grupo. Pese a tener una personalidad solitaria, Annabelle siempre había pertenecido a un equipo y una parte de ella seguía necesitando esa sensación. Había comenzado con sus padres y había continuado de adulta al dirigir sus propios equipos. Oliver y los demás satisfacían esa necesidad vital, aunque de un modo diferente. De todas maneras, no debería estar allí.

Dejó de peinarse, se quitó la toalla y se puso una camiseta. Se acercó a la ventana y observó la calle atestada. Sin dejar de mirar aquella vorágine de tráfico y transeúntes apresurados, reconstruyó mentalmente lo que había hecho hasta el momento: se había hecho pasar por la directora de una revista, había ayudado a Oliver a allanar la Biblioteca del Congreso, había cometido un delito al hacerse pasar por un agente del FBI y ahora tendría que buscar la manera de que Caleb consiguiera las cintas de vídeo de seguridad para saber qué le había pasado a Jonathan. Si Oliver estaba en lo cierto, personas más peligrosas que Jerry Bagger podrían enfrentarse a ellos.

Se apartó de la ventana, se sentó en la cama y comenzó a ponerse loción en las piernas. «Esto es una locura —se dijo—. Bagger removerá cielo y tierra para encontrarte y matarte, y aquí estás tú, sin tan siquiera haber salido del país.» Sin embargo, había prometido a los miembros del Camel Club que los ayudaría. De hecho, se recordó a sí misma que había insistido en formar parte del grupo.

—¿Debería quedarme y arriesgarme a que el radar de Jerry no llegue a Washington? —se preguntó en voz alta.

Alguien había asesinado a Jonathan; quería vengarse, aunque sólo fuera porque la enfurecía que alguien hubiera decidido acabar con su vida antes de la cuenta.

De repente, se le ocurrió algo y consultó la hora. No tenía ni idea de qué hora sería allí, pero necesitaba saberlo. Corrió hasta el escritorio y cogió el móvil. Marcó y esperó con impaciencia mientras sonaban los tonos. Le había dado ese número y un teléfono internacional para mantenerse en contacto después de la estafa. Si a alguno de los dos le llegaban noticias de Jerry, avisaría al otro.

—Hola —dijo Leo finalmente.

—Hola. Creía que no responderías.

—Estaba en la piscina.

—En la piscina, qué bien. ¿En qué parte?

—En la más honda.

—No, me refería a en qué parte del mundo.

—No puedo responder. ¿Y si Bagger está ahí?

—Entiendo. ¿Te ha llamado alguien más?

—No, nadie.

—¿Sabes algo de Bagger?

—No, lo he borrado de mi agenda —repuso Leo lacónicamente.

—Me refería a que si sabes si ha habido represalias.

—No, sólo algún que otro rumor. No quería investigar más de la cuenta; apuesto lo que sea a que al tío le ha entrado el instinto homicida.

—Sabes que nos buscará mientras viva.

—Entonces ojalá que se muera de un infarto. No quiero que el pobre sufra. —Se calló y añadió—: Hay algo que tendría que haberte dicho antes. Y no te cabrees.

Annabelle se irguió.

—¿Qué has hecho?

—Estaba hablando con Freddy y se me escaparon algunos detalles sobre ti.

Annabelle se levantó.

—¿Qué detalles?

—Tu apellido y lo que hacías con Paddy.

—¿Es que te has vuelto loco? —gritó.

—Lo sé, lo sé, fue una tontería. No fue premeditado. Sólo quería que supiera que no eres como tu viejo, pero no se lo conté a Tony. No soy tan idiota.

—Gracias, Leo, muchísimas gracias, ¡joder!

Colgó y se quedó en el centro de la habitación. Freddy sabía cuál era su apellido y que su padre era Paddy Conroy, el mayor enemigo de Jerry Bagger. Si Jerry daba con Freddy, lo haría hablar, y luego Bagger iría a por ella; Annabelle podía predecir su destino con bastante acierto: Jerry la metería, pedacito a pedacito, en una trituradora de madera.

Annabelle comenzó a preparar la maleta. «Lo siento, Jonathan», pensó.

Cuando Caleb regresó a su apartamento aquella noche, vio que alguien lo esperaba en el aparcamiento.

—Señor Pearl, ¿qué hace aquí?

En esa ocasión, Vincent Pearl no se parecía al profesor Dumbledore, sobre todo porque no llevaba la larga túnica violeta, sino traje, camisa de cuello abierto, zapatos relucientes y el pelo largo y espeso peinado con esmero. Con el traje parecía más delgado que con la túnica.

Caleb, más bien rollizo, se dijo que nunca llevaría túnica. Pearl tenía las gafas medio caídas sobre la nariz mientras lo observaba en silencio con una expresión tan condescendiente que el bibliotecario comenzó a inquietarse.

—¿Y bien? —le preguntó Caleb.

—No me ha devuelto las llamadas —dijo Pearl con voz grave y ofendida—. Creí que mi presencia le ayudaría a recordar mi interés en el *Libro de los Salmos*.

—Ya veo.

Pearl miró a su alrededor.

—Un aparcamiento no me parece el lugar más apropiado para hablar sobre uno de los libros más importantes del mundo.

Caleb suspiró.

—De acuerdo, vayamos a mi apartamento.

Subieron en el ascensor hasta la planta de Caleb. Los dos se sentaron, el uno frente al otro, en el pequeño salón.

—Temía que hubiera decidido ir directamente a Sotheby's o Christie's con el *Libro de los Salmos*.

—No, qué va. Ni siquiera he vuelto a la casa desde que estuvimos allí la última vez. No lo he llamado porque todavía me lo estoy pensando.

Pearl parecía aliviado.

—Nos convendría comprobar la autenticidad del libro. Conozco varias empresas de reputación intachable que podrían hacerlo. No veo motivo alguno para esperar.

—Bueno —dijo Caleb en tono vacilante.

—Cuanto más retrase la operación, menos control tendrá sobre el hecho de que la gente sepa de la existencia del duodécimo *Libro de los Salmos*.

—¿A qué se refiere? —preguntó Caleb, inclinándose hacia delante.

—Creo que no es consciente de la importancia de este descubrimiento, Shaw.

—Todo lo contrario, soy perfectamente consciente.

—Me refiero a que podría haber filtraciones.

—¿Cómo? No se lo he contado a nadie.

—¿A sus amigos?

—Son de fiar.

—Entiendo, pero me perdonará si no comparto su confianza. Si se produjera una filtración, la gente empezaría a lanzar acusaciones. La reputación de Jonathan se vería empañada.

—¿Qué clase de acusaciones?

—¡Oh, santo cielo!, se lo diré con claridad: que el libro es robado.

Caleb recordó su propia teoría de que el ejemplar de la biblioteca era una falsificación.

—¿Robado? ¿Quién se lo creería?

Pearl respiró hondo.

—En la larga historia del coleccionismo de libros, ninguno de los propietarios de ese tesoro lo ha mantenido en secreto. Hasta ahora.

—¿Y por eso cree que Jonathan lo robó? ¡Ridículo! Tenía tanto de ladrón como yo. —«Ojalá no me equivoque», pensó.

—Pero tal vez se lo comprara a alguien que lo había robado, puede que sin querer, puede que no. Al menos, es posible que lo sospechase, de ahí el secretismo.

—¿Y de dónde robaron el libro, para ser exactos? Dijo que se había puesto en contacto con los otros propietarios.

—¿Qué demonios esperaba que dijeran? —espetó Pearl—. ¿Cree que admitirían que su ejemplar era robado? Quizá no lo sepan. ¿Y si sustituyeron el original con una falsificación perfecta? Tampoco es que comprueben sus ejemplares a diario para asegurarse de su autenticidad. —Se calló y añadió—: ¿Encontró la documentación relativa al libro? ¿Un contrato de compraventa? ¿Algo que demostrase su procedencia?

—No —reconoció Caleb desanimado—, pero tampoco he repasado los documentos personales de Jonathan. Mi trabajo se limita a la colección de libros.

—No, su trabajo se amplía a cualquier prueba relativa a la propiedad de sus libros. ¿Cree que Christie's o Sotheby's subastarán un *Libro de los Salmos* sin estar completamente seguros de la autenticidad del libro ni de la fe pública bajo la cual se venderá el libro?

Era plenamente consciente de que querrían saber eso.

—Pues bien, Shaw, si estuviera en su lugar me pondría manos a la obra para encontrar las pruebas pertinentes. Si no las encuentra, la impresión general será que Jonathan consiguió el libro por cauces no verificables. En el mundo de los libros raros, eso equivale a decir que lo robó o que, a sabiendas, se lo compró a alguien que lo había robado.

—Supongo que, si lo pido, sus abogados me permitirían rebuscar entre sus documentos. O quizá lo harían ellos mismos si les dijera lo que tienen que buscar.

—Si hace eso, querrán saber por qué. Cuando les explique el motivo, le aseguro que ya no será dueño de la situación.

—¿Cree que debería hacerlo yo mismo?

—¡Sí! Usted es su albacea literario, actúe como tal.

—Preferiría que no me hablara así —repuso Caleb, enojado.

—¿Cobra un porcentaje del precio de la venta de la subasta?

—No tengo por qué responder a eso —replicó Caleb.

—Lo interpretaré como un «sí». Si trata de subastar ese ejemplar sin poseer pruebas irrefutables de que DeHaven lo obtuvo de forma honesta y luego se descubre que no fue así, su reputación no será la única que se verá manchada, ¿no cree? Cuando hay mucho dinero en juego, la gente siempre supone lo peor.

Caleb no replicó mientras asimilaba esa información. Aunque los comentarios de Pearl le repugnaban, tenía razón. Le desolaba que la reputación de su difunto amigo naufragase, pero Caleb no quería que aquello le arrastrase hasta el fondo del océano.

—Supongo que podría repasar los documentos de Jonathan.—Sabía que Oliver y los otros ya habían rebuscado en la casa, pero no habían tratado de encontrar los documentos de propiedad de la colección de libros.

—¿Irá allí esta noche?

—Es muy tarde. —Además, le había dado la llave a Reuben.

—Entonces ¿mañana?

—Sí, mañana.

—Perfecto. Comuníqueme lo que encuentre. O lo que no encuentre.

Cuando Pearl se hubo marchado, Caleb se sirvió una copa de jerez y se la bebió mientras comía unas patatas fritas grasientas, uno de sus aperitivos favoritos. Se sentía demasiado presionado para pensar en la dieta. Mientras se tomaba el jerez, recorrió con la mirada la pequeña colección de libros que tenía en los estantes del estudio.

«Quién me iba a decir que coleccionar libros sería tan complicado, joder?», pensó.

42

A primera hora de la mañana siguiente, Reuben informó a Stone de que durante la noche no había sucedido nada; la noche anterior el informe había sido el mismo.

—¿Nada? —preguntó Stone con escepticismo.

—No hubo acción en el dormitorio, si es que te refieres a eso. Behan y su esposa llegaron a casa a medianoche. Al parecer, no usan ese dormitorio porque la luz nunca se enciende. Quizás está reservado para las mujeres que hacen *strip-tease*.

—¿Viste algo más? ¿La camioneta blanca, por ejemplo?

—No, y creo que entré y salí de la casa sin que nadie me viera. Hay un seto de tres metros de altura que tapa la zona de atrás. Hay una alarma en la puerta trasera, así que no tuve problemas.

—¿Estás seguro de que no viste nada que pudiera ayudarnos?

Reuben parecía inseguro.

—Bueno, tal vez no sea importante, pero a eso de la una de la madrugada me pareció ver un destello en la ventana de la casa de enfrente.

—Tal vez los propietarios estuvieran levantados.

—Eso es lo raro. Parece que no vive nadie en la casa. No se ven coches ni cubos de la basura fuera. Y hoy era el día de sacar la basura, porque todas las otras casas la habían dejado en la acera.

Stone lo miró con curiosidad.

—Interesante. ¿Crees que era un destello óptico?

—De una pistola, no; pero puede que sí de unos prismáticos.

—Vigila esa casa también. ¿Qué hay del aviso a la policía?

—Los llamé desde una cabina, como dijiste, pero creo que no me creyeron porque la mujer me dijo que dejara de llamar para molestar.

—Vale, llámame mañana por la mañana para darme el siguiente parte.

—Perfecto, pero ¿cuándo se supone que duermo, Oliver? Llevo toda la noche despierto y ahora voy al muelle a trabajar.

—¿Cuándo sales del trabajo?

—A las dos.

—Duerme entonces. No hace falta que vayas a casa de DeHaven hasta las diez, más o menos.

—Gracias. ¿Puedo comerme su comida?

—Sí, siempre y cuando la repongas.

—Joder, vivir en una mansión no es tan bueno como lo pintan —resopló Reuben.

—Ya lo ves, no te has perdido nada.

—Y mientras me parto el culo ahí fuera, ¿qué hace su excelencia?

—Su excelencia sigue pensando.

—¿Sabes algo de Susan? —preguntó Reuben esperanzado.

—Nada de nada.

Al cabo de media hora, Stone trabajaba en el cementerio cuando un taxi se detuvo junto a la puerta y Milton salió. Stone se levantó, se sacudió el polvo de las manos y los dos entraron en la casa. Mientras Stone servía limonada, Milton encendió el portátil y abrió una carpeta que había traído.

—He averiguado muchas cosas sobre Cornelius Behan y Robert Bradley —dijo—, pero no sé si servirán de algo.

Stone se sentó junto al escritorio y cogió la carpeta. Al cabo de veinte minutos, alzó la vista.

—Parece que Behan y Bradley no eran precisamente amigos.

—Enemigos, para ser más exactos. Aunque la empresa de Behan ganó esos dos importantes contratos gubernamentales, Bradley le impidió ganar otros tres; en parte, porque lo acusó de tráfico de influencias. Eso me lo contaron un par de conocidos del Capitolio. Por supuesto, nunca lo admitirían en público, pero parece bastante evidente que Bradley encabezó el ataque contra Behan, a quien tachaba de corrupto. No parecen formar parte de la red de espionaje.

—No, no lo parece, salvo que sea una tapadera. Pero estoy de acuerdo con el difunto presidente: creo que Behan es un corrupto. ¿Lo bastante corrupto para matar? En el caso de DeHaven, diría que sí.

—Entonces, quizá Behan también mató a Bradley. Tendría motivos de sobra si Bradley se entrometía en sus negocios.

—Sabemos que DeHaven murió por envenenamiento de CO_2 y que la bombona mortal procedía de una de las empresas de Behan. Caleb me llamó ayer. Fue a la cámara y echó un vistazo detrás de la rejilla doblada del conducto de ventilación. Había un pequeño agujero de tornillo en la pared del conducto que podría haber servido para colgar una cámara de vídeo. También me comentó que no le costó desatornillar la tapa, como si alguien lo hubiera hecho recientemente. Pero eso no basta para demostrar que allí hubo una cámara.

—Si Bradley y Behan no estaban conchabados, entonces Jonathan no los vio juntos en casa de Behan. ¿Por qué lo mataron?

Stone negó con la cabeza.

—Ni idea, Milton.

Cuando Milton se hubo marchado, Stone retomó el trabajo en el cementerio. Sacó un cortacésped de un pequeño cobertizo, lo puso en marcha y lo pasó por una zona de hierba situada a la izquierda de la casita. Al acabar, apagó el motor, se volvió y se la encontró mirándolo. Llevaba un sombrero grande y flexible, gafas de sol y un abrigo de piel marrón sobre la falda corta. Aparcado al otro lado de las puertas, vio un coche de alquiler.

Se secó la cara con un trapo y empujó el cortacésped hasta el porche de la casa, donde lo esperaba Annabelle. Se quitó las gafas.

—¿Qué tal, Oliver?

Stone permaneció en silencio unos instantes.

—Por tu vestimenta diría que vas a alguna parte.

—De hecho, he venido por eso, para comunicarte un cambio de planes. Tengo que marcharme. Mi vuelo sale dentro de un par de horas. No volveré.

—¿En serio?

—En serio —respondió ella con firmeza.

—Bueno, no puedo culparte; las cosas se están poniendo feas.

Annabelle lo miró de hito en hito.

—Si crees que me largo por eso, no eres tan listo como creía.

Stone la observó unos instantes.

—Quienquiera que te persigue debe de ser muy peligroso.

—Me da a mí que tú también tienes enemigos.

—No los busco, pero ellos acaban encontrándome.

—Ojalá pudiera decir lo mismo. Suelo buscarme los enemigos.

—¿Se lo dirás a los demás?

Annabelle negó con la cabeza.

—Pensaba pedirte que te despidieras por mí.

—Se llevarán un buen chasco, sobre todo Reuben. Y hacía años que no veía a Milton tan contento. Por supuesto, Caleb no admitirá que le gusta tu compañía, pero llevará la cara larga una buena temporada.

—¿Y tú? —le preguntó Annabelle, sin mirarlo a los ojos.

Con la bota, Stone quitó un hierbajo que se había quedado atrapado en las ruedas del cortacésped.

—Es indudable que tienes un gran talento.

—Hablando de talento, me pillaste robándote la foto del

bolsillo. No me había pasado desde que tenía ocho años. —Lo miró con expresión inquisitiva.

—Estoy seguro de que fuiste una niña precoz —repuso Stone.

Annabelle le dedicó una sonrisa complacida.

—Bueno, me lo he pasado bien. Cuidaos y andaos con ojo. Como has dicho, los enemigos acaban encontrándote. —Se volvió para marcharse.

—Esto... Susan, si resolvemos el misterio sobre la muerte de Jonathan, ¿quieres que nos pongamos en contacto contigo?

Annabelle lo miró.

—Creo que lo mejor será que deje el pasado donde está. En el pasado.

—Creía que te gustaría saberlo. Así nunca se supera una pérdida.

—Parece como si lo dijeras por experiencia propia.

—Mi esposa. Hace ya mucho.

—¿Os habíais divorciado?

—No.

—En nuestro caso fue distinto. Jonathan decidió poner fin a nuestro matrimonio. Ni siquiera sé por qué vine aquí.

—Entiendo. ¿Podrías devolverme entonces la foto?

—¿Qué? —dijo sobresaltada.

—La foto de Jonathan. Quiero llevarla a su casa.

—Oh, esto... no la llevo encima.

—Bueno, cuando llegues adondequiera que vayas, envíamela.

—Eres demasiado confiado, Oliver. No tengo motivo alguno para devolvértela.

—Ya. Ni un solo motivo.

Annabelle lo miró con curiosidad.

—Eres una de las personas más curiosas que he conocido, y eso significa mucho.

—Deberías marcharte o perderás el vuelo.

Annabelle observó las lápidas que los circundaban.

—Te rodea la muerte, es muy deprimente. Tal vez deberías buscarte otro trabajo.

—Ves muerte y tristeza en esos hoyos, mientras que yo veo seres que han vivido existencias plenas y cuyos buenos actos influirán en las generaciones venideras.

—Demasiado altruista para mi gusto.

—Yo también pensaba así.

—Buena suerte. —Se volvió para irse.

—Si alguna vez necesitas un amigo, ya sabes dónde encontrarme.

Los hombros de Annabelle se tensaron unos instantes al oír ese comentario, y entonces se marchó.

Stone apartó el cortacésped, se sentó en el porche y contempló las lápidas mientras comenzaba a soplar un viento helado.

43

Caleb se levantó y saludó al hombre que acababa de entrar en la sala de lectura.

—¿En qué puedo ayudarlo?

Roger Seagraves le mostró a Caleb el carné de la biblioteca, que cualquiera podía obtener en el edificio Madison, al otro lado de la calle, enseñando el pasaporte o el permiso de conducir, falsos o no. El nombre que figuraba en el carné era William Foxworth y la fotografía coincidía con el hombre que tenía delante. En la base de datos de la biblioteca figuraba la misma información.

Seagraves miró las mesas donde había gente sentada.

—Busco un libro en concreto. —Seagraves le dijo el título.

—Bien. ¿Le interesa esa época en particular?

—Me interesan muchas cosas —respondió Seagraves—, y ésta es una de ellas. —Observó a Caleb unos instantes como si pensara qué quería decir. De hecho, había planeado el guión con gran esmero y había estudiado a fondo a Caleb Shaw—. También soy coleccionista, aunque me temo que bastante novato. Acabo de comprar varios volúmenes de literatura inglesa y me gustaría que alguien los valorase. Supongo que tendría que haberlo hecho antes de comprarlos, pero, como le he dicho, acabo de comenzar la colección. Hace poco conseguí un poco de dinero, y mi madre trabajó en una biblioteca durante muchos años. Los libros siempre me han interesado, pero me he dado cuenta de que coleccionarlos en serio es otro cantar.

—Sin duda. Y puede ser bastante implacable —dijo Caleb, tras lo cual se apresuró a añadir—: Sin perder la dignidad, por supuesto. Resulta que una de mis áreas de especialización es la literatura inglesa del siglo XVIII.

—Vaya, magnífico —replicó Seagraves—. Estoy de suerte.

—¿De qué libros estamos hablando, señor Foxworth?

—Por favor, llámame Bill. Una primera edición de un Defoe.

—¿*Robinson Crusoe*? ¿*Moll Flanders*?

—*Moll Flanders* —respondió Seagraves.

—Excelente. ¿Qué más?

—*The Life of Richard Nash*, de Goldsmith. Y uno de Horace Walpole.

—¿*El castillo de Otranto*, de 1765?

—Ése mismo, y está en buen estado.

—No hay muchos ejemplares de esos libros. Se los valoraré con mucho gusto. Como sabrá, existen muchas ediciones distintas. Hay quien compra los libros creyendo que son primeras ediciones, pero resulta que no lo son. Pasa incluso con los mejores vendedores. —Se apresuró a añadir—: Sin darse cuenta, por supuesto.

—Los podría traer la próxima vez que venga.

—No creo que sea buena idea, Bill, porque le costaría pasarlos por seguridad, salvo que se haya planificado con antelación. Podrían pensar que nos ha robado los libros y supongo que no querrá que le detengan.

Seagraves palideció.

—¡Ah, claro!, no se me había ocurrido. ¡Por Dios, la policía! En mi vida me han puesto una multa, ni siquiera de aparcamiento.

—Tranquilo, no pasa nada —le dijo Caleb pomposamente—. El mundo de los libros raros es muy, ¿cómo decirlo?, sofisticado, con cierto toque de peligro. Pero, si de verdad quiere coleccionar obras del siglo XVIII, tendrá que incluir a varios autores. Los más obvios son Jonathan Swift y Alexander Pope; se los considera los genios de la primera mitad del siglo. *Tom Jones*, de Henry Fielding, por supuesto, David

Hume, Tobias Smollett, Edgard Gibbon, Fanny Burney, Ann Radcliffe y Edmund Burke. No es un pasatiempo barato.

—Empiezo a darme cuenta de ello —repuso Seagraves, con aire sombrío.

—No es como coleccionar tapones de botella, ¿eh? —Caleb se rió de su propia broma—. Oh, y por supuesto, no puede olvidar al monstruo de esa época, el genio de la segunda mitad del siglo, Samuel Johnson. No es una lista completa ni por asomo, pero no está mal para empezar.

—Está claro que conoce bien la literatura del siglo XVIII.

—Debería, porque soy doctor en la materia. En cuanto a lo de evaluar los libros, podemos reunirnos donde quiera. Avíseme. —Rebuscó en el bolsillo y entregó a Seagraves una tarjeta con el número de la oficina. Le dio una palmadita entusiasta en la espalda—. Y ahora iré a buscarle el libro.

Cuando Caleb le trajo el volumen, le dijo:

—Pues bien, disfrute.

Seagraves miró a Caleb y sonrió.

—Oh, eso haré, señor Shaw, eso haré.

Reuben había quedado con Caleb para ir a casa de De-Haven cuando éste saliera del trabajo. Se pasaron dos horas buscando. En el escritorio encontraron recibos y contratos de compraventa de todos los demás libros, pero no dieron con nada que demostrase que el *Libro de los Salmos* fuera propiedad del difunto bibliotecario.

Caleb bajó a la cámara. Necesitaba comprobar si aquel ejemplar llevaba el código secreto de la biblioteca; así sabría si Jonathan lo había robado o no. Sin embargo, Caleb no hizo ademán de entrar en la cámara. ¿Y si el código estaba en el libro? No se atrevía a enfrentarse a esa posibilidad, así que hizo lo que mejor se le daba cuando se sentía presionado: salir corriendo. El libro podría esperar, se dijo.

—No lo entiendo —le dijo Caleb a Reuben—. Jonathan era un hombre honrado.

Reuben se encogió de hombros.

—Sí, pero la gente se toma muy en serio lo de coleccionar. Un libro así lo podría llevar a hacer algo turbio, y eso explicaría por qué lo mantenía en secreto.

—Pero al final se sabría —repuso Caleb—. Algún día moriría.

—Está claro que no esperaba morir de repente. Quizá tenía otros planes para el libro y no llegó a ponerlos en práctica.

—Pero ¿cómo subasto yo un libro que carece de documentación sobre su propiedad?

—Caleb, sé que era tu amigo y eso; sin embargo, creo que la verdad se sabrá tarde o temprano —le dijo Reuben con calma.

—Se armará un escándalo.

—No podrás evitarlo, pero asegúrate de que no te afecte.

—Supongo que tienes razón, Reuben. Gracias por ayudarme. ¿Te vas a quedar?

Reuben consultó la hora.

—Todavía es temprano. Creo que me iré contigo y volveré más tarde. Al menos he dormido un poco esta tarde.

Los dos hombres se marcharon. Tres horas después, poco antes de las once, Reuben entró de nuevo en la casa por la puerta de atrás. Se preparó un tentempié en la cocina y subió. Aparte de la «habitación del amor» de Cornelius Behan, desde el desván también se veía Good Fellow Street desde otra ventana de media luna. Reuben observaba la casa de Behan por el telescopio y luego la casa de enfrente con unos prismáticos que había traído.

Un coche aparcó junto a la casa de Behan hacia la una de la madrugada, y Reuben vio salir del Cadillac verde oscuro a Behan, una joven ataviada con un largo abrigo de piel negro y un par de guardaespaldas. La mujer de Behan no debía de estar en la ciudad, pensó Reuben mientras se colocaba junto a la ventana con vistas a la casa de Behan.

No tuvo que esperar mucho. Se encendieron las luces del dormitorio y entraron el contratista de Defensa y la jovencita de turno.

Behan se sentó en una silla, dio una palmada y la joven se puso manos a la obra de inmediato. Botón a botón, se quitó el abrigo de piel. Al abrirlo, y aunque se imaginaba lo que vería, Reuben se quedó boquiabierto mientras observaba el espectáculo por el telescopio: medias de rejilla hasta el muslo, sujetador sensual y unas bragas tan minúsculas que casi no se veían. Dejó escapar un largo suspiro de alivio.

Al cabo de unos instantes, Reuben percibió un destello rojo por la ventana que daba a la calle. Alzó la vista. Pensó que serían las luces de freno de un coche, se encogió de hombros y volvió a mirar por el telescopio.

La joven había dejado caer el sujetador al suelo, se había sentado en una silla y se estaba tomando su tiempo para bajarse las medias mientras el pecho, obviamente operado, se le desparramaba sobre el estómago plano.

«El plástico nunca falla», pensó Reuben mientras suspiraba de nuevo. Volvió a mirar hacia la otra ventana, donde vio con claridad un destello rojo. Eso no era un coche. Se acercó a la ventana y se quedó helado al ver la casa que estaba al otro lado de la calle. Aquel maldito lugar estaba envuelto en llamas. Escuchó con atención. ¿Eran sirenas? ¿Alguien había avisado del incendio?

No tuvo tiempo de responder a esa pregunta. El golpe le llegó desde atrás y lo derribó al suelo. Roger Seagraves rodeó el cuerpo y se acercó a la ventana con vistas a la casa de Behan, donde, sin tan siquiera usar el telescopio, vio que la joven había terminado de desvestirse y, con una sonrisa pícara, se arrodillaba lentamente frente a un Cornelius Behan más que contento.

Poco le duraría.

Cuando Reuben se despertó, al principio no supo dónde estaba. Se irguió poco a poco y vio la habitación. Seguía en el desván. Se levantó con las piernas temblorosas y recordó lo sucedido. Cogió un viejo trozo de tablón a modo de arma mientras recorría el desván con la mirada. No había nadie, estaba completamente solo. Pero alguien lo había golpeado tan fuerte en el cráneo que lo había derribado y dejado inconsciente.

Oyó ruidos procedentes de la calle. Miró por la ventana. Había varios camiones de bomberos alineados en la calle apagando las llamas de la casa de enfrente. Reuben también vio ir y venir varios coches de policía.

Mientras se frotaba la nuca, miró hacia la casa de Behan. Las luces estaban encendidas. Al ver que la policía entraba en la casa, tuvo un mal presentimiento. Cruzó la habitación tambaleándose y miró por el telescopio. La luz del dormitorio seguía encendida, aunque la actividad era bien distinta.

Cornelius Behan estaba tumbado boca abajo en el suelo, completamente vestido. Tenía el pelo mucho más rojo gracias al enorme agujero que se le veía en la parte posterior de la cabeza. La joven estaba apoyada en la cama, sentada. Reuben le vio las manchas rojas en la cara y en el pecho. Parecía como si le hubieran disparado en la cabeza. Los policías uniformados y de paisano estudiaban con detenimiento la escena del crimen. ¿Cuánto tiempo había estado inconsciente? Lo que vio a continuación hizo que olvidara todo lo demás.

Había dos orificios de bala en la ventana del dormitorio y otros dos orificios idénticos en la ventana por la que él estaba mirando. «¡Oh, mierda!», exclamó, tras lo cual salió corriendo hacia la puerta, tropezó de nuevo y se cayó. Alargó la mano para incorporarse y cogió algo del suelo.

Al levantarse, sostenía el rifle que estaba seguro que se había utilizado para matar a Behan y a la joven. Mientras corría por la cocina, vio la comida que había dejado fuera y supo que sus huellas estarían por todas partes, pero no tenía tiempo para preocuparse de eso. Salió por la puerta de atrás.

La luz lo cegó y levantó una mano para bloquear aquel resplandor.

—¡Alto! —gritó una voz—. ¡Policía!

44

—Le conseguí un abogado —explicó Caleb—, aunque es tan joven y barato que no sé si lo hará bien. Pero le conté una mentira piadosa y le dije que Reuben estaba allí a petición mía para vigilar la colección de libros, y que por eso tenía las llaves de la casa y sabía la combinación de la alarma. Le expliqué lo mismo a la policía. Les proporcioné el nombre del abogado de Jonathan para que confirmen mi papel como albacea literario.

Milton y Caleb estaban en casa de Stone. La pasmosa noticia de la detención de Reuben por los asesinatos de Cornelius Behan y su amiga saltaba a la vista en el semblante sombrío de los presentes.

—¿Saldrá bajo fianza? —preguntó Milton.

Stone negó con la cabeza.

—Teniendo en cuenta la situación personal de Reuben y las circunstancias del caso, lo dudo. Pero quizá con la información que Caleb les ha proporcionado reconsideren las acusaciones.

—He visto a Reuben esta mañana —dijo Caleb—. Me ha contado que estaba vigilando la casa de Behan cuando vio las llamas y luego alguien le golpeó en la cabeza y lo derribó. Cuando volvió en sí, vio que Behan y la chica estaban muertos. Intentó huir, pero la policía lo pilló.

—La prensa se ha puesto las botas con el hecho de que Behan apareciese muerto con su amante desnuda. Al parccer, anoche la señora Behan estaba en Nueva York —añadió Milton.

—Lo que tenemos que hacer es encontrar al verdadero asesino —dijo Stone.

—¿Y cómo lo conseguiremos? —preguntó Milton.

—Prosiguiendo con nuestras investigaciones. —Miró a Caleb—. Necesitaríamos echar un vistazo a las cintas de vídeo de seguridad de la biblioteca.

—Susan dijo que me ayudaría, pero no he sabido nada de ella.

—Entonces te sugiero que lo hagas tú solo —dijo Stone.

Aunque Caleb pareció sorprenderse, no cuestionó sus palabras.

—Creo que podemos afirmar con toda tranquilidad que Behan y Bradley no eran amigos —dijo Stone—. Al principio creía que Behan había ordenado la muerte de Bradley, y puede que sea cierto, pero ¿quién mató a Behan y por qué?

—¿Para vengarse de él por haber matado a Bradley? —sugirió Milton.

—Si fuera cierto, tendríamos que investigar a los posibles sospechosos desde esa perspectiva. —Stone miró a Milton—. Necesitaré información sobre miembros del gabinete de Bradley, socios conocidos o tal vez amigos en el ejército o en las agencias de inteligencia que contaran con los medios para asesinar a Behan.

Milton asintió.

—Hay algo llamado Directorio de No Electos que podría sernos útil. Sin embargo, será complicado obtener información de los militares o las agencias de inteligencia.

—Quienquiera que matase a Behan sabía que Reuben estaba en la casa y le cargó el muerto. Eso significa que también estaban vigilando la casa.

—¿Los que estaban en la casa de enfrente que Reuben mencionó? —aventuró Caleb.

Stone negó con la cabeza.

—No. El fuego seguramente lo provocó un cómplice del asesino. Sabían que la casa de Behan estaba bajo vigilancia. El fuego fue una distracción para entrar en la casa, matar a Behan y huir.

—Muy astuto —comentó Caleb.

—Iré a ver a Reuben —dijo Stone.

—¿No te pedirán la documentación o algo, Oliver? —señaló Milton.

—Pueden pedírmela, pero que yo sepa no es delito no tenerla.

—Estoy seguro que de Susan podría conseguírtela —sugirió Milton—. Tenía credenciales del FBI que parecían reales.

—¿Dónde está nuestra intrépida compañera? —preguntó Caleb.

—Tenía otros planes —respondió Stone.

Jerry Bagger estaba sentado en su despacho con una expresión de derrota del todo inusual. Con mucha discreción, habían distribuido fotografías de Annabelle y Leo hasta en el último rincón del mundo de los estafadores, y nadie había logrado identificarlos. No resultaba sorprendente, porque no tenían ninguna instantánea clara de ella ni de su adlátere. Era como si hubieran sabido dónde estaban las cámaras de vigilancia. Y, aunque los suyos se habían esforzado por impedirlo, se habían filtrado pequeños rumores sobre la estafa; lo cual seguramente era peor que contar la verdad pura y dura, ya que daba pie a todo tipo de especulaciones. En resumen, el rey de los casinos era el hazmerreír de todos y eso aumentaba su deseo de encontrar a los dos estafadores y pasarlos por la sierra circular mientras grababa con la videocámara sus últimos suspiros agónicos en la tierra.

Habían registrado sus habitaciones y no habían encontrado ni una huella dactilar. Los vasos que la mujer y su compinche habían tocado estaban relucientes. El móvil que ella había arrojado contra la pared había acabado en un contenedor de escombros y luego en el vertedero del estado al que iba a parar la basura. El período de cuatro días les había permitido borrar su rastro. Bagger se llevó las manos a la cabeza. Y pensar que había sido él quien había sugerido ampliar el plazo a cuatro días. Se había estafado a sí mismo.

«Y ése había sido el plan de la muy puta desde el comienzo. Me dejó hacer para que cavara mi propia tumba», pensó.

Se levantó y se acercó a las ventanas. Se había jactado de ser capaz de descubrir una estafa antes de que pudieran aprovecharse de él. Sin embargo, se trataba de la primera estafa que le habían perpetrado de manera directa; todas las otras habían estado dirigidas al casino. Habían sido estafas menores pensadas para robarle en los dados, las cartas o la ruleta. Pero ésta había sido una estafa orquestada por una mujer que sabía perfectamente lo que hacía y que utilizaba todos y cada uno de sus recursos, incluyendo uno infalible: el sexo.

Sí, había sido muy convincente. Repasó mentalmente una y otra vez el rollo que le había largado. Había abierto y cerrado el grifo en los momentos oportunos. Le había convencido de que era una espía que trabajaba para el Gobierno. En la actualidad, teniendo en cuenta que los federales estaban de mierda hasta el cuello, costaba no creerse las historias más inverosímiles.

Miró por la ventana y recordó la llamada en la que ella le había dicho que quería reunirse con él tras haber despistado al equipo de seguridad que le seguía. Bagger le había mentido al decirle que ya se había ido de la oficina y que estaba saliendo de la ciudad. Ella le había dicho de forma tajante que todavía estaba en su despacho. Ese comentario lo había convencido por completo y le hizo creer que los espías lo estaban vigilando. ¡Vigilándolo, a él!

Observó el hotel que estaba al otro lado de la calle. Tenía veintitrés plantas, las mismas que su edificio. La hilera de ventanas daban a su oficina. ¡Hija de puta! ¡Eso era! Llamó a gritos al jefe de seguridad.

Después de formularle todo tipo de preguntas y llamar al abogado de Reuben, a Oliver le permitieron ver a su amigo en la celda. En cuanto la puerta se hubo cerrado, Stone se sobresaltó. Había estado encarcelado con anterioridad, aunque no en Estados Unidos. No, eso no era cierto, se corrigió. La última tortura se la habían inflingido norteamericanos en suelo estadounidense.

Dando por supuesto que la celda estaba vigilada, Stone y Reuben hablaron en voz baja y usaron el menor número posible de palabras. Stone comenzó a dar golpecitos en el suelo de cemento con los pies.

Reuben se percató de ello.

—¿Crees que el ruido les impedirá oír lo que digamos? —le susurró con expresión escéptica.

—Lo dudo, pero así me sentiré mejor.

Reuben sonrió y también dio golpes en el suelo con los pies.

—¿El fuego? —farfulló.

—Sí, lo sé —replicó Stone—. ¿Estás bien?

—Sólo un golpe en la cabeza. El abogado lo usará en la defensa.

—¿Huellas en el arma?

—Accidentales.

—Caleb se lo explicó a la policía. Estabas vigilando los libros. —Reuben asintió—. ¿Algo más?

Reuben negó con la cabeza.

—Aparte del espectáculo erótico. No lo vi venir.

—Siguiendo el hilo de los acontecimientos, para que lo supieras.

—¿Relacionado?

Stone asintió de forma casi imperceptible.

—¿Necesitas algo?

—Sí, a Johnnie Cochran. Una pena que esté en el gran tribunal del cielo. —Se calló—. ¿Susan?

Stone titubeó.

—Ocupada.

Cuando Stone salió del edificio poco después, se percató de que dos hombres —policías— lo seguían a una distancia prudencial.

—Dejaré que me acompañéis, pero sólo un ratito —musitó para sí. Ya estaba pensando en la siguiente persona con la que necesitaba hablar.

45

Roger Seagraves leyó la noticia en la pantalla del ordenador del trabajo. El sospechoso de asesinato se llamaba Reuben Rhodes. Ex militar y ex agente de la DIA (Agencia de Inteligencia de la Defensa) con problemas de bebida que había quemado todas las naves. Trabajaba en el muelle de Washington y vivía en una casucha en los confines del norte de Virginia. La noticia daba a entender que el tipo era una bomba de relojería andante. Este firme enemigo de la guerra había asesinado a un hombre que se había hecho rico vendiendo armas a ejércitos de todo el mundo. Demasiado bonito para ser cierto.

Cuando Seagraves lo vio entrar por la puerta de atrás, no supo qué pensar. Al principio creyó que se trataba de un ladrón, pero la alarma no se había disparado y el hombre se había marchado a la mañana siguiente con las manos vacías. Cuando Reuben volvió a la noche siguiente, Seagraves sabía que tenía una oportunidad de oro para que la policía no sospechase de él.

Cumplió su horario de trabajo para el Gobierno, y luego se tomó su tiempo. Seagraves tenía otra misión pendiente. No sería tan agradable como el encuentro con la mujer de la ASN, pero los negocios no siempre podían ser así. Era importante mantener a sus fuentes felices y en funcionamiento y, a la vez, asegurarse de que nadie sospechara de ellas. Por suerte, gracias a su cargo en la CIA, tenía acceso a las investigaciones abiertas sobre las redes de espionaje nacionales.

Aunque era cierto que el FBI también desempeñaba un papel importante al respecto y tenía varios contactos en esa agencia, le resultaba útil saber qué personas eran consideradas «de interés» por parte de su agencia.

Lo que daba fe de su valía era que la flecha nunca le había apuntado. Era como si la CIA no creyese posible que uno de sus antiguos asesinos trabajase por su cuenta. ¿Acaso creían que así funcionaba el mundo? Si tan fácil era engañar a la principal agencia de inteligencia nacional, entonces temía de verdad por la seguridad del país. Sin embargo, no había que olvidar a Aldrich Ames, aunque Seagraves no se parecía en nada a ese espía.

Seagraves había asesinado obedeciendo órdenes del Gobierno. Por lo tanto, no se le podían aplicar las normas relativas a la seguridad ciudadana. Era como los atletas profesionales, capaces de hacer lo que quisieran gracias a su excelente rendimiento en el terreno. Sin embargo, las características que los hacían parecer tan formidables en el tribunal o en el terreno de juego, también los tornaban increíblemente peligrosos en otros contextos. Seagraves había matado todos esos años sin problema alguno y creía que todo era posible. Pero cuando apretaba el gatillo para ganarse la vida, nunca tenía la sensación de estar trabajando para alguien. Era él quien movía el culo, ya fuera en Oriente Medio, en Extremo Oriente o en cualquier otro lugar al que lo enviaran para liquidar a otra persona. Era un solitario, su perfil psicológico lo había confirmado, y uno de los motivos por los que le habían contratado como asesino.

Condujo hasta un gimnasio de McLean, Virginia, apenas a unos minutos de la sede de la CIA en Chain Bridge Road. Jugaba al tenis con el jefe de sección, un hombre que se enorgullecía de su patriotismo, rendimiento laboral y rápido revés.

Se repartieron los dos primeros sets y Seagraves se planteó si debía dejarse ganar en el tercero. Finalmente, se impuso su espíritu competitivo, aunque fingió que casi perdía. Al fin y al cabo, le llevaba quince años.

—Vaya paliza, Roger —le dijo su jefe.

—Hoy estaba inspirado, eso es todo; aunque no me lo has puesto fácil. Si tuviéramos la misma edad, creo que no podría contigo.

Aquel hombre siempre había trabajado en la oficina de Langley. Lo más cerca que había estado del peligro real eran las novelas de suspense que le gustaba leer. Su jefe no sabía casi nada sobre el trabajo que Seagraves había desempeñado para la agencia en el pasado. Por motivos obvios, el Club del Triple Seis era un secreto muy bien guardado. Sin embargo, sabía que Seagraves había trabajado duro durante muchos años en lugares que la agencia había denominado «puntos conflictivos». Por ese motivo, a Seagraves se le profesaba más respeto que al listillo de turno.

Ya en los vestuarios, mientras su jefe se duchaba, Seagraves abrió su taquilla y sacó una toalla. Se secó la cara y luego el pelo. Su jefe y él condujeron hasta el Reston Town Center y cenaron en el Clyde's, cerca de la chimenea de gas en el centro de la elegante sala. Se despidieron después de cenar. Mientras su jefe se alejaba en coche, Seagraves paseó por la calle principal y se detuvo frente a una sala de cine.

En lugares así, y en los parques de la zona, los espías del pasado realizaban las entregas o recogían el dinero. Seagraves recordó la sutil entrega de un paquete de palomitas que contenía algo más que una ración extra de mantequilla; una práctica sutil, aunque burda, en el arte del espionaje. Su jefe de sección y él ya habían realizado la entrega y recogida durante la tarde y era imposible que alguien se hubiera dado cuenta de ello. La CIA casi nunca vigilaba a dos empleados que pasaban unas horas juntos, y menos si era para jugar al tenis y cenar. Su concepto de los espías tradicionales indicaba que se trataba de una ocupación solitaria, y por eso había invitado al despistado de su jefe.

Condujo hasta casa, sacó la toalla que había traído de la taquilla y entró en una pequeña habitación de hormigón con un revestimiento especial situada en el sótano, una especie de habitación «secreta» a salvo de miradas indiscretas. Colocó la toalla en una mesa junto a un vaporizador manual. El logotipo del gimnasio estaba cosido en la superficie de la toalla. Bueno, lo habría estado si hubiera sido una toalla del gimnasio. Era una falsificación bastante aceptable, pero el logotipo estaba sobre la tela, como los parches que se planchan en la ropa de los niños. El vaporizador despegó el logotipo rápidamente. Al otro lado estaba aquello por lo que Seagraves había sudado durante tres sets: cuatro fragmentos de cinta de cinco centímetros de longitud.

Con un sofisticado dispositivo de aumento que, por algún motivo, su jefe permitía que el personal de cierta categoría tuviese, leyó y descifró la información contenida en los fragmentos. Luego la codificó de nuevo y la colocó en el medio adecuado para llevársela a Albert Trent. Eso lo mantuvo ocupado hasta la medianoche, pero no le importó. Como asesino, estaba acostumbrado a trabajar por la noche, y las viejas costumbres nunca cambian.

Una vez que hubo acabado, le quedaba otra tarea antes de concluir la jornada. Se dirigió al armario especial, lo abrió, desactivó la alarma y entró. Iba allí al menos una vez al día, para admirar su colección. Esa noche añadiría un objeto; aunque le fastidiaba que sólo fuera uno, porque deberían haber sido dos. Sacó el objeto del bolsillo del abrigo. Era un gemelo de Cornelius Behan que le había dado un socio de Seagraves que trabajaba para Fire Control, Inc. Al parecer, se le había caído mientras visitaba el almacén, una visita que al final le había costado la vida. Behan había averiguado la causa de la muerte de Jonathan DeHaven y no podía permitir que se lo contase a nadie.

Seagraves colocó el gemelo en un pequeño estante, junto al babero. Todavía no tenía nada de la joven a la que había disparado. Acabaría averiguando su identidad y obtendría un objeto. Había disparado a Behan en primer lugar; éste se había desplomado y le había dejado el espacio necesario para liquidar a la joven que se disponía a realizar un acto lascivo. De rodillas, la joven miró hacia la ventana, por donde había entrado el primer disparo. Seagraves no sabía si le veía o no, pero no importaba. La joven ni siquiera tuvo tiempo de gritar. La bala le destrozó aquella hermosa cara. Sin duda, iría en un ataúd cerrado, igual que Behan. La herida de salida siempre era mayor que la de entrada.

Mientras observaba el espacio vacío junto al gemelo, Seagraves prometió que encontraría un objeto de la joven y así su colección estaría al día. Como a él le gustaba.

46

No le resultó fácil, pero Stone logró despistar a los hombres que le seguían. Se dirigió de inmediato a una casa abandonada, cerca del cementerio, que utilizaba de piso franco. Se cambió de ropa y se encaminó hacia Good Fellow Street. Pasó junto a la casa de DeHaven y luego la de Behan. Había periodistas apostados en las inmediaciones de la casa de Behan, esperando la llegada de la viuda humillada. La casa calcinada, al otro lado de la calle, parecía vacía.

Mientras observaba la casa de Behan desde la esquina y fingía consultar un mapa, un camión de mudanzas se detuvo delante de la casa y salieron dos hombres corpulentos. Una sirvienta abrió la puerta principal mientras los periodistas se preparaban. Los hombres entraron y, al cabo de unos minutos, salieron con un baúl de madera. Aunque los hombres eran fuertes, les costaba llevarlo. Stone se imaginaba lo que pensarían los periodistas: la señora Behan iba en el baúl para evitar a los medios. ¡Eso sí que sería una primicia!

Los móviles empezaron a sonar y varios periodistas subieron a sus respectivos coches y siguieron al camión de mudanzas. Dos coches que cubrían la retaguardia de la casa pasaron a toda velocidad. Sin embargo, algunos periodistas, imaginándose que se trataba de una artimaña, no se fueron. Fingieron marcharse, pero se colocaron estratégicamente de modo que no se les viese desde la casa de Behan. Al cabo de unos minutos, se abrió la puerta principal y apareció una mujer vestida de sirvienta con un sombrero flexible. Subió a un coche aparcado en el patio delantero y se marchó.

De nuevo, Stone se imaginó qué estarían pensando los periodistas. El camión de mudanzas era un señuelo y la viuda se había disfrazado de sirvienta. Los periodistas restantes corrieron hacia sus coches y siguieron al de la sirvienta. Otros dos periodistas llegaron desde la calle paralela; sin duda sus compañeros los habían avisado.

Stone dobló la esquina rápidamente y recorrió la siguiente manzana hasta llegar a la zona posterior de la propiedad de Behan. Había un callejón y esperó detrás de un seto. La espera fue corta. Marilyn Behan apareció al cabo de unos minutos, ataviada con pantalones anchos, un largo abrigo negro y un sombrero de ala ancho bien calado. Al llegar al final del callejón, miró alrededor con cautela.

Stone salió de detrás del seto.

—¿Señora Behan?

Ella se sobresaltó y se giró.

—¿Quién eres? ¿Un maldito periodista? —le espetó.

—No, soy amigo de Caleb Shaw. Trabaja en la Biblioteca del Congreso. Nos conocimos en el funeral de Jonathan DeHaven.

Parecía tratar de recordar aquello. A juzgar por su porte, a Stone le pareció que iba un poco colocada, aunque el aliento no le olía a alcohol. ¿Tal vez drogas?

—Ah, sí, ahora lo recuerdo. Bromeé sobre el hecho de que CB sabía mucho sobre las muertes súbitas. —De repente, tosió y buscó un pañuelo en el bolso.

—Quería darle el pésame —le dijo Stone, confiando en que ella no recordase que Reuben, el supuesto asesino de su marido, también había estado en el funeral.

—Gracias. —Volvió la vista hacia el callejón—. Supongo que le parecerá un poco raro.

—He visto a los reporteros, señora Behan. Debe de haber sido una auténtica pesadilla para usted. Pero los ha despistado, y eso no es fácil.

—Cuando se está casada con un hombre acaudalado que

despierta polémica hay que aprender a evitar a los medios.

—¿Podríamos hablar unos minutos? ¿Tal vez mientras tomamos un café?

Ella parecía aturullada.

—No lo sé. Estoy pasando por un momento muy difícil. —Arrugó el rostro—. ¡Acabo de perder a mi marido, maldita sea!

Stone se mantuvo impasible.

—Esto tiene que ver con la muerte de su marido. Querría preguntarle sobre algo que dijo en el funeral.

Ella se quedó paralizada.

—¿Qué sabe sobre su muerte? —le preguntó con suspicacia.

—Menos de lo que me gustaría, pero creo que tiene que ver con la muerte de Jonathan DeHaven. Resulta bastante misterioso que dos vecinos mueran en circunstancias tan... inusuales.

De repente, ella pareció interesarse.

—Usted tampoco cree que DeHaven haya muerto de un ataque al corazón, ¿no?

«¿Tampoco?», pensó Stone.

—Señora DeHaven, ¿podría dedicarme unos minutos? Por favor, es importante.

Tomaron el café en un bar cercano, sentados en una mesa situada al fondo del local.

—Su marido le mencionó algo sobre la muerte de DeHaven, ¿no? —le preguntó Stone sin rodeos.

Ella sorbió el café y se caló el sombrero un poco más.

—CB creía que no había muerto de un ataque al corazón —respondió en voz baja.

—¿Por qué no? ¿Qué es lo que sabía?

—No estoy segura. Nunca me comentó nada de forma directa.

—Entonces, ¿cómo sabe que tenía dudas?

Marilyn Behan vaciló.

—No veo motivo alguno para hablarle de ello.

—Seré sincero con usted, con la esperanza de que me

devuelva el favor. —Le explicó lo de Reuben y por qué estaba en la casa, aunque no mencionó el telescopio—. No mató a su marido, señora Behan. Estaba allí porque le pedí que vigilara la casa. Han pasado muchas cosas raras en Good Fellow Street.

—¿Como qué?

—Como la persona que está en la casa al otro lado de la calle.

—No sabía nada sobre eso —replicó con nerviosismo—, y CB nunca lo mencionó. Sé que creía que lo espiaban. Tal vez el FBI, para sacarle los trapos sucios. Quizá fuera el FBI, quizá no, pero se ha ganado muchos enemigos.

—Ha dicho que no le comentó nada de forma directa sobre la muerte de Jonathan, pero en el funeral parecía querer asegurarse de que había muerto de un ataque al corazón. Dijo que a veces las autopsias son erróneas.

Ella dejó el café en la mesa y frotó nerviosa la mancha de pintalabios rojo que había en el borde de la taza.

—Un día lo escuché hablar por teléfono, por casualidad —dijo, y se apresuró a añadir—: Yo iba a buscar un libro y él estaba hablando por teléfono en la biblioteca. La puerta estaba entreabierta.

—Estoy seguro de que no lo oyó de manera intencionada —dijo Stone.

—Pues bien, le estaba diciendo a alguien que acababa de averiguar que DeHaven se había hecho un chequeo cardiológico en el hospital Johns Hopkins y que estaba en plena forma. Luego dijo que había movido hilos en la policía de Washington y que se había enterado de que los resultados de la autopsia de DeHaven no eran satisfactorios. No encajaban. Parecía preocupado y dijo que investigaría al respecto.

—¿Lo hizo?

—No solía preguntarle adónde iba, y él me dispensaba la misma cortesía. Es obvio que las circunstancias de su muerte ponen de manifiesto que a veces se descarriaba. Yo me marchaba a Nueva York en avión y tenía prisa; pero, por algún motivo, no lo sé, tal vez fuera su expresión preocupada, le pregunté adónde iría, si pasaba algo. Para ser sinceros, ni siquiera sabía que era propietario de la maldita empresa.

—¿Empresa? ¿Qué empresa?

—Creo que se llamaba Fire Control, Inc., o algo así.

—¿Fue a Fire Control?

—Sí.

—¿Le dijo por qué?

—Quería comprobar algo. Oh, mencionó la biblioteca o, al menos, el lugar donde Jonathan trabajaba. Algo sobre que habían contratado su empresa para proteger la biblioteca de los incendios y eso, y que acababa de saber que se habían llevado algunas bombonas. También dijo que había una metedura de pata en el inventario.

—¿Sabe si encontró algo?

—No, como ya le he dicho, me fui a Nueva York. No me llamó. Y cuando yo lo llamé, no mencionó nada al respecto; ya me había olvidado del asunto.

—¿Le pareció que estaba inquieto cuando habló con él?

—No especialmente. —Se calló—. Oh, dijo que comprobaría las tuberías de nuestra casa. Pensé que bromeaba.

—¿Las tuberías? ¿A qué se refería?

—No lo sé. Supuse que a las tuberías de gas, a que pueden tener fugas y provocar una explosión.

«Como lo que le sucedió al presidente de la Cámara, Bob Bradley», pensó Stone, pero se le ocurrió otra idea.

—Señora Behan, ¿tiene un sistema de rociadores contra incendios en casa?

—Oh, no. Tenemos una importante colección de ilustraciones, así que tuvimos que descartar el agua. Pero a CB le preocupaban los incendios. Mire lo que acaba de pasar al otro lado de la calle. Instaló otro sistema, uno que apaga los incendios sin agua. No sé muy bien cómo funciona.

—No se preocupe, creo que yo sí lo sé.

—Entonces ¿cree que quienquiera que matara a Jonathan también asesinó a CB?

Stone asintió:

—Sí. Y si estuviera en su lugar, me quedaría en otra casa, lo más lejos posible de aquí.

Ella abrió los ojos como platos.

—¿Cree que corro peligro?

—Es probable.

—Entonces volveré a Nueva York. Me iré esta misma tarde.

—Eso sería lo más sensato.

—Supongo que la policía me dejará marchar. Les tuve que entregar el pasaporte. Supongo que soy sospechosa. Al fin y al cabo, soy la esposa. Mi coartada es irrefutable, pero supongo que podría haber contratado a alguien para que lo matara mientras yo estaba en Nueva York.

—No sería la primera vez —admitió Stone.

Permanecieron en silencio durante unos instantes.

—CB me quería —dijo ella finalmente.

—Estoy seguro —repuso Stone con cortesía.

—No, sé lo que está pensando, pero él me quería. Las otras mujeres sólo eran divertimentos. Iban y venían. Yo era la única que siempre estaba a su lado. Y me lo dejó todo. —Sorbió el café de nuevo—. Resulta irónico, aunque se hizo rico fabricando armamento, en realidad odiaba las armas y nunca tuvo ninguna. Lo suyo era la ingeniería. Era un tipo inteligente y trabajaba más duro que nadie. —Se calló—. Me quería. Eso las mujeres lo notamos. Y yo también le quería a él, a pesar de sus defectos. Todavía no me creo lo ocurrido. Una parte de mí ha muerto con él. —Se secó una lágrima del ojo derecho.

—Señora Behan, ¿por qué me miente?

—¿Qué?

—¿Por qué me miente? Ni siquiera me conoce, ¿por qué se molesta, entonces?

—¿A qué coño se refiere? No miento. Le quería.

—Si de veras le quería, no habría contratado a un detective privado para vigilar la casa desde el otro lado de la calle. ¿Fotografiaba las idas y venidas de las mujeres con las que su marido se entretenía?

—¡Cómo se atreve! No tengo nada que ver con eso. Seguramente era el FBI, que espiaba a CB.

—No, el FBI habría sido lo bastante inteligente como para traer a un equipo de agentes, al menos un hombre y una mujer para que pareciera un hogar normal. Habrían sacado la basura y se habrían ocupado de las tareas cotidianas, y no se habrían dejado ver durante la vigilancia. Además, ¿por qué habría de vigilar su casa el FBI? ¿Acaso creerían posible que su marido se reuniría en su casa con alguien que lo incriminaría? Por increíble que parezca, ni siquiera el FBI cuenta con presupuesto ilimitado. —Negó con la cabeza—. Espero que no pagase mucho dinero a la empresa, porque su servicio no lo vale.

Ella se levantó a medias de la silla.

—¡Cabrón!

—Podría haberse divorciado. Se habría quedado con la mitad de todo y sería una mujer libre.

—¿Después de que me humillase de esa manera? ¿De que esas putas desfilasen por MI casa? Quería que sufriera. Tiene razón: contraté a un detective privado y lo instalé en esa casa. ¿Y qué? ¿Y las fotografías que ya había tomado de mi marido y esos putones? Pensaba usarlas para desangrar vivo a CB y obligarle a que me lo diera todo. De lo contrario, todo habría salido a la luz, y al Gobierno federal no le gusta que sus contratistas se metan en situaciones comprometedoras. CB contaba con autorizaciones altamente confidenciales. Tal vez no las habría tenido si el Gobierno hubiera sabido que hacía algo por lo que se le podría chantajear. Y, después de que me lo diera todo, pensaba dejarle. Él no era el único que tenía líos. He tenido unos cuantos amantes y he elegido uno con el que viviré el resto de mis días. Pero ahora me quedaré con todo sin necesidad de chantajearle. Es la venganza perfecta.

—Tal vez debería bajar la voz. Como bien ha dicho, la policía sigue considerándola sospechosa. No es muy sensato proporcionarle munición innecesaria.

Marilyn Behan vio que los presentes la miraban de hito en hito. Palideció y se sentó.

Entonces Stone se levantó.

—Gracias por su tiempo. La información me ha sido muy útil. —Y añadió con expresión grave—: Lamento tan dolorosa pérdida.

—Váyase al infierno —farfulló ella.

—Bueno, estoy seguro de que si fuera no estaría solo.

47

Annabelle esperaba el vuelo de enlace que salía de Atlanta. Mientras repasaba el nuevo itinerario, montó interiormente en cólera con Leo. ¿Cómo podía haber hecho eso? Si Annabelle hubiera querido que Freddy supiera quién era ella, se lo habría dicho en persona.

Anunciaron su vuelo y esperó a que los pasajeros se pusieran en fila. Aunque viajaría en primera clase y podría haber embarcado antes, por pura costumbre le gustaba ver quién subía al avión. La cola disminuyó y recogió la maleta de mano. Había dejado casi toda la ropa en Washington. Nunca facturaba; era como una invitación para que le fisgonearan. Compraría ropa en cuanto llegase a su nuevo destino.

Mientras se dirigía hacia la cola para embarcar, desvió la mirada hacia un televisor del aeropuerto donde daban las noticias y se paró en seco. Reuben la miraba desde la pantalla. Se acercó rápidamente al televisor y leyó los subtítulos. Reuben Rhodes, veterano de Vietnam, arrestado. Cornelius Behan, contratista de Defensa, y una mujer, asesinados a tiros desde la casa de enfrente. Rhodes retenido en...

—Dios mío —musitó Annabelle.

—Última llamada para el vuelo 3457 con destino a Honolulu. Última llamada a los pasajeros del vuelo 3457 con destino a Honolulu —anunciaron por megafonía.

Annabelle miró hacia la puerta de embarque; estaban a punto de cerrarla. Se volvió para observar la pantalla. ¿Disparos desde la casa de enfrente? Behan muerto. Reuben detenido. ¿Qué estaba pasando? Tenía que averiguarlo.

«No es asunto tuyo, Annabelle —pensó—. Tienes que marcharte. Jerry Bagger te está buscando. Déjalo en manos de los demás. Reuben no puede haber asesinado a Behan; ya se las arreglarán. Y, si no lo hacen, no es asunto tuyo. No lo es.»

—Última llamada para el vuelo 3457 —repitieron por megafonía.

—Vete, Annabelle, maldita sea, vete —susurró desesperada—. No es cosa tuya, no es tu lucha. No les debes nada. No le debes nada a Jonathan.

Vio cerrarse la puerta del vuelo que la alejaría de Jerry Bagger y a las azafatas dirigirse hacia otra puerta de embarque. Al cabo de diez minutos, el Boeing 777 se alejó de la puerta. Mientras su vuelo despegaba a la hora prevista, Annabelle reservaba otro que la acercaría peligrosamente a Jerry Bagger y su trituradora de madera. Ni siquiera sabía por qué. O tal vez lo sabía en algún rincón de su alma.

Albert Trent acababa algunas cosas en el despacho de su casa. Había empezado tarde, después de haber trabajado hasta entrada la madrugada, y había decidido ponerse al día sobre algunos detalles antes de marcharse. Eran tareas relativas a su cargo como miembro veterano del Comité de Inteligencia de la Cámara. Llevaba muchos años en ese cargo y conocía muy bien casi todos los aspectos del sector de los servicios de inteligencia, al menos la parte que las agencias compartían con los supervisores del Congreso. Se alisó los escasos mechones de pelo, se acabó el café y el pastel de queso, preparó el maletín y, al cabo de unos minutos, conducía por la calle en su Honda de dos puertas. Dentro de cinco años conduciría algo mucho mejor en, digamos, Argentina; aunque había oído decir que el Pacífico Sur era un verdadero paraíso.

Tenía millones en su cuenta secreta. En unos cinco años duplicaría la cantidad actual. Los secretos que Roger Seagraves vendía eran los mejor pagados. No era como en la Guerra Fría, cuando dejabas un paquete y a cambio recogías veinte dólares. La gente con la que Seagraves trataba sólo manejaba sumas de siete cifras; pero esperaban mucho a cambio de su dinero. Trent nunca le había preguntado a Seagraves sobre sus fuentes o las personas a las que vendía la información. Jamás le habría contado nada y, de hecho, Trent prefería no saberlo. Su única función, aunque crítica, era llevar la información que Seagraves le proporcionaba hasta la siguiente etapa del viaje. Su método era único y, seguramente, infalible. Era el principal motivo por el que la comunidad de servicios de inteligencia estadounidenses estaba sumida en el caos.

Había muchos agentes de contraespionaje trabajando sin cesar para averiguar cómo se robaban los secretos y luego se comunicaban al enemigo. Debido a su cargo, Trent estaba enterado de algunas de estas misiones de investigación. Los agentes que hablaban con él no tenían motivos para sospechar que un mero empleado con un peinado deleznable, que conducía un Honda de ocho años y vivía en una casa cutre y que pagaba las mismas facturas y ganaba lo mismo que cualquier otro funcionario formaba parte de una sofisticada red de espionaje que estaba desbaratando las misiones de las agencias de inteligencia estadounidenses.

Las autoridades ya debían de saber que el topo andaba muy cerca; pero, teniendo en cuenta que había quince agencias de inteligencia importantes que devoraban cincuenta mil millones de dólares de presupuesto anuales repartidos entre más de ciento veinte mil empleados, era como buscar una aguja minúscula en un inmenso pajar. Trent había descubierto que Roger Seagraves era más que eficiente y no se perdía ni un detalle, por trivial e insignificante que pudiera parecer.

Cuando se conocieron, Trent trató de hallar información sobre su pasado, pero no logró averiguar nada de nada. Para un avezado empleado de los servicios de inteligencia como Trent, significaba que Seagraves tenía una vida profesional pasada oculta. Eso lo convertía en un hombre al que más valía no contrariar, y Trent no pensaba hacerlo. Prefería morir viejo y rico bien lejos de allí.

Mientras conducía el Honda abollado, se imaginó cómo

sería su nueva vida. Sería muy diferente, de eso estaba convencido. Sin embargo, jamás pensaba en las vidas que se habían sacrificado por su codicia. Los traidores casi nunca tenían remordimientos de conciencia.

Stone acababa de regresar de su encuentro con Marilyn Behan cuando alguien llamó a la puerta de la casa.

—Hola, Oliver —le dijo Annabelle cuando Stone se asomó.

Stone no mostró sorpresa alguna al verla de nuevo y se limitó a hacerle una seña para que entrara. Se sentaron frente a la chimenea en dos sillas desvencijadas.

—¿Qué tal el viaje?

—No me hables, no llegué a irme.

—¿En serio?

—¿Le dijiste a los demás que me había marchado?

—No.

—¿Por qué no?

—Porque sabía que volverías.

—Vale, eso sí que me cabrea —repuso Annabelle, enfadada—. No me conoces.

—Obviamente, te conozco lo suficiente; has vuelto, ¿no?

Ella lo miró de hito en hito, meneando la cabeza.

—Eres el cuidador de cementerio más raro que conozco.

—Conoces a muchos, ¿no?

—Me he enterado de lo de Reuben.

—La policía se equivoca, por supuesto; pero todavía no lo sabe.

—Tenemos que sacarlo de la cárcel.

—Estamos en ello, y Reuben se encuentra bien. No creo que lo molesten mucho ahí dentro. Una vez lo vi llevarse por delante a cinco tipos en una pelea de bar. Aparte de su gran fuerza física, es implacable y juega sucio. Eso es algo que admiro sobremanera en una persona.

—Pero alguien se aprovechó de su presencia en la casa de Jonathan, ¿no?

—Sí.

—¿Y por qué? ¿Por qué mataron a Behan?

—Porque averiguó cómo había muerto Jonathan. Bastaba con eso. —Stone le resumió su conversación con Marilyn Behan.

—O sea, ¿se cargan a Behan y culpan a Reuben porque casualmente estaba allí?

—Seguramente lo vieron entrar y salir de la casa, supusieron que el desván sería un buen lugar para disparar y materializaron el plan. Es posible que averiguaran que Behan llevaba mujeres a su casa y que pasaban un buen rato en esa habitación.

—Nos enfrentamos a una competencia muy dura. ¿Qué hacemos ahora?

—Tenemos que ver las cintas de vídeo de la cámara de la sala de lectura.

—En el camino de vuelta se me ocurrió cómo hacerlo.

—No lo he dudado ni un instante. —Se calló—. No creo que hubiéramos podido acabar esto sin ti. Es más, estoy seguro de ello.

—No me adules demasiado. Todavía no hemos acabado.

Los dos permanecieron en silencio unos instantes. Annabelle miró por la ventana.

—Aquí se está muy bien.

—¿Con los muertos? Empieza a parecerme deprimente.

Annabelle sonrió y se levantó.

—Llamaré a Caleb para explicarle mi idea.

Stone también se puso en pie y estiró su cuerpo alto y delgado.

—Me temo que, a mi edad, el mero hecho de cortar el césped basta para dejarme las articulaciones molidas.

—Toma un poco de Advil. Te llamaré más tarde, en cuanto me haya instalado de nuevo.

—Me alegro de que hayas vuelto —le dijo Stone en voz baja, mientras ella pasaba junto a él de camino a la salida. Si lo había oído, Annabelle no replicó. Stone la vio subirse al coche y alejarse del cementerio.

48

Tras su revelación, Jerry Bagger había convocado al director del hotel situado frente a su despacho y le había pedido información sobre todos los huéspedes que habían ocupado una habitación en la vigésima tercera planta desde la que se abarcara su edificio en un día concreto. Y en Atlantic City, si Jerry Bagger te llamaba, pues ibas. Como de costumbre, los hombres de Bagger rondaban por el fondo.

El director del hotel, un hombre joven y apuesto que no ocultaba su ambición e intención de cumplir con su cometido lo mejor posible, no estaba predispuesto a dejar que el jefe del casino viera nada.

—A ver si entiendes la situación: si no me das lo que quiero, morirás —declaró Bagger.

El director se estremeció.

—¿Me estás amenazando?

—No. Una amenaza es cuando existen posibilidades de que algo no ocurra. Esto es lo que en mi mundillo se llama «certeza».

El director palideció, pero habló con valentía:

—La información que me pides es confidencial. No puedo proporcionártela. Nuestros huéspedes esperan que sus asuntos se mantengan en privado, y tenemos unos estándares de...

Bagger lo interrumpió:

—Sí, sí. Mira, empezaremos por lo fácil. ¿Cuánto quieres por esto?

—¿Intentas sobornarme?

—Ahora empezamos a entendernos.

—No puedo creer que lo digas en serio.

—Cien mil.

—¡Cien mil dólares!

Bagger miró a sus hombres.

—Chicos, este tío es rápido, ¿eh? A lo mejor tendría que contratarlo para que me haga de gerente. Sí, cien mil dólares trasferidos a tu cuenta personal si me dejas echar un vistazo al registro. —Dio la impresión de que el hombre se pensaba la oferta, pero Bagger se estaba impacientando rápidamente—. Y, si no, ¿sabes qué? No te mataré, te romperé todos los huesos del cuerpo, te destrozaré el cerebro para que no puedas contarle a nadie lo que te ha sucedido y te pasarás el resto de tu vida en una residencia meándote encima mientras unos colgados te dan por culo todas las noches. Yo no veo demasiadas opciones, pero soy un hombre razonable, así que dejaré que te decidas. Tienes cinco segundos.

Al cabo de una hora, Bagger tenía toda la información que había pedido y rápidamente había seleccionado su lista de sospechosos. Acto seguido, interrogó al personal del hotel sobre algunos huéspedes. No tardó mucho en dar en el blanco debido a algunos servicios extra que uno de los clientes solicitó durante su estancia.

—Sí, le di un masaje —declaró una joven espabilada llamada Cindy, menuda, morena y atractiva con unas buenas curvas. Mascaba chicle y se toqueteaba el pelo mientras hablaba con Bagger en una sala privada del lujoso centro de salud y belleza del hotel.

La miró fijamente.

—¿Sabes quién soy?

Cindy asintió.

—Es Jerry Bagger. Mi madre, Dolores, trabaja para usted en una mesa de dados del Pompeii.

—Sí, la buena de Dolores. ¿Te gusta esta mierda de hotel?

—El sueldo es penoso, pero las propinas son muy buenas. A los viejos les gusta sentir el contacto de unas manos jóvenes. A unos cuantos se les pone dura mientras les hago un masaje. Da bastante asco en un tío de ochenta años; pero, como he dicho, dan buenas propinas.

—Este tío al que le hiciste un masaje. —Bagger miró el nombre que tenía escrito—. Este tal Robby Thomas, háblame de él, dime qué pinta tiene, para empezar.

Cindy le hizo una descripción física:

—Un tío guapo, pero demasiado chulo. Se lo tenía muy creído. No me gustan los hombres así. Y era demasiado fino y guapo, no sé si me entiende. Si hubiéramos echado un pulso, probablemente le habría ganado. A mí me gustan los tíos cachas y duros.

—No me extraña. ¿Así que a este chico guapo sólo le diste un masaje? ¿O hubo algún extra?

Cindy se cruzó de brazos y dejó de hacer globos con el chicle.

—Soy profesional titulada, señor Bagger.

A modo de respuesta, Jerry extrajo diez billetes de cien dólares de la cartera.

—¿Esto es suficiente para comprarte el título?

Cindy echó una mirada al dinero.

—Supongo que lo que hago en mi tiempo libre es asunto mío.

—Eso no te lo discuto. —Le tendió el dinero—. Cuéntamelo.

Cindy no se atrevía a coger los billetes.

—Es que podría perder el trabajo si…

—Cindy, me la suda si te follas a los muertos en este antro de mala muerte, ¿entendido? —Le introdujo el dinero por el escote—. Cuéntamelo y no me digas mentiras. Mentirme no te hará ningún bien.

Cindy empezó a hablar rápidamente:

—Bueno, desde el principio estuvo muy empalagoso conmigo. Le estaba masajeando y de repente noté que me ponía la mano en la pierna. Y luego puso la mano donde no debía.

—Ya, un verdadero animal. ¿Qué pasó a continuación?

—Empezó a tirarme los tejos sin contemplaciones. Al principio intenté quitármelo de encima. Luego se puso a hablar con arrogancia. Me dijo que estaba dando un gran golpe y que debía ser amable con él.

—Conque un gran golpe, ¿eh? Continúa.

—Me enseñó dinero y dijo que había salido de un sitio en el que había mucho más. Cuando acabé la jornada me estaba esperando. Nos tomamos un par de copas y se me subieron un poco a la cabeza. Tengo muy poco aguante con el alcohol.

—Sí, sí, sigue hablando, Cin —instó Bagger con impaciencia—. Tengo el trastorno de déficit de atención.

Cindy continuó atropelladamente:

—Pues acabamos en su habitación. Le hice una mamada para ir caldeando el ambiente, pero el imbécil se corrió enseguida. Me cabreé un montón. Es que ni siquiera conocía al tío. Él se sintió fatal y se puso a llorar como un niño. Me dio cien pavos. ¡Cien dólares de mierda! Luego se pasó por lo menos diez minutos vomitando en el baño. Cuando salió, me dijo que hacía tiempo que no follaba y que por eso se había corrido tan rápido. Como si a mí me importara.

—Menudo imbécil. ¿Qué pasó a continuación?

—Pues no pasó gran cosa. La verdad es que yo no tenía demasiados motivos para quedarme, ¿no? No es que tuviéramos una cita o algo así.

—¿No dijo nada más? ¿De dónde era? ¿Adónde iba? ¿Cuál era el gran golpe? —Cindy negó con la cabeza. Jerry la miró fijamente y añadió—: Pareces una chica con iniciativa. ¿Le birlaste un poco de dinero de la cartera mientras estaba echando las potas?

—¡No caigo tan bajo! —exclamó enfadada—. ¿Quién se cree que es para atreverse a acusarme de eso?

—A ver si aterrizamos de una vez, Cin. —Se tocó el pecho—. Soy Jerry Bagger. Tú eres una barriobajera de tres al cuarto que deja que los desconocidos se le corran en la boca a cambio de calderilla. Así que voy a repetirte la pregunta:

¿Le birlaste algo de dinero para compensar los cien dólares que te dio?

—No sé, a lo mejor —repuso ella—. Pero no me apetece hablar más.

Bagger la agarró con fuerza por la barbilla y le sacudió la cabeza para que lo mirara a los ojos.

—¿Tu vieja te ha contado algo sobre mí alguna vez? —inquirió.

Cindy tragó saliva nerviosa y asustada.

—Me dijo que estaba muy contenta de trabajar para usted.

—¿Algo más?

—Dijo que hay que ser imbécil para llevarle la contraria.

—Exacto. ¡Qué lista es tu madre! —Le apretó la barbilla con más fuerza y Cindy soltó un gritito—. Pues, si quieres volver a ver a tu mamá, respira hondo y dime qué viste en la cartera del guaperas.

—Vale, vale. Era raro, porque tenía dos documentos de identidad distintos.

—¿Y?

—Uno se correspondía con el nombre que me había dado en el hotel, Robby Thomas, de Michigan. El otro era un carné de conducir de California.

—¿El nombre? —preguntó Bagger con toda tranquilidad.

—Tony. Tony Wallace.

Bagger le soltó la barbilla.

—¿Lo ves? No ha sido tan difícil. Y, ahora, ¿por qué no te vas a frotar la polla a unos cuantos viejos?

Cindy se levantó con las piernas temblorosas. Mientras se giraba para marcharse, Bagger le dijo:

—Oye, Cindy, ¿no te olvidas de algo?

Se giró lentamente.

—¿De qué, señor Bagger? —preguntó nerviosa.

—Te he dado mil pavos. El guaperas te dio una décima parte de esto y se llevó una mamada. Ni siquiera me has preguntado si quería una. Eso no está bien, Cindy. Es algo que un hombre como yo recuerda durante mucho tiempo. —Él esperó, mirándola.

—¿Quiere que le haga una mamada, señor Bagger? —dijo ella con voz temblorosa, y añadió rápidamente—: Sería un honor.

—No, no quiero.

49

Annabelle y Caleb caminaban por un pasillo del edificio Jefferson. Ella llevaba una falda roja hasta la rodilla, una chaqueta negra y una blusa beis. Daba una imagen acertada, profesional y segura. Caleb parecía a punto de cortarse las venas.

—Lo único que tienes que hacer —indicó ella— es parecer triste y deprimido.

—Pues no va a resultarme nada difícil, porque estoy triste y estoy deprimido —espetó él.

Antes de entrar en la oficina de seguridad de la biblioteca, Annabelle se paró a ponerse unas gafas que llevaba colgadas del cuello con una cadena.

—¿Estás segura de que va a funcionar? —susurró Caleb. Estaba empezando a resollar un poco.

—Nunca se sabe si un engaño va a funcionar hasta que funciona.

—¡Oh, perfecto!

Al cabo de unos minutos, estaban sentados en el despacho del jefe de seguridad. Caleb se miraba los zapatos con la cabeza gacha mientras Annabelle hablaba.

—Como he explicado, Caleb me ha contratado como psicóloga para ayudarle durante el proceso.

El jefe estaba desconcertado.

—¿Dice que tiene problemas para entrar en la cámara?

—Sí. Como ya sabe, encontró el cadáver de un buen amigo y colega allí. En circunstancias normales, a Caleb le encantan las cámaras. Hace muchos años que forman parte de su vida. —Miró a Caleb quien, respondiendo a su gesto, exhaló un largo suspiro y se secó los ojos con el extremo de un pañuelo—. Ahora, el sitio que tantos recuerdos positivos le traía se ha convertido en un lugar de profunda tristeza, incluso horror.

El jefe miró a Caleb.

—Estoy seguro de que le resultó duro, señor Shaw.

A Caleb le temblaban tanto las manos que, al final, Annabelle le agarró una.

—Por favor, llámele Caleb. Aquí somos todos amigos —dijo Annabelle para alentarlo, señalando al jefe sin que Caleb lo viera mientras le estrujaba la mano.

—Oh, sí, claro, somos amigos —repuso el jefe de mala gana—. Pero ¿qué tiene eso que ver con mi departamento?

—Mi plan es permitir que Caleb contemple las cintas de la sala de lectura, la gente que entra y sale de la cámara, todo normal, todo como debería ser, como método para ayudarle a superar este período tan difícil, y conseguir que la sala de lectura y la cámara vuelvan a ser una experiencia exclusivamente positiva para él.

—Bueno, no sé si puedo dejarle ver las cintas —dijo el jefe—. Es una petición muy poco habitual.

Caleb se disponía a levantarse dándose por vencido, pero la mirada cáustica de Annabelle lo dejó paralizado.

—Es que se trata de una situación muy poco habitual. Estoy segura de que usted haría todo lo que estuviera en sus manos por ver que un compañero de trabajo sigue adelante con su vida sin problemas.

—Sí, claro; pero...

—Entonces, ¿no sería un buen momento para ver esas cintas? —Lanzó una mirada furibunda a Caleb, que seguía medio levantado de la silla—. Es obvio que está desesperado. —Caleb se dejó caer en el asiento y colocó la cabeza entre las rodillas. Annabelle volvió a mirar al jefe y se fijó en la placa que lo identificaba:

—Dale, puedo llamarte Dale, ¿verdad?

—Sí, por supuesto.

—Dale, ¿ves la ropa que llevo?

Dale contempló su cuerpo atractivo y dijo con cierta timidez:

—Sí, me he fijado.

—Ya ves que llevo una falda de color rojo. Es un color positivo, que da poder, Dale. Pero la chaqueta es negra, lo cual transmite una vibración negativa, y la blusa es beis, un color neutral. Esto significa que estoy a medio camino de conseguir mi objetivo de que este hombre vuelva a tener una vida normal y sana. Pero, para acabar el trabajo, necesito tu ayuda, Dale. Quiero poder ir toda de rojo en honor a Caleb. Y estoy convencida de que tú también lo quieres. Acabemos el trabajo, Dale, acabémoslo. —Lo tanteó con la mirada—. Intuyo que vas a ayudarme, ¿verdad?

Dale miró al pobre desgraciado de Caleb.

—Bueno, vale, voy a buscar las cintas.

—Pareces una gran profesional —dijo Caleb, en cuanto el jefe salió del despacho.

—Gracias —respondió ella con sequedad.

Como ella no decía nada más, Caleb añadió:

—Y creo que yo lo he hecho bastante bien.

Annabelle se lo quedó mirando con expresión incrédula.

—¿De veras?

Al cabo de unas horas, Annabelle y Caleb estaban tranquilamente sentados tras haber visionado las idas y venidas de la sala de lectura antes y después del asesinato de DeHaven.

—Son los movimientos típicos —dijo Caleb—. Ahí no hay nada.

Annabelle volvió a poner una cinta.

—¿Quién es ése?

—Kevin Philips. El director en funciones desde que murió Jonathan. Vino a preguntarme sobre la muerte de Jonathan, y ahí está Oliver vestido de investigador alemán.

—Muy bueno —comentó Annabelle con admiración—. Representa muy bien el papel.

Volvieron a visionar unas cuantas secuencias más. Caleb señaló una escena.

—Esto es cuando me dieron la noticia de que era el albacea literario de Jonathan. —Observó la pantalla con atención—. ¿Estoy tan rechoncho? —Se apretó el vientre con la mano.

—¿Quién te dio la noticia?

—Kevin Philips.

Annabelle miró la secuencia en la que Caleb tropezaba y rompía las gafas.

—No suelo ser tan torpe —dijo—. No habría podido leer la dichosa nota si Jewell English no me hubiera dejado las gafas.

—Sí, pero ¿por qué hizo un cambio?

—¿Cómo?

—Cambió las gafas que llevaba puestas por otras que tenía en el bolso. —Annabelle rebobinó la cinta—. ¿Lo ves? La verdad es que es un movimiento muy hábil. Sería una buena mecánica... Me refiero a que es muy ágil con los dedos.

Caleb observó sorprendido cómo Jewell English hacía desaparecer las gafas que llevaba y extraía otras del bolso para dárselas a Caleb.

—No sé, a lo mejor eran unas especiales. Las que me dejó me iban bien. Leí el mensaje.

—¿Quién es esa tal Jewell English?

—Una anciana fanática de los libros y asidua de la sala de lectura.

—Y mueve las manos como una repartidora de cartas de Las Vegas —señaló Annabelle—. Me pregunto por qué —añadió, pensativa.

50

Stone estaba sentado en su casa, pensando en la conversación mantenida con Marilyn Behan. Si decía la verdad y no tenía motivos para pensar que la resentida mujer mentía, Stone se había equivocado. Cornelius Behan no había matado a Jonathan DeHaven ni a Bob Bradley. Sin embargo, todo apuntaba a que había descubierto por casualidad el método utilizado para asesinar al desventurado bibliotecario y había tenido que pagar por ello con su vida. Así pues, ¿quién más se beneficiaba de la muerte de DeHaven? ¿O de la de Bradley, ya puestos? Necesitaba algo desesperadamente para atar cabos.

—¿Oliver?

Alzó la vista y vio a Milton en la puerta.

—He llamado, pero no ha venido nadie —dijo Milton.

—Lo siento, supongo que estaba ensimismado.

Como de costumbre, Milton llevaba su portátil y un pequeño maletín. Dejó ambos objetos encima del escritorio y extrajo una carpeta.

—Aquí está lo que he encontrado sobre el gabinete de Bradley.

Stone cogió los papeles y los leyó con atención. Había numerosos documentos que destacaban la carrera política de Bradley, incluyendo el Comité de Inteligencia de la Cámara de Representantes que había presidido durante años.

—Bradley era un político muy competente, y emprendió muchas reformas positivas dentro de los servicios de inteligencia —dijo Milton.

—Que, a lo mejor, propiciaron su asesinato —comentó Stone—. Bonita recompensa.

Stone empezó a repasar el currículum y las fotos del personal del gabinete que Bradley tenía en el Congreso y de sus subordinados en el Comité de Inteligencia. En cuanto acabó, llegaron Annabelle y Caleb. Stone les contó a ellos y a Milton lo de su reunión con Marilyn Behan.

—Pues, sin duda, eso invalida la teoría sobre la participación de Behan en la muerte de Jonathan —concluyó Caleb.

—Eso parece —dijo Stone—. ¿Qué habéis descubierto hoy en las cintas?

—Pues nuestro presentimiento inicial de que quizá viéramos a alguien entrando o saliendo de la cámara que pudiera resultarnos útil no se ha confirmado. Pero hemos descubierto otra cosa que quizá sea importante. —Annabelle explicó el juego de manos que había hecho Jewell English.

—¿Estás segura? —preguntó Stone, asombrado.

—Créeme, he visto ese movimiento un millón de veces.

«Y lo has puesto en práctica como mínimo las mismas veces», pensó Stone.

—¿Qué sabes de esa mujer? —preguntó a Caleb.

—Pues que es viuda, asidua de la sala de lectura, que le encantan los libros antiguos, muy amable y entusiasta y... —Se sonrojó.

—¿Y qué? —insistió Stone.

—Y siempre intenta ligar conmigo —dijo en voz baja, avergonzado.

Annabelle reprimió una carcajada.

—Pero es de suponer que sabes todas estas cosas porque te las ha contado ella. No las has comprobado.

—Es verdad —reconoció Caleb.

—¿Por qué dio el cambiazo con las gafas?

—Oliver, a lo mejor no quiso dejarme las que llevaba porque son especiales para ella por algún motivo. Me dejó otras, yo no le daría demasiada importancia.

—Yo tampoco le daría demasiada importancia, Caleb;

salvo que uno no se espera que una abuelita que frecuenta la sala de lectura de Libros Raros tenga tanta habilidad con las manos. Si no quería que te pusieras esas gafas, ¿por qué no te lo dijo y te dio las de recambio?

Caleb empezó a decir algo, pero se interrumpió.

—No tengo la respuesta a esa pregunta.

—Yo tampoco, pero empiezo a creer que debemos encontrar una respuesta si queremos descubrir qué le pasó a Jonathan DeHaven.

—No puedo creer que pienses que la amable viuda Jewell English tuvo algo que ver con la muerte de Jonathan —protestó Caleb.

—No podemos descartar nada. A Behan lo mataron porque intuyó cómo había muerto DeHaven. Creo que descubrió que las bombonas de gas estaban mal etiquetadas a propósito. Quizá por eso fuera a la sala de lectura haciendo preguntas y con ganas de ver la cámara, Caleb. Buscaba información sobre el motivo por el que podían haber matado a DeHaven. Recuerda que quiso saber si DeHaven tenía buenas relaciones con todo el mundo. No pretendía cargar el muerto a otra persona; realmente quería saber si DeHaven tenía enemigos.

—Es decir, la clave no es Behan, sino DeHaven y quizás alguien de la biblioteca —dijo Annabelle.

—Puede ser —repuso Stone—. O algún detalle de su vida privada.

Caleb se estremeció al oír el comentario, pero guardó silencio.

—¿Y dónde encaja el asesinato de Bob Bradley en todo esto? —se planteó Annabelle—. Dijisteis que pensabais que había alguna relación.

—Sabemos que Bradley fue asesinado por la bala de un rifle que disparó a través de una ventana de otro edificio. Behan murió exactamente igual. No creo que sea mera coincidencia. De hecho, podría tratarse del mismo asesino. A los asesinos profesionales les gusta utilizar el mismo método para matar, porque se vuelven realmente expertos. Así reducen las posibilidades de error.

—Hablas como si supieras mucho sobre esas cosas —comentó Annabelle.

Stone sonrió inocentemente.

—Como Caleb puede corroborar, soy un ávido lector de novelas policíacas. No sólo me parecen entretenidas, sino también instructivas. —Miró a Caleb—. ¿Existe alguna manera de poder echar un vistazo a las gafas de la mujer sin que se entere?

—Claro, podemos irrumpir en su casa en plena noche y robárselas —dijo Caleb con sarcasmo.

—Buena idea. ¿Puedes averiguar dónde vive? —dijo Stone.

—Oliver, no hablarás en serio... —barbotó Caleb.

—Se me ocurre otra posibilidad —dijo Annabelle. Todos la miraron—. ¿Va a la sala de lectura con regularidad?

—Con bastante regularidad.

—Si siguiera esa costumbre, ¿cuándo se supone que irá?

—Pues mañana —respondió Caleb rápidamente.

—Perfecto. Mañana iré contigo a la biblioteca. Me la señalas y yo me encargo de ella.

—¿Qué piensas hacer? —preguntó Caleb.

Annabelle se puso en pie.

—Pagarle con la misma moneda.

Cuando Annabelle se hubo marchado, Caleb habló:

—No podía hablar claro delante de ella; pero, Oliver, ¿y si todo esto tiene algo que ver con el *Libro de los Salmos*? Es extremadamente valioso y no sabemos de dónde lo sacó Jonathan. Quizá sea robado y a lo mejor lo quiere otra persona. Podrían haber matado a Jonathan para conseguirlo.

—Pero no lo consiguieron, Caleb —replicó Stone—. La persona que golpeó a Reuben estaba en la casa. Podría haber entrado en la cámara y habérselo llevado entonces. ¿Y por qué matar a Cornelius Behan? ¿O a Bradley? No tenían relación con el *Libro de los Salmos*. Behan ni siquiera sabía que DeHaven tenía una colección de libros. Y no existen pruebas de que Bradley conociera siquiera a tu compañero.

Después de que Caleb se marchara deprimido y confuso, Milton y Stone se sentaron a hablar, mientras este último hojeaba el archivo sobre el gabinete de Bradley.

—Michael Avery fue a Yale, trabajó de ayudante para un juez del Tribunal Supremo y pasó una temporada en el NIC antes de pasar a formar parte del gabinete del Comité de Inteligencia. Siguió a Bradley cuando lo eligieron presidente de la Cámara de Representantes. —Observó otras fotografías y currículos—. Dennis Warren, también salido de Yale, trabajó en el Departamento de Justicia al comienzo de su carrera. Era el jefe de gabinete de Bradley y siguió siéndolo cuando Bradley pasó a ser presidente de la Cámara. Albert Trent trabajó muchos años para el Comité de Inteligencia; estudió Derecho en Harvard y trabajó para la CIA durante un tiempo. Todos estudiaron en las mejores universidades, todos ellos hombres con mucha experiencia. Parece ser que Bradley tenía un equipo de primera.

—Un congresista vale lo que valen sus colaboradores, ¿no es eso lo que dicen?

Stone se quedó pensativo.

—¿Sabes? Nunca hemos analizado las circunstancias del asesinato de Bradley.

—¿Cómo podemos remediarlo? —preguntó Milton.

—A nuestra amiga se le da muy bien hacerse pasar por otra persona.

—Es la mejor.

—¿Qué te parecería hacer algo semejante conmigo?

—Cuenta con ello.

51

Albert Trent y Roger Seagraves estaban reunidos en el despacho de Trent, en el Capitolio. Seagraves acababa de entregarle a Trent un archivo con información. Trent haría una copia del documento y lo introduciría en el sistema de admisión del comité. El archivo original llevaba incorporados secretos de gran trascendencia para el Pentágono que detallaban la estrategia militar de Estados Unidos en Afganistán, Irak e Irán. Trent emplearía un método de descodificación preacordado para extraer los secretos de las páginas.

—¿Tienes un momento? —preguntó Seagraves, cuando hubieron terminado con ese asunto.

Pasearon por los jardines del Capitolio.

—Hay que ver, Roger, la suerte que tuviste con Behan y que hayan culpado al otro tío —dijo Trent.

—A ver si entiendes una cosa, Albert: nada de lo que yo hago tiene que ver con la suerte. Vi una oportunidad y la aproveché.

—Vale, vale, no te lo tomes a mal. ¿Crees que mantendrán las acusaciones?

—Lo dudo. No sé por qué estaba ahí, pero estaba espiando la casa de Behan. Y es amigo de Caleb Shaw, el de la sala de lectura. Y, encima, el tío que pillé y con el que «hablé», ese tal Oliver Stone, pertenece al mismo grupo.

—Shaw es el albacea literario de DeHaven. Por eso ha estado yendo a la casa.

Seagraves miró a su colega con desdén.

—Lo sé, Albert. Tuve un cara a cara con Shaw para organizar una jugada futura si fuera necesario. No sólo piensan en libros. El tío al que interrogué había ocupado un puesto muy especial en la CIA.

—No me lo habías dicho —se quejó Trent.

—No hacía falta que lo supieras, Albert. Ahora ya lo sabes.

—¿Por qué necesito saberlo ahora?

—Porque lo digo yo. —Seagraves miró hacia el edificio Jefferson, donde se encontraba la sala de lectura de Libros Raros—. Esos tíos también han estado husmeando por Fire Control, Inc. El contacto que tengo allí me dijo que habían restregado la pintura de una de las bombonas que sacaron de la biblioteca. O sea que probablemente supieran lo del CO_2.

Trent palideció.

—Esto no pinta bien, Roger.

—No empieces a angustiarte tan pronto, Albert. Tengo un plan. Siempre tengo un plan. Hemos recibido el último pago. ¿Cuándo podrías traspasar lo nuevo?

Trent consultó la hora.

—Mañana, como muy pronto; pero será muy justo.

—Asegúrate de ello.

—Roger, a lo mejor deberíamos dejarlo correr.

—Tenemos muchos clientes a los que atender. No sería un buen negocio.

—Tampoco sería un buen negocio ir a la cárcel por traición.

—Oh, yo no pienso ir a la cárcel, Albert.

—Eso no lo sabes con seguridad.

—Sí que lo sé. Porque a los muertos no los meten en la cárcel.

—Vale, pero no hace falta que nos pongamos así. A lo mejor deberíamos plantearnos tomarnos las cosas con más calma. Dejar que la situación se enfríe.

—Las situaciones raras veces se enfrían, una vez caldeadas. Seguiremos haciendo lo que hasta ahora y, como he dicho, tengo un plan.

—¿Te importaría explicármelo?

Seagraves hizo caso omiso de la pregunta.

—Esta noche voy a hacer otra recogida. Y ésta podría llegar a los diez millones si es tan buena como creo. Pero mantén los ojosy los oídos bien abiertos. Si sospechas algo raro, ya sabes dónde encontrarme.

—¿Crees que tendrás que… en fin… volver a matar?

—Una parte de mí sin duda lo desea. —Seagraves se marchó.

Esa misma noche Seagraves fue en coche al Kennedy Center a ver una interpretación de la Orquesta Sinfónica Nacional, la OSN. El Kennedy Center, sencillo y cuadrado y situado a orillas del Potomac, se suele considerar uno de los edificios conmemorativos más sosos construido en honor de un presidente muerto. A Seagraves no le importaba la estética de la estructura. Tampoco le importaba la OSN. Sus atractivas facciones y el cuerpo musculoso y alto atrajo las miradas de muchas mujeres con las que se cruzó por el vestíbulo camino del auditorio donde tocaba la OSN. No les prestó atención. Su presencia allí se debía únicamente al trabajo.

Más tarde, durante el breve descanso, Seagraves salió con otros asistentes del auditorio a tomar algo y echar un vistazo a la tienda de recuerdos. También hizo una parada en el lavabo de caballeros. Después, las luces bajaron de intensidad para indicar el comienzo de la última parte del programa. Volvió a entrar en la sala con la muchedumbre.

Al cabo de una hora se tomó una copa en un bar de noche situado frente al Kennedy Center. Se sacó el programa del bolsillo lateral de la chaqueta y lo observó detenidamente. Claro que no era su programa. Se lo habían introducido en el bolsillo durante la aglomeración, al regresar a la sala. Era imposible que alguien lo hubiera visto. Los espías que rodeaban a las muchedumbres eran un blanco fácil. Por eso Seagraves abrazaba a las masas, por la protección que ofrecían.

Cuando volvió al taller de su casa, Seagraves extrajo los secretos de las páginas del «programa» y los convirtió al formato adecuado para enviar a Albert Trent la próxima vez que lo viera. Sonrió. Lo que tenía ante sus ojos era nada más y nada menos que los últimos elementos que necesitaba para las claves de descodificación de comunicados diplomáticos de alto nivel procedentes del Departamento de Estado y dirigidas a sus delegaciones en el extranjero. Entonces pensó que diez millones de dólares era demasiado poco. Tal vez veinte millones. Así pues, Seagraves decidió que empezaría en veinticinco millones para tener cierto margen de maniobra. Realizaba todas las negociaciones a través de varios sitios de chat en Internet, previamente acordados. Y los secretos no se entregaban hasta que recibía el dinero en su cuenta numerada.

Había tomado la muy razonable determinación de no confiar en nadie con quien negociaba. De todos modos, él era honrado debido a la eficacia del libre mercado. La primera vez que cobrara dinero sin entregar la mercancía, se quedaría sin trabajo. Y probablemente, además se lo cargarían.

Lo único que podía trastornar sus planes era una panda de viejos con la costumbre de fisgonear. Si sólo hubiera sido el bibliotecario, no se preocuparía demasiado. Pero el Triple Seis era miembro del grupo, un hombre a quien no había que menospreciar. Seagraves notó que se estaba formando otra tormenta. Por ese motivo, cuando había secuestrado a Stone y lo había torturado, se había llevado una de sus camisas, y la añadiría a su colección si surgía la necesidad.

52

Stone y Milton llegaron al Federalist Club alrededor de las diez de la mañana siguiente.

Hicieron su petición y los acompañaron al despacho del director, quien examinó sus flamantes tarjetas de identificación de aspecto oficial que Milton había sacado de la impresora láser la noche anterior.

—¿Han sido contratados por la familia de Bradley en Kansas para investigar su muerte? Pero la policía de aquí lleva el caso. Y el FBI. Todos ellos han estado aquí, muchas veces —añadió el director, enojado.

—La familia quiere a sus propios representantes, como supongo que comprenderá —dijo Stone. Él y Milton llevaban americana, corbata y pantalones de *sport* negros. Milton había ocultado la melena bajo un sombrero de fieltro que no había querido quitarse—. Consideran que no se están haciendo los progresos adecuados.

—Bueno, como la policía no ha detenido a nadie, no discuto su postura.

—Puede llamarlos, si quiere verificar que representamos sus intereses —sugirió Stone—. La señora Bradley está en el extranjero; pero puede hablar con el abogado de la familia, que está en Maryland. —En la tarjeta figuraba el teléfono de Milton. Había grabado un mensaje fingiendo ser el abogado, por si el director decidía aceptar su sugerencia.

—No, ya está bien. ¿Qué desean saber?

—¿Por qué estaba Bradley en el club aquella noche?

—Era una celebración privada, por su elección como presidente de la Cámara de Representantes.

—Entiendo. ¿Y quién la organizó?

—Su gabinete, creo.

—¿Alguien en concreto?

—No, que yo recuerde. Recibimos las instrucciones por fax y supusimos que se trataba de una especie de sorpresa.

—¿Y fue asesinado en el salón delantero?

—Se llama salón James Madison. Por los documentos federalistas, ya saben. Puedo enseñárselo si lo desean.

Los condujo a un gran salón que daba a la calle. Stone vio la gran ventana salediza de la última planta del edificio de enfrente. Para su ojo experto, la trayectoria del disparo era perfecta, lo cual demostraba claramente no sólo una inteligencia avanzada, sino el hecho de que había alguien infiltrado.

—¿Y por qué entró aquí? —preguntó Stone, relacionándolo con lo que acababa de pensar.

El director estaba quitando una mota de polvo de la repisa de mármol de la chimenea.

—Oh, fue por el brindis en su honor. —Se estremeció—. Fue horrible. El senador Pierce justo acababa de hablar cuando dispararon a Bradley. Fue absolutamente horrendo, sangre por todas partes. Una alfombra persa muy cara quedó irrecuperable y la sangre incluso se filtró en la madera. Costó una pequeña fortuna limpiarlo todo y restaurarlo. La policía no nos dejó hacer nada hasta hace poco. Ni siquiera podíamos cubrirlo, porque dijeron que podría contaminar las pruebas. La gente entraba y se encontraba con eso. Ya pueden imaginarse que los socios dejaron de pasar por aquí.

—¿Quién es el propietario del edificio de enfrente? —preguntó Milton.

—No lo sé. Supongo que las autoridades ya lo habrán averiguado. Fue una vivienda particular y luego una galería de arte. Hace cinco años que está así, un verdadero desastre; pero ¿qué podemos hacer? No obstante, me habían dicho que lo estaban reformando, que iban a hacer apartamentos, creo. Pero todavía no han empezado las obras.

—¿Y quién llamó a Bradley a la sala para el brindis? —preguntó Stone.

El director permaneció unos instantes pensativo.

—Había tanta gente que no estoy seguro. La verdad es que no tuve nada que ver en esa parte de la celebración. Estaba junto a la ventana cuando se produjo el disparo. Creo que incluso oí silbar la bala al lado de la oreja. Me pasé unos días muy deprimido.

—No me extraña. ¿Hay alguien más que pudiera contarnos algo?

—Pues uno de los camareros que servía y el que estaba en la barra. Están los dos aquí, si quieren hablar con ellos.

El camarero de la barra no sabía nada. Sin embargo, el otro, Tom, dijo:

—Creo que fue uno de los miembros de su gabinete quien llamó a todo el mundo para el brindis. Por lo menos, eso es lo que recuerdo. Yo ayudé a que la gente fuera al salón desde las otras salas, y entonces fueron y mataron al congresista Bradley.

—¿Recuerdas quién fue? ¿El miembro del gabinete?

—No, la verdad es que no. Había mucha gente. Y creo que no dijo cómo se llamaba.

—¿Era un hombre? —Tom asintió. Stone llevaba fotografías del personal de Bradley—. ¿Reconoces a alguien? ¿Qué me dices de él? —Señaló a Dennis Warren—. Era el jefe de gabinete de Bradley. Sería lógico que organizara el brindis.

—No, no fue él.

—Él —dijo Stone señalando a Albert Trent—. Él también ocupaba un cargo importante en el gabinete de Bradley.

—No. —El camarero miró las fotos y, al final, se detuvo en una—. Es él. Ahora me acuerdo. Muy eficiente.

Stone contempló la foto de Michael Avery, que había pertenecido al gabinete de Bradley en el Comité de Inteligencia.

—¿Y ahora, qué? —preguntó Milton, mientras abandonaban el Federalist Club.

—Ahora vamos a hablar con alguien que trabajaba para Bradley.

—Con Avery, no. Eso lo pondría sobre aviso.

—No; pero sí con Trent o Warren.

—Pero no podemos decirles que estamos investigando en nombre de la familia de Bradley; probablemente sabrán que mentimos.

—No, vamos a decirles la verdad.

—¿Qué?

—Vamos a decirles que investigamos la muerte de Jonathan DeHaven.

Dennis Warren estaba en casa cuando Stone llamó después de buscar su número en el listín y aceptó reunirse con ellos. Por teléfono, había dicho que, aunque se había enterado de la muerte de DeHaven, no lo conocía en persona. Incluso había comentado apesadumbrado:

—Me avergüenza reconocer que ni siquiera tengo el carné de la biblioteca.

Milton y Stone tomaron el metro hasta la iglesia de Warren's Falls, Virginia. Era un hogar modesto en un barrio envejecido. Estaba claro que Warren no era un hombre mañoso al que gustara estar al aire libre. Tenía el césped lleno de hierbajos, y la casa necesitaba una mano de pintura desesperadamente.

Sin embargo, el interior era cómodo y acogedor y, pese a que Warren hubiera comentado que no tenía el carné de la biblioteca, las estanterías estaban repletas de libros. Los montones de zapatillas de deporte gastadas, las chaquetas de la universidad y los trastos típicos de adolescentes indicaban que tenía hijos.

Warren era un hombre alto y corpulento, con el pelo castaño que ya había empezado a escasearle y la cara ancha y picada de viruela. Su piel fina y traslúcida era un claro indicio de que había trabajado para su país durante décadas, bajo lámparas fluorescentes. Los condujo al salón.

—Disculpen el desorden —dijo Warren—. Tener tres hijos de entre catorce y dieciocho años significa que ni mi vida ni mi casa son mías. Puedo levantarme en una reunión y presentar un argumento convincente sobre estrategias de información geopolítica compleja a los jefes de Estado Mayor o al secretario de Defensa, pero me veo incapaz de conseguir que mis hijos se duchen regularmente o coman algo que no sean hamburguesas con queso.

—Sabemos que estuvo en el gabinete del Comité de Inteligencia —empezó a decir Stone.

—Sí. Me trasladé con Bradley cuando pasó a ser presidente de la Cámara. Ahora mismo estoy en el paro.

—¿Por su muerte? —preguntó Milton.

Warren asintió.

—Trabajaba donde él disponía y era un placer trabajar para él. Un gran hombre. Un hombre muy necesario en estos tiempos; firme y honrado.

—¿No pudo quedarse en el Comité de Inteligencia? —preguntó Stone.

—Realmente no tuve esa opción. Bradley quiso que fuera con él, y eso hice. Además quería ir. Sólo hay un presidente de la Cámara de Representantes y sólo un jefe del gabinete del presidente. Hay mucho movimiento y todo el mundo responde a tus llamadas. Además, el nuevo presidente del Comité de Inteligencia tenía a su gente y los quería ascender. Así funcionan las cosas en el Capitolio. Siempre estás a la sombra de tu jefe. Y, cuando esas sombras se mueven o se van, pues bueno, por eso estoy en casa a estas horas. Menos mal que mi mujer es abogada; porque, de lo contrario, estaríamos en bancarrota. A decir verdad, todavía me estoy sobreponiendo al *shock* de lo que pasó y, en realidad, no he empezado a buscar trabajo. —Se calló y los miró fijamente—. Pero ha dicho que estaban investigando la muerte de ese tal DeHaven, ¿no? ¿Qué tiene eso que ver con Bradley?

—Quizá nada o quizá mucho —respondió Stone con vaguedad—. ¿Se ha enterado del asesinato de Cornelius Behan?

—¿Quién no? Bastante bochornoso para su esposa, diría yo.

—Sí, bueno, DeHaven vivía al lado de Behan y el asesino le disparó desde la casa de DeHaven.

—Vaya, eso no lo sabía. Pero sigo sin ver la relación con el congresista Bradley.

—Sinceramente, yo también intento hacer encajar las piezas—reconoció Stone—. ¿Estaba en el Federalist Club aquella noche?

Warren asintió lentamente.

—Se suponía que era un homenaje para el hombre y acabó siendo una pesadilla.

—¿Estaba delante cuando pasó? —preguntó Milton.

—Tuve esa gran desgracia. Estaba al lado de Mike, Mike Avery. El senador Pierce había acabado de proponer el brindis y ¡pum!, la bala apareció de no se sabe dónde. Todo fue muy rápido. Estaba a punto de tomarme el champán. Me lo eché todo por encima. Fue horrible. Me entraron ganas de vomitar, igual que a mucha gente.

—¿Conoce bien a Avery?

—Debería. Hemos trabajado juntos día y noche durante diez años.

—¿Dónde está ahora?

—También siguió a Bradley cuando fue elegido presidente de la Cámara. Y también está sin trabajo.

—Tenemos entendido que él fue quien organizó el acto y preparó el brindis.

—No, no fue así. Mike y yo fuimos juntos en coche. Estábamos en la lista de invitados, como los demás.

—Nos dijeron que fue él quien hizo pasar a la gente al salón para el brindis.

—Y yo. Estábamos ayudando.

—¿A quién ayudaban?

—A Albert. Albert Trent. Él sugirió el brindis. A Albert siempre se le ocurrían ese tipo de cosas. Yo no soy más que un pobre empollón poco dado a la vida social.

—¿Albert Trent? ¿Él organizó todo el acto?

—No lo sé. Pero él fue quien nos convocó al salón esa noche.

—¿Ahora también está sin trabajo?

—Oh, no. Albert se quedó en el Comité de Inteligencia.

—Pero pensaba que había dicho que seguían al congresista en sus distintos cargos... —dijo Stone, asombrado.

—Eso es lo normal. Sin embargo, Albert no quiso marcharse. A Bradley le sentó fatal, de eso no hay duda. Albert había llegado a un acuerdo con el nuevo presidente de Inteligencia para ser su mano derecha. Albert siempre se las ingenia para convertirse en alguien indispensable. Pero en el gabinete de un presidente de la Cámara hay mucho trabajo y, sin Albert, nos faltaba personal. No me lo invento. Era del dominio público.

—¿Pero Bradley le dejó salirse con la suya?

Warren sonrió.

—Es obvio que no conoció usted a Bob Bradley. Como he dicho, el hombre era una persona increíblemente buena, honrado y trabajador; pero uno no llega a su posición en la vida sin ser duro como el acero y pertinaz. Y a él no le sentó bien que un subordinado se rebelara contra él. De un modo u otro, Albert iba a acabar en el gabinete del presidente de la Cámara más temprano que tarde.

—Pero, ahora que Bradley está muerto, eso es discutible.

—Por supuesto. Mike y yo intentamos hacer lo correcto y estamos sin trabajo. Albert pasa del viejo y todo le va sobre ruedas. Y Mike tiene cuatro hijos y su mujer no trabaja. Trent es soltero y no tiene hijos. Ya me dirá dónde está la justicia.

—Ya sé, todo lo que pueda averiguar sobre Albert Trent —dijo Milton en cuanto se marcharon.

Stone asintió.

—Todo.

—De todos modos, parece un motivo bastante claro para un asesinato. Me sorprende que la policía no se le haya echado encima. Warren ni siquiera parece haber sospechado.

—¿Qué motivo? —preguntó Stone.

—Oliver, es obvio. Si Bradley vive, Trent tiene que dejar el Comité de Inteligencia. Si muere, Trent se queda donde está.

—¿O sea que crees que ese tipo mata al presidente de la Cámara de Representantes para evitar cambiar de trabajo? Y no fue quien apretó el gatillo porque estaba en el club. O sea que tuvo que haber contratado a un asesino a sueldo para que lo hiciera por él. Me parece un poco exagerado para conservar un puesto como mando intermedio en el Gobierno. Y, como dijo Warren, el gabinete del presidente de la Cámara es mucho más prestigioso.

—Entonces tiene que haber algo más.

—Vale, pero ahora mismo no sabemos de qué se trata.

Dennis Warren descolgó el auricular del teléfono de su casa y habló con su amigo y ex compañero Mike Avery. Luego marcó otro número.

—¿Albert? Hola, soy Dennis. Mira, siento molestarte en el trabajo, pero han estado aquí unos tíos haciendo preguntas raras. También he llamado a Mike Avery, para que esté informado. Probablemente no sea nada, pero he decidido llamarte de todas formas.

—Te lo agradezco —dijo Trent—. ¿Qué querían saber?

Warren le relató la conversación y añadió:

—Les he dicho que tú organizaste el brindis para Bob y que te habías quedado en el comité.

—¿Qué pinta tenían?

Warren describió a Stone y a Milton.

—¿Los conoces? —preguntó.

—No, de nada. ¡Qué raro!

—Bueno, como he dicho, he preferido que estuvieras al corriente. Espero no haber dicho nada que no debiera.

—No tengo secretos —repuso Trent.

—Oye, Albert, si queda alguna vacante en el gabinete del comité, dímelo, ¿vale? Estoy harto de estar de brazos cruzados.

—Descuida, y gracias por la información.

Albert salió inmediatamente de su despacho e hizo una llamada desde una cabina para pedir a Seagraves que se reuniera con él más tarde, fuera del Capitolio.

—Tenemos un problema —le dijo Trent a Seagraves cuando éste llegó.

Seagraves lo escuchó.

—Bueno, es obvio lo que harán a continuación —dijo Seagraves.

—¿Te encargas tú del asunto?

—Siempre me encargo del asunto.

53

Mientras Milton y Stone hacían sus rondas de investigación, Caleb alzó la vista del escritorio de la sala de lectura al ver entrar a Annabelle, vestida con una falda negra plisada y chaqueta a juego, blusa blanca y zapatos de salón bajos. Llevaba un bolso grande colgado del hombro y tenía en la mano el flamante carné de la biblioteca, con foto incluida. Caleb se le acercó.

—¿Puedo ayudarla en algo, señorita...?

—Charlotte Abruzzio. Sí, estoy buscando un libro.

—Pues ha venido al lugar idóneo. Al fin y al cabo, esto es una biblioteca. —Caleb rio.

Annabelle ni siquiera esbozó una sonrisa. Le había dicho que hablara con ella lo mínimo y que no soltara ningún chiste malo; pero él ni caso, el bobo. Le dio el título del libro que quería. Él mismo se lo había sugerido la noche anterior cuando repasaron el plan.

Caleb fue a buscar el libro a la cámara y Annabelle se sentó a una mesa con el volumen. Estaba sentada de cara a la puerta, de forma que también veía claramente a Caleb.

Al cabo de una hora, Caleb se levantó de un brinco.

—Ah, Jewell, ¿cómo estás? Jewell, me alegro de verte —dijo, acercándose rápidamente a la mujer mayor, tras dedicar a Annabelle una mirada de «es ella».

Annabelle apretó los dientes. «Menudo negado.» El hombre no habría resultado menos descarado si hubiera sacado unas esposas y se hubiera abalanzado sobre ella. Por suerte, Jewell English no pareció percatarse, porque estaba rebuscando algo en el bolso.

Al cabo de unos minutos, Caleb le entregó a Jewell un libro de la cámara, y ella se acomodó con él. Caleb iba una y otra vez hacia ella y luego miraba a Annabelle como si pensara que ésta no se había dado cuenta de la identidad de su presa. Exasperada, Annabelle lo fulminó con la mirada y él se refugió tras su escritorio.

Cuando Jewell terminó al cabo de una hora, recogió sus cosas, se despidió de Caleb y se marchó. Annabelle la siguió al minuto y la alcanzó en la calle mientras la mujer esperaba un taxi. Annabelle se había puesto un pañuelo en la cabeza y una chaqueta larga que llevaba en el bolso. Cuando el taxi paró junto a la acera, Annabelle actuó. Chocó con Jewell e hizo que se le cayera el bolso. Introdujo la mano y la sacó tan rápido que, aun estando al lado, nadie habría sido capaz de advertir el movimiento.

—¡Oh, Dios mío! —dijo Annabelle, con acento marcadamente sureño—. Querida, cuánto lo siento. Mi mamá no me educó para ir por ahí chocando con damas como usted.

—No pasa nada, bonita —dijo Jewell, un poco afectada por la colisión.

—Que pase un buen día —dijo Annabelle.

—Tú también —dijo Jewell amablemente mientras entraba en el taxi.

Annabelle palpó la funda de las gafas floreada que se había guardado en el bolsillo. Al cabo de unos minutos, volvía a estar en la sala de lectura. La recepcionista había cambiado. Caleb se acercó corriendo a Annabelle.

—Dawn —le dijo a la recepcionista—. Voy a enseñarle rápidamente la cámara a la señorita Abruzzio. Es de fuera y está de visita. Eh... ya he pedido la autorización a los jefes —mintió. Este incumplimiento de las normas habría resultado impensable hacía algún tiempo; pero, después de todo lo que había pasado, Caleb consideraba que encontrar al asesino de Jonathan era más importante que cumplir las normas de la biblioteca.

—De acuerdo, Caleb —dijo Dawn.

Los dos entraron en la cámara y Caleb llevó a Annabelle a la sala Jefferson, donde podían hablar en privado. Ella le enseñó las gafas.

—¿Quieres probártelas? Yo me las he puesto y no veo gran cosa.

Caleb se las puso e inmediatamente se las quitó.

—¡Dios mío, qué raro!, es como mirar a través de tres o cuatro capas de cristales distintos, con pequeñas manchas solares. No lo entiendo. Con las que me dejó aquel día veía perfectamente.

—Motivo por el que te dio esas gafas y no éstas. De lo contrario, te habría parecido extraño. ¿Tienes el libro que ha pedido?

Le enseñó el Beadle.

—He fingido que lo guardaba en su sitio.

Annabelle cogió el libro.

—Parece de baratillo.

—Ésa es la cuestión. Son novelas baratas del siglo XIX.

—Parecía estar leyendo el libro tranquilamente con estas gafas. Me refiero a que tomaba notas.

—Sí, cierto. —Caleb se puso las gafas lentamente y abrió el libro entrecerrando los ojos.

—¿Ves algo? —preguntó Annabelle.

—Está un poco borroso. —Pasó varias páginas y, de repente, se paró—. Un momento, ¿qué es eso?

—¿Qué es qué? —dijo ella.

Señaló una palabra en la página.

—Esta letra está resaltada. ¿No lo ves? Es amarillo brillante.

Annabelle miró donde señalaba.

—No veo nada de eso.

—¡Ahí! —exclamó, poniendo el dedo encima de la letra «e» en una palabra de la primera línea.

—Yo no la veo brillante y... —Se calló—. Caleb, dame las gafas. —Annabelle se las puso y miró la página. La letra era amarillo brillante y, literalmente, saltaba de la página. Se quitó las gafas muy despacio—. La verdad es que son especiales.

Caleb observaba la página a simple vista. No brillaba nada. Volvió a ponerse las gafas y la letra «e» brilló.

—Y hay una «w» y una «h» y una «f» que también están resaltadas. —Pasó la página—. Otra «w», una «s» y una «p». Y muchas letras más. Todas resaltadas. —Se quitó las gafas—. «E», «w», «h», «f», «w», «s», «p». ¡Menudo galimatías!

—No, es una clave, Caleb —declaró Annabelle—. Estas letras forman una clave secreta y se necesitan estas gafas especiales para verlas.

Caleb estaba perplejo.

—¿Una clave secreta?

—¿Sabes qué otros libros ha mirado recientemente?

—Son todos de Beadle, pero puedo comprobar las hojas de solicitud.

Al cabo de unos minutos había reunido seis libros. Los repasó página por página con las gafas puestas, pero no vio que brillara ninguna letra.

—No lo entiendo. ¿Sólo era ese libro?

—No puede ser —repuso Annabelle, frustrada. Sostuvo el libro con las letras brillantes—. ¿Puedo llevármelo?

—No, en esta biblioteca no se prestan libros.

—¿Ni siquiera a ti?

—Bueno, sí, yo puedo; pero tengo que rellenar una hoja de solicitud por cuadriplicado.

—¿O sea que el personal de la biblioteca podría saber que lo has sacado?

—Sí.

—¡Lástima! Podríamos alertar a alguien sin querer.

—¿Qué quieres decir con eso?

—Caleb, alguien de aquí ha tenido que resaltar esas letras. Si te llevas a casa uno de los libros en cuestión, las personas que están detrás de esto, sea lo que sea, podrían estar sobre aviso.

—¿Insinúas que alguien de la Biblioteca del Congreso se dedica a poner claves secretas en libros raros?

—¡Sí! —exclamó ella, exasperada—. Dame ese libro. Lo sacaré del edificio. Es pequeño y fino, no me costará nada. Un momento, ¿los libros llevan dispositivos electrónicos antirrobo?

A Caleb le horrorizó la sugerencia.

—¡Mujer!, son libros raros, y eso equivaldría a profanarlos.

—¿Ah, sí? Pues parece que alguien ya lo ha hecho resaltando las letras. Así que me llevo el libro prestado unos días.

—¡Prestado! ¡Ese libro es propiedad de la Biblioteca del Congreso!

—Caleb, no me obligues a enfrentarme a ti. Me llevo el libro.—Él volvió a protestar, pero ella lo cortó—. Quizá tenga algo que ver con la muerte de Jonathan —dijo Annabelle—. Y, de ser así, me importan un bledo las normas de la biblioteca; quiero saber la verdad sobre su muerte. Eras su amigo. ¿No lo quieres saber?

Caleb se tranquilizó.

—Sí, pero no será fácil sacar el libro de aquí. En teoría, tenemos que mirar todos los bolsos antes de que la gente salga de la sala. Claro que puedo fingir que miro el tuyo, pero los guardias también miran los bolsos antes de la salida del edificio y son muy minuciosos.

—Como te he dicho, no me supondrá ningún problema. Esta noche se lo llevo a Oliver. Reúnete conmigo en su casa después del trabajo. Es posible que él entienda algo de todo esto.

—¿Qué quieres decir? No niego que parece que tiene ciertas habilidades y conocimientos que están fuera de lo común, pero ¿códigos secretos? Eso son cosas de espías.

—¿Sabes? Para pasarte el día rodeado de libros, ¡eres la persona más negada que he conocido en mi vida! —declaró ella.

—¡Ese comentario es muy ofensivo y grosero! —se enfureció él.

—¡Eso es lo que pretendía! —espetó Annabelle—. Venga, dame un poco de celo.

—Celo, ¿para qué?

—Tráemelo y calla. —Caleb fue a buscar celo a un pequeño armario situado en la zona principal de la cámara—. Ahora, date la vuelta.

—¿Qué?

Ella le dio la vuelta. Mientras estaba de espaldas, Annabelle se subió la falda hasta la cintura, se colocó el libro en la cara interior del muslo izquierdo y lo sujetó allí con el celo.

—Así se aguantará; aunque, cuando me lo quite, me va a doler.

—Por favor, dime que no haces nada que pueda dañar el libro —dijo Caleb muy serio—. Es una pieza histórica.

—Gírate y lo verás con tus propios ojos.

Caleb se dio la vuelta, vio el libro y también sus muslos pálidos al aire, además del borde de las bragas, y se quedó boquiabierto.

—El libro estará muy contento aquí, Caleb, ¿no crees? —dijo con voz entrecortada.

—Nunca jamás, en todos los años que llevo de bibliotecario en esta venerable institución... —empezó a decir con la voz temblorosa por la conmoción, aunque sin apartar la mirada ni una sola vez de las piernas de Annabelle, mientras el corazón le palpitaba en el pecho.

Annabelle se bajó la falda lentamente y sonrió con picardía.

—Y te ha encantado lo que has visto. —Le dio un golpe de cadera al pasar junto a él—. Nos vemos en casa de Oliver, semental.

54

Después del inolvidable espectáculo de Annabelle, Caleb se recuperó lo suficiente para, al menos, fingir que trabajaba. Al cabo de un rato lo interrumpió Kevin Philips, que entró en la sala de lectura y se acercó a su escritorio.

—Caleb, ¿puedes salir un momento? —le dijo con voz queda.

Caleb se puso en pie.

—Por supuesto, Kevin, ¿qué ocurre?

Philips parecía muy preocupado y habló en voz baja:

—La policía está fuera. Quieren hablar contigo.

Entonces Caleb notó que todos los órganos se le contraían; aunque su mente analizaba a toda velocidad todas las catástrofes posibles por las que la policía quería hablar con él. ¿Habían pillado a la dichosa mujer con el libro adherido a la ingle y ésta había confesado nombrándolo a él como cómplice? ¿Acaso Jewell English había descubierto lo ocurrido y denunciado el robo de las gafas a las autoridades, y todas las flechas apuntaban a él? ¿Acaso él, Caleb Shaw, iba a morir electrocutado en la silla eléctrica?

—Eh, Caleb, ¿puedes levantarte y acompañarme? —dijo Philips.

Caleb alzó la mirada hacia él y se dio cuenta de que se le había resbalado la silla y se había caído al suelo. Se puso en pie como pudo, pálido, y habló, fingiendo la mayor sorpresa de que fue capaz.

—Me pregunto para qué querrán hablar conmigo, Kevin.—«Dios mío, que no me manden a una prisión de alta seguridad, por favor.»

Al salir, Philips lo encomendó a la policía, representada por dos agentes vestidos con trajes holgados y de expresión inescrutable y se escabulló rápidamente mientras Caleb lo miraba con cara de pena. Los dos hombres acompañaron a Caleb a un despacho vacío. Tardaron en cubrir la distancia porque a Caleb le costaba que las piernas le respondieran de forma sincronizada. Todo intento de hablar era infructuoso debido a la falta absoluta de saliva en la boca. «¿Todavía había bibliotecas en las cárceles? ¿Tendría que ser la perra de alguien?»

El hombre más fornido de los dos aposentó el trasero en una mesa mientras Caleb se quedaba rígido junto a la pared, esperando a que le leyeran sus derechos, lo esposaran y su vida respetable tocara a su fin. De bibliotecario a criminal, la caída había sido increíblemente rápida. El otro hombre introdujo la mano en el bolsillo y extrajo un llavero.

—Son las llaves de la casa de DeHaven, señor Shaw. —Caleb las cogió con mano temblorosa—. Su amigo Reuben Rhodes las llevaba encima.

—Yo no lo llamaría amigo, más bien conocido —soltó Caleb.

Los dos agentes intercambiaron una mirada.

—De todos modos, también queríamos informarle de que ha sido puesto en libertad sin fianza —dijo el más corpulento.

—¿Significa eso que ya no se le considera sospechoso?

—No. Pero hemos investigado su pasado y el de él. Por ahora, lo dejaremos así.

Caleb miró las llaves.

—¿Puedo ir a la casa o está prohibido?

—Hemos concluido el registro probatorio de la residencia de DeHaven, así que puede ir cuando quiera. Pero, ¡eh!, por si acaso no vaya al desván.

—Quería revisar su colección de libros. Soy su albacea literario.

—Los abogados nos lo contaron.

Caleb miró a su alrededor.

—¿Puedo irme?

—A no ser que tenga algo más que contarnos... —dijo el hombre corpulento inquisitivamente.

Caleb miró un punto indefinido entre ellos dos.

—Pues... buena suerte con la investigación.

—Vale. —Bajó del escritorio y los dos agentes dejaron a Caleb allí y cerraron la puerta tras ellos.

Caleb se quedó un rato allí, aturdido y sin dar crédito a la buena suerte que había tenido. Luego se sorprendió. ¿Por qué habían dejado marchar a Reuben? ¿Y por qué le habían dado las llaves de la casa de Jonathan? ¿Se trataba de un montaje? ¿Estaban esperándolo en el exterior para abalanzarse sobre él y decir, quizá, que había robado las llaves o que intentaba huir? Caleb sabía que estas cosas pasaban, había visto estos escándalos en la televisión por cable.

Abrió la puerta muy lentamente y asomó la cabeza. El pasillo estaba vacío. En la biblioteca reinaba la normalidad. No vio ningún indicio de la posible presencia de un equipo SWAT. Caleb esperó otro par de minutos, pero no pasó nada. Como era incapaz de entender la situación, cayó en la cuenta de que había una cosa que ya no podía posponer más. Se marchó pronto del trabajo y fue lo más rápido posible a la casa de DeHaven. Entró en la cámara y fue directo a la caja fuerte situada detrás del cuadro. Necesitaba ver si el libro llevaba la marca de la biblioteca. Introdujo la combinación y abrió la puerta. Entonces volvieron a bloqueársele los órganos.

El *Libro de los Salmos* no estaba allí.

Cuando por la noche se reunieron en casa de Stone, contaron con la presencia del recién liberado Reuben. Después de felicitar a su amigo, Stone escribió en un trozo de papel: «Preferiría que no habláramos aquí.» Acto seguido, anotó una serie de instrucciones mientras los otros parloteaban.

Milton y Caleb salieron de la casita al cabo de treinta minutos. Veinte minutos después salieron Reuben y Annabelle. Una hora después de que oscureciera, las luces de la casita de Stone se apagaron, y media hora más tarde Stone reptaba por las hierbas altas del cementerio. Salió por un agujero de la verja de hierro forjado que se hundía a lo largo de una lápida grande.

Tras una serie de curvas pronunciadas por la zona antigua de Georgetown, Stone se reunió con los demás en un callejón. Abrió una puerta de madera que había detrás de un contenedor y les hizo señas para que entraran. Cerró la puerta con llave detrás de ellos y encendió una pequeña lámpara de techo. El lugar no tenía ventanas, así que daba igual encender la luz. Había cajones de embalaje y unas cuantas sillas desvencijadas en las que se sentaron. Annabelle recorrió el interior frío, húmedo y sucio con la mirada.

—Está claro que sabes cómo hacer disfrutar a una dama —bromeó—. ¿Este sitio está disponible para fiestas?

—Escuchemos lo que nos tienes que decir —dijo Stone.

Annabelle dedicó unos minutos a informar a los demás sobre el descubrimiento que habían hecho ella y Caleb. Pasó las gafas y el libro a Stone, mientras Caleb guardaba un silencio atípico. Stone observó las gafas y el libro.

—Tienes razón. Parece una clave.

—¿Quién iba a poner claves en los libros de la biblioteca?

Stone dejó el libro y las gafas. Milton cogió las gafas, se las puso y empezó a leer el libro.

Reuben se frotó el mentón.

—¿Guarda alguna relación con el asesinato de Behan? Estaba metido en la industria de la defensa y los servicios secretos. Sabe Dios que esos sectores están llenos de espías.

Stone asintió.

—Puede que no vayas desencaminado, pero creo que la cosa va un poco más allá. —Explicó lo que él y Milton habían descubierto en el Federalist Club, y la conversación con Dennis Warren.

—O sea que el tal Albert Trent se quedó en el Comité de Inteligencia —dijo Annabelle—. ¿Qué significa eso?

Reuben habló:

—Significa que tendría acceso a secretos que vale la pena vender, creedme. Cuando trabajé en la DIA, manteníamos reuniones constantes con el Capitolio. Todos los miembros del Comité de Inteligencia y su gabinete tienen acceso a información altamente confidencial.

—Pero los espías tienen fama de no contárselo todo al Congreso —dijo Milton, alzando la vista del libro—. ¿Es posible que Trent supiera algo de suficiente valor como para venderlo?

—Recuerda —intervino Stone— que Trent no siempre trabajó ahí. Estuvo en la CIA.

—Así que quizá tenga contactos allí. Allí, en la ASN, en el NIC, en todo el alfabeto —comentó Reuben—. Podría haber montado un colmado del espionaje.

—Pero, ¿cómo se pasa de ser un topo como Trent a mandar claves secretas en libros raros? —preguntó Annabelle, mientras cambiaba de postura en la vieja silla en la que estaba sentada y se frotaba el muslo, dolorido después de arrancarse el celo para sacar el libro.

—No lo sé —reconoció Stone—. Tenemos que averiguar más cosas sobre la tal Jewell English. Si consiguiéramos que hablara, podríamos llegar a la fuente. A estas alturas, ya se habrá dado cuenta de que no tiene las gafas.

—¿Conseguir que hable? —exclamó Reuben—. Oliver, no podemos colocarla encima de un potro y torturarla hasta que confiese.

—Pero sí podemos ir al FBI, enseñarles el libro y las gafas, contarles nuestras teorías y que actúen ellos —sugirió Stone.

—Has dado en el clavo —afirmó Reuben—. Cuanta más distancia haya entre ellos y nosotros, sean quienes sean, mejor.

Stone miró a Caleb, que no había abierto la boca y que estaba sentado en un rincón con expresión desconsolada.

—Caleb, ¿qué te pasa?

El bibliotecario rechoncho tomó aire rápidamente, pero no miró a la cara a ninguno de ellos.

Annabelle, preocupada, tomó la palabra.

—Caleb, siento haber sido tan dura contigo. La verdad es que lo has hecho muy bien. —Se mordió el labio cuando acabó de decir la mentira.

Él negó con la cabeza.

—No es eso. Tienes razón, soy un inepto total para hacer las cosas que tú haces.

—¿De qué va esto? —preguntó Stone, impacientándose.

Caleb respiró hondo y alzó la mirada.

—Hoy ha venido la policía a la biblioteca. Me han dado las llaves de la casa de Jonathan. Lo primero que he hecho ha sido ir a comprobar la colección. —Se calló, miró a Annabelle, se inclinó hacia delante y le susurró a Stone al oído—: Han robado el *Libro de los Salmos*.

Stone se quedó paralizado durante unos instantes, mientras Milton y Reuben observaban a Caleb.

—No me digas que han robado el libro —preguntó Milton, y Caleb asintió con expresión desconsolada.

—¡Eh!, si cinco son multitud, yo me largo. Tampoco es que me interesen tanto los libros —dijo Annabelle.

—¿Cómo pueden habérselo llevado? —preguntó Stone, levantando la mano para que ella no se marchara.

—No lo sé. Se necesita la combinación para entrar en la cámara y abrir la caja fuerte. Y ninguna de las dos estaba forzada.

—¿Quién más sabe las combinaciones? —inquirió Reuben.

—No lo sé seguro.

—Bueno, el abogado las sabe —afirmó Stone—. Él tenía las llaves y la combinación de la cámara principal. Quizá se anotara la combinación e hiciera un duplicado de las llaves antes de dártelas.

—Es verdad, no se me había ocurrido. Pero ¿y la pequeña caja fuerte? Él no tenía esa combinación.

—Si te paras a pensar —dijo Stone—, quizá sí la tuviera. Me refiero a que no era tan difícil. Si el abogado conocía bien a Jonathan y le había visitado en la sala de lectura, podría habérsele ocurrido. O tal vez Jonathan le diera la combinación, pero no te la dijo por algún motivo.

—Si pensaba robarlo, ¿por qué no lo hizo antes de reunirse conmigo? —planteó Caleb—. Así yo nunca habría sabido que el libro estaba ahí.

Stone estaba desconcertado.

—Cierto. Aunque sigo sin creerme que esté relacionado con los asesinatos.

Caleb gimió.

—Perfecto, pero Vincent Pearl me matará cuando se entere. Ésta iba a ser la joya de la corona de su carrera. Seguro que me acusa de haberlo robado.

—Bueno, a lo mejor lo robó él —declaró Milton, alzando la vista del libro.

—¿Cómo? No ha podido entrar en la casa y no tenía las llaves ni las combinaciones —dijo Caleb—. Y sabe perfectamente que el libro es imposible de vender sin los documentos adecuados. No podría ganar dinero con él. Lo detendrían enseguida.

Todos permanecieron en silencio hasta que Reuben habló.

—Lo del libro es una mala noticia pero no nos olvidemos de nuestro objetivo principal. Mañana vamos al FBI. Por lo menos ya es algo.

—¿Qué hacemos con Jewell English? —preguntó Milton.

Caleb se irguió en el asiento, probablemente agradecido de dejar de pensar en el *Libro de los Salmos* robado.

—Si vuelve a la biblioteca, le diré que puedo buscar sus gafas en «objetos perdidos».

—¡Joder!, si es una espía, probablemente ya haya salido del país —dijo Reuben.

—Quizá no sepa todavía que no tiene las gafas —dijo Stone—. Sólo las usa para buscar las letras cifradas. Eso significa que quizá no las saca del bolso hasta que llega a la sala de lectura.

—O sea que si se las devolvemos antes de que se dé cuenta de que no las tiene, quizá no sospeche —dijo Caleb.

—Las necesitaremos para el FBI, pero si explicamos nuestro plan, quizá nos dejen devolvérselas y la vigilen —dijo Reuben—. Así ella obtiene más claves, se las pasa a quien sea, y el FBI está ahí para pescarlos.

—Buen plan —convino Stone.

—En realidad, no lo es —dijo Milton de repente—. No podemos llevar el libro al FBI.

Todas las miradas se volvieron hacia él. Mientras habían estado hablando, él había releído el fino volumen, pasando las páginas cada vez más rápido. Se quitó las gafas y sostuvo el libro con mano temblorosa.

—¿Por qué no? —preguntó Caleb, molesto.

Milton le pasó las gafas y el libro a Caleb a modo de respuesta.

—Averígualo tú mismo.

Caleb se puso las gafas y abrió el libro. Pasó una página y luego otra y otra más. Desesperado, llegó rápidamente al final. Lo cerró de golpe con una expresión en el rostro medio airada y medio incrédula.

Stone, entornando los ojos de preocupación, dijo:

—¿Qué pasa?

—Las letras ya no están resaltadas —respondió Caleb lentamente.

55

Stone se puso las gafas y hojeó el libro. Pasó el dedo por una de las letras que sabía que habían estado resaltadas. Estaba tan lisa e inanimada como las demás. Cerró el libro, se quitó las gafas y exhaló un suspiro.

—El líquido para resaltar que utilizaron tiene una duración determinada. Luego se evapora.

—¿Como tinta evanescente? —preguntó Milton.

—Algo un poco más sofisticado que eso —respondió Stone, antes de añadir enfadado—: Tenía que haberlo imaginado.

—¿Conoces este tipo de sustancia química, Oliver? —preguntó Caleb.

—El proceso no. Pero tendría sentido. Si eres espía y cabe la posibilidad de que las gafas caigan en las manos equivocadas, el libro no revela nada si ha pasado el tiempo suficiente. —Miró a Caleb—. Quienquiera que aplicara la sustancia química tenía que saber que Jewell English tendría acceso al libro antes de que el efecto pasara. ¿Cómo se podía saber eso?

Caleb se lo pensó durante unos instantes:

—Esa persona tendría que entrar en la cámara y manipular el libro ahí. Luego, ponerse en contacto con ella de algún modo y decirle qué libro pedir. Ella va a la biblioteca inmediatamente y lo solicita.

Stone observó la cubierta del libro.

—Marcar cada letra parece un proceso tedioso. Como mínimo, lento.

—La gente entra y sale de las cámaras bastante a menudo. Pero en algunas cámaras interiores no hay mucho movimiento. Sin embargo, si algún trabajador de la biblioteca se pasara ahí horas y horas, nos daríamos cuenta, seguro.

—A lo mejor quien lo hizo es muy bueno y lo hace rápido porque emplea algún tipo de plantilla —apuntó Reuben.

—¿Y si lo hace de madrugada? —preguntó Stone.

Caleb no estaba muy convencido:

—¿En la cámara? Muy pocas personas podrían. El director y el bibliotecario del Congreso son las únicas dos personas que se me ocurren. El ordenador está programado para denegar el acceso a cualquier otra persona una vez que se cierra la biblioteca; a no ser que se haya solicitado un permiso especial. De ninguna manera es algo que pueda hacerse todos los días.

—¿O sea que DeHaven tenía acceso a la cámara fuera del horario de apertura? —preguntó Stone.

Caleb asintió lentamente.

—Sí, lo tenía. ¿Crees que formaba parte de la red de espionaje? ¿Y que por eso lo mataron?

Annabelle empezó a protestar pero luego pareció que se lo pensaba dos veces.

—No sé, Caleb. —Stone se puso en pie—. Ahora lo que tenemos que hacer es actuar. Caleb, llama a Jewell English y dile que se le cayeron las gafas en la biblioteca y que las has encontrado. Dile que se las llevas.

—¿Esta noche? Ya son las nueve —dijo Caleb.

—¡Tienes que intentarlo! Lo que tengo claro es que no tenemos mucho tiempo para actuar. Y, si ha huido, tenemos que saberlo.

—Oliver, quizá sea peligroso —intervino Annabelle—. ¿Y si sigue aquí y sospecha que pasa algo?

—Caleb llevará un aparato de escucha. Sé que Milton tiene uno de esos cacharros en casa. —Milton asintió y Stone continuó—: Milton irá con él a casa de English pero permanecerá oculto en el exterior. Si pasa algo, puede llamar a la policía.

—¿Y si lo que pasa resulta que es daño físico a mi persona? —gimoteó Caleb.

—Has dicho que era una mujer mayor, Caleb —le recordó Stone—. Creo que deberías ser capaz de enfrentarte a la situación. Sin embargo, me figuro que lo más probable es que se haya marchado. Si es así, intenta entrar en su casa y descubre todo lo que puedas.

Caleb se estrujaba las manos de puro nerviosismo.

—Pero ¿y si no se ha marchado? ¿Y si tiene a un gorila en casa que me ataca cuando voy a verla?

Stone se encogió de hombros.

—Bueno, eso sería mala suerte.

El bibliotecario se puso colorado.

—¿Mala suerte? Para ti es muy fácil decirlo. Te agradecería que me dijeras qué vas a hacer tú mientras yo me juego el pellejo.

—Entrar en casa de Albert Trent. —Miró a Annabelle—. ¿Te apuntas?

—¡Oh, por supuesto! —dijo Annabelle sonriendo de oreja a oreja.

—¿Y yo, Oliver? —preguntó Reuben con cara de pena—. Creía que yo era tu compinche.

Stone negó con la cabeza.

—Ya te han detenido una vez y siguen considerándote sospechoso, Reuben. No podemos arriesgarnos. Me temo que tendrás que quedarte al margen de esto.

—Pues qué bien —se quejó, dándose una palmada en el muslo como señal de frustración—. Aquí sólo se divierten algunos.

Caleb puso cara de estar a punto de estrangular al grandullón.

56

Caleb llevó su Nova con el tubo de escape traqueteante al final de una calle sin salida y apagó el motor. Miró nervioso a Milton, que iba vestido totalmente de negro con la melena recogida bajo una gorra de esquí de punto, y también se había oscurecido el rostro.

—Por Dios, Milton, pareces un rapero.

—Es la vestimenta estándar para vigilar. ¿Qué tal el micro?

Caleb se frotó la zona del brazo donde Milton había sujetado el aparato de escucha bajo la chaqueta. También llevaba una unidad de alimentación en la parte trasera de la cinturilla del pantalón.

—Me pica un montón, y la batería hace que me aprieten tanto los pantalones que apenas puedo respirar.

—Serán los nervios —comentó Milton.

Caleb lo fulminó con la mirada.

—¿Ah sí? —Salió del coche—. Asegúrate de que tienes el 911 en las teclas de marcación rápida, ladronzuelo.

—Recibido —repuso Milton, mientras extraía unos prismáticos de visión nocturna y escudriñaba la zona. También había llevado una cámara de alta velocidad y una pistola aturdidora.

Jewell English había respondido a la llamada de teléfono de Caleb y parecía encantada de que hubiera encontrado las gafas. Esa noche ya le iba bien a pesar de que fuera tarde, le había dicho.

—No duermo mucho —le confesó a Caleb por teléfono—. Pero a lo mejor voy en camisón —añadió con voz infantil.

—Da igual —había respondido él con apatía.

Mientras caminaba hacia la casa se fijó en las otras viviendas. Eran todas viejas, de ladrillo visto y de una sola planta con jardines idénticos e interiores a oscuras. Un gato cruzó furtivamente un jardín y le asustó. Respiró hondo varias veces y musitó: «No es más que una viejecita que ha perdido las gafas. No es más que una viejecita que ha perdido las gafas. No es más que una viejecita que podría ser espía y que tiene a unos cuantos sicarios dispuestos a cortarme el pescuezo.» Volvió la vista hacia el coche. No veía a Milton pero supuso que su compinche estaba muy ocupado fotografiando a un petirrojo de aspecto sospechoso que merodeaba por la rama de un árbol.

Las luces de casa de Jewel estaban encendidas. Vio unas cortinas de encaje en las ventanas y, a través del ventanal del salón, cachivaches y baratijas en la repisa pintada de la chimenea. En el garaje abierto no había ningún coche. Supuso que la mujer ya no conducía o que había llevado su vehículo al mecánico por algún motivo. El césped estaba muy bien cortado y la parte delantera de la casa estaba flanqueada por dos rosales. Llamó al timbre y esperó. No acudió nadie. Volvió a llamar. No oía sonido de pasos. Miró a su alrededor. La calle estaba vacía, en silencio. «Demasiado silenciosa, quizá, como dicen en las películas; justo antes de que te disparen, apuñalen o devoren.»

La había llamado hacía algo más de una hora. ¿Qué habría pasado durante ese intervalo? Él había oído sonar el timbre, pero quizás ella no lo hubiera oído. Llamó a la puerta con la mano, con fuerza.

—¿Jewell? —Volvió a repetir el nombre, más alto. Oyó el ladrido de un perro y se sobresaltó. De todos modos, no provenía del interior de la casa sino que probablemente se tratara del chucho de algún vecino. Volvió a llamar, más fuerte, y la puerta se abrió.

Se giró, dispuesto a echar a correr. No había que entrar nunca en una casa si la puerta se abría de ese modo. El siguiente sonido a punto estuvo de causarle un ataque al corazón.

—¿Caleb?

Soltó un grito y se agarró a la barandilla del porche delantero para evitar caer encima de los arbustos del susto que se acababa de llevar.

—¡Caleb! —repitió la voz de forma apremiante.

—¿Qué? ¿Quién? ¡Cielo santo! —Empezó a dar vueltas como un poseso para ver si veía a quien le llamaba, mientras los pies le resbalaban en el suelo de cemento húmedo. Estaba tan mareado que casi le entraron ganas de vomitar.

—Soy yo, Milton.

Caleb se quedó inmóvil medio agachado, con las manos agarradas a los muslos mientras intentaba no vomitar la cena encima de las fragantes rosas.

—¿Milton?

—¡Sí!

—¿Dónde estás? —susurró.

—Todavía estoy en el coche. Te estoy hablando a través del micro. Además de ser un dispositivo de vigilancia, sirve para comunicarse.

—¿Por qué coño no me lo habías dicho?

—Te lo he dicho. Supongo que se te ha olvidado. Sé que estás muy estresado.

—¿Me oyes bien? —preguntó Caleb con los dientes apretados.

—Oh, sí, muy bien.

Las palabras surgidas de la boca del formal bibliotecario habrían hecho que el rapero más deslenguado del mundo cediera el título de hombre más procaz del planeta al señor Caleb Shaw.

Después de su arrebato se produjo un largo silencio.

—Ya veo que estás un poco disgustado —dijo al final Milton, atónito.

—¡Sí! —Caleb respiró hondo y ordenó a la comida que

permaneciera en su estómago. Se irguió lentamente y estiró la espalda aunque su pobre corazón seguía palpitando. Si se desplomaba en ese mismo instante víctima de un infarto, Caleb juró que resucitaría en forma de aparición y perseguiría al maldito tecnoadicto todos los segundos de todos los días.

—Bueno, no aparece. Acabo de llamar a la puerta con la mano y se ha abierto. ¿Qué sugieres que haga?

—Yo me largaría ahora mismo —respondió Milton enseguida.

—Esperaba que dijeras eso. —Caleb empezó a bajar los escalones, temeroso de girarse por si algo se abalanzaba sobre él desde la casa. Entonces se detuvo. ¿Y si la mujer estaba tendida en el suelo del baño con la cadera rota o había sufrido un ataque al corazón? La cuestión era que, a pesar de las pruebas, una parte de Caleb no se creía que la misma viejecita agradable que tanto amaba los libros estuviera implicada en una red de espionaje. O si lo estaba, quizá no fuera más que una ingenua inocente.

—¿Caleb? ¿Te has marchado ya?

—No —espetó—. Estoy pensando.

—¿Pensando en qué?

—En si debería entrar y ver cómo está.

—¿Quieres que entre contigo?

Vaciló. Milton llevaba una pistola aturdidora. Si Jewell era espía y se abalanzaba sobre ellos con un cuchillo de carnicero, podrían inmovilizar a la vieja bruja.

—No, Milton, quédate donde estás. Seguro que no es nada.—Caleb empujó la puerta y entró.

El salón estaba vacío, igual que la pequeña cocina. Había una sartén en los fogones con trocitos de cebolla y algo parecido a carne picada, que era a lo que olía la estancia. En el fregadero había un plato, una taza y un tenedor sucios. Al volver a pasar por el salón, cogió un candelabro de latón pesado como arma y avanzó lentamente por el pasillo. Llegó al cuarto de baño y miró al interior. La tapa del inodoro estaba bajada, la cortina de baño descorrida y ningún cadáver ensangrentado en la bañera. No miró en el botiquín sobre todo porque no quería ver su expresión horrorizada en el espejo.

El primer dormitorio estaba vacío, y el pequeño armario, lleno de toallas y sábanas.

Sólo quedaba una habitación. Levantó el candelabro por encima de su cabeza y abrió la puerta ayudándose del pie. Estaba oscuro y tardó unos momentos en acostumbrarse a la penumbra. Se quedó sin respiración. Había un bulto bajo la colcha.

—Hay alguien en la cama. Tiene la cara tapada con la colcha—susurró.

—¿Está muerta? —preguntó Milton.

—No lo sé, pero ¿por qué iba a dormir con la cara tapada con la colcha?

—¿Llamo a la policía?

—Espera un momento.

En la habitación había un pequeño armario con la puerta entreabierta. Caleb se hizo a un lado con el candelabro preparado. También utilizó el pie para abrir la puerta y luego se echó hacia atrás de un salto. Había un perchero con ropa y ni rastro de un asesino.

Volvió a la cama con el corazón latiéndole a mil por hora y se preguntó si no debía decirle a Milton que pidiera una ambulancia para él. Se miró las manos temblorosas.

—Vale, vale, un cadáver no puede hacerte daño.

De todos modos no quería verla, no de ese modo. De repente cayó en la cuenta de una cosa. Si la habían matado, él tenía parte de culpa por haberle cogido las gafas y desenmascararla. Esta idea sombría le deprimió pero en cierto modo también le tranquilizó.

—Lo siento, Jewell, aun en caso de que fueras espía —susurró con solemnidad.

Sujetó el extremo de la colcha y la apartó.

Se encontró a un hombre muerto. Era Norman Janklow, el amante de Hemingway y bestia negra de Jewell English en la sala de lectura de Libros Raros.

57

Albert Trent vivía en una vieja casa con un amplio porche delantero muy apartada de una carretera rural en el oeste del condado de Fairfax.

—Debe de tardar un buen rato en llegar a Washington todos los días desde aquí —comentó Stone, mientras barría el lugar con unos prismáticos desde detrás de un grupo de abedules. Annabelle, vestida con vaqueros negros, zapatillas de deporte oscuras y sudadera con capucha negra, estaba agachada a su lado. Stone llevaba una pequeña mochila.

—¿Crees que hay alguien? —preguntó ella.

Stone negó con la cabeza.

—Desde aquí no veo ninguna luz encendida, pero el garaje está cerrado, así que no sabemos si hay un coche dentro.

—Un hombre que trabaja para los servicios de inteligencia seguro que tiene alarma.

Stone asintió.

—Lo que me extrañaría es que no la tuviera. La desactivaremos antes de entrar.

—¿Sabes hacer eso?

—Igual que le respondí a Reuben cuando me lo preguntó en una ocasión, la biblioteca está abierta a todo el mundo.

No había ninguna otra casa a la vista pero, de todos modos, se acercaron por detrás para evitar que los vieran. Para ello tuvieron que reptar, luego ponerse de rodillas y, al final, caminar como los cangrejos por una suave pendiente situada a unos veinte metros de la casa. Se pararon ahí y Stone hizo otro reconocimiento. La casa tenía un sótano con salida en un extremo. La parte trasera estaba igual de oscura que la delantera. Como no había farolas y sólo una pizca de luz ambiental, los prismáticos de visión nocturna de Stone iban de maravilla. A través de la neblina verde de las lentes recubiertas veía todo lo que necesitaba.

—No aprecio ningún movimiento pero haz la llamada de todas formas —indicó a Annabelle.

Milton había conseguido el número de teléfono particular de Trent en Internet, una amenaza a la privacidad de Estados Unidos mucho más peligrosa de lo que jamás sería la Agencia de Seguridad Nacional, la ASN. Después de cuatro rings, saltó el contestador y escucharon una voz masculina indicándoles que dejaran un mensaje.

—Parece ser que nuestro espía no está en casa —dijo ella—. ¿Vas armado?

—No tengo ninguna arma. ¿Y tú?

Negó con la cabeza.

—No me van las armas. Prefiero el cerebro a las balas.

—Bien, es mejor que a uno no le vayan las armas.

—Parece que lo dices por experiencia.

—Ahora no es el momento de intercambiar biografías.

—Lo sé, sólo me estoy preparando para cuando llegue el momento.

—No pensaba que fueras a quedarte por aquí después de esto.

—No pensaba que fuera a quedarme por aquí para esto. Así que nunca se sabe.

—Bueno. La caja de la línea telefónica cuelga de una pared de los cimientos bajo la tarima. Adelante, despacio y con discreción.

Mientras avanzaban sigilosamente, un caballo relinchó a lo lejos. Por ahí había pequeñas granjas familiares, que estaban siendo engullidas rápidamente por la colosal maquinaria de construcción de viviendas de esa zona de Virginia que escupía apartamentos, casas adosadas, modestos chalés familiares y mansiones al azar y a una velocidad de vértigo.

Habían pasado al lado de varias de esas granjas camino de casa de Trent, y todas ellas tenían establos, pacas de heno, cercado y bichos grandes mordisqueando hierbajos. Los enormes montículos de estiércol dejados en los caminos habían servido de prueba irrefutable de la presencia de los equinos. Stone casi había pisado uno al salir del coche de alquiler de Annabelle.

Llegaron a la caja de la línea de teléfono y Stone dedicó unos cinco minutos a analizar el sistema de seguridad conectado a ella, y tardó otros cinco minutos en desactivarlo. Después de desviar el último cable, dijo:

—Probemos esta ventana. Probablemente las puertas tengan unos buenos cerrojos. He traído una herramienta para forzarlas pero vayamos primero al punto que opone la menor resistencia.

Ese punto no fue la ventana, porque estaba cerrada a cal y canto.

Siguieron desplazándose por la parte trasera de la casa y al final encontraron una ventana sujeta con unas clavijas. Stone cortó un círculo de cristal, introdujo la mano, extrajo las clavijas y reventó la cerradura. Al cabo de un minuto estaban recorriendo el pasillo hacia lo que parecía la cocina, Stone en cabeza linterna en mano.

—La casa es bonita, pero parece que le va el minimalismo —comentó Annabelle. El gusto de Trent por la decoración interior era más bien espartano: una silla aquí, una mesa allí. La cocina estaba pelada.

—Está soltero. Probablemente coma fuera a menudo.

—¿Por dónde quieres empezar?

—Vamos a ver si tiene una especie de despacho. La mayoría de los burócratas de Washington se llevan trabajo a casa.

Encontraron el despacho pero casi estaba tan vacío como el resto de la casa, no había ni papeles ni archivos. Había unas cuantas fotos en el aparador situado detrás del escritorio. Stone señaló una. Un hombre fortachón, campechano y con cara de honesto, el pelo cano y unas pobladas cejas grises estaba al lado de un hombre más bajito, fofo y con un peinado que le tapaba la calva pero con unos ojos marrones cautelosos y expresión furtiva.

—El grandullón es Bob Bradley. Trent es el de al lado —dijo Stone.

—Trent se parece un poco a una comadreja. —Annabelle se puso rígida—. ¿Qué es ese sonido vibrante?

—Maldita sea, es mi teléfono. —Stone cogió el teléfono móvil y miró la pantalla—. Es Caleb. Me pregunto qué habrán encontrado.

Nunca llegó a tener la oportunidad de oírlo.

El fuerte golpe desde atrás dejó inconsciente a Stone.

Annabelle profirió un grito un segundo antes de que un paño húmedo sujetado por una mano muy fuerte le tapara la boca y la nariz. Mientras inhalaba los vapores químicos y se iba desplomando, su mirada se posó en un espejo colgado de la pared al otro lado de la habitación. Vio reflejados a dos hombres enmascarados. Uno la tenía a ella y el otro estaba de pie contemplando a Stone. Pero detrás de ellos vio a un tercer hombre, el hombre de la foto, Albert Trent. Sonrió y no se dio cuenta de que ella había visto su reflejo. Al cabo de unos instantes empezó a parpadear, se le cerraron los ojos y se quedó flácida.

Siguiendo las instrucciones de Roger Seagraves, uno de los hombres le quitó el reloj de pulsera a Annabelle. Seagraves ya tenía una camisa de Stone. Aunque no iba a matarlos personalmente, Seagraves orquestaba sus muertes, lo cual satisfacía los criterios de su colección. Deseaba especialmente la inclusión de un Triple Seis, el primero de su colección. Seagraves pensaba otorgarle un lugar honorífico particularmente especial.

58

Annabelle fue la primera en recobrar la conciencia. Cuando enfocó la vista, vio a los dos hombres trabajando: uno subido a una escalera, y el otro tendiéndole cosas. Estaba maniatada, tumbada en un frío suelo de cemento. Tenía a Stone justo enfrente, con los ojos cerrados.

Mientras lo observaba, Stone empezó a parpadear y luego abrió los ojos. Cuando éste la vio, Annabelle le indicó con la mirada la presencia de los dos hombres. No tenían la boca tapada, pero ninguno de ellos quería alertar a sus captores de que estaban despiertos.

Cuando Stone se dio cuenta de dónde estaban, se le encogió el estómago. Los tenían retenidos en el almacén de Fire Control, Inc. Entrecerró los ojos para leer la etiqueta de la bombona que los hombres preparaban por encima de ellos. Estaba suspendida del techo mediante cadenas, motivo por el cual necesitaban una escalera.

—Dióxido de carbono, cinco mil ppm —indicó a Annabelle moviendo los labios.

«Los hombres iban a matarlos del mismo modo que a Jonathan DeHaven.»

Stone buscó desesperadamente con la mirada algo, cualquier cosa, que le permitiera cortar las ligaduras. Probablemente no tuvieran mucho tiempo después de que los hombres se marcharan del almacén antes de que el gas brotara de la bombona y devorara el oxígeno del aire, lo cual les asfixiaría. Lo vio justo cuando los hombres acabaron con su trabajo.

—Con esto debería bastar —dijo uno de ellos, bajando de la escalera.

Cuando el hombre estuvo a la vista bajo el círculo de luz, Stone lo reconoció. Era el encargado del equipo que había retirado las bombonas de la biblioteca.

Justo antes de que los hombres les echaran un vistazo, Stone cerró los ojos inmediatamente y Annabelle hizo otro tanto.

—Bueno —dijo el encargado—, no perdamos el tiempo. El gas se liberará en tres minutos. Dejaremos que se esparza y luego los sacaremos de aquí.

—¿Dónde vamos a dejarlos? —preguntó el otro.

—En un sitio realmente apartado. Pero da igual que los encuentren. La policía será incapaz de averiguar cómo murieron. Esto es lo bueno de este plan.

Cogieron la escalera y se marcharon. En cuanto los dos hombres cerraron la puerta con llave detrás de ellos, Stone se incorporó y se desplazó sobre el trasero hacia la mesa de trabajo. Se impulsó hacia arriba, cogió un cúter de encima de la mesa, se sentó y se arrastró hacia Annabelle.

—Rápido, coge este cuchillo y córtame las cuerdas. ¡Date prisa! Tenemos menos de tres minutos.

Mientras estaban espalda contra espalda, Annabelle desplazó la hoja hacia arriba y hacia abajo lo más rápidamente posible desde esa postura tan incómoda. En un momento dado, le hizo un corte a Stone y le oyó gemir de dolor.

—¡No pares! ¡No te preocupes por eso! —le dijo él—. ¡Rápido, rápido! —Stone tenía la vista clavada en la bombona y desde su posición veía lo que Annabelle no veía. La bombona tenía un temporizador y la cuenta atrás iba muy rápido.

Annabelle cortó lo más rápido posible hasta que tuvo la impresión de que los brazos iban a desencajársele de los hombros. El sudor le caía en los ojos del esfuerzo.

Al final, Stone notó que la cuerda empezaba a ceder. Les quedaba un minuto. Separó las manos y así ella pudo maniobrar mejor. Annabelle siguió cortando y las cuerdas se separaron por completo. Stone se incorporó, se quitó las ligaduras de los pies y dio un salto. No intentó alcanzar la bombona. Estaba demasiado alta y, aunque llegara a ella y descubriera cómo parar la cuenta atrás, los hombres sabrían que algo no iba bien si no oían que salía el gas. Agarró la botella de oxígeno y la mascarilla que había visto en su anterior visita y corrió al lado de Annabelle. Les quedaban treinta segundos.

La cogió por las manos atadas y deslizó a Annabelle hasta una esquina situada detrás de una pila de equipamiento. Colocó una lona por encima de ellos, acercó su cabeza a la de Annabelle, ciñó la gran máscara de oxígeno encima de la cara de ambos y abrió la línea de alimentación. Un suave silbido y la sensación de recibir una brisa ligera en el rostro les indicó que la línea funcionaba.

Al cabo de un momento oyeron un sonido parecido a una pequeña explosión seguido del rugido de una cascada cerca. Continuó durante diez largos segundos, el CO_2 brotaba tan rápido y con tanta fuerza que enseguida cubrió todo el almacén. Mientras se producía el «efecto nieve», la temperatura bajó de forma drástica y Stone y Annabelle empezaron a tiritar de modo incontrolable. Inhalaron con fuerza el oxígeno vivificador. No obstante, en los márgenes de la bolsa de aire que les suministraba el O_2, Stone notaba el poder succionador de una atmósfera mucho más parecida a la de la luna que a la de la Tierra. Tiraba de ellos, intentando destruir las moléculas de oxígeno, pero Stone mantuvo la mascarilla pegada a sus rostros incluso cuando Annabelle lo agarró con la fuerza que provoca el pánico más extremo.

A pesar del suministro de oxígeno, Stone era incapaz de pensar con claridad. Se sentía como si estuviera en un avión de combate que volaba cada vez más alto mientras la fuerza de la gravedad tiraba de su cara hacia atrás y hacia arriba, amenazando con arrancarle la cabeza. Stone fue capaz de imaginar el horror que Jonathan DeHaven, que no había tenido oxígeno al que recurrir, había sufrido en los últimos momentos de su vida.

Al final, el rugido se detuvo igual que había empezado.

Annabelle se dispuso a apartar la máscara pero Stone se lo impidió.

—Los niveles de oxígeno todavía están menguados —le susurró—. Tenemos que esperar.

Entonces oyó lo que parecía un ventilador. Pasó un rato y Stone no apartaba la mirada de la puerta. Al final, se quitó la máscara de la cara pero la mantuvo en la de Annabelle. Respiró con cuidado una vez y luego otra. Se quitó de encima la lona, levantó a Annabelle y se la colocó encima del hombro para llevarla al sitio exacto en el que estaba antes. Moviéndose lo más sigilosamente posible, Stone agarró la botella de oxígeno casi vacía y se colocó detrás de la puerta.

No tuvo que esperar mucho. Al cabo de un minuto la puerta se abrió y entró el primer hombre. Stone esperó. Cuando apareció el segundo hombre, Stone balanceó la botella y le aplastó el cráneo con todas sus fuerzas. Se desplomó como si lo hubieran noqueado.

El otro hombre se giró asustado y enseguida sacó la pistola que llevaba en el cinturón. La botella le dio de lleno en la cara, lo cual le hizo retroceder hasta la mesa de trabajo y clavarse el duro metal del torno. Gritó de dolor y se llevó las manos a la espalda herida con desesperación mientras la sangre le chorreaba por la cara. Stone balanceó la botella una vez más y le golpeó con fuerza en la sien. Cuando el hombre cayó al suelo, Stone soltó la botella, corrió hacia Annabelle y la desató. Se levantó con piernas temblorosas y bajó la mirada hacia los dos hombres maltrechos.

—Recuérdame que nunca te haga enfadar —dijo ella muy pálida.

—Vámonos antes de que aparezca alguien más.

Salieron corriendo por la puerta, escalaron la verja y corrieron calle abajo. Al cabo de tres minutos tuvieron que parar, jadeantes y con todos los pliegues sucios del cuerpo empapados de sudor. Inhalaron el aire fresco y corrieron otros quinientos metros hasta que ya no pudieron más. Se dejaron caer junto a la pared de ladrillos de algo parecido a un almacén.

—Me han quitado el teléfono —dijo Stone, dando bocanadas de aire para disponer de oxígeno extra—. Y, por cierto, soy demasiado viejo para estos trotes. Lo digo muy en serio.

—A mí también… y yo también —respondió ella respirando de forma entrecortada—. Oliver, vi a Trent en la casa. Lo vi reflejado en el espejo.

—¿Estás segura?

Annabelle asintió.

—No me cabe la menor duda de que era él.

Stone miró a su alrededor.

—Tenemos que ponernos en contacto con Caleb o Milton.

—Después de lo que nos ha pasado, ¿crees que están bien?

—No lo sé —respondió él con voz trémula. Se puso en pie tambaleándose, le tendió una mano y la ayudó a levantarse.

Siguieron calle abajo a buen paso pero Annabelle se paró.

—¿Fue así como murió Jonathan? —preguntó ella con voz queda.

Stone se detuvo y se volvió hacia ella.

—Sí. Lo siento.

Annabelle se encogió de hombros como si quisiera demostrar indiferencia pero se secó una lágrima del ojo.

—Dios mío —dijo con voz trémula.

—Sí, Dios mío —convino Stone—. Mira, Susan, me arrepiento de haberte implicado en esto.

—Para empezar no me llamo Susan.

—Vale.

—Para continuar… dime tu nombre verdadero y yo te diré el mío.

Stone vaciló unos segundos.

—Franklin, pero mis amigos me llaman Frank. ¿Y tú?

—Eleanor, mis amigos me llaman Ellie.

—¿Franklin y Eleanor? —preguntó desconcertado.

—Has empezado tú. —Annabelle sonrió aunque los ojos empezaron a llenársele de lágrimas y el cuerpo le empezó a temblar—. Oh, Jonathan.

Stone le sujetó el hombro para tranquilizarla.

—No me lo puedo creer —dijo ella—. Hacía siglos que no lo veía.

—No tiene nada de malo que todavía te importe.

—No estaba muy convencida de que me importara hasta ahora.

—Ninguna ley lo prohíbe.

—Me recuperaré. Créeme, he pasado por cosas mucho peores. —En cuanto hubo pronunciado estas palabras, empezó a llorar desconsoladamente. Stone la abrazó porque le fallaban las piernas. Los dos se dejaron caer encima del cemento y Stone siguió abrazándola mientras ella lo agarraba con fuerza y sus lágrimas le humedecían la camisa y la piel.

Al cabo de cinco minutos se calló. Se separó de él y se frotó los ojos hinchados y la nariz con la manga.

—Lo siento. Nunca, y quiero decir nunca, pierdo el control de esta manera.

—Llorar por haber perdido a un ser querido no es precisamente extraño.

—Es que yo... quiero decir que... Nunca...

Stone le tapó la boca con la mano.

—Mi verdadero nombre es John. John Carr.

Annabelle se puso tensa un instante y luego se relajó.

—Me llamo Annabelle Conroy. Encantada de conocerte, John. —Exhaló un fuerte suspiro—. Vaya, no suelo hacer esto muy a menudo.

—¿Utilizar tu verdadero nombre? Lo entiendo. La última persona a la que se lo dije intentó matarme.

Stone se levantó y la ayudó a hacer lo mismo. Annabelle no le soltó la mano una vez levantada.

—Gracias por todo, John.

Stone estaba claramente abrumado por su gratitud, pero Annabelle le quitó hierro a la situación.

—Vamos a ver si Milton y Caleb necesitan que los salvemos, ¿de acuerdo? —propuso Annabelle.

Al cabo de unos instantes corrían calle abajo.

59

Annabelle y Stone llamaron por teléfono a Caleb desde una gasolinera. Todavía no se había recuperado por completo de encontrar el cadáver de Norman Janklow pero fue capaz de contarles parte de lo ocurrido. Stone llamó a Reuben y convinieron en reunirse en el piso franco de Stone. Al cabo de una hora volvían a estar juntos y Stone y Annabelle fueron los primeros en relatar su experiencia.

—Joder —dijo Reuben—. Menos mal que pensaste en lo del oxígeno, Oliver.

Caleb y Milton fueron los siguientes en explicar lo que les había pasado.

—Llamamos a la policía desde una cabina. Sólo tardamos como una hora en encontrar una en nuestro mundo plagado de móviles. Menos mal que me acordé de llevarme el candelabro porque tiene mis huellas —añadió Caleb.

—¿Tocaste algo más? —preguntó Stone.

Caleb parecía preocupado.

—Me agarré a la barandilla del porche. —Miró a Milton—. Porque aquí, el as de la tecnología, decidió darme un susto de muerte. Y quizá tocara algo del interior de la casa, no me acuerdo. De hecho he intentado borrarlo de mi memoria.

—¿Tus huellas están en la base de datos del FBI? —preguntó Stone.

—Sin duda. —Caleb exhaló un suspiro de resignación—. No será la primera vez que la pasma viene a por mí y dudo que sea la última.

—¿Qué relación puede tener ese tal Norman Janklow con todo esto? —preguntó Reuben.

—Es posible que Janklow fuera espía, igual que English —respondió Stone—. Eso significa que los libros que miraba quizá también tuvieran claves secretas.

—Debían de fingir que se caían mal —dijo Caleb—. Para seguir teniendo su tapadera.

—De acuerdo, pero ¿por qué matar a Janklow? —insistió Reuben.

—Si era espía, en cuanto desenmascaramos a English, quizá todo empezara a salir a la luz y tuvieran que empezar a atar cabos sueltos —sugirió Annabelle—. Quizá quitaran de en medio a English y dejaran ahí muerto a Janklow para confundirnos.

—Pues entonces yo diría que han cumplido su objetivo —señaló Caleb.

—Deberíamos ir a la policía ahora mismo —dijo Milton angustiado.

—¿Y qué les contamos? —replicó Stone—. Las marcas del libro han desaparecido. Y si explicamos que esta noche han estado a punto de matarnos, tendremos que reconocer que entramos en casa de Albert Trent sin permiso. Seguro que ya ha llamado a la policía para denunciar el allanamiento de morada.

Miró a Annabelle.

—Y aunque le vieras, es tu palabra contra la de él. Y no he llamado a la policía para explicar lo ocurrido en Fire Control, Inc. porque estoy convencido de que, para cuando llegaran, los dos hombres a los que ataqué ya habrían desaparecido. —Miró a Caleb—. Y como Caleb estuvo en casa de Jewell English y quizás encuentren sus huellas, si vamos a la policía, inmediatamente se convertirá en sospechoso. Si sumamos todo eso al hecho de que las autoridades ya le siguen la pista a Caleb y a Reuben, es mucho pedir que la policía nos crea.

—Pues qué putada —fue el único comentario de Reuben a ese análisis.

—¿Y qué hacemos entonces? —preguntó Annabelle—. ¿Esperar a que vengan a por nosotros otra vez?

Stone negó con la cabeza.

—No. Caleb irá mañana a trabajar como si no hubiera pasado nada. En la biblioteca se producirá un gran revuelo después de perder a un director y a un socio en tan poco tiempo. Caleb, descubre lo que puedas. Las noticias nos darán una pista de lo que piensa la policía. Y si también han matado a English, es posible que aparezca el cadáver.

—Me mantendré pegadito a Internet por si surge algo. Será el primer medio en el que aparecerá la noticia —dijo Milton.

—Han asesinado a Bob Bradley, Jonathan DeHaven, Cornelius Behan y ahora a Norman Janklow —continuó Stone—. Creo que Bradley murió porque obligaba a Albert Trent a dejar el Comité de Inteligencia. Trent no podía porque, si no me equivoco, utilizaba el puesto para pasar secretos. DeHaven fue asesinado porque, una de dos, o estaba implicado en la trama de la sala de lectura por la que se transmitían secretos robados o descubrió la conspiración y hubo que silenciarlo. Quizás ocurriera lo mismo con Norman Janklow o, si no, es que era espía igual que English. Behan fue asesinado porque descubrió que el material de una de sus empresas había sido utilizado para matar a DeHaven y sin duda habría investigado el asunto. Trent tenía un topo en Fire Control que probablemente le diera el chivatazo de las sospechas de Behan y tuvieron que eliminarlo.

—Pero ¿cómo es posible que Jonathan, Jewell English o Norman Janklow estuvieran implicados en una red de espionaje? —preguntó Caleb—. ¿A quién se le ocurriría utilizar la sala de lectura de Libros Raros para transmitir secretos robados mediante letras cifradas?

—El hecho de que no nos parezca lógico lo convierte en un buen plan —declaró Stone—. Y recordad que la mayoría de los espías son desenmascarados porque los vigilan por algún motivo y entonces los pillan transmitiendo la información, normalmente en un lugar público. En este caso tenemos letras cifradas en libros raros. No hay vigilancia posible. La gente mayor lee libros antiguos y se va a casa. Nadie los consideraría jamás ni remotamente sospechosos.

—Pero aun así hay que conseguir introducir los secretos que se supone que Trent robaba en la biblioteca —dijo Caleb—. Y no fue Albert Trent quien resaltó las letras de los libros. Y Jonathan no pudo hacerlo en el Beadle que cogimos de la biblioteca porque ya se había muerto.

—Correcto. Y ésa es la parte que todavía tenemos que descubrir. De hecho es la más importante porque ahí es donde residen nuestras esperanzas de solucionar este caso. Si Janklow, English o DeHaven eran espías, tiene que existir alguna prueba.

—Ya hemos registrado la casa de DeHaven y no encontramos nada —apuntó Milton.

—Y yo miré en casa de Jewell —dijo Caleb— y sólo encontré un cadáver.

Stone asintió.

—Quizá la casa de Norman Janklow nos dé alguna pista.

—El único problema —objetó Reuben— es que la policía ya estará allí. Igual que con casa de English.

—La situación se está volviendo muy peligrosa —aseveró Stone— y tenemos que ir con sumo cuidado. Sugiero que a partir de ahora siempre vayamos de dos en dos. Milton y Caleb, podéis quedaros en casa de Milton, tiene un sistema de seguridad muy bueno. Reuben, tú y yo podemos quedarnos en tu casa, puesto que ciertas personas ya saben dónde vivo. —Miró a Annabelle—. Tú puedes quedarte con nosotros.

Reuben se mostró optimista.

—Mi choza no es gran cosa pero tengo un montón de cerveza, patatas fritas y una televisión de plasma panorámica. Y cocino un chile fantástico. Con respecto a las medidas de protección, tengo una pit bull con muy mala leche llamada *Delta Dawn*, que muerde a quien yo le diga.

—Creo que me quedaré en el hotel. Pero estaré alerta, no os preocupéis.

—¿Estás segura? —insistió Stone.

—Segurísima. Pero gracias por la oferta. La verdad es que soy una persona solitaria. Lo prefiero así —añadió, apartando la mirada de Stone.

Cuando se despidieron, Stone paró un momento a Annabelle antes de que se marchara.

—¿Estás bien? —le preguntó.

—Sí, ¿por qué no iba a estarlo? Ha sido un día más de mi vida.

—Estar a punto de que te maten no es tan normal.

—A lo mejor no y a lo mejor sí.

—Vale, ¿te apuntas a otra tentativa con Albert Trent? —Annabelle vaciló—. No me refiero a volver a entrar en su casa sino a seguirlo.

—¿Crees que sigue por aquí? —preguntó ella.

Stone asintió.

—En realidad no tienen ni idea de lo que sabemos o dejamos de saber. Yo creo que mantendrán el *statu quo* hasta que las circunstancias exijan lo contrario. Si se larga de la ciudad ahora, se acabó. Si esto es una red de espionaje, quizá quieran ver si se puede salvar algo. Es obvio que esta gente se lo ha currado para organizar todo eso.

—Esta gente no se anda con chiquitas, ¿verdad?

—Yo tampoco —repuso Stone.

Roger Seagraves era un hombre muy desdichado. Si bien Janklow había sido sacrificado para enturbiar las aguas y silenciar a un posible testigo, English estaba en un lugar seguro lejos de Washington, D.C. No obstante, como había permitido que le quitaran las gafas y había lanzado por la borda la operación, Seagraves no creía que fuera a seguir viva durante mucho tiempo. Ésa era la buena noticia. La mala noticia era que Oliver Stone y la mujer habían huido, lo cual le había costado dos hombres. El Triple Seis había conseguido superar la cámara de la muerte y les había machacado el cráneo. Era impresionante, sobre todo para un tipo que debía de tener unos sesenta años. Seagraves se reprendió por no haberle matado cuando había tenido la oportunidad. Había recogido los cadáveres de Fire Control pero la policía había invadido la casa de Jewell English. Por suerte no había guardado nada comprometedor en su casa, igual que Janklow. Sin embargo, el plan de Seagraves se había ido al traste.

Ahora sólo tenía un objetivo. Ir directamente a la fuente y acabar con ella de una vez por todas.

Cogió la camisa vieja de Stone y el reloj que le había quitado a Annabelle de la mesita que tenía al lado. Seagraves se prometió que esos artículos pasarían a formar parte de su colección.

60

Se despertó, se desperezó, se dio la vuelta y miró por la ventana. El día se presentaba igual que el anterior. Soleado y despejado con una brisa oceánica que parecía destinada a inspirar satisfacción en todo lo que tocara. Se levantó, se rodeó la cintura con una sábana y se acercó a la ventana. El chalé, situado en una parcela de varias hectáreas de terreno que incluía una playa de arena azotada por el océano, era suyo, al menos durante un año, la duración del alquiler, pero se estaba planteando comprarlo directamente. La propiedad contaba con una piscina de agua salada infinita, bodega, pista de tenis y un pabellón provisto de un sofá cama que resultaba útil para algo más que secarse después de darse un baño, ya que pocas veces nadaba solo o con el bañador puesto. En el garaje de dos plazas guardaba un cupé Maserati y un Ducati para gozar de la conducción. El alquiler incluía cocinera, asistenta y jardinero por menos dinero del que le habría costado alquilar un apartamento en Los Ángeles. Respiró hondo y pensó que no le costaría nada pasar el resto de su vida ahí.

No había hecho caso de la recomendación de Annabelle de no alardear del dinero, pero ese lugar estaba disponible de inmediato para alguien que tuviera dinero. De hecho había visto el anuncio en Internet antes de que dieran el golpe, pero después de que Annabelle les dijera que iban a ganar millones. Nunca era demasiado pronto para planificar una compra tan importante. Y en cuanto había firmado el contrato, quiso tener los accesorios que le correspondían. No le preocupaba que Bagger le encontrara. El tío ni siquiera le había visto. Y en esa parte del mundo abundaba la gente joven y rica. Estaba tranquilo. De hecho, estaba de maravilla.

Tony la oyó subiendo las escaleras de piedra y volvió a la cama dejando caer la sábana. Cuando abrió la puerta, vio que traía una bandeja con el desayuno sólo para él. Era curioso, se acostaba con él desde el segundo día pero no quería desayunar con él. Probablemente tuviera que ver con el hecho de que fuera la asistenta.

—Dos huevos, jugo de naranja, tostada y café con leche —le dijo en español. Tenía un acento agradablemente cantarín.

—Y tú. —Él sonrió y se la acercó en cuanto hubo dejado la bandeja en la mesita. Ella le besó en los labios y dejó que le soltara la combinación sin tirantes, que resulta que era todo lo que llevaba. Él recorrió con los dedos los finos músculos de su largo cuello moreno, le acarició los grandes pechos, le pasó la mano por el vientre plano y luego bajó todavía más.

—¿Tú no tienes hambre? —le susurró ella en español, restregando la pierna contra él y rozándole el cuello con los labios.

—«Hambre» de ti —dijo él, mordisqueándole la oreja.

Se dio la vuelta encima de la cama y la tumbó boca arriba en la cama. Cogió cada una de sus esbeltas piernas en cada brazo y se colocó entre sus muslos. Ella se humedeció los dedos y luego se apretó los pechos.

—Joder, me vuelves loco, Carmela —dijo.

Ella se echó hacia delante, lo agarró por los hombros y lo empujó hacia su interior.

La puerta golpeó con fuerza contra la pared e hizo que la pareja se olvidara de echar un polvo antes del desayuno.

Cuatro hombretones irrumpieron en la habitación seguidos de otro más bajito y ancho de espaldas vestido con un traje de dos piezas y una camisa abierta y con una malvada expresión triunfante.

—Oye, Tony, tienes una choza bonita. Me gusta mucho —dijo Jerry Bagger—. Es increíble lo que se puede comprar con el dinero de otra persona, ¿verdad?

Se sentó en la cama mientras la aterrorizada Carmela intentaba taparse con la sábana.

—Oye, nena, no hace falta que hagas eso —dijo Bagger—. Eres muy guapa, ¿cómo se dice? «Bonita.» Eso es. «Muy bonita», zorra. —Hizo una seña a uno de sus hombres, que cogió a Carmela, la llevó hasta la ventana abierta y la tiró sin contemplaciones.

Todos escucharon un grito largo y luego un golpe seco.

Bagger cogió el vaso de zumo de naranja de la bandeja y se lo bebió de un trago. Se limpió la boca con una servilleta.

—Cada día tomo zumo de naranja. ¿Sabes por qué? Tiene un montón de calcio. Tengo sesenta y seis años pero ¿los aparento? ¡Pues no! Toca este músculo, Tony, venga, tócalo. —Bagger flexionó el bíceps derecho. Tony, sin embargo, parecía estar paralizado.

Bagger fingió sorpresa.

—¿Por qué estás tan disgustado? Oh, ¿porque la zorra ha salido disparada por la ventana? No te preocupes. —Miró al hombre que la había tirado—. Oye, Mike, has apuntado hacia la piscina, ¿verdad? Como en la película de James Bond. ¿Cómo se llamaba que no me acuerdo?

—*Diamantes para la eternidad*, señor Bagger —respondió Mike enseguida.

—Eso es. —Bagger sonrió—. *Diamantes para la eternidad*. Joder, cómo me gustan las pelis de James Bond. En ésa sale la tía esa con un bikini minúsculo y se le ve la raja del culo. ¿Stephanie Powers?

—Jill St. John, señor Bagger —le corrigió Mike educadamente.

—Ésa, ésa, siempre me confundo con esas dos. Las zorras se parecen mucho cuando no llevan nada encima. Imagínate.

—La verdad es que la señora no ha ido a parar a la piscina, señor Bagger —reconoció Mike.

—Pero lo has intentado, Mike, lo has intentado y eso es lo que cuenta. —Se giró hacia Tony—. Eso es lo que cuenta, ¿verdad?

Tony estaba demasiado horrorizado como para articular palabra.

—Además, es mejor así porque ¿los dos viejos que estaban abajo? No te lo vas a creer pero se han desplomado y se han muerto en cuanto hemos entrado. Y era imposible que una niña guapa como esa zorra bonita hubiera podido encargarse sola de una finca tan grande. Yo considero que le hemos hecho un favor, ¿no crees, Tony? —Tony asintió con gran dificultad—. Tócame el músculo. Quiero que notes la fuerza que tengo en el cuerpo. —Sin esperar a que Tony tomara la iniciativa, Bagger le agarró la mano y se la acercó al bíceps flexionado—. ¿Notas lo duro que está, Tony? ¿Entiendes lo fuerte que estoy? ¿Captas lo que eso significa?

—Por favor, no me mate, señor Bagger —gimoteó Tony—. Por favor, lo siento, lo siento.

Bagger le estrujó los dedos a Tony antes de soltárselos.

—Venga, no hagas eso, sólo se disculpan los débiles. Además, fue una gran estafa, verdaderamente alucinante. Todos los que se dedican al mundo del juego saben que me estafasteis la friolera de cuarenta millones. —Bagger apartó la mirada y respiró honda y tranquilamente, intentando, al parecer, evitar descuartizar al joven con sus propias manos, al menos durante unos cuantos minutos más—. Pero, antes, a ver si aclaramos un asunto importante. Quiero que me preguntes cómo te he encontrado. Quiero que sepas lo listo que soy y lo increíblemente imbécil que eres tú. Así que pregúntame, Tony, ¿cómo te he localizado teniendo en cuenta la de sitios a los que podías haber ido en todo el puto mundo después de estafarme? —Bagger agarró a Tony por el esbelto cuello y lo acercó de un tirón—. Pregúntamelo, mamón. —A Bagger le palpitaba una vena de la sien.

—¿Cómo me ha encontrado, señor Bagger? —dijo Tony con voz entrecortada.

Bagger golpeó el pecho plano de Tony con el antebrazo y le hizo caer en la cama. Entonces el propietario del casino se puso a caminar de un lado a otro.

—Me alegro de que me hagas esa pregunta. ¿Sabes? La

zorra que montó la estafa hizo que me observaras la primera noche para que pareciera que me tenía vigilado. La única forma de ver mi despacho es conseguir una habitación en la vigésima tercera planta del hotel que hay enfrente del casino. Así que fui allí e hice algunas averiguaciones sobre quiénes se alojaron en las habitaciones de esa planta ese día que tuvieran vistas a mi despacho. E investigué a todas y cada una de las personas de esa lista.

Dejó de ir de un lado a otro y sonrió a Tony.

—Hasta que te encontré. Fuiste lo suficientemente listo como para no utilizar tu nombre en el hotel pero tuviste un desliz que la zorra y su compinche no tuvieron. Por eso no pude seguirles el rastro, porque no dejaron nada tras su paso. —Bagger blandió un dedo hacia él—. Pero tú fuiste a que te dieran un masaje, porque lo comprobé. Y tú intentaste ligar con la chica que te dio la friega, porque querías un poco de acción extra. Pero no duraste mucho con la chica y entonces te fuiste al baño a echar las potas. Mientras estabas vomitando la zorra te cogió la cartera y te quitó algo de dinero para añadir a la mierda de billete de cien que le habías dado por correrte antes de tiempo. Y entonces vio el carné de conducir con tu nombre verdadero. Hay que ser tonto para llevarlo ahí, Tony.

»Así que aunque pensabas que la mamada sólo te había costado cien dólares, fíjate que el precio ha resultado ser mucho mayor. Y la barriobajera me contó todo lo que necesitaba saber por mil dólares de mierda. Nunca te fíes de una zorra, Tony, te la juegan siempre que pueden, te lo digo por experiencia.

Se sentó al lado de Tony, que sollozaba en silencio.

—Tienes buena fama, jovencito. El as de la tecnología, capaz de cualquier cosa con un ordenador. Como poner una especie de espía en el sistema de mi banco y robarme cuarenta millones. Joder, a eso se le llama talento. De todos modos, unté unas cuantas manos, hablé con tus amigos, tu familia, rastreé unas cuantas llamadas que hiciste, maté a unos cuantos que no querían cooperar y ahora estoy aquí contigo en la soleada costa de España o de Portugal o donde coño estemos. —Dio a Tony un golpe en la pierna.

—Bueno, ahora que ya me he desahogado, podemos avanzar. —Hizo una seña a uno de sus hombres, que extrajo una pistola compacta de la funda de la chaqueta, colocó un silenciador en la boca, introdujo una bala en la recámara y se la tendió a Bagger.

—¡No, por favor, no! —gimoteó Tony antes de que Bagger lo hiciera callar introduciéndole la pistola en la boca y, de paso, rompiéndole las dos palas.

Bagger encajó el antebrazo contra la tráquea de Tony para inmovilizarlo en la cama e introdujo el dedo en el gatillo.

—Bueno, Tony, éstas son las condiciones. Vas a tener una sola oportunidad. Una sola —repitió lentamente—. Y más que nada es porque me siento generoso. Por qué, no lo sé. A lo mejor es que me estoy ablandando con la edad. —Se calló, se humedeció los labios y continuó—: La zorra. Quiero su nombre y todo lo que sepas de ella. Si me lo cuentas, vivirás. —Recorrió con la mirada la enorme habitación en penumbra—. No aquí, no a mi costa. Pero vivirás. Si no me lo dices, pues... —Bagger le sacó la pistola de la boca bruscamente, que estaba llena de sangre y de fragmentos de diente—. Oh, ¿pensabas que te iba a disparar y ya está? —Bagger se echó a reír—. No, no, así no funcionan las cosas. Eso es demasiado rápido. —Entregó la pistola a otro hombre y tendió la mano. Mike le plantó un cuchillo dentado en la palma.

—Estas cosas las hacemos lentamente, y tenemos mucha práctica. —Bagger extendió la otra mano y otro de sus hombres le enfundó un guante.

—Antes había que hacer esto del guante por lo de las huellas—continuó Bagger—. Pero ahora con todo esto de las enfermedades y mierda por todas partes, uno no puede arriesgarse. Como la zorra bonita, por ejemplo, ¿cómo sabes que no se follaba a todos los muchachos del pueblo antes de que empezases a metérsela por ese culo tan hermoso? Espero que al menos llevaras condón.

Bagger bajó la mano enguantada, agarró a Tony por los cataplines y tiró con fuerza.

Tony profirió un grito agónico, pero el otro hombre lo tenía bien sujeto.

Bagger observó las partes pudendas de Tony y dijo:

—Sinceramente no sé qué vio bonita en ti. —Levantó el cuchillo—. Venga, el nombre de la zorra, dónde está mi dinero y todo lo demás. Así vivirás. Si no, empiezo cortándote los huevos y lo que vendrá a continuación te dolerá de verdad. ¿Qué prefieres, Tony? Tienes cinco segundos. Y cuando empiece a cortar, no pienso parar. —Tony emitió un sonido—. ¿Qué has dicho? No lo he pillado.

—A-Ann...

—Habla claro, capullo de mierda, tengo problemas auditivos.

—¡Annabelle! —gritó.

—¿Annabelle? ¿Annabelle qué? —Bagger gritaba tan fuerte que escupía saliva.

—Annabelle... Conroy. La hija de Paddy Conroy.

Bagger bajó el cuchillo lentamente y soltó las partes de Tony. Le tendió el arma a uno de sus hombres y se quitó el guante. Jerry Bagger se puso en pie, se acercó a la ventana y miró por ella. No posó la mirada ni un solo instante en el cadáver de Carmela, que había aterrizado de lleno en un león de piedra ornamental situado cerca de la puerta trasera. Dejó la vista perdida en el océano.

¿Annabelle Conroy? Ni siquiera se había enterado de que Paddy tuviera hijos. De todos modos, todo empezó a cobrar sentido. La hija de Paddy Conroy había estado en su casino, en su despacho, le había tomado el pelo como a un tonto y le había robado mucho más de lo que jamás le había robado su viejo.

«Muy bien, Annabelle, me cargué a tu mamá y ahora te toca a ti.»

Se hizo crujir los nudillos, se dio la vuelta y miró a Tony, que tenía la boca ensangrentada y estaba tumbado llorando en la cama con una mano en sus partes.

—¿Qué más? —dijo—. Todo. Y seguirás respirando.

Tony se lo contó y acabó hablándole de las instrucciones de Annabelle de ser discreto y no gastar todo el dinero en el mismo sitio.

—Pues tenías que haberle hecho caso —dijo Bagger—. Chasqueó los dedos—. Venga, chicos, manos a la obra. No tenemos todo el día.

Uno de los hombres abrió un maletín negro que había traído y que contenía cuatro bates de béisbol. Tendió tres a los otros hombres y se quedó con uno.

Mientras levantaban los bates, Tony empezó a chillar.

—¡Pero dijo que si se lo contaba me dejaría vivir! Lo ha dicho.

Bagger se encogió de hombros.

—Es verdad. Y cuando los chicos hayan acabado contigo, seguirás con vida. La justa. Jerry Bagger es un hombre de palabra.

Cuando se disponía a marcharse oyó el primer golpe, que le rompió la rodilla a Tony. Bagger empezó a silbar, cerró la puerta para amortiguar los gritos y bajó a tomarse un café.

61

A la mañana siguiente en la biblioteca se produjo un gran revuelo. El asesinato de Norman Janklow, tan pronto después de la muerte de DeHaven, conmocionó a todo el edificio Jefferson. Cuando Caleb llegó al trabajo, la policía y el FBI ya estaban interrogando a todo el mundo. Caleb se esforzó al máximo por responder a las preguntas con frases cortas. Pero la presencia de los dos agentes de Homicidios que le habían devuelto las llaves de DeHaven no ayudó demasiado. Notaba que no le quitaban los ojos de encima. ¿Acaso le había visto alguien en casa de Jewell? ¿Habían encontrado sus huellas? Encima Reuben había sido puesto en libertad a tiempo para cometer el asesinato. ¿Sospechaban también de él? Era imposible de saber.

A continuación le vino a la cabeza el Beadle que Annabelle se había llevado. Hoy lo había traído. Había resultado relativamente fácil aunque Caleb seguía siendo un manojo de nervios. Los guardias no revisaban los bolsos a la entrada sino a la salida y sólo pasaban por la máquina de rayos X los bolsos de los visitantes. De todos modos, la presencia de la policía hacía que estuviera más tenso. Exhaló un suspiro de alivio después de soportar estoicamente el acoso de las autoridades y guardar el libro en su escritorio.

Cuando apareció un restaurador con libros renovados para devolver a la cámara, Caleb se ofreció voluntario a hacerlo. Eso le brindaba la oportunidad perfecta de colocar el Beadle en su sitio. Dejó la novela barata en una pila con los demás volúmenes y entró en la cámara. Ordenó los tomos restaurados y se dirigió a la sección donde se guardaban los Beadle. Sin embargo, cuando se dispuso a deslizar el libro en la estantería, se dio cuenta de que el celo que Annabelle había utilizado para sujetárselo al muslo había rasgado un extremo de la cubierta al tirar de él.

—Perfecto, suponía que sería un poco más cuidadosa, teniendo en cuenta que robó el dichoso libro —farfulló.

Tendría que llevar el Beadle al Departamento de Restauración. Salió de la cámara, rellenó los impresos necesarios e introdujo la petición de restauración en el sistema informático. Acto seguido fue por los túneles hasta el edificio Madison, sin apenas mirar la sala en la que había estado la bombona de gas que había matado a Jonathan DeHaven. Al llegar al Departamento de Restauración, entregó el libro a Rachel Jeffries, una mujer que realizaba un trabajo muy minucioso y además rápido.

Tras charlar un poco con ella sobre las últimas malas noticias, Caleb volvió a la sala de lectura y se sentó a su escritorio. Observó el espacio que le rodeaba, tan hermoso, tan perfecto para la contemplación y tan vacío en esos momentos después de la muerte de dos hombres relacionados con ella.

Se sobresaltó cuando se abrió la puerta y apareció Kevin Philips, muy afligido y afectado. Hablaron unos minutos. Philips le dijo a Caleb que estaba planteándose dimitir.

—Esto es demasiado para mí —explicó—. Desde que Jonathan murió he adelgazado cinco kilos. Luego asesinaron a su vecino y ahora ha muerto Janklow, por lo que la policía no cree que Jonathan muriera por causas naturales.

—Pues a lo mejor tienen razón.

—¿Tú qué crees que está pasando, Caleb? Esto es una biblioteca. No deberían pasarnos estas cosas.

—Ojalá supiera qué contestar, Kevin.

Más tarde Caleb habló con Milton, que había estado muy atento a lo que publicaban y retransmitían los medios de comunicación. Informó de que se especulaba mucho sobre la muerte de Janklow pero que no se había informado de la causa oficial. Jewell English había alquilado aquella casa hacía dos años. La única relación entre la mujer y el difunto eran sus visitas regulares a la sala de lectura. Ahora English había desaparecido. La investigación sobre su pasado había llegado a un callejón sin salida. Al parecer no era quien fingía ser. Tal vez Janklow tampoco lo fuera.

«¡Menuda sorpresa!», pensó Caleb cuando colgó después de hablar con Milton. Cada vez que se abría la puerta de la sala de lectura, Caleb se ponía tenso. Aquel lugar que durante tanto tiempo había sido un remanso de paz y respetabilidad se había convertido en una pesadilla recurrente. Lo único que quería era salir de sus profundidades asfixiantes. «¡Asfixiante! Cielos, qué palabra tan desafortunada se me ha ocurrido.» Sin embargo, se quedaba allí porque era su trabajo y, aunque en otros aspectos de la vida era débil e impulsivo, se tomaba su profesión muy en serio. No era de extrañar que hoy no hubiera ningún lector en la sala. Por lo menos eso permitiría a Caleb ponerse al día de ciertas tareas. Sin embargo, no iba a poder ser. De repente le entró hambre y decidió salir a buscar un sándwich.

—¿Señor Foxworth? —dijo Caleb cuando el hombre alto y apuesto le abordó en la calle delante del edificio Jefferson.

Seagraves asintió y sonrió.

—Por favor... Bill, ¿recuerdas? Hoy iba a venir a verte. —De hecho, Seagraves había estado esperando que Caleb saliera.

—Voy a buscar un sándwich. Seguro que alguien podrá ayudarle a encontrar un libro en la sala de lectura.

—Bueno, de hecho me preguntaba si te gustaría ver mis libros.

—¿Qué?

—Mi colección. Está en mi despacho. Está a pocas manzanas de aquí. Pertenezco a un grupo de presión especializado en la industria petrolera. Para mi trabajo vale la pena estar cerca del Capitolio.

—Me lo imagino.

—¿Crees que podrías dedicarme unos minutos? Sé que es mucho pedir.

—De acuerdo. ¿Le importa si me compro un sándwich para el camino? Es que no he almorzado.

—De ninguna manera. También quería decirte que tengo por un plazo de cinco días obras de Ann Radcliffe y Henry Fielding para inspeccionar.

—Excelente. ¿Qué libros?

—*The Romance of the Forest*, de Radcliffe, y *Vida y andanzas de Joseph Andrews*, de Fielding.

—Muy bien elegidos, Bill. Radcliffe era una genio de las novelas góticas de misterio. La gente que piensa que las novelas de terror actuales son exageradas debería leer a Radcliffe. Sus escritos sí que dan miedo. *Joseph Andrews* es una buena parodia de *Pamela* de Richardson. Lo irónico de Fielding es que era un poeta consumado que se hizo famoso gracias a las novelas y las obras de teatro. Dicen que su obra de teatro más conocida, *Tom Thumb*, consiguió que Jonathan Swift se riese por segunda vez en su vida. —Caleb se rio por lo bajo—. No estoy seguro de cuándo fue la primera vez pero tengo unas cuantas teorías.

—Fascinante —dijo Seagraves mientras iban calle abajo—. La cuestión es que el marchante de Filadelfia que me proporcionó los libros dice que son primeras ediciones, y en su carta hace las afirmaciones habituales sobre puntos típicos y otros indicios pero lo cierto es que necesito la opinión de un experto. Esos libros no son baratos.

—Ya me lo imagino. Bueno, les echaré un vistazo y si no lo sé a ciencia cierta, lo cual, y no es por echarme flores, dudo, seguro que puedo ponerle en contacto con alguien que sí lo sepa.

—Señor Shaw, no sabe cuánto se lo agradezco.

—Por favor, llámeme Caleb.

Caleb se compró un sándwich en una tienda de Independence Avenue situada una manzana más abajo del edificio Madison y luego siguió a Seagraves hasta el bloque de oficinas.

Estaba situado en una casa de piedra arenisca rojiza, dijo Seagraves, pero tendrían que entrar por el callejón.

—Están haciendo obras en el vestíbulo y está patas arriba.

Pero hay un ascensor que nos llevará a mi despacho desde el sótano.

Mientras caminaban por el callejón, Seagraves siguió charlando sobre libros antiguos y sus esperanzas de ir reuniendo una colección adecuada.

—Lleva su tiempo —dijo Caleb—. Soy copropietario de una tienda de libros singulares en Old Town Alexandria. Debería pasarse algún día por ahí.

—Descuida.

Seagraves se detuvo frente a una puerta del callejón, la abrió con una llave e indicó a Caleb que entrara.

Cerró la puerta detrás de ellos.

—El ascensor está aquí mismo.

—Perfecto. Creo...

Caleb no acabó lo que estaba pensando porque se desplomó inconsciente en el suelo. Seagraves estaba a su lado, sosteniendo la porra que había escondido con anterioridad en una grieta de la pared interior. No había mentido. Iban a hacer obras en el vestíbulo de la casa de piedra rojiza, de hecho iban a restaurar todo el edificio, y lo habían cerrado recientemente para empezar las obras en una semana.

Seagraves ató y amordazó a Caleb y luego lo colocó en una caja que estaba abierta contra una pared, después de quitarle un anillo del dedo corazón de la mano derecha. Fijó la tapa con clavos e hizo una llamada. Al cabo de cinco minutos una furgoneta entró en el callejón. Con ayuda del conductor, Seagraves introdujo la caja en la furgoneta. Los hombres subieron al vehículo y se marcharon.

62

Annabelle había recogido a Stone antes del amanecer. Fueron en coche hasta la casa de Trent y se aposentaron en un lugar desde el que veían el camino de entrada. Le habían dejado el coche de alquiler de Annabelle a Reuben y se habían llevado su maltrecha furgoneta para hacer la vigilancia. Resultaba mucho más discreta en esa zona rural que el Chrysler Le Baron de ella que habían utilizado la noche anterior. Como les habían secuestrado, ese vehículo seguía aparcado en un camino de tierra a unos quinientos metros de donde estaban. La noche anterior Annabelle había alquilado otro coche en el aeropuerto de Dulles.

Stone estaba mirando por unos prismáticos. Estaba oscuro, hacía frío y había humedad y, con el motor apagado, el habitáculo enseguida se enfrió mucho. Annabelle estaba acurrucada dentro del abrigo. Stone parecía ajeno a las inclemencias del tiempo. Sólo habían visto pasar un coche, los faros habían atravesado la niebla que estaba suspendida a escasos metros del suelo. Stone y Annabelle se habían agachado en la cabina de la furgoneta hasta que había pasado. El adormilado conductor iba hablando por el móvil, dando sorbos al café y leyendo fragmentos del periódico que llevaba encima del volante.

Al cabo de una hora, justo cuando empezaba a despuntar el alba, Stone se puso tenso.

—Bueno, se acerca algo.

Un coche acababa de salir del camino de entrada de Trent.

Cuando aminoró la marcha para incorporarse a la carretera, Stone enfocó los prismáticos en el conductor.

—Es Trent.

Annabelle echó un vistazo a la zona desierta.

—Será un poco descarado si empezamos a seguirle.

Por suerte, pasó otro coche, una ranchera con una mamá al volante y tres niños pequeños en el asiento trasero. Trent salió después de la ranchera.

—Perfecto, ese coche nos servirá de pantalla —dijo Stone—. Si mira por el retrovisor sólo verá una familia, nada más. Arranca.

Annabelle puso la furgoneta en marcha y se situó detrás del segundo coche.

Al cabo de veinte minutos llegaron a la Ruta 7 por varias carreteras secundarias. Al incorporarse, otros coches se unieron a la procesión pero Annabelle se las apañó para mantenerse detrás de la ranchera que, a su vez, iba detrás de Trent. Pasaron por Tyson's Corner, Virginia y al llegar a Washington, D.C. el tráfico aumentó de forma considerable. La gente solía madrugar para ir al trabajo y en las calles más importantes ya había atascos a las cinco y media de la mañana.

—No lo pierdas —dijo Stone en tono apremiante.

—Lo tengo controlado. —Annabelle conducía la furgoneta por entre el tráfico con gran habilidad, sin perder de vista el sedán de Trent. El hecho de que hubiera amanecido resultaba conveniente.

Stone la miró fijamente.

—Pareces experta en esto de seguir a otro coche.

—Al igual que le dije a Milton cuando me hizo una pregunta parecida, es la suerte del principiante. ¿Adónde crees que se dirige Trent?

—Espero que al trabajo.

Al cabo de cuarenta minutos Stone demostró estar en lo cierto porque Trent se dirigía al Capitolio. Cuando entró en una zona restringida, tuvieron que dejar de seguirle pero le observaron mientras una barrera de seguridad bajaba hasta el suelo y un guardia le saludaba.

—Si el guardia supiera que ese tío es un espía y un asesino... —dijo Annabelle.

—Bueno, tenemos que demostrar que lo es; de lo contrario es inocente. Así funciona la democracia.

—Pues casi te hace desear que en este país fuéramos fascistas, ¿no?

—Pues la verdad es que no —replicó Stone con firmeza.

—¿Y ahora qué?

—Ahora esperamos y observamos.

Ni siquiera antes del 11-S vigilar cerca del Capitolio había resultado fácil. Ahora era prácticamente imposible a no ser que uno fuera ágil y tenaz. Annabelle tuvo que mover la furgoneta muchas veces, hasta que encontraron un sitio suficientemente cercano para ver la salida que tendría que tomar Trent y lo suficientemente alejado para que la policía no les acosara. Stone salió a la calle un par de veces a buscar café y comida. Escucharon la radio y se intercambiaron un poco más de información sobre sus vidas, junto con una buena dosis de conjeturas sobre cuál debería ser su siguiente movimiento.

Milton había telefoneado a Stone desde un móvil que le había dejado su amigo. Tenía poco que contar. La policía no soltaba prenda y, por consiguiente, los medios de comunicación seguían transmitiendo la misma información una y otra vez. Stone dejó el teléfono y se acomodó en el asiento, dio un sorbo de café y miró a su compañera.

—Me sorprende que no te quejes de la monotonía. Hacer vigilancia no es fácil.

—El mundo es de los pacientes.

Stone miró a su alrededor.

—Supongo que Trent trabajará a jornada completa, pero no podemos jugárnosla.

—¿La Biblioteca del Congreso no está por aquí cerca?

Stone señaló hacia delante.

—A una manzana de ahí está el edificio Jefferson, donde trabaja Caleb. Me pregunto qué tal le va. Seguro que la policía ha estado hoy ahí.

—¿Por qué no le llamas? —sugirió Annabelle.

Stone telefoneó al móvil de su amigo pero Caleb no respondió. Acto seguido, llamó a la sala de lectura. Contestó una mujer y Stone preguntó por Caleb.

—Salió hace un rato a buscar algo de comer.

—¿Dijo cuánto tiempo tardaría?

—¿Puedo saber por qué lo pregunta? —dijo la mujer.

Stone colgó y se recostó en el asiento.

—¿Algún problema? —preguntó Annabelle.

—No creo. Caleb ha salido a buscar algo de comer.

El teléfono de Stone sonó. Reconoció el número en la pantalla.

—Es Caleb. —Se acercó el teléfono a la oreja—. Caleb, ¿dónde estás?

Stone se puso tenso y al cabo de un minuto colgó el teléfono.

—¿Qué pasa? —preguntó Annabelle—. ¿Qué ha dicho Caleb?

—No era Caleb. Era la gente que tiene a Caleb retenido.

—¿¡Qué?!

—Le han secuestrado.

—Dios mío, ¿qué quieren? ¿Y por qué te llaman?

—Milton les dio el número. Quieren que nos reunamos para discutir la situación. Al menor rastro de la policía, lo matan.

—¿Qué quieren decir con eso de que quieren que nos reunamos?

—Quieren que vayamos tú, yo, Milton y Reuben.

—¿Para que nos maten?

—Sí, exactamente para que nos maten. Pero si no vamos, matarán a Caleb.

—¿Cómo sabemos que no lo han matado ya?

—A las diez en punto de esta noche nos llamarán y dejarán que hable con nosotros. Entonces nos dirán dónde y cuándo se celebrará la reunión.

Annabelle tamborileó los dedos en el volante gastado.

—¿Y qué hacemos?

Stone observó la cúpula del Capitolio en la distancia.

—¿Juegas al póquer?

—No me gusta hacer apuestas en el juego —respondió ella muy seria.

—Bueno, Caleb es su *full*, así que necesitamos por lo menos eso o algo mejor para jugar esta mano. Y sé dónde conseguir las cartas que necesitamos.

Sin embargo, Stone sabía que su plan pondría a prueba los límites de su amistad, pero no le quedaba otra opción. Marcó el número, que se sabía de memoria.

—Alex, soy Oliver. Necesito tu ayuda, urgentemente.

Alex Ford se inclinó hacia delante en la silla de la Oficina de Campo del Servicio Secreto en Washington.

—¿Qué ocurre, Oliver?

—Es una larga historia pero tienes que escucharla toda.

Cuando Stone terminó, Ford se recostó en el asiento y exhaló un largo suspiro.

—Joder.

—¿Puedes ayudarnos?

—Haré lo que esté en mi mano.

—Tengo un plan.

—Más te vale porque no parece que tengamos mucho tiempo para preparar todo esto.

Albert Trent salió del Capitolio por la tarde y volvió en coche a casa. Salió de la Ruta 7 y siguió las serpenteantes carreteras secundarias hasta su remota zona. Aminoró la marcha al acercarse a la última curva antes del camino de entrada de su casa. Una furgoneta se había salido de la carretera y había chocado contra algo. Había una ambulancia, una camioneta de algún servicio público y un coche de policía. En medio de la carretera había un agente uniformado.

Trent avanzó con cuidado hasta que el policía se le acercó con la mano levantada. Trent bajó la ventanilla y el policía asomó la cabeza.

—Voy a tener que pedirle que dé la vuelta, señor. Esa

furgoneta ha patinado fuera de la carretera y ha chocado contra un regulador de la presión de gas natural que no estaba enterrado, por lo que ha provocado una sobrecarga importante en los conductos. Ha tenido suerte de no salir volando por los aires y de mandar al garete todo el vecindario.

—Pero yo vivo pasada la curva y no tengo gas en casa.

—Bueno, tendrá que mostrarme algún documento de identidad en el que figure su domicilio.

Trent introdujo la mano en el bolsillo de la chaqueta y le tendió el carné de conducir al agente. El policía lo enfocó con una linterna y se lo devolvió.

—De acuerdo, señor Trent.

—¿Cuánto tardarán en arreglarlo?

—Eso depende de la compañía del gas. Oh, una cosa más.

Introdujo la otra mano por la ventana y roció algo de un pequeño bote directamente al rostro de Trent. El hombre tosió una vez y se desplomó en el asiento.

Obedeciendo a la señal, Stone, Milton y Reuben salieron de la ambulancia. Con ayuda del policía, Reuben sacó a Trent del coche y lo introdujo en otro vehículo que apareció entonces con Annabelle al volante. Alex Ford salió de la ambulancia y tendió a Stone una mochila de cuero.

—¿Tengo que enseñarte otra vez cómo se usa?

Stone negó con la cabeza.

—Lo sé. Alex, sé que esto es mucho pedir y te lo agradezco de verdad. No sabía a quién más recurrir.

—Oliver, recuperaremos a Caleb. Y si se trata de la red de espionaje de la que la gente lleva tiempo murmurando y los descubrimos, todos vosotros os mereceréis una medalla. Cuando recibas la llamada, cuéntanos los detalles. Tengo el apoyo de distintas agencias para esto. Tienes que saber que no tuve que esforzarme demasiado para encontrar voluntarios porque muchos de los chicos están ansiosos por trincar a estos cabrones.

Stone subió al coche con los demás.

—Y ahora jugamos nuestra mano —dijo Annabelle.

—Ahora jugamos nuestra mano —confirmó Stone.

63

Recibieron la llamada a las diez en punto. Stone y los demás estaban en una *suite* de un hotel del centro. El hombre al otro extremo de la línea empezó a imponerle la hora y el lugar en el que encontrarse, pero Stone le cortó.

—Nada de eso. Tenemos a Albert Trent. Si quieres que te lo entreguemos, haremos el intercambio a nuestra manera.

—No puedo aceptar lo que me propones —respondió la voz.

—Bueno, pues entregaremos a tu compañero a la CIA y allí ya se encargarán de «sonsacarle» la verdad y de que cante nombres; y créeme, por lo que he visto de Trent, no les costará demasiado. Antes de que tengas tiempo de hacer la maleta, tendrás al FBI en la puerta.

—¿Acaso quieres que muera tu amigo? —le espetó el hombre.

—Lo que te estoy diciendo es para que vivan los dos, y así evitarás pasarte el resto de tus días en chirona.

—¿Cómo sabemos que no se trata de una trampa?

—¿Cómo sé que no quieres pegarme un tiro en cuanto me veas? Es obvio. Tiene que haber confianza mutua.

Se produjo un largo silencio.

—¿Dónde?

Stone le contó dónde y cuándo.

—¿Eres consciente de cómo estará ese lugar mañana?

—Precisamente por eso lo he escogido. Nos veremos al

mediodía. Por cierto, una última cosa: si le haces daño a Caleb, yo mismo te mataré.

Stone colgó y se giró hacia los demás.

Milton parecía asustado, pero decidido. Reuben estaba examinando el contenido de la mochila de cuero que Alex Ford les había dado. Annabelle estaba mirando a Stone directamente a los ojos.

Stone se dirigió a Reuben.

—¿Qué te parece?

Reuben levantó dos jeringas y dos frascos de líquido.

—Esto es espectacular, Oliver. ¿Qué se les ocurrirá la próxima vez?

Stone se dirigió a la habitación contigua, donde un Albert Trent inconsciente estaba atado a la cama. Stone se quedó de pie mirándole, reprimiendo las muchas ganas que tenía de atacar al hombre durmiente que tanto daño les había hecho.

Al cabo de un minuto, volvió con los demás.

—Mañana será un día muy largo, así que tenemos que descansar. Haremos turnos de dos horas para vigilar a Trent. Yo haré el primero.

Milton se acurrucó inmediatamente en el sofá y Reuben se tumbó en una de las camas dobles. Ambos hombres se quedaron dormidos a los pocos minutos. Stone regresó a la otra habitación, se sentó en una silla al lado de Trent y miró fijamente al suelo. Se movió de repente cuando Annabelle colocó una silla a su lado y le dio una taza de café que había preparado. Aún llevaba los vaqueros y el jersey, pero iba descalza. Se sentó sobre una de sus largas piernas.

Stone le dio las gracias por el café.

—Deberías dormir —añadió Stone.

—En realidad, me gusta la noche —explicó, mirando a Trent—. ¿Qué posibilidades tenemos de que mañana todo salga bien?

—Cero —respondió Stone—. Siempre es cero, y luego haces todo lo que puedes por superar esa cifra, pero a veces no está en tus manos.

—Hablas por experiencia, ¿verdad?

—¿Cómo iba a saberlo si no?

—Mucha gente no dice más que chorradas, pero tú no.

Stone tomó un sorbo de café y miró hacia otro lado.

—Alex Ford es un buen hombre. Lucharía con él en cualquier batalla. En realidad, ya lo he hecho. Lo cierto es que tenemos bastantes posibilidades de que todo salga bien.

—Quiero matar a este lameculos —dijo Annabelle, observando al inconsciente Trent.

Stone asintió y miró al hombre de arriba abajo.

—Parece un ratón, o una rata de biblioteca; para la mayoría de la gente, eso es exactamente lo que es. Alguien que no haría daño ni a una mosca. Ya ordena a los demás que lo hagan por él, y esa crueldad no tiene límites, porque él no está delante ni se ensucia las manos. Por culpa de gente como él, nuestro país corre un grave peligro.

—¿Y todo por dinero?

—He conocido algunas personas que dicen que lo hacen por una causa, por seguir sus creencias, incluso por la emoción, pero en el fondo siempre es por dinero.

Annabelle le miró con curiosidad.

—¿Has conocido a otros traidores?

Stone le miró de reojo.

—¿Por qué te interesa todo esto?

—Tú eres quien me interesa —aclaró Annabelle, para proseguir luego, después de que él permaneciera en silencio—. Estábamos hablando de otros traidores, ¿verdad?

Stone se encogió de hombros.

—He conocido a más de los que habría querido, pero no les conocí por mucho tiempo. —Se levantó para dirigirse hacia la ventana—. De hecho, a la mayoría sólo les conocí unos pocos segundos antes de que murieran —añadió casi susurrando.

—¿Acaso eso es lo que fuiste? ¿Asesino de los traidores americanos? —Stone se puso tenso—. Lo siento, John. No tendría que haberte dicho eso —añadió a toda prisa.

Stone se giró para mirarla.

—Supongo que no te mencioné que John Carr está muerto así que, ¿por qué no me llamas «Oliver» a partir de ahora? —Se sentó de nuevo sin mirarla—. Realmente creo que tienes que irte a dormir.

Annabelle se levantó y miró hacia atrás. Stone estaba sentado erguido en la silla, supuestamente observando a Albert Trent, pero Annabelle no creyó que el hombre estuviera mirando al espía esposado. Sus pensamientos seguramente estaban divagando por el pasado, quizá recordando cómo matar con rapidez a un hombre malo.

No demasiado lejos, Roger Seagraves preparaba a su propio equipo, intentando anticipar cada movimiento del grupo contrario. No había regresado a casa porque sospechó que algo le había ocurrido a Trent. Él y su socio tenían un sistema por el que se llamaban a cierta hora de la tarde si todo iba bien. Obviamente no le había llamado. El hecho de que cogieran a Trent había complicado la situación, pero no era el fin del mundo. Suponía que Oliver Stone y los demás ya habrían ido a las autoridades, así que tendría que superar varios niveles de oposición para solucionar lo de Trent, si no le había delatado ya. Sin embargo, Seagraves no temía el mañana; al contrario, lo esperaba con ansia. Este hombre vivía para experimentar momentos de ese tipo, en los que sólo sobrevivía el mejor. Seagraves estaba convencido de que mañana él sería el mejor, igual de convencido de que Oliver Stone y sus amigos morirían.

64

La mañana siguiente amaneció despejada y cálida. Stone y los demás dejaron el hotel, y se llevaron a Trent en un baúl grande que cargaron en una furgoneta. En el interior de ésta, Stone se agachó para darle a Albert Trent una inyección en el brazo con una de las jeringas. Al cabo de un minuto, el hombre abrió los ojos de par en par. Al hacerlo, Trent miró como un loco a su alrededor e intentó incorporarse.

Stone le puso una mano en el pecho y luego desenvainó un cuchillo que llevaba en el cinturón. Sujetando el filo delante de la temblorosa cara de Trent, lo deslizó entre la piel del hombre y la mordaza, para cortar la tela.

—¿Qué estás haciendo? Trabajo para el Gobierno federal. Puedes ir a la cárcel por esto —dijo Trent con voz temblorosa.

—Ahórrate el discursito, Trent. Lo sabemos todo, y si no haces ninguna tontería, te intercambiaremos por Caleb Shaw de una forma sencilla y limpia. Sin embargo, si no cooperas, te mataré con mis propias manos, a no ser que prefieras pasar el resto de tu vida en la cárcel por traición.

—No tengo ni idea...

Stone levantó el filo.

—Esto no es precisamente lo que yo llamo cooperación. Tenemos el libro, la clave y las pruebas de que delataste a Bradley para que le mataran. También sabemos lo de Jonathan DeHaven y Cornelius Behan. Casi me añadiste a mí y a ella en tu lista, pero decidimos que aún no había llegado nuestra hora.

Stone inclinó la cabeza, mirando a Annabelle.

—Si ordenas a unos matones que se echen encima de gente que ha entrado en tu casa para luego intentar matarles, deberías evitar que el espejo capte tu reflejo, Al. Si por mí fuera, te cortaría el cuello y tiraría tu cuerpo al vertedero, porque ahí es donde se deja la basura, ¿no? —explicó Annabelle, sonriendo.

Stone le quitó las esposas de las manos y los pies.

—Se trata de un intercambio de una persona por otra. Nos dan a Caleb y te liberamos.

—¿Cómo puedo estar seguro de que lo haréis?

—Del mismo modo que Caleb; tienes que confiar en que así será. ¡Ahora levántate!

Trent se levantó con piernas temblorosas y miró a los demás, que estaban a su alrededor en la parte trasera de la furgoneta.

—¿Sois los únicos que lo sabéis? Si habéis llamado a la policía...

—¡Cállate de una vez! —gritó Stone—. Espero que tengas tu pasaporte falso y los billetes de avión a punto.

Reuben abrió las puertas de la furgoneta y bajaron todos, con Trent en medio.

—Dios mío —dijo Trent, al ver a la muchedumbre—. ¿Qué diablos ocurre aquí?

—¿Acaso no lees los periódicos? Es la Feria Nacional del Libro en el Mall —explicó Stone.

—Y hay una manifestación contra la pobreza —añadió Milton.

—En total, doscientas mil personas —dijo Reuben, metiendo baza—.Qué día tan maravilloso en la capital. Leer libros y luchar contra la pobreza —dijo, empujando a Trent en el costado—. Andando, mamón; no queremos llegar tarde.

El National Mall tenía unos tres kilómetros de largo, y se extendía entre el Lincoln Memorial por la izquierda y el Capitolio por la derecha, y estaba rodeado de museos enormes e imponentes edificios gubernamentales.

La Feria Nacional del Libro era un evento anual y ya

superaba la cifra de los cien mil asistentes. Se habían erguido carpas del tamaño de un circo por toda la avenida, adornadas con pancartas que señalaban dónde estaban las obras de Ficción, Historia, Literatura Infantil, Novelas de Suspense y Poesía, entre otras. En estas carpas, escritores, ilustradores, cuenta-cuentos y otros atraían a un gran público, que estaba embelesado con sus lecturas y anécdotas.

En Constitution Avenue la manifestación contra la pobreza se dirigía hacia el Capitolio. Después, muchos manifestantes disfrutarían de la feria del libro, que era gratis y estaba abierta al público.

Stone había escogido el punto de intercambio con sumo cuidado, gracias a la información que le había proporcionado Alex Ford. Estaba cerca del Smithsonian Castle en Jefferson Street. Con miles de personas alrededor, sería casi imposible que un tirador consiguiera disparar y acertar, incluso de cerca. En la mochila Stone llevaba el dispositivo que le permitiría completar esta misión adecuadamente, porque cuando tuviera a Caleb sano y salvo, no tenía ninguna intención de permitir que Albert Trent y sus compañeros espías huyeran.

—Delante, a las dos en punto, al lado del aparcamiento para las bicis.

Stone asintió y avistó a Caleb; estaba de pie en una pequeña zona ajardinada parcialmente rodeado por un seto que le llegaba a la altura de la cintura, con una gran fuente ornamentada detrás. Ofrecía cierta intimidad y protegía de la multitud. Detrás de Caleb había dos hombres encapuchados que llevaban gafas de sol oscuras. Stone estaba seguro de que iban armados, pero también sabía que los francotiradores federales estaban colocados en el tejado del castillo, con las miras globulares sin duda ya apuntando a los hombres. Sin embargo, sólo dispararían si fuera necesario. También sabía que Alex Ford ayudaba a coordinar la operación.

Stone observó a Caleb, intentando atraer su atención, pero había tanta gente alrededor que era difícil. Caleb parecía muy asustado, lo cual era normal, pero Stone detectó algo más en la expresión de su amigo que no le gustó: desesperación.

Fue entonces cuando Stone vio que Caleb tenía algo en el cuello.

—¡Dios mío! —murmuró—. Reuben, ¿lo ves?

—¡Qué cabrones! —exclamó el grandullón sorprendido.

Stone se dirigió a Milton y Annabelle, quienes les seguían detrás.

—¡Apartaos!

—¿Qué? —preguntó Annabelle.

—Pero, Oliver… —protestó Milton.

—¡Haced lo que os digo! —espetó Stone.

Los dos se detuvieron. Annabelle parecía especialmente dolida por la orden de Stone, y Milton estaba paralizado. Reuben, Stone y Trent avanzaron hasta estar cara a cara con Caleb y sus captores.

Caleb se quejaba de algo pero no se oía por el ruido de la fuente que tenía detrás, y señalaba lo que parecía un collar de perro que llevaba en el cuello.

—¿Oliver?

—Ya lo sé, Caleb; ya lo sé.

Stone señaló el dispositivo y se dirigió a los hombres encapuchados.

—¡Quitádselo inmediatamente!

Ambos hombres movieron la cabeza. Uno sostenía una cajita negra con dos botones.

—Sólo cuando estemos lejos y a salvo.

—¿Pensáis que voy a permitir que os marchéis dejando a mi amigo con una bomba atada al cuello?

—En cuanto nos hayamos marchado, la desactivaremos —respondió el hombre.

—¿Y se supone que tengo que creeros?

—Exactamente.

—Pues no os marcharéis y si detonáis la bomba, moriremos todos.

—No es una bomba —explicó el mismo hombre, levantando la caja—. Si pulso el botón rojo, tu amigo se tragará suficientes toxinas como para matar a un elefante. Habrá muerto antes de que suelte el botón. Si pulso el botón negro, el sistema quedará desactivado y podrás quitarle el collar sin que se libere el veneno. No intentes robarme el dispositivo a la fuerza, y si un francotirador dispara, pulsaré el botón involuntariamente por acto reflejo. —Colocó el dedo sobre el botón rojo y sonrió ante el dilema que sin duda se le presentaba a Stone.

—¿Estás disfrutando con esto, capullo? —espetó Reuben.

El hombre no dejaba de mirar a Stone.

—Suponemos que tienes la zona rodeada de policías para que se abalancen sobre nosotros cuando tu amigo esté a salvo, así que perdónanos por haber tomado precauciones.

—¿Cómo sé que no pulsarás el botón cuando ya te hayas ido? Y no me vuelvas a contar lo de la confianza otra vez porque me cabreo.

—Mis órdenes fueron no matarte a menos que no nos dejéis huir. Si podemos marcharnos, vivirá.

—¿Adónde tienes que llegar exactamente para desactivar el veneno?

—No muy lejos. En tres minutos nos habremos largado. Sin embargo, si tenemos que esperar demasiado, pulsaré el botón rojo.

Stone miró a Caleb, luego a Reuben, que estaba furioso, y de nuevo a Caleb.

—Caleb, escúchame. Tenemos que confiar en ellos.

—Oh, Dios mío, Oliver. Por favor, ayúdame.

Caleb no parecía dispuesto a confiar en nadie.

—Lo haré, Caleb; lo haré. —Stone habló con desesperación—: ¿Cuántos dardos cargados hay en este puto trasto?

—¿Qué? —preguntó el hombre sorprendido.

—¡Cuántos!

—Dos. Uno en la izquierda y otro en la derecha.

Stone se giró y le dio la mochila a Reuben mientras le susurraba algo.

—Si morimos, no permitas que sea en vano.

Reuben cogió la mochila y asintió, pálido, pero reaccionando con firmeza.

Stone se giró de nuevo y levantó la mano izquierda.

—Déjame meter la mano debajo del collar para que el dardo izquierdo me dispare a mí en vez de a mi amigo.

El hombre parecía totalmente aturdido.

—Pero entonces moriréis los dos.

—Lo sé. ¡Moriremos juntos!

Caleb dejó de temblar y miró directamente a Stone.

—Oliver, no puedes hacer esto.

—Caleb, cállate —ordenó Stone, ahora dirigiéndose al hombre—. Dime dónde tengo que poner la mano.

—No sé si esto es...

—¡Dímelo! —gritó Stone.

El hombre señaló un punto, y Stone introdujo la mano en la estrecha ranura, tocando ahora con su piel la de Caleb.

—Bien —dijo Stone—. ¿Cuándo sabré que lo has desactivado?

—Cuando la luz roja que hay al lado se ponga verde —explicó el hombre, señalando una burbujita de cristal carmesí del collar—. Luego podrás abrir el cierre y el collar se abrirá de golpe. Sin embargo, si intentas abrirlo antes, disparará el veneno automáticamente.

—De acuerdo —dijo, mirando a Trent—. Llevaos a esta escoria de aquí.

Albert Trent se liberó de las garras de Reuben y se fue hacia los hombres encapuchados. Cuando empezaban a marcharse, Trent se giró y sonrió.

—*Au revoir!*

Stone no dejó de mirar a Caleb. También estaba hablando a su amigo en voz baja, incluso mientras los mirones se acercaban y señalaban lo que debía de parecer una escena bastante inusual: un hombre con la mano metida debajo del collar de otro hombre.

—Respira profundamente, Caleb. No nos matarán. No nos matarán. Respira profundamente.

Comprobó su reloj. Habían pasado sesenta segundos desde que los hombres se habían marchado con Trent y habían desaparecido entre la multitud.

—Dos minutos más y podremos marcharnos a casa.

Vamos bien, muy bien —dijo, mirando su reloj—. Noventa segundos. Ya casi estamos. Aguanta conmigo. Aguanta conmigo, Caleb.

Caleb estaba sujetando el brazo de Stone; era como el apretón de la muerte. Estaba ruborizado, respiraba de forma entrecortada, pero seguía en pie, firme.

—Estoy bien, Oliver —dijo finalmente.

En un momento dado un agente de la policía del parque se dispuso a acercarse a ellos, pero dos hombres vestidos con monos blancos que habían estado limpiando cubos de basura le interceptaron y se lo impidieron. Ya habían comunicado la situación a los francotiradores, que se habían retirado.

Mientras tanto, Milton y Annabelle se habían acercado, y Reuben les había susurrado lo que estaba ocurriendo. Milton estaba horrorizado y se le saltaban las lágrimas, y Annabelle se cubrió la boca con una mano temblorosa, observando a los dos hombres pegados el uno al otro.

—Treinta segundos, Caleb. Ya casi estamos.

Stone iba mirando fijamente la luz roja del collar mientras contaba los segundos.

—Bueno, diez segundos y estaremos libres.

Stone y Caleb hicieron la cuenta atrás moviendo los labios sin emitir ningún sonido. Sin embargo, la luz no cambió a verde. Caleb no lo veía.

—Oliver, ¿puedes quitármelo ya?

En ese momento incluso a Stone empezaron a flaquearle los nervios, aunque no se le ocurrió ni un solo instante quitar la mano de donde la tenía. Cerró los ojos un segundo, esperando el pinchazo de la aguja y el veneno subsiguiente.

—¡Oliver! —Era Annabelle quien le llamaba—. Mira.

Stone abrió los ojos y contempló la preciosa gotita de color verde de la burbuja.

—¡Reuben! Ayúdame —gritó.

Reuben acudió como una flecha, y juntos abrieron el collar y se lo quitaron a Caleb del cuello. El bibliotecario cayó de rodillas mientras los demás le rodeaban. Cuando finalmente miró hacia arriba, agarró la mano de Stone.

—Ha sido el acto más valiente que he visto jamás, Oliver. Gracias —se deshizo en agradecimientos.

Stone miró a los demás y entonces comprendió lo que sucedía. Reaccionó en el acto.

—¡Al suelo! —gritó.

Cogió el collar y lo lanzó por encima del seto, para que acabara en la gran fuente.

Al cabo de dos segundos el collar estalló y mandó géiseres de agua y fragmentos de cemento por los aires. La muchedumbre del Mall se dejó llevar por el pánico y empezó a correr. Stone y los demás se levantaron con cuidado.

—Dios mío, Oliver. ¿Cómo lo has sabido? —preguntó Caleb.

—Es una vieja táctica, Caleb, para que nos reuniéramos y bajáramos la guardia. Me dijo dónde estaban las agujas del veneno en el collar porque sabía que lo que nos mataría sería la bomba, no el veneno, si es que lo había.

Stone cogió la mochila de Reuben y sacó un objeto pequeño y plano, con una pantallita. En ella, se apreciaba un punto rojo que se movía a toda velocidad.

—Acabemos con esto —dijo.

65

—Han entrado por la parada de metro de Smithsonian —dijo Reuben, mirando la pantallita que Stone sujetaba mientras el grupo corría a toda prisa por el Mall y se abría paso por entre la muchedumbre presa del pánico y los grupitos de policías.

—Por eso hemos escogido este punto para hacer el intercambio —respondió Stone.

—Pero el metro estará a tope —dijo Milton—. ¿Cómo les encontraremos allí?

—Cogimos una página de Trent y compañía. ¿Te acuerdas de la sustancia química que aplicaron en las letras del libro para que brillaran?

—Sí, ¿y? —preguntó Milton.

—Inyecté a Trent con un producto químico que me proporcionó Alex Ford que transmite una señal a este receptor. Es como si el hombre brillara para que pudiéramos verle. Con esto, podemos localizarle entre una multitud de miles de personas. Alex y sus hombres también tienen un receptor. Les atraparemos.

—Espero que funcione —dijo Caleb, abriéndose camino entre la marea de gente y frotándose el cuello—. Quiero que acaben pudriéndose en la cárcel, y sin libros que leer. ¡Jamás! Para que aprendan.

De repente, se oyeron gritos dentro de la estación de metro.

—¡Vamos! —gritó Stone, mientras bajaban como flechas por las escaleras mecánicas.

Mientras Trent y los dos hombres esperaban la llegada del siguiente convoy, un par de agentes vestidos de trabajadores de mantenimiento se les habían aproximado desde atrás. Antes de que tuvieran la oportunidad de sacar sus armas, ambos hombres se desplomaron hacia delante con grandes heridas de bala en la espalda. Detrás de ellos, Roger Seagraves, que llevaba una capa, volvía a guardar las pistolas con silenciador en sendas fundas del pantalón. Con el ruido de la gente no se habían oído los disparos contenidos, pero cuando los hombres cayeron, y la gente vio la sangre, empezaron los gritos, y los ciudadanos presos del pánico empezaron a correr en todas direcciones. Justo antes de que uno de los agentes muriera, recobró suficiente fuerza para sacar la pistola y disparar a uno de los hombres encapuchados a la cabeza. Cuando se desplomó, el dispositivo del detonador que aún llevaba en la mano cayó al suelo de baldosas de piedra.

Un convoy con rumbo al oeste entró en la estación y de allí manaron aún más pasajeros, quienes se unieron precipitadamente al caos creciente.

Trent y el guardia que le quedaba aprovecharon esa situación de pánico para entrar en uno de los vagones del tren. Seagraves hizo lo mismo, pero como la muchedumbre estaba muy revuelta a duras penas consiguió subir al siguiente vagón.

Justo antes de que las puertas se cerraran, Stone y los demás se abrieron camino entre la multitud y treparon al tren. El vagón estaba lleno, pero Stone comprobó su dispositivo rastreador y vio que Trent se encontraba muy cerca. Miró en el interior y acabó localizándole en el otro extremo. Stone se percató rápidamente de que sólo había un hombre encapuchado con él. El problema era que en cualquier momento Trent o su guardaespaldas podían verles.

Pocos minutos más tarde, Alex Ford y otros agentes

corrieron entre la multitud, pero el tren ya se marchaba. Gritó a sus hombres, y volvieron a salir corriendo de la estación.

—Reuben, ¡siéntate, rápido! —ordenó Stone dentro del vagón en movimiento.

Reuben destacaba por encima de los demás y por lo tanto era el que tenía más posibilidades de ser visto. Reuben apartó a unos adolescentes y se sentó en el suelo. Stone se agachó sin dejar de mirar a Trent. Estaba hablando con su guardaespaldas y se tocaba las orejas con las manos por algún motivo. Desde su posición, Stone no veía a Roger Seagraves en el vagón de detrás, que le observaba por el cristal. Seagraves se sorprendió al ver que Caleb y los demás seguían vivos. Estaba apuntando a la cabeza de Stone cuando el tren entró en la siguiente estación y se detuvo con una sacudida. La gente empujaba y tiraba para entrar y salir, y a Seagraves le apartaron de su posición asesina.

El tren arrancó de nuevo y pronto volvió a alcanzar velocidad. Ahora Stone se estaba abriendo camino entre la muchedumbre para llegar a Trent. Cogió su cuchillo, escondiendo el filo en el antebrazo, bajo la manga. Se vio a sí mismo clavando el cuchillo hasta la empuñadura en el pecho de Trent. Sin embargo, no era su plan. Mataría al guardia, pero Stone no tenía ninguna intención de privar a Trent de la oportunidad de pasarse el resto de su vida en chirona.

Stone se estaba acercando a su objetivo cuando sus planes se desbarataron. El tren entró como un cohete en el Metro Center, se detuvo, y las puertas se abrieron de golpe. Metro Center era la estación más concurrida de todas las líneas de metro. Trent y su guardia salieron cuando la puerta se abrió. En el otro vagón, Seagraves hizo lo mismo. Stone y los demás se abrieron camino entre los pasajeros que iban y venían de los trenes que llegaban y salían en dos plantas distintas y de varias direcciones.

Stone no apartaba la mirada de Trent y la figura encapuchada que estaba con él. Por el rabillo del ojo vio a dos hombres enfundados en unos monos blancos que se dirigían hacia Trent. Lo que no vio fue que Roger Seagraves sacaba un pequeño objeto de metal del bolsillo, arrancaba una anilla con los dientes y lo lanzaba, mirando hacia atrás y asegurándose de llevar los tapones puestos en los oídos.

Stone vio pasar volando el cilindro rectangular por los aires y supo en el acto lo que era. Se giró y gritó a Reuben y los demás:

—¡Al suelo y cubríos los oídos!

Al cabo de unos segundos, se oyó un estallido destellante y docenas de personas se desplomaron al suelo cubriéndose los oídos y los ojos, y gritando de dolor.

A Trent y su guardaespaldas no les había afectado la explosión. Se habían puesto tapones y habían apartado la mirada del destello de la explosión.

Stone, mareado a pesar de haber colocado la cara en el suelo y de haberse tapado los oídos con las mangas del abrigo, levantó la mirada y vio zapatos y pies volando ante él. Al intentar levantarse, un hombre fornido que huía preso del pánico le arrolló y le tiró al suelo. Stone sintió que el rastreador se le caía de las manos y observó con una sensación exasperante cómo se desplazaba por el suelo, hasta el borde del andén y hasta caer a las vías debajo del tren, cuando se disponía a salir de la estación.

Cuando el último vagón desapareció de la estación, se abalanzó sobre el borde y miró hacia abajo. La caja estaba aplastada.

Se giró y vio que Reuben había atacado al hombre encapuchado. Stone salió en ayuda de su amigo, aunque en realidad el hombretón no la necesitaba. Reuben le había puesto trabas, le había levantado del suelo y le había golpeado la cabeza contra un poste de metal.

Luego Reuben había arrojado al hombre, que había resbalado por el suelo pulido mientras la gente se apartaba de su camino. Cuando Reuben se dirigió como un huracán hacia él, Stone le golpeó por detrás y lo dejó tumbado.

—¡Qué coño! —gruñó Reuben mientras el disparo del hombre le pasaba volando por encima de la cabeza.

Stone había visto la pistola y había tumbado a Reuben para que saliera de la trayectoria de la bala justo a tiempo.

El hombre encapuchado se arrodilló y se preparó para disparar a quemarropa, pero se desplomó cuando dos agentes federales que venían corriendo seguidos por la policía uniformada le dispararon tres balas en el pecho.

Stone ayudó a Reuben a levantarse y buscó a los demás.

Annabelle le saludó desde una esquina, con Milton y Caleb a su lado.

—¿Dónde está Trent? —preguntó Stone.

Annabelle movió la cabeza y levantó las manos, haciendo un gesto de impotencia.

Stone miró sin esperanza por el andén lleno de gente. Le habían perdido.

De repente, Caleb gritó.

—¡Allí! ¡Está subiendo por las escaleras mecánicas! ¡Ése es el hombre que me secuestró! ¡Foxworth!

—¡Y Trent! —añadió Milton.

Todos miraron hacia arriba. Al oír su alias, Seagraves miró por encima del hombro y se le cayó la capucha, lo cual permitió que todos les vieran bien, a él y a Albert Trent, que estaba a su lado.

—Maldita sea —murmuró Seagraves.

Arrastró a Trent entre la multitud, y salieron corriendo de la estación de metro.

Arriba, en la calle, Seagraves metió a Albert Trent en un taxi y dio una dirección al taxista.

—Nos veremos allí más tarde. Tengo un avión privado a punto para que podamos huir del país. Aquí tienes tu documentación para viajar y tu nueva identidad. Te cambiaremos el aspecto.

Dejó un fajo de documentos y un pasaporte en las manos de Trent.

Seagraves se disponía a cerrar la puerta del taxi cuando de repente se detuvo.

—Albert, dame tu reloj.

—¿Qué?

Seagraves no se lo pidió dos veces. Le arrancó el reloj de la muñeca y cerró la puerta del taxi. El coche se marchó, con Trent preso del pánico mirándole hacia atrás por la ventanilla. Seagraves había planeado matar a Trent más tarde, y quería tener algo que le perteneciera. Le daba mucha rabia tener que dejar su colección atrás, pero no podía arriesgarse a volver a su casa, y también estaba disgustado porque no había podido conseguir nada de los dos agentes que había matado en el metro.

«Bueno, siempre estoy a tiempo de empezar una nueva colección.»

Corrió por la calle hacia un callejón, subió a una furgoneta que había aparcado allí y se cambió de ropa. Luego esperó a que sus perseguidores aparecieran. Esta vez no fallaría.

66

Stone y los demás salieron corriendo por las escaleras mecánicas del metro junto con cientos de personas presas del pánico. Mientras las sirenas inundaban el aire y un pequeño ejército de policías se dirigía hacia la zona para investigar el alboroto, caminaron por la calle sin rumbo fijo.

—Menos mal que Caleb está bien —dijo Milton.

—Sí —gritó Reuben, cogiendo a Caleb por los hombros—. ¿Qué diablos haríamos si no te tuviéramos para tomarte el pelo?

—Caleb, ¿cómo te secuestraron? —preguntó Stone con curiosidad.

Caleb le contó rápidamente lo del hombre que se hacía llamar William Foxworth.

—Me dijo que tenía unos libros que quería que mirara, y luego lo siguiente que recuerdo es que me quedé inconsciente.

—¿Dices que se hacía llamar Foxworth? —preguntó Stone.

—Sí, eso decía en su carné de la biblioteca, y para hacérselo tuvo que mostrar algún tipo de documento válido.

—Sin duda, ése no es su verdadero nombre. Pero por lo menos le hemos visto.

—¿Qué hacemos ahora? —preguntó Annabelle.

—Lo que sigo sin entender es cómo pusieron la sustancia química en los libros —dijo Milton—. Albert Trent pertenece al gabinete del Comité de Inteligencia. De algún modo se entera de los secretos y luego, ¿a quién se los pasa? ¿Y cómo acaban en unos libros de una sala de lectura para que Jewell English y seguramente Norman Janklow los vean y los anoten utilizando unas gafas especiales?

Mientras cavilaban sobre estas preguntas, Stone utilizó su móvil para comprobar los progresos de Alex Ford. Aún estaban buscando a Trent, pero Ford recomendó a Stone y a los demás que se mantuvieran al margen de la persecución.

—No tiene sentido que corráis más riesgos —dijo—. Ya habéis hecho mucho.

—¿Y adónde vamos? ¿A casa? —preguntó Caleb después de que Stone les comunicara el mensaje.

Stone negó con la cabeza.

—La Biblioteca del Congreso está por aquí cerca. Quiero ir allí.

Caleb quería saber por qué.

—Porque allí es donde empezó todo, y una biblioteca siempre es un buen lugar para encontrar respuestas.

Caleb consiguió que les dejaran entrar en la biblioteca, pero no en la sala de lectura, porque estaba cerrada los sábados.

—Lo que más me confunde es el ritmo de los acontecimientos —dijo Stone a los demás, mientras caminaban por los pasillos. Se calló para poner en orden sus ideas—. Jewell English entró en la sala de lectura hace dos días, y la información estaba resaltada en el libro de Beadle. Más tarde esa misma noche, cuando teníamos el libro, ya no había información resaltada. Eso es muy poco tiempo.

—Es realmente sorprendente, porque la mayoría de los libros de la cámara permanecen allí sin que nadie los lea durante años, incluso décadas. Seguro que la sustancia habría pasado a las letras, y tendrían que haberse puesto en contacto con Jewell para que viniera con el nombre del libro que tenía que pedir. Sin embargo, como has dicho, el mismo día desapareció la información.

—Pero, ¿cómo podían estar tan seguros de que la información resaltada desaparecería en el momento oportuno? No querrían que la sustancia permaneciera en las páginas demasiado tiempo por si caían en manos de la policía. De hecho, si hubiéramos actuado un poco antes, quizás habríamos podido llevar el libro al FBI antes de que la sustancia química se evaporara. Por lógica, la información tuvo que resaltarse poco antes de que English entrara.

—Entré y salí de las cámaras antes de que Jewell viniera ese día. Allí sólo había algún miembro del personal, y nadie se quedó más de diez o quince minutos. No es suficiente tiempo para marcar tantas letras, y no podían haberlo hecho en ningún otro sitio, a menos que se hubieran llevado el libro a casa —explicó Caleb, de repente moviéndose bruscamente—. Un momento. Lo que sí puedo comprobar es si algún trabajador se lo llevó a casa. Hay que rellenar una solicitud por cuadruplicado. ¡Vamos! La sala de lectura está cerrada, pero puedo comprobarlo desde otro sitio.

Les llevó al mostrador principal de información de la biblioteca, habló un momento con la mujer que estaba allí y luego se colocó detrás del mostrador, entró en el ordenador y empezó a teclear. Un minuto más tarde parecía defraudado.

—No ha salido ni un libro de Beadle. De hecho, hace cuatro meses que ningún miembro del personal de la biblioteca ha sacado libros.

Mientras estaban allí de pie, Rachel Jeffries pasó por delante. Era la restauradora a quien Caleb había dado la novela barata de Beadle con las letras resaltadas.

—¡Oh! ¡Hola, Caleb! Pensaba que ya no trabajabas los fines de semana —dijo.

—Hola, Rachel. Estoy investigando algo.

—Pues yo intento ponerme al día con el trabajo acumulado en restauración. He quedado con alguien para hablar de un proyecto que estoy haciendo. Oh, por cierto, quería decirte que el libro de Beadle que me diste para restaurar lo acababan de devolver a la cámara después de haberlo restaurado.

—¿Cómo? —preguntó Caleb sorprendido.

—Tenía la cubierta posterior mal y algunas páginas suelcas. Cuando comprobé el historial de restauración, me sorprendió porque, como te he dicho, lo acababan de devolver a la cámara. ¿Sabes cómo volvió a estropearse?

—¿Cuándo lo devolvieron a la cámara exactamente? —preguntó Caleb, haciendo caso omiso de la pregunta de su compañera.

—El día antes de que me lo dieras.

—Rachel, un momento.

Caleb se puso otra vez a teclear en el ordenador. Estaba buscando cuántos libros de Beadle habían mandado a restaurar en los últimos meses. Encontró la respuesta rápido, en cuanto el *software* reunió los datos.

—Treinta y seis libros de Beadle restaurados en los últimos dos años —dijo a los demás.

Luego comprobó el historial de los libros que Jewell English y Norman Janklow habían solicitado, junto con todos los libros que habían pasado por el Departamento de Restauración en los últimos seis meses. Descubrió que Jewell English había solicitado el setenta por ciento de los libros de Beadle que se habían restaurado en los últimos seis meses, y los había solicitado exactamente el mismo día que habían vuelto de la restauración. Encontró una pauta similar en el caso de Norman Janklow.

Les contó a los demás los resultados de su búsqueda.

—Los libros de Beadle requieren mucho mantenimiento porque su fabricación fue muy barata.

Stone, que estaba pensando más rápido que los demás, miró a Rachel Jeffries.

—¿Podrías decirnos quién restauró ese Beadle en concreto?

—Oh, claro. Fue Monty Chambers.

Stone y los demás empezaron a correr por el largo pasillo.

—Rachel, te quiero —gritó Caleb por encima del hombro.

Inmediatamente, la mujer se sonrojó.

—Caleb, sabes que estoy casada, pero si quieres podemos tomar algo algún día.

—¿Sabes dónde vive Chambers? —Stone preguntó a Caleb mientras corrían por la calle.

—De hecho, vive bastante cerca —respondió Caleb, asintiendo.

Llamaron a dos taxis y salieron volando. Quince minutos más tarde los taxis disminuyeron la marcha al pasar por una calle residencial tranquila flanqueada de casas antiguas en buen estado. Cada una tenía un pequeño jardín delante cercado por unas verjas de hierro forjado.

—Por algún motivo, esta zona me suena —dijo Stone.

—Hay muchos barrios así por aquí —explicó Caleb.

Salieron de los taxis, y Caleb les llevó hacia una de las casas. El ladrillo estaba pintado de color azul y las contraventanas eran negras como el carbón. Había flores en unas macetas que estaban en el alféizar de la ventana.

—Está claro que no es la primera vez que vienes —dijo Stone, mientras Caleb asentía a modo de respuesta.

—Monty tiene un taller en casa donde restaura libros como autónomo. Le he pasado varios clientes. Incluso ha restaurado un par de mis libros. No puedo creerme que esté metido en algo así. Es el mejor restaurador que tiene la biblioteca; hace décadas que trabaja allí.

—Todos tenemos un precio, y un restaurador es la persona ideal para manipular libros —señaló Stone, mirando con cautela la parte delantera de la casa—. No creo que esté por aquí, pero nunca se sabe. Reuben y yo llamaremos a la puerta; vosotros quedaos atrás.

Llamaron, pero no hubo respuesta. Stone miró a su alrededor. La calle estaba vacía.

—Cúbreme, Reuben —dijo.

Reuben se giró y colocó su ancho cuerpo entre Stone y la calle. Un minuto más tarde la cerradura estaba abierta. Stone entró primero, seguido por Reuben. La planta principal no revelaba nada de interés. Los muebles eran viejos, pero no antiguos, había grabados en las paredes, la nevera tenía un poco de comida pasada y el lavavajillas estaba vacío. Los dos dormitorios de la planta superior tampoco presentaban demasiado interés. Algunos pantalones, camisas y chaquetas colgadas en un armario, y ropa interior y calcetines en una

›equeña cómoda. El cuarto de baño contenía los elementos ípicos, aunque Stone cogió un par de objetos y los miró lesconcertado. El armario del botiquín albergaba el surtido ípico de fármacos y artículos de tocador. No encontraron ıada que indicara que Chambers se había ido.

Cuando bajaron de nuevo, los demás estaban esperando ɜn el vestíbulo.

—¿Habéis encontrado algo? —preguntó Caleb con in-ıuietud.

—¿Has dicho que tenía un taller? —preguntó Stone.

—En el sótano.

Bajaron todos y buscaron en el taller de Chambers. Te-ıía todo lo que cabía esperar de un arsenal de un restaura-lor de libros y nada más.

—Estamos en un callejón sin salida —proclamó Reuben.

El sótano daba a una callejuela y Stone miró por la ven-ana.

—Da a un callejón con una hilera de casas adosadas al ›tro lado.

—¿Y? —preguntó Reuben malhumorado—. No creo ıue un traidor que estuviera huyendo se quedara merodean-lo en un callejón esperando a que aparecieran los federales.

Stone abrió la puerta, salió y miró el callejón en ambas lirecciones.

—¡Esperad aquí!

Salió corriendo por el callejón, dobló la esquina y de-ıapareció. Regresó al cabo de unos minutos, con los ojos re-ucientes.

Reuben observó a su amigo con detenimiento.

—Ya sabes por qué te suena este lugar. ¿Has estado aquí ıntes?

—Todos hemos estado aquí, Reuben.

67

Stone los guió hacia la esquina y calle abajo, pasando por delante de las casas adosadas cuya parte posterior daba a callejón que se encontraba detrás de la casa de Chambers Stone se detuvo en medio de la manzana e indicó a los demás que se quedaran quietos mientras miraba hacia arriba, hacia algo del edificio que tenían delante.

—Dios mío —dijo Caleb, mirando a su alrededor y dándose cuenta de dónde estaba—. De día no lo había reconocido.

—Caleb, llama a la puerta —ordenó Stone.

Caleb hizo lo que le pedían.

—¿Quién es? —preguntó una voz profunda.

Stone hizo un gesto a Caleb.

—Oh, soy yo, Señor Pearl. Soy Caleb Shaw. Quería, uh quería hablarle sobre el *Libro de los Salmos*.

—Está cerrado. El horario que hay en la puerta lo dice claramente.

—Es muy urgente —insistió Caleb—. Por favor. Será un minuto.

Transcurrieron varios minutos y luego oyeron un clic Caleb abrió la puerta y entraron todos. Cuando Vincent Pearl apareció al cabo de unos instantes, no iba vestido con una túnica larga, sino con pantalones negros, camisa blanca y un delantal verde. Llevaba el largo pelo despeinado y la barba descuidada. Parecía sorprendido de ver a los demás con Caleb.

—Estoy muy ocupado ahora mismo, Shaw. No puedo dejarlo todo sólo porque de repente se le ocurre pasar por aquí sin previo aviso —dijo enfadado.

Stone dio un paso al frente.

—¿Dónde está Albert Trent? ¿En la habitación trasera?

Pearl lo miró boquiabierto.

—¿Cómo? ¿Quién?

Stone le empujó para pasar, abrió la puerta de la habitación trasera y entró. Salió al cabo de un minuto.

—¿Está arriba?

—¿Qué demonios estás haciendo? —gritó Pearl—. Llamaré a la policía.

Stone empezó a subir la escalera de caracol como una flecha y le indicó a Reuben que le siguiera arriba.

—Vigila, Foxworth podría estar con él.

Los dos desaparecieron y al cabo de unos instantes oyeron gritos y un forcejeo. Luego el ruido cesó de repente, y Stone y Reuben bajaron agarrando a Albert Trent con firmeza.

Le obligaron a sentarse en una silla, y Reuben se quedó de pie a su lado. El miembro del Comité de Inteligencia parecía verdaderamente derrotado, pero de todas formas Reuben refunfuñó.

—No me des muchas razones para partirte este cuello flacucho.

Stone se dirigió a Pearl, quien, a diferencia de Trent, no había perdido la compostura.

—¿Qué te crees que estás haciendo? —dijo Pearl, quitándose el delantal—. Este hombre es amigo mío, y está aquí porque le he invitado yo.

—¿Dónde está Chambers? —preguntó Caleb de buenas a primeras—. ¿También le has invitado a venir?

—¿Quién? —dijo Pearl.

—Monty Chambers —respondió Caleb exasperado.

—Está aquí mismo, Caleb —dijo Stone.

Se acercó y tiró fuerte de la barba de Pearl. Empezó a despegarse. Con la otra mano, Stone se dispuso a tirar de un trozo del tupido pelo, pero Pearl se lo impidió.

—Permíteme.

Tiró primero de la barba y luego de la peluca, dejando al descubierto una cabeza calva, sin un solo pelo.

—Si de verdad querías ocultar tu identidad, no tenías que haber dejado un cepillo y champú en el cuarto de baño. Los calvos casi nunca lo necesitan.

Pearl se sentó pesadamente en la silla y pasó la mano por la peluca.

—Lavaba la peluca y la barba en el lavabo y luego las cepillaba. Era un rollo, pero casi todo en la vida lo es.

Caleb seguía mirando fijamente a Vincent Pearl, quien ahora era Monty Chambers.

—No entiendo cómo no pude darme cuenta de que eran el mismo hombre.

—El disfraz era muy bueno, Caleb —dijo Stone—. El pelo, la barba, unas gafas distintas, más peso, ropa poco corriente... Todo conformaba un aspecto muy singular, y tú mismo has dicho que viste a Pearl aquí en la tienda sólo un par de veces y por la noche; el alumbrado no es demasiado bueno.

Caleb asintió.

—Hablabas muy poco en la biblioteca, y cuando lo hacías, tu voz era aguda y chillona. ¿Quién se te ocurrió primero? —preguntó Caleb—. ¿Vincent Pearl o Monty Chambers?

Pearl sonrió tímidamente.

—Mi verdadero nombre es Monty Chambers. Vincent Pearl era sólo mi álter ego.

—¿Por qué querías tener un álter ego? —preguntó Stone.

Al principio Chambers parecía reticente a responder. Sin embargo, luego se encogió de hombros y se dispuso a explicarlo.

—Supongo que ahora ya no importa. De joven era actor. Me encantaba disfrazarme e interpretar. Sin embargo, de tanto talento no supe aprovechar las oportunidades que se me presentaron, por decirlo de algún modo. Mi otra pasión eran los libros. De joven aprendí con un restaurador excelente que me enseñó el oficio. La biblioteca me contrató y de este modo pude iniciar una buena trayectoria profesional. Sin embargo, también quería coleccionar libros, y el sueldo de la biblioteca no me lo permitía. Así pues, me convertí en marchante de libros singulares. Sin duda alguna, tenía el conocimiento y la experiencia pero, ¿quién iba a querer negociar con un humilde restaurador de biblioteca? Los ricos seguro que no, y ellos eran la clientela a la que quería dirigirme. Así pues, me inventé a alguien con quien quisieran tratar a toda costa: Vincent Pearl, histriónico, misterioso e infalible.

—Y cuya librería sólo abría por la noche para que pudiera mantener su trabajo diurno —añadió Stone.

—Compré esta tienda porque estaba al otro lado del callejón de mi casa. Podía disfrazarme, salir de casa y meterme en la tienda como otra persona. Funcionó muy bien. Con los años, mi reputación como marchante prosperó.

—¿Cómo se pasa de marchante de libros a espía? —preguntó Caleb con voz temblorosa—. ¿Cómo se pasa de restaurador de libros a asesino?

Trent intervino hablando más alto.

—¡No digas nada! No tienen ninguna prueba.

—Tenemos las claves —dijo Milton.

—No, no las tenéis —dijo Trent con desdén—. Si las tuvierais, habríais ido a la policía.

—«E», «w», «h», «f», «w», «s», «p», «j», «e», «m», «r», «t», «i», «z». ¿Continúo? —preguntó Milton educadamente.

Lo miraron todos, mudos de asombro.

—Milton, ¿por qué no nos lo dijiste antes? —inquirió Caleb.

—No pensé que fuera importante, porque no teníamos la prueba en el libro. Sin embargo, leí las letras resaltadas antes de que desaparecieran, y cuando veo algo, no lo olvido jamás —explicó amablemente al pasmado Trent—. Bueno, se me acaba de ocurrir que como recuerdo todas las letras, las autoridades podrían intentar descifrar el mensaje cuando se las diga.

Chambers miró a Trent y se encogió de hombros.

—El padre de Albert y yo éramos amigos, quiero decir

yo como Monty Chambers. Cuando murió, me convertí en la figura paterna de Albert, supongo, o al menos en una especie de tutor. Esto ocurrió hace años. Albert regresó a Washington después de terminar la universidad, y empezó a trabajar para la CIA. Él y yo hablamos durante muchos años sobre el mundo de los espías. Luego pasó al Capitolio, y aún hablábamos más. Entonces le conté mi secreto. Los libros no le gustaban demasiado. Es un defecto de su carácter que, desafortunadamente, nunca le he reprochado.

—¿El qué? ¿El espionaje? —apuntó Stone.

—¡Imbécil, cierra el pico! —gritó Trent a Chambers.

—Vale, se acabó. A dormir, pequeño.

Reuben pegó un puñetazo a Trent en la mandíbula que le dejó sin sentido. Se enderezó y se dirigió al librero.

—Continúa.

Chambers miró a Trent inconsciente.

—Sí, supongo que soy un imbécil. Poco a poco, Albert me contó cómo se podía ganar dinero vendiendo lo que él llamaba secretos «menores». Me dijo que ni siquiera era espionaje, que eran negocios normales y corrientes. Me explicó que en su cargo como miembro del comité había conocido a un hombre que tenía contactos en todas las agencias de inteligencia y que tenía mucho interés en hacer negocios con él. Más tarde resultó que ese hombre era muy peligroso. Sin embargo, Albert me contó que muchas personas vendían secretos, en ambos bandos, que era algo casi normal.

—¿Y te lo creíste? —preguntó Stone.

—Una parte de mí no, pero otra parte de mí quería creérselo porque coleccionar libros es una pasión cara y el dinero iba a venirme bien. Ahora veo que sin duda me equivoqué, pero en ese momento no me pareció tan mal. Albert me dijo que el problema era que tarde o temprano siempre pillaban a todos los espías cuando hacían las entregas. Me dijo que había pensado en la manera de evitarlo y que yo podía ayudarle.

—Con tus conocimientos de restaurador de libros raros tenías la pericia y el acceso a la biblioteca —dijo Caleb.

—Sí, y Albert y yo éramos viejos amigos, así que no había nada sospechoso si él me traía un libro; al fin y al cabo era mi especialidad. Dentro de los libros, marcaban algunas letras con un pequeño puntito. Cogía las letras cifradas que me había dado y las ponía en los libros de la biblioteca con un tinte químico. Siempre me han gustado las letras tan bien destacadas de las obras incunables que los artesanos crearon desde el nacimiento de la imprenta. Para mí eran como verdaderos cuadros en miniatura, con cientos de años de antigüedad, y con el cuidado adecuado pueden parecer tan vivas hoy como cuando se hicieron por primera vez. Había experimentado con materiales de este tipo durante años, como aficionado. Ya no hay mercado para este tipo de cosas. En realidad, no fue demasiado difícil encontrar una sustancia química para que las letras reaccionaran con el tipo de lentes adecuado, que también creé yo. Además de los libros viejos, mis otras fascinaciones han sido la química, el poder y la capacidad de manipular la luz. También disfruto con mi trabajo en la biblioteca —explicó, haciendo una pausa—. Bueno, al menos he disfrutado, porque ahora se ha acabado mi trayectoria profesional. —Suspiró profundamente—. Por otro lado, Albert y su gente dispusieron que algunas personas acudieran a la sala de lectura con estas gafas especiales. Creo que venían regularmente, no sólo para ver los mensajes cifrados, para no levantar sospechas.

—Ver a viejecitos de ambos sexos leyendo libros raros allí no iba a levantar sospechas —añadió Stone—. Podían coger los secretos, enviarlos en una carta de estilo antiguo a un «familiar» que viviera fuera del país, y ni siquiera la poderosa ASN, con todos sus superordenadores y satélites, iba a descubrirlo. Sin duda, era un plan perfecto.

—Le decía a Albert el libro que estaba listo y él colocaba pequeñas frases en ciertos sitios de Internet para decirles cuándo tenían que entrar y qué libro debían pedir. Les entregaba el libro por la mañana, cuando acudían a la biblioteca. Tenía un suministro sin fin de volúmenes para restaurar que circulaban libremente en la sala de lectura, así que esto no suponía un problema. Entraban, copiaban las letras resaltadas y se iban. Algunas horas después, el tinte químico se evaporaba, y con ello las pruebas.

—Y te pagaban muy bien. Seguro que te ingresaban el dinero en una cuenta en el extranjero —añadió Annabelle.

—Algo así —reconoció.

—Sin embargo, has dicho que Vincent Pearl estaba teniendo mucho éxito. ¿Por qué no decidiste utilizar siempre esa personalidad? —preguntó Stone.

—Como ya he dicho, me encantaba mi trabajo en la biblioteca, y era divertido tomarle el pelo a todo el mundo. Supongo que quería lo mejor de ambos mundos.

—El espionaje pase, pero asesinar… —espetó Caleb—. Bob Bradley, Cornelius Behan, Norman Janklow y seguramente Jewell English. ¿Y Jonathan? ¡Hiciste que mataran a Jonathan!

—¡Yo no hice matar a nadie! —protestó Chambers ferozmente, señalando a Trent—. Él lo hizo; él y quienquiera que trabaja con él.

—El señor Foxworth —dijo Stone lentamente.

—Pero, ¿por qué Jonathan? —preguntó Caleb con amargura—. ¿Por qué él?

Chambers se frotó las manos con nerviosismo.

—Entró en la sala de restauración por sorpresa después de terminar de trabajar una noche y me vio manipulando un libro. Estaba aplicando la sustancia química sobre las letras. Intenté explicárselo, pero no pienso que me creyera. Enseguida le conté a Albert lo ocurrido, y lo siguiente que sé es que Jonathan había muerto. Albert me dijo más tarde que como la sala de lectura era nuestra base de intercambio, tenían que hacer que la muerte pareciera natural. Si perdíamos la sala de lectura, perdíamos el negocio.

—Sabías lo que había ocurrido y aun así no acudiste a la policía —le acusó Caleb.

—¿Cómo iba a hacerlo? ¡Me iba a pudrir en la cárcel! —exclamó Chambers.

—Que es lo que te pasará ahora —afirmó Stone con firmeza antes de mirar a Trent, que estaba desplomado—. Y a él.

—O quizá no —interrumpió una voz.

Todos se giraron y observaron cómo Roger Seagraves se acercaba hacia ellos, con una pistola en cada mano.

—¿Señor Foxworth? —dijo Caleb.

—¡Cállate! —gritó Seagraves impacientemente sin dejar de mirar a Trent, que estaba volviendo en sí.

—Gracias a Dios, Roger —dijo cuando vio a Seagraves.

Seagraves sonrió.

—Te has equivocado de deidad, Albert.

Disparó y alcanzó a Trent en el pecho. El hombre jadeó y se cayó de la silla al suelo. Seagraves apuntó con la otra pistola a Stone y Reuben, quienes se dirigían hacia él.

—Ni os atreváis. —Apuntó la otra pistola a Chambers—. Tampoco necesitamos ya tus servicios.

Mientras Chambers se preparaba para recibir el impacto de la bala, Stone se colocó entre él y Seagraves.

—Ya he llamado a la policía, y están de camino. Si quieres huir, mejor que lo hagas ahora.

—Vaya, ¡qué emotivo! Un Triple Seis protegiendo a otro...

A Stone se le agarrotaron un poco los músculos.

Seagraves sonrió.

—O sea que es cierto. Entonces conocerás la primera regla de nuestro negocio: no dejar jamás ningún testigo. Tengo curiosidad. ¿Cómo acabaste trabajando en un cementerio? Debió de ser una derrota para alguien como tú.

—Pues yo lo consideré un ascenso.

Seagraves negó con la cabeza.

—Me habría evitado muchos problemas si te hubiera matado cuando tuve la oportunidad. Has arruinado una gran operación, pero tengo suficiente dinero para vivir bien.

—Si consigues escapar —interrumpió Annabelle.

—Oh, me escaparé, te lo aseguro.

—Yo no estaría tan seguro —dijo Stone, moviendo la mano derecha hacia el bolsillo de su chaqueta—. Ahora el

Servicio Secreto y el FBI también están metidos en el caso.

—¡Uy, no veas qué miedo me dan! Lo último que tengo que hacer es recoger un par de artículos para mi colección. ¡Quieto! —gritó Seagraves. Stone dejó de mover la mano; tenía la punta de los dedos muy cerca del bolsillo de la chaqueta—. ¡Arriba las manos!

—¿Qué? —preguntó Stone, fingiendo estar desconcertado.

—Arriba las manos, Triple Seis. ¡Ponlas donde yo las vea! ¡Ya!

Stone levantó ambas manos con rapidez.

Seagraves respiró con dificultad y se tambaleó hacia delante. Dejó caer las pistolas al suelo, intentó sacarse el cuchillo del cuello, pero el filo que Stone le había lanzado al levantar las manos le había cortado la carótida. La sangre brotaba con tanta rapidez que Seagraves ya estaba desmoronándose, arrodillado. Luego se tumbó bocabajo. Lentamente, se giró. Mientras los demás le observaban horrorizados, Stone se dirigió tranquilamente hacia Seagraves y le sacó el cuchillo.

«La última persona que había asesinado lanzándole el cuchillo de esta manera era como este hombre. Se lo tenía más que merecido.»

Milton apartó la mirada mientras Caleb empalidecía; parecía que las piernas le flaquearan. Las miradas de Annabelle y Reuben estaban clavadas en el hombre herido de muerte.

Stone miró al hombre moribundo sin mostrar la menor compasión.

—Si quieres matar a alguien, mátale; no te pongas a charlar con él.

Mientras Roger Seagraves fallecía en silencio, oyeron las sirenas a lo lejos.

—Llamé a Alex Ford cuando me di cuenta de que la casa de Chambers daba con la librería —explicó Stone.

—Por esto hice lo que hice —declaró Chambers, apartando finalmente la mirada del ahora muerto Seagraves—. Por los libros. Para comprarlos y mantenerlos a salvo para la próxima generación. Con el dinero que gané he comprado algunos ejemplares sorprendentes. De veras.

Levantó la mirada y vio cómo todos le contemplaban con indignación.

Chambers se levantó lentamente.

—Tengo que darte una cosa, Caleb.

Stone, desconfiado, le siguió hasta el mostrador. Cuando se disponía a introducir la mano en un cajón, Stone se la cogió.

—Ya lo haré yo.

—No es un arma —protestó Chambers.

—Ya lo veremos, ¿de acuerdo?

Stone sacó una cajita, la abrió, miró en su interior y la cerró. Se la entregó a Caleb. Contenía una primera edición del *Libro de los Salmos*.

—¡Gracias a Dios! —exclamó Caleb aliviado. Acto seguido, miró a Chambers sorprendido—. ¿Cómo lo conseguiste? No tenías ni la combinación ni la llave de la cámara.

—¿Recuerdas que me encontraba mal cuando estábamos a punto de abandonar la cámara y te ofreciste para ir a buscar un vaso de agua al cuarto de baño que había abajo? En cuanto te fuiste, abrí la pequeña caja fuerte. Había visto cómo la habías abierto y me fijé en la combinación: el número de la sala de lectura. Cogí el libro y me lo escondí en la chaqueta. Cuando regresaste con el agua, cerraste la cámara y nos fuimos.

Reuben gruñó.

—Estás zumbado. ¿Lo dejaste solo en la cámara?

—Bueno, no esperaba que robara este maldito libro —protestó Caleb.

Chambers se observó las manos.

—Fue sólo un impulso. Cuando lo conseguí, estaba tan aterrado como emocionado. Jamás había hecho nada igual. Soy escrupulosamente sincero con mis clientes. Sin embargo, ese libro... ¡Tocarlo ya era un lujo!

Los ojos le brillaron durante unos instantes y luego se le apagaron con la misma rapidez.

—Al menos puedo decir que lo tuve, aunque sólo fuera por poco tiempo. No paraba de decirte que el libro se tenía que analizar porque pensé que así no sospecharías de mí cuando descubrieras su falta.

Annabelle miró en la caja.

—¡Oh, ese libro! Así que sí que se lo quedó.

Caleb la miró con incredulidad.

—¿Cómo? ¿Sabías de la existencia de este libro? —preguntó.

—Oh, es una larga historia —dijo ella a la ligera.

68

Alex Ford y un ejército de agentes llegaron al cabo de un minuto. Sorprendentemente, Albert Trent seguía con vida, aunque estaba muy malherido. El fajo de documentos de viaje que llevaba en el bolsillo de su chaqueta había bloqueado parcialmente la bala. Se lo llevaron en ambulancia. Chambers hizo una exposición detallada de los hechos a la policía, contando todo lo que ya había explicado a los demás. Mientras se llevaban a Chambers, se dirigió a Caleb.

—Te ruego que cuides del *Libro de los Salmos*.

La respuesta de Caleb sorprendió a todo el mundo, quizás a él al que más.

—No es más que un libro, Monty o Vincent o quien diablos seas en realidad. Preferiría mil veces tener a Jonathan vivito y coleando que este montón de páginas viejas.

Levantó el inestimable *Libro de los Salmos* antes de introducirlo sin miramientos en la caja.

Ahora que la trama se había revelado, quedaba claro que la mayoría de las deducciones de Stone y los demás eran correctas. Bradley había sido asesinado porque estaba a punto de obligar a Trent a abandonar el gabinete del comité, con lo cual él y Seagraves no habrían podido continuar su aparentemente inocente relación; y Behan había sido asesinado porque descubrió que habían matado a Jonathan con el CO_2 robado de su empresa.

Gracias a las explicaciones de Chambers, también habían descubierto que uno de los hombres de Trent, que había conseguido un trabajo en Fire Control, Inc., había entrado en la cámara de la sala de lectura y había colocado una camarita en el tubo de ventilación con el pretexto de ajustar la boquilla del gas que estaba ubicada allí. Annabelle y Caleb no lo vieron en la cinta que analizaron porque ocurrió un sábado, cuando la sala estaba cerrada, y la cámara no estaba grabando. Sin embargo, habían visto algo que por supuesto era mucho más importante: el juego de manos de Jewell English con las gafas, lo cual al final les había conducido a la verdad.

Habían apostado a un hombre en la sala de almacenamiento de halón del sótano para que esperara a que DeHaven entrara en la zona de la muerte. Por desgracia, el segundo día, había entrado en ella y su vida terminó antes de que pudiera contar lo que había visto. Chambers reconoció que había ido a la cámara más tarde y que había retirado el dispositivo de grabación.

Milton recitó las letras en clave a los representantes de la ASN, que descifraron el mensaje. Por lo poco que contaron a Stone y a los demás, el código se basaba en una fórmula de encriptación de siglos de antigüedad. Era fácil de descodificar con las técnicas para descifrar mensajes modernas y el enorme potencial informático, pero Seagraves sin duda supuso que nadie sospecharía jamás que Monty Chambers, Norman Janklow y Jewell English fueran espías. Además, todos los textos en clave modernos se generaban electrónicamente, con lo cual se necesitaban claves con números muy largos para que fueran seguros frente a las agresiones por la fuerza bruta y otros ataques informáticos, y no se habrían podido reproducir exactamente en un libro antiguo.

Trent se había recuperado de sus heridas y estaba muy ocupado hablando, sobre todo cuando le dijeron que el Gobierno intentaba a toda costa condenarle a pena de muerte. Entre otras cosas, explicó el importante papel que desempeñaba Roger Seagraves como líder de la red de espionaje. Ahora que conocían la implicación de éste, el FBI estaba investigando a todo aquel que tuviera relación con él, por remota que fuera; seguramente pronto detendrían a más gente.

También habían registrado la casa de Seagraves y habían

encontrado la habitación con la «colección». Aunque aún no sabían lo que representaban los objetos, cuando lo supieran, las cosas se complicarían de verdad, porque muchos artículos pertenecían a las víctimas asesinadas por Seagraves mientras trabajaba para la CIA.

Stone habló largo y tendido con Ford, los miembros del FBI y los dos agentes de Washington con los que Caleb se había visto las caras en la biblioteca.

—Sabíamos que había una red de espionaje en la ciudad, pero nunca fuimos capaces de encontrar el núcleo. Por supuesto, jamás pensamos que la Biblioteca del Congreso estuviera implicada —dijo un agente del FBI.

—Bueno, nosotros jugábamos con ventaja —respondió Stone.

—¿Qué teníais? —preguntó el agente sorprendido.

—Un bibliotecario muy bien formado que se llama Caleb Shaw —respondió Alex Ford.

Uno de los agentes le guiñó el ojo.

—Ya, Shaw. Es bueno, ¿verdad? Pensé que era un poco, bueno, nervioso.

—Digamos que su falta de coraje queda más que compensada por su... —dijo Stone.

—¿Suerte? —le cortó el agente.

—Atención a los detalles.

Dieron las gracias a Stone por su ayuda y dejaron abierta la posibilidad de seguir cooperando en el futuro.

—Si alguna vez necesitas ayuda, dínoslo —dijo uno de los agentes del FBI, entregándole una tarjeta a Stone con un número de teléfono.

Stone se guardó la tarjeta en el bolsillo pensando: «Espero de veras no necesitar jamás ayuda tan desesperadamente.»

Después de que la situación se calmara un poco, todos se reunieron en la casita de Stone. Ahí fue donde Caleb levantó el *Libro de los Salmos* y pidió a Annabelle que le contara la verdad.

Ella respiró profundamente y empezó la explicación.

—Sabía lo mucho que a Jonathan le gustaban los libros,

y un día le pregunté qué libro tendría si pudiera escoger entre todos los libros del mundo. Me dijo que el *Libro de los Salmos*. Me informé sobre el libro y descubrí que todos estaban en poder de distintos organismos, pero había uno que parecía mejor que los demás.

—Deja que lo adivine. ¿La Old South Church de Boston?—apuntó Caleb.

—¿Cómo lo sabes?

—Es más fácil acceder allí que a la Biblioteca del Congreso o Yale, al menos eso espero.

—Bueno, el caso es que fui allí con un amigo mío y les dije que éramos estudiantes universitarios que estábamos haciendo un trabajo sobre libros famosos.

—Y te dejaron verlo —dijo Caleb.

—Sí, e incluso sacarle fotos y todo eso. Tengo otro amigo que es un genio haciendo falsi... quiero decir, muy manitas.

—¿O sea que falsificó un *Libro de los Salmos*? —exclamó Caleb.

—Era una copia genial. Era imposible notar la diferencia —dijo Annabelle emocionada, aunque su expresión cambió cuando vio la mirada enfadada de su amigo—. Bueno, regresamos y pegamos el cambiazo.

—¿Pegasteis el cambiazo? —repitió Caleb, enrojeciendo—. Es uno de los libros más singulares de la historia de este país, ¿y pegasteis el cambiazo?

—¿Por qué no le diste a DeHaven la copia? —preguntó Stone.

—¿Dar un libro falso al hombre al que amaba? Ni hablar.

—No puedo creer lo que estoy oyendo —confesó Caleb, dejándose caer en una silla.

Antes de que se pusiera aún más de los nervios, Annabelle se apresuró a contar el resto de su historia.

—Cuando le di el libro, Jonathan se quedó sorprendido. Por supuesto, le dije que se trataba de una copia que había hecho para él. No sé si me creyó. Creo que llamó a varios sitios para comprobarlo, y supongo que llegó a la conclusión de que no me dedicaba a algo del todo respetable.

—¿En serio? Seguro que le pareció estupendo —espetó Caleb.

Annabelle le ignoró.

—Como la iglesia no sabía que su libro era falso y no faltaba ningún *Libro de los Salmos*, supongo que Jonathan finalmente pensó que le estaba contando la verdad. Estaba tan contento... Aunque sólo era un libro viejo.

—¡Un libro viejo!

Caleb estaba a punto de explotar, pero Stone le puso la mano en el hombro.

—No marees la perdiz, Caleb.

—¿La perdiz? —farfulló Caleb.

—Lo devolveré —explicó Annabelle.

—¿Perdona? —dijo Caleb.

—Llevaré el libro y volveré a dar el cambiazo.

—No lo dices en serio.

—Lo digo muy en serio. Lo he cambiado una vez, así que puedo cambiarlo de nuevo.

—¿Y qué pasará si te pillan?

Miró a Caleb con compasión.

—Soy mucho mejor ahora que entonces —dijo. Se dirigió a Milton—: ¿Quieres ayudarme a hacerlo?

—¡Claro! —exclamó Milton entusiasmado.

—¡Te prohíbo rotundamente que participes en un delito tan grave! —exclamó Caleb furioso.

—Caleb, ¿quieres tranquilizarte? No es un delito grave porque vamos a devolver el libro auténtico, ¿no? —exclamó Milton.

Caleb empezó a decir algo y luego se calmó rápidamente.

—No, supongo que no.

—Me encargaré de los detalles —dijo Annabelle—. Sólo necesito que me des el libro, Caleb.

Annabelle alargó la mano para cogerlo; pero Caleb lo agarró, abrazándolo inmediatamente.

—¿No puedo quedármelo hasta el día que lo necesites? —preguntó, pasando la mano por la cubierta.

—Le dijiste a Monty Chambers que no era más que un libro—le recordó Reuben.

Caleb parecía abatido.

—Ya lo sé. No he pegado ojo desde que lo dije. Creo que las hadas de los libros me han maldecido —añadió tristemente.

—Bueno —dijo Annabelle—. Por ahora, quédatelo.

Reuben miró a Annabelle esperanzado.

—Bueno, ahora que ya se ha acabado la diversión, ¿quieres salir conmigo algún día? ¿Esta noche, por ejemplo?

Annabelle sonrió.

—¿Te importa que lo dejemos para otro día, Reuben? Aunque te agradezco la oferta.

—No será la última, señorita —respondió, besándole la mano.

Después de que los otros se marcharan, Annabelle se fue con Stone, que había ido a trabajar al cementerio.

Mientras estaba lavando una lápida, ella recogió las malas hierbas en una bolsa de plástico.

—No tienes que quedarte para ayudarme —le dijo—. Trabajar en un cementerio no es exactamente el tipo de vida que me imagino para alguien como tú.

Annabelle puso los brazos en jarras.

—¿Y qué tipo de vida te imaginas para alguien como yo?

—Marido, hijos, una bonita casa en una zona residencial, formar parte de la AMPA, quizás un perro...

—Estás de broma, ¿no?

—Sí, estoy de broma. Bueno, ¿y ahora qué?

—Bueno, tengo que devolver el libro para que Caleb me deje tranquila.

—¿Y luego?

Se encogió de hombros.

—No me gusta hacer planes de futuro.

Cogió otra esponja, se arrodilló y empezó a ayudar a Stone a limpiar el poste indicador de la sepultura. Más tarde, después de haber cenado lo que Annabelle había preparado, se sentaron en el porche a charlar.

—Me alegro de haber vuelto —dijo, mirando a Stone.

—Y yo, Annabelle —respondió Stone.

Ella sonrió al oír cómo utilizaba su nombre verdadero.

—Ese tío, Seagraves, te llamó un Triple Seis. ¿De qué iba eso?

—Eso fue hace unos treinta años —explicó Stone.

—Vale. Todos tenemos secretos. Bueno, ¿piensas marcharte de aquí? —le preguntó.

Stone negó con la cabeza.

—El «aquí» tiende a enganchar con el tiempo —se limitó a decir.

«Quizá sí», pensó Annabelle. Se sentaron en silencio a contemplar la luna llena.

Después de un viaje de cuatro horas en coche hacia el norte, Jerry Bagger contemplaba la misma luna por la ventanilla. Había pedido todos los favores que le debían y más, y había amenazado y pegado a más gente de la que recordaba, sin dejar de disfrutar ni un solo instante. Por eso estaba ahora más cerca de Annabelle, y ella bajaba la guardia y se desprendía de sus corazas. Pronto le llegaría el turno, y lo que le había hecho a Tony Wallace no era nada comparado con lo que quería hacer con ella. Al imaginarse cómo la mataba con sus propias manos siempre esbozaba una sonrisa. Volvía a tener el control. Bagger chupó satisfecho el puro y tomó un sorbo de *bourbon*.

«Prepárate, Annabelle Conroy, porque llega el malo de Jerry.»

Agradecimientos

A Michelle, la persona que hace que todo funcione.

A Colin Fox, gracias por la gran labor de edición. Brindo por que hagamos muchos libros juntos.

A Aaron Priest, el maestro; basta con eso.

A Maureen, Jamie, Jimmy y el resto del personal de Hachette Book Group USA, por ser grandes amigos y compañeros de trabajo.

A Lucy Childs y Lisa Erbach Vance, por todo lo que hacéis por mí.

Al doctor John Y. Cole de la Biblioteca del Congreso, por llevarme de visita a su departamento. Espero no haberme equivocado en casi nada.

A la doctora Monica Smiddy, gracias por el asesoramiento médico detallado y reflexivo.

A Bob Schule, mi lector con vista de lince y consultor de primera clase.

A Deborah, que me ayuda a mantenerme cuerdo y a cumplir los plazos.

A Rosemary Bustamante, por tus conocimientos en lenguas extranjeras y por ser una gran amiga.

A Maria Rejt, por tus mejoras desde el otro lado del charco.

A Cornelius Behen, por el uso de tu nombre. Espero que te haya gustado el personaje.

Y, por último, a la memoria de Robert *Bob* Bradley, que no llegó a ver su nombre en el libro, pero que vive en el corazón y en la mente de las familias Bradley y Hope y de todos sus amigos.

OTROS TÍTULOS DE LA COLECCIÓN

El inocente

MICHAEL CONNELLY

El abogado defensor Michael Haller siempre ha creído que podría identificar la inocencia en los ojos de un cliente. Hasta que asume la defensa de Louis Roulet, un rico heredero detenido por el intento de asesinato de una prostituta. Por una parte, supone defender a alguien presuntamente inocente; por otra, implica unos ingresos desacostumbrados. Poco a poco, con la ayuda del investigador Raul Levin y siguiendo su propia intuición, Haller descubre cabos sueltos en el caso Roulet... Puntos oscuros que le llevarán a creer que la culpabilidad tiene múltiples caras.

En *El inocente*, Michael Connelly, padre de Harry Bosch y referente en la novela negra de calidad, da vida a Michael Haller, un nuevo personaje que dejará huella en el género del *thriller*.

El psicoanalista

JOHN KATZENBACH

«Feliz 53 cumpleaños, doctor. Bienvenido al primer día de su muerte.»

Así comienza el anónimo que recibe Frederick Starks, psicoanalista con una larga experiencia y una vida tranquila. Starks tendrá que emplear toda su astucia y rapidez para, en quince días, averiguar quién es el autor de esa amenazadora misiva que promete hacerle la existencia imposible. De no conseguir su objetivo, deberá elegir entre suicidarse o ser testigo de cómo, uno tras otro, sus familiares y conocidos mueren por obra de un asesino, un psicópata decidido a llevar hasta el fin su sed de venganza.

Dando un inesperado giro a la relación entre médico y paciente, John Katzenbach nos ofrece una novela en la tradición del mejor suspense psicológico.

«Un thriller fuera de serie, imposible de soltar» *Library Journal*

CRÓNICAS VAMPÍRICAS I

Entrevista con el vampiro

ANNE RICE

«—Pero ¿cuánta cinta tienes? —preguntó el vampiro y se dio la vuelta para que el muchacho pudiera verle el perfil—. ¿Suficiente para la historia de una vida?

—Desde luego, si es una buena vida. A veces entrevisto hasta tres o cuatro personas en una noche si tengo suerte. Pero tiene que ser una buena historia. Eso es justo, ¿no le parece?

—Sumamente justo —contestó el vampiro—. Me gustaría contarte la historia de mi vida. Me gustaría mucho.»